Perry Rhodan

Ernst Vlcek

Der Untergang des Solaren Imperiums
Drei Stufen zur Ewigkeit

PERRY RHODAN-Planetenromane
© 2017 dieser Lizenzausgabe Zaubermond-Verlag, Hamburg
www.zaubermond.de
Lektorat: Rainer Nagel
Titelbild: Arndt Drechsler
Satz: Zaubermond-Verlag
Druck und Bindung: scandinavian books
Printed in Germany Januar 2017
© Originalausgaben 1968 / 1970 by Pabel-Moewig Verlag KG, Rastatt.
Internet: www.perry-rhodan.net
Perry Rhodan ® ist ein eingetragenes Warenzeichen
der Pabel-Moewig Verlag KG, Rastatt.
Nachdruck, auch auszugsweise, sowie gewerbsmäßige Weiterverbreitung
nur mit vorheriger Zustimmung des Verlages.

Inhaltsverzeichnis

Erstes Buch
Der Untergang des Solaren Imperiums
5

Zweites Buch
Drei Stufen zur Ewigkeit
199

Ernst Vlcek

Der Untergang des Solaren Imperiums

Der ETP-Mann erscheint. – Sein Ziel ist es, den Großadministrator und den Chef des Mutantenkorps zu entführen.

Der doppelte Streifen der Unendlichkeit

Seit dem Jahr 2404 n. Chr. ist bekannt, dass das Standarduniversum aus Milliarden von Galaxien besteht, die in der Form eines Möbiusbandes angeordnet sind. Dies erfuhren seinerzeit die terranischen Mutanten Tako Kakuta sowie Rakal und Tronar Woolver, als sie von einem Raum-Zeit-Transmitter der Meister der Insel in den Hyperraum geschleudert wurden.

Erst viel später enthüllte sich, dass die Fläche des Möbiusbandes zwei gleichgroße Raum-Zeit-Gebilde umschließt, die als Arresum und Parresum bezeichnet werden. Diese Namen erfuhren die Galaktiker durch den Kontakt mit den Ayindi im Jahre 1216 NGZ, als sie an der Großen Leere mit Moira zusammentrafen. Dabei stellt das Arresum den bekannten Teil und das Parresum eine umgekehrte, spiegelbildliche Abbildung dar. Materiereiche Zonen liegen in der einen Hälfte den entsprechend materiearmen Zonen der anderen Hälfte gegenüber. Es ist nicht möglich, von einer Seite des Streifens zur anderen zu fliegen; man benötigt Kontaktplaneten, die sogenannten Sampler, um den Wechsel zu vollziehen.

Die terranische Hypermathematik ist von dieser Erweiterung des Weltbildes der Kosmologie weitaus weniger überzeugt wie die Hyperphysiker, die Kosmologen oder andere Wissenschaftszweige wie Ezialisten oder Nexialisten. Bekannt geworden ist der Einwurf des terranischen Mathelogikers Wiljem Heartman, der sich wie folgt äußerte: »Der Vergleich mit den zwei Seiten eines Möbiusbandes ist natürlich gewagt, da ein Möbiusband sich gerade dadurch auszeichnet, dass es nur *eine* Seite hat.«

Es will allerdings scheinen, dass die Naturgesetze des Multiversums, wie sie sich den Terranern spätestens im frühen 13. Jahrhundert NGZ erschließen, eine dezidiert andere Meinung zu diesem Thema haben. Ein hastig vorgenommener Erklärungsversuch besagt, dass beide Seiten sich wie ein *vierdimensionales*

Möbiusband verhalten, das heißt, sie bilden ein Ganzes, auch wenn sie getrennt sind.

Dabei können sich die beiden Seiten gegenseitig beeinflussen; so ist zum Beispiel dort, wo sich im Arresum ein Leerraum befindet, im Parresum ein Galaxienhaufen und umgekehrt. Im extremsten Fall trifft dies auf die Große Leere zu, der im Arresum eine gigantische Anzahl an Galaxien gegenüber steht.

(Aus: Hoschpians unautorisierte Chronik des 14. Jahrhunderts NGZ; Kapitel 2.0.1, Das Multiversum: Wie es der Terraner sieht und wie es wirklich ist)

1.

Für Perry Rhodan bestand keine Veranlassung, jemals nach Dornister zu kommen. Wenn der Großadministrator des Solaren Imperiums diese Kolonistenwelt überhaupt dem Namen nach kannte, dann brachte er höchstens den Begriff Erz damit in Zusammenhang. Dornister war ein Wüstenplanet mit riesigen Erzvorkommen, aber das war für den Großadministrator nicht Grund genug, dieser Welt einen Besuch abzustatten.

Für die Kolonisten allerdings bedeutete Dornister mehr als nur Wüste, Fels, Erz, Wasserarmut und Trostlosigkeit – sie hatten hier eine zweite Heimat gefunden. Sie gehörten der zweiten Generation von terranischen Siedlern an, die sich verpflichtet hatten, solange auf Dornister auszuharren, bis sämtliche Erzlager ausgebeutet waren. Die erzielten Gewinne wurden auf die Terranische Bank eingezahlt und sollten ihnen der Grundstein für eine bessere Zukunft sein.

Die Erzvorkommen waren noch lange nicht abgebaut, und die Siedler schufteten wie vor fünfzig Jahren. Ihr Leben war einförmig und spielte sich zwischen den Erzgruben und der einzigen Ansiedlung ab, die sie stolz Dornister City nannten. Die Umstände hatten sie genügsam werden lassen, sie waren gezwungen, ihre karg bemessene Freizeit entweder in dem Dutzend Schenken, in der öffentlichen Mikrothek oder in privatem Freundeskreis zu verbringen. Es erübrigt sich fast zu sagen, dass von den rund zweitausend Kolonisten jeder jeden kannte.

In ihren Lebensrhythmus gehörte auch die monatliche Landung von vier Transportraumern, welche die Erze abholten. Die Kolonisten richteten es dann nach Möglichkeit so ein, dass sie die Arbeitsroboter in den Erzgruben unbeaufsichtigt ließen, kleideten sich und ihre Familien in Festtagsgewänder und warteten am Rande der weiten Ebene aus geschmolzenem Sand auf das Eintreffen der vier Raumschiffe. An solchen Tagen war ganz Dornister auf den Beinen, in die Augen der Kolonisten trat ein besonderer Glanz, es herrschte Karnevalsstimmung.

Sie trugen die Raumfahrer auf den Schultern in die »City«, scharten sich um sie und lauschten den phantastischen Erzählungen über ferne, paradiesische Welten und haarsträubende Abenteuer. Meist wussten oder ahnten sie, dass vieles davon pures Raumfahrergarn war, aber das machte ihnen nichts aus. Denn die Geschichten der Raumfahrer lenkten sie vom Alltag ab und nährten ihre berechtigte Hoffnung, dass einmal sie, ihre Kinder, oder Kindeskinder teilhaben würden an dem Wohlstand des großen Imperiums. Davon träumten sie auch noch, wenn die Transportraumer schon längst wieder gestartet und sie selbst an ihre Arbeitsplätze zurückgekehrt waren. Sie blieben mit der Gewissheit zurück, dass sie hier auf Dornister ihren festen und bedeutsamen Platz im komplizierten Räderwerk des Sternenreiches einnahmen.

Sie beaufsichtigten weiterhin die Arbeitsroboter, flogen die gewonnenen Erze mit den Antigrav-Schleppern zu den Lagerplätzen am Rande der »City«; in den freien Stunden labten sie ihre vom Wüstensand ausgedörrten Kehlen mit dem gepanschten Fusel aus den Schenken und reagierten ihre überschüssigen Kräfte in handfesten Raufereien ab; sie ehrten ihre Frauen und Mütter und verstanden es, deren und ihrer Kinder Illusionen mit der blumenreichen Sprache der Raumfahrer wach zu halten; und sie fieberten wieder dem Tag entgegen, an dem die vier Transportraumer landen sollten.

Doch im März des Jahres 2419 versetzten die Kolonisten ihrerseits die Raumfahrer mit einer Geschichte in Erstaunen, die sich mit jedem Raumfahrergarn messen konnte. Nur mit dem Unterschied: Was die Kolonisten zu berichten hatten, beruhte auf Tatsachen, davon konnten sich die Raumfahrer mit eigenen Augen überzeugen, als man sie dem »Wunder von Dornister« gegenüberstellte.

Es handelte sich um einen Mann in einem wallenden, blütenweißen Gewand. Der kahle Schädel, der graue Vollbart und die unzähligen Runzeln in seinem blasshäutigen Gesicht ließen ihn uralt erscheinen. Einer der Raumfahrer machte die scherzhafte Bemerkung, dass es sich womöglich um einen Zeitreisenden handle, denn er sehe wie einer der Inder in den Sensitiv-Monsterschinken aus. Das folgende Gelächter der Raumfahrer verstummte aber bald, als das Objekt ihrer Heiterkeit plötzlich die Augen öffnete und zu sprechen begann.

»Ich heiße Curu zy Shamedy«, sagte der Mann in einwandfreiem Interkosmo, »und ich bin ein Psynetiker. Ich bin hier, um Perry Rhodan zu sprechen. Ich habe eine beschwerliche Reise gehabt, ich bin müde, deshalb wird Perry Rhodan zu mir kommen müssen.«

Es wurde später nie richtiggestellt, ob Curu zy Shamedy den Raumfahrern und Dornister-Kolonisten den Beweis für seine übernatürlichen Fähigkeiten erbrachte. Aber John Marshall, der Leiter des Mutantenkorps, ging dem Gerücht um den angeblich Extratemporal-Perzeptiven nach und stellte bei persönlich vorgenommenen Versuchen fest, dass man es mit einem außergewöhnlichen Mutantentyp zu tun hatte. Er suchte Curu zy Shamedy in dem leeren Schuppen auf, in dem er Quartier bezogen hatte und er sprach mit ihm. Allerdings erreichte John Marshall nichts, denn der Mann wollte nur mit Perry Rhodan selbst verhandeln.

»Worüber verhandeln?«, wollte John Marshall wissen.

»Es geht um den Fortbestand des Solaren Imperiums«, antwortete Curu zy Shamedy, dann zog er sich wieder zur Meditation zurück.

Wie die Dinge nun lagen, schien der Großadministrator doch eine Veranlassung zu haben, Dornister einen Besuch abzustatten.

2.

In dieser schnelllebigen Zeit gehörte die letzte große galaktische Auseinandersetzung zu Beginn des 25. Jahrhunderts im Jahre 2419 bereits der Vergangenheit an, war für die meisten in Vergessenheit geraten. Nur die Veteranen, die »dabei gewesen« waren, ließen die Vergangenheit gelegentlich aufleben, wenn sie den Jüngeren vom »größten Sieg der Menschheit« berichteten, als wären sie persönlich maßgeblich daran beteiligt gewesen. Dabei hatten sie die Geschehnisse meist selbst nur aus zweiter Hand erfahren.

Wie dem auch war, wer sich ernsthaft mit der jüngsten Vergangenheit auseinandersetzen wollte – mit dem Andromedafeldzug, dem Sieg über die Meister der Insel, der schließlich zu einem dauerhaften Friedensvertrag und Freundschaftsbündnis mit den Maahks führte; dem Auftauchen der Freifahrer, die den Springern das Privileg des freien Handels streitig machten und die darauffolgende Raumschlacht im Urbtridensektor, die die Freifahrer für sich entschieden – wer darüber authentisch informiert werden wollte, dem stand es frei, die Enzyklopaedia Terrania zu Hilfe zu nehmen.

Das wurde selten genug getan, denn die Menschheit befand sich in einer neuen Blütezeit. Denn in Zeiten des Friedens und des Wohlstandes vergisst man die graue Vergangenheit am besten schnell wieder. Der Durchschnittsbürger dachte zumindest so. Die Vergangenheit ist tot, man vergisst sie, und um die Zukunft sorgen sich nur Pessimisten.

So leicht konnten es sich die führenden Männer der Menschheit allerdings nicht machen. Perry Rhodan, Großadministrator des Solaren Imperiums, Träger eines Zellaktivators, war dem Schicksal für die dreizehn Jahre Ruhepause dankbar, und zusammen mit seinen Männern nutzte er diese Zeit für das Wohl der Menschheit. Aber es war klar, dass dieser Friedenszustand nicht auf die Dauer zu halten war.

Die Zeit bleibt nicht stehen; ein Planet dreht sich um seine Sonne, die Sonne kann sich der galaktischen Rotation nicht ausschließen, und die Galaxis bewegt sich mit anderen zigtausenden Galaxien um den Mittelpunkt der Supergalaxis. Zehntausende solcher Supergalaxien bewegen sich zusammen um ein gemeinsames Zentrum. Das waren Räume von einem Ausmaß, dass es die Vorstellungskraft jedes Sterblichen sprengen musste, wenn er sich damit auseinandersetzen wollte. Und doch musste der Großadministrator in diesen Bahnen denken, denn er musste die Zukunft im Auge behalten.

Die Menschheit breitete sich immer mehr aus; noch war die eigene Milchstraße nicht erforscht und befriedet, aber der Mensch hatte bereits die ersten Annäherungsversuche an den Andromedanebel gemacht; der noch ungeahnte Geheimnisse besaß, aber bevor man noch daranging, sie zu lüften, rüsteten sich bereits Expeditionen zu den beiden Magellanschen Wolken. Die Menschheit hatte ihre Netze über ein riesiges Gebiet des Weltraums ausgelegt, sie griff nach immer mehr, und ihrem Forschungsdrang waren keine Grenzen gesetzt.

Das hatte sein Gutes, es zeigte, dass der Mensch noch jung, vital und deshalb lebensfähig war. Aber es gab auch eine Schattenseite. Je größer das zu erforschende und verwaltende Gebiet war, desto verwundbarer wurde das Solare Imperium gleichzeitig.

Und noch etwas. Schon während sich die Menschheit in der eigenen Galaxis ausbreitete, hatte sie mit unzähligen unbekannten Gefahren zu kämpfen gehabt, und ein kurzer Abstecher in den Andromedanebel hätte fast das Ende bedeutet. Man brauchte seine Fantasie also nicht sehr anzustrengen, um zu dem Ergebnis zu gelangen, dass die Magellanschen Wolken und die anderen Galaxien, die zusammen mit der Milchstraße zu der Lokalen Gruppe gehörten, noch genügend unangenehme Überraschungen in sich bargen; man konnte ruhig sagen: potenzielle Gefahren.

Natürlich handelte es sich hier um riesige Gebiete, und der Mensch würde sich nicht so schnell über alle dreizehn Milchstraßen der Lokalen Gruppe ausbreiten. Das konnte noch viele Menschenalter dauern. Aber der Großadministrator war unsterblich, *er* würde es noch erleben, falls er nicht eines gewaltsamen Todes starb. Er musste die Möglichkeit von potentiellen Gefahren beachten, und deshalb setzte er durch, dass sich die Menschheit vorerst militärisch und moralisch stärkte, bevor sie sich auf weitere Forschungsabenteuer einließ.

Doch das allein genügte nicht. Es wäre vermessen, wenn der Mensch glaubte, dass jene potenziellen Gefahren nur durch seine Initiative akut wurden. Es hat sich gezeigt, und würde sich noch oft zeigen, dass die Gefahr ganz überraschend aus den Tiefen des Alls auftauchte, ohne dass man gewarnt war. Auch dagegen musste die Menschheit gerüstet sein.

Deshalb war es nicht verwunderlich, dass Perry Rhodan und sein Stab beim Auftauchen des Extratemporal-Perzeptiven die Möglichkeit einer »Gefahr von außen« in Erwägung zogen und Sicherheitsvorkehrungen trafen. Bei dem Treffen mit Curu zy Shamedy wurde alles Menschenmögliche für Perry Rhodans Sicherheit unternommen.

Trotzdem rieten ihm seine Männer von dem Unternehmen ab.

»Ich hoffe, du hast die Folgen bedacht, die dein Tod für das gesamte Solare Imperium mit sich bringen würde«, sagte Atlan, Regierender Lordadmiral der USO.

»Ich glaube«, entgegnete Rhodan, »wir haben das Für und Wider genügend durchdiskutiert.«

Er befand sich an Bord der CREST IV, die vor wenigen Minuten auf dem primitiven Raumhafen von Dornister gelandet war. In 200.000 Kilometern Entfernung umkreiste ein Verband von Ultrariesen unter Atlans Kommando den Planeten und riegelte ihn somit vom All her ab.

»Natürlich«, sprach wieder Atlan, und Rhodan sah deutlich,

wie sich die Mundwinkel des Arkoniden leicht spöttisch verzogen. »Natürlich, du hast diese Angelegenheit so weit gedeihen lassen, dass die halbe Galaxis nach Dornister blickt. Jetzt gibt es kein Zurück mehr; du riskierst lieber Kopf und Kragen und bringst das Solare Imperium an den Rand eines Chaos, bevor du deinen Entschluss rückgängig machst.«

»An Vorwürfen habe ich nun genug gehört«, entgegnete Rhodan bissig. »Hast du noch etwas Wesentliches zu sagen?«

Jetzt wurde auch Atlan wütend. »Du missverstehst mich anscheinend absichtlich. Ich will dir keine Vorwürfe machen. Aber ich sage dir, dass es sich um eine Falle handelt!«

»Unsere Diskussion führt zu nichts, wir bewegen uns damit im Kreis«, meinte Rhodan abschließend. »Es bleibt dabei: In wenigen Minuten verlasse ich mit Marshall die CREST und treffe mich in der Kolonistensiedlung mit dem ETP-Mann.«

Ein resignierendes Lächeln erschien auf den asketischen Gesichtszügen des Arkoniden. »Ich kann dir also nur viel Glück wünschen, Perry – dir und Marshall.«

»Danke, Atlan.« Rhodan unterbrach die Verbindung und starrte noch eine Weile auf den dunklen Bildschirm des Telekoms. Er befand sich in einer niedergedrückten Stimmung. Dabei hätte er guter Laune sein sollen, denn sie standen kurz davor, einen Zeit-Talentierten für das Mutantenkorps anzuheuern.

Welche Möglichkeiten sich für das Solare Imperium boten, war noch nicht ganz abzusehen. Aber es lag klar auf der Hand, dass mit Hilfe eines ET-Perzeptiven zukünftige Geschehnisse vorausgesehen werden konnten; Angriffe kosmischer Aggressoren konnten im Keime erstickt werden, weil das Solare Imperium darauf vorbereitet wäre; Gefahren, die in den Tiefen des Alls lauerten und die Milchstraße bedrohten, kämen nie mehr überraschend – der ETP-Mann würde ihr Herannahen voraussehen, und die terranische Flotte konnte zum Gegenschlag ausholen, *noch bevor* überhaupt ein Angriff erfolgte. Und in weiterer Folge, wenn die Menschheit nicht mehr gezwungen sein würde, verlustreiche Verteidigungskriege zu führen, konnte die Befriedung der Galaxis beginnen. Und später ... Rhodan wagte nicht, diese Gedankenkette weiterzuführen, denn obwohl es verlockende Spekulationen waren, führten sie ins Uferlose.

Konnte es daher irgendwelche Bedenken geben, ein Risiko einzugehen, egal wie groß es war? Rhodan sagte nein, seine Männer meinten, er persönlich dürfe dieses Risiko nicht eingehen.

Rhodan machte sich nichts vor, er hatte selbst kein gutes Gefühl bei diesem Unternehmen. Aber was er tat, tat er für das Wohl der Menschheit, ohne Rücksicht auf seine Person. Mit Hilfe eines Extratemporal-Perzeptiven wären die Menschen mächtiger als je zuvor. Davon musste Rhodan ausgehen, das hielt er sich vor Augen. Dabei durfte er nicht auf die sentimentalen Beweggründe seiner persönlichen Freunde Rücksicht nehmen, die um sein Leben bangten.

Er kehrte dem Interkom den Rücken und blickte in die Kommandozentrale. Neben dem Kommandanten und der diensthabenden Mannschaft befanden sich außer Perry Rhodan noch sechs Leute hier, die an den folgenden Geschehnissen maßgeblich beteiligt sein sollten. Jedem einzelnen fiel eine wichtige Aufgabe zu, von dem Einsatz eines jeden konnte der Erfolg des Unternehmens abhängen.

Rhodan sah sie der Reihe nach an und erkannte an ihrem Verhalten, dass sie das »Unternehmen ETP-Mann« als Todeskommando betrachteten. Aber das hatten sie Perry Rhodan schon vorher gesagt.

Da waren Gucky und Ras Tschubai, die beiden sollten als Teleporter eingesetzt werden; der Mausbiber stand ganz nahe neben dem Afrikaner, und er machte ein Gesicht, als ginge die Mohrrübenseuche um. Einige Schritte von den beiden entfernt stand der Doppelkopfmutant Iwan-Iwanowitsch Goratschin wie ein Monument auf seinen Säulenbeinen; er, den man »Zünder« nannte, weil er Kalzium- und Kohlenstoffatome durch die Kraft seines Geistes zur Explosion bringen konnte, ließ sich in den beiden grüngeschuppten Gesichtern seine Gefühlsregungen am wenigsten anmerken.

Etwas abseits von den anderen saß Ralf Marten, der Teleoptiker, in einem Kontrollsessel; er war groß, schlank und hinter seinem ungewöhnlich guten Aussehen verbarg sich die Fähigkeit, durch anderer Wesen Augen und Ohren sehen und hören zu können, ohne dass es das Medium merkte. Rhodan am nächsten stand John Marshall, Chef des Mutantenkorps, der als einziger den Großadministrator zu dem Extratemporal-Perzeptiven begleiten sollte.

Staatsmarshall Reginald Bull war der sechste Aktive im Unternehmen ETP-Mann, er leitete die ganze Aktion, hatte den Oberbefehl über die Kampfroboter, die die Kolonistensiedlung abriegelten, und er sollte die Fähigkeiten der vier eingesetzten Mutanten miteinander koordinieren. Bulls wasserblaue Augen blickten Rhodan düster entgegen.

Er war es auch, der schließlich das Schweigen in der Kommandozentrale brach.

»Man sagt dir nach, dass du ein ›Sofortumschalter‹ bist, Perry«, meinte Bull, »deshalb wundert es mich um so mehr, dass du diesmal den Braten noch nicht gerochen hast. Der Fremde ist doch nichts weiter als ein Köder.«

»Ein sehr schmackhafter allerdings«, entgegnete Rhodan augenzwinkernd, aber selbst das konnte die Leichenbittermiene des Freundes nicht aufhellen.

An alle gewandt, fuhr Rhodan fort: »Mich wundert vor allem, dass die besten Männer des Solaren Imperiums so wenig Selbstvertrauen haben. Da, seht euch die Bildschirme in der CREST an! Verfolgt Atlans Raummanöver, betrachtet die Vorgänge rund um die Kolonistensiedlung. Hunderte von Kampfrobotern haben die Bretterstadt umzingelt, vierzig Ultrariesen haben Dornister vom All her abgeriegelt, und ihr, die fähigsten Mutanten des Solaren Imperiums, steht ebenfalls im Einsatz. Das geschieht alles zu John Marshalls und meinem Schutz! Was kann ein einzelner Mann dagegen ausrichten?«

»Geht nur, es ist euer Begräbnis«, kommentierte Bull. Rhodan überhörte es, aber einem spontanen Wunsch folgend, wollte er hingehen und dem Freund die Hand schütteln. Er überlegte es sich noch rechtzeitig anders, sein Abgang sollte nicht wie ein Abschied wirken.

»Warum verbirgst du deine Gedanken so ängstlich vor mir?«, erkundigte sich Gucky plötzlich. »Etwa deshalb, damit ich deine eigenen Zweifel nicht herauslesen kann? Wenn du schon nicht auf uns hörst, dann wenigstens auf deine innere Stimme!«

Gutmütig erwiderte Rhodan: »Die innere Stimme! Manchmal muss man sie ignorieren, die feige innere Stimme. Wo stünden wir heute, wenn wir der Gefahr immer ausgewichen wären, wenn wir kein Risiko eingegangen wären? Wo stünden wir da? Aber das brauche ich nicht erst zu betonen. Du, Gucky, hast deinen Mut ja oft genug bewiesen.«

»Na ja, wenn du das so ausdrückst«, gab der Mausbiber geschmeichelt zu. Die Männer in der Kommandozentrale lachten, die Spannung löste sich.

»Was soll das!«, empörte sich Gucky und blickte sich kampflustig um. »Will vielleicht jemand behaupten, dass ich *nicht* mutig bin?«

»Schon gut«, sagte Rhodan lächelnd und strich ihm freundschaftlich über den Kopfpelz. »Wenn es brenzlig wird, kannst du uns mit einem gewagten Teleportersprung aus der Klemme holen.«

»Schmoren werde ich euch lassen«, entgegnete Gucky grollend.

Rhodan wandte sich gutgelaunt dem Teleoptiker Ralf Marten zu, der sich schnell aus dem Kontrollsessel erhob. Rhodan fragte: »Haben Sie die Lage ausgekundschaftet?«

»Jawohl, Sir«, antwortete der Teleoptiker. »Ich habe Curu zy Shamedys Seh- und Gehörsinn für eine lange Zeitspanne übernommen, aber in dieser Zeit hat er die Augen nur für einen Augenblick geöffnet, als ihm eine Kolonistenfrau eine Schüssel mit Nahrung brachte. Er hat das Essen nicht angerührt.«

Aus den Berichten wusste Rhodan, dass Marten den Fremden seit insgesamt 112 Stunden kontrollierte, und dass John Marshall an die hundert Versuche unternommen hatte, die Gedanken des ETP-Mannes nach gefährlichen Aspekten zu durchsuchen. Beide waren sie erfolglos geblieben, sie hatten keine alarmierenden Dinge zutage fördern können.

Rhodan drehte sich halb zu Ras Tschubai um.

»Gucky wird mit John Marshall in telepathischer Verbindung bleiben«, sagte Rhodan zu ihm. »Falls Sie überhaupt zu teleportieren brauchen, können Sie also denkbar rasch handeln.«

»Ich werde schnell handeln, Sir«, versicherte Tschubai.

»Sie wissen ebenfalls, was Sie zu tun haben, Iwan-Iwanowitsch«, redete Rhodan den Doppelkopfmutanten an.

»Natürlich, Sir«, antworteten beide Köpfe gleichzeitig. Goratschins Aufgabe war ebenfalls klar umrissen: Wenn es keinen anderen Ausweg mehr gab, sollte er durch einen paraphysikalischen Impuls die Kalzium- und Kohlenstoffatome im Körper des ET-Perzeptiven zünden und zur Explosion bringen. Aber nur dann, wenn es keinen anderen Ausweg aus der Gefahr gab.

Wir haben an alles gedacht – was kann da schiefgehen?, dachte Rhodan.

Nach einem letzten Blick auf die Anwesenden sagte er zum Chef des Mutantenkorps: »Gehen wir, John.«

Vor dem Antigravschacht wartete der Zeugmeister mit zwei Robotern auf sie und wollte ihnen Kampfanzüge aufdrängen. Kommentarlos wurde er von Rhodan zur Seite geschoben. Kopfschüttelnd murmelte der Zeugmeister: »Nur mit Lähmstrahlern bewaffnet ...«

3.

Wie ausgestorben stand das 2500 Meter durchmessende Flaggschiff auf seinen Teleskopbeinen in der glasigen Ebene südlich der Kolonistenstadt. Die Sonne war ein verwaschener Fleck im Zenit. Die Luft flimmerte. Ein winziger Punkt löste sich vom unteren Pol der riesigen Stahlkugel, schwebte in dreißig Meter Höhe über die Ebene in Richtung Dornister City.

Es schien, als habe die Welt nur auf diesen Augenblick gewartet. Denn plötzlich tauchten in dem eben noch leeren Luftraum vier weitere Punkte auf, wurden größer und entpuppten sich als Space-Jets. Sie formierten sich zu einem Viereck und gaben dem fünften Objekt, einem Shift, Geleitschutz.

Der Flugpanzer nahm Höhe auf, als die glasige Ebene abrupt in eine steile Düne überging. Perry Rhodan blickte aus der Kanzel. Kein einziges Wort war zwischen ihm und John Marshall gefallen, seit sie die Kommandozentrale der CREST IV verlassen hatten. Es gab nichts mehr zu besprechen.

Als der Shift den Dünenkamm erreichte, gewahrte Rhodan die Stellungen der Kampfroboter. Sie waren zwar getarnt, aber aus dieser geringen Höhe konnte man sie ausmachen. Ein Gegner aus der Luft würde allerdings nicht so tief herunterkommen.

Der Shift sackte ab, landete auf dem steilen Sandhang und setzte seinen Weg auf den Raupenketten fort. Der mächtige Schatten der CREST IV verschwand hinter der Düne, vor ihnen lag Dornister City in der Senke. Es war ein guter Platz für eine Siedlung; der vierhundert Meter hohe Sandwall schützte vor den Winden und auch einigermaßen vor der Hitze, außerdem gab es eine Wasserstelle, die reines, bakterienfreies Wasser spendete.

Dornister City selbst machte einen ziemlich schäbigen Eindruck. Es gab nur zwei Arten von Bauten: die klobigen, zweistöckigen Wohnhäuser und die langgestreckten Lagerhallen – es waren lieblos hingestellte Fertighäuser, wie man sie auf fast allen jungen Kolonistenwelten fand. Aber noch nirgends hatte Rhodan eine Siedlung gesehen, die so stark vom Verfall gekennzeichnet war. Daran mussten die Witterungseinflüsse schuld sein. Er nahm sich vor, diesen Fall den sozialen Stellen in Terrania vorzutragen.

Als er dann die ersten Kolonisten aus der Nähe sah, war er überrascht. Sie standen entlang der schnurgeraden »Mainstreet«, vom Zentrum der Ansiedlung bis zu den hydroponischen Glashäusern, die die Stadt abgrenzten. Rhodan sah harte Gesichter, von der schweren Arbeit gezeichnet, die aber alle eine Fröhlichkeit ausstrahlten, die ganz im Gegensatz zum trostlosen Gesamteindruck des Planeten stand. Er konnte nicht wissen, dass das auf seinen Besuch zurückzuführen war. Er konnte nicht wissen, dass seine Anwesenheit die Dornister-Kolonisten aufputschte, dass sie für die Dauer seines Aufenthaltes in einen Rausch verfielen, aufblühten, sich mitten im Pulsschlag des großen Imperiums wähnten – um danach wieder in den Teufelskreis ihres harten Alltags zurückzukehren.

Das konnte Perry Rhodan nicht wissen, als er mit John Marshall aus dem Shift stieg, als er die Huldigungen der Kolonisten entgegennahm. Er hörte die Jubelschreie, schüttelte unzählige Hände und ließ sich von dem Bürgermeister, dessen Namen er nicht verstanden hatte, durch das dichtgedrängte Spalier in das Herz der Siedlung geleiten. Er lächelte den Kolonisten freundlich zu, aber mit den Gedanken war er bereits bei Curu zy Shamedy, dem ETP-Mann.

Der Bürgermeister versicherte, dass sie gleich da sein würden. Rhodan hatte ein ungutes Gefühl. War es eine Vorahnung auf die kommende Katastrophe, oder die negative Auswirkung der Schwarzseherei seiner Männer?

Das Spalier der Kolonisten schien kein Ende zu nehmen. Sie ließen Perry Rhodan und das Solare Imperium hochleben, die Frauen weinten gerührt, die Kinder reckten ihre mageren Hälse, ihre Backen waren vor Aufregung gerötet, aber ihre Blicke verrieten, dass sie von all dem nichts begriffen. Rhodan dachte daran, dass es den erwachsenen Kolonisten auch nicht anders ging. Was wussten sie von den wirklichen Vorgängen auf ihrer Welt in diesem Augenblick?

Sie wussten nicht, welche Bedeutung den Robotstellungen rund um ihre Stadt zukam; sie hatten keine Ahnung von der Spannung, die in diesem Augenblick auf der CREST IV herrschte, von den unzähligen Funksprüchen, die zwischen dem USO-Verband, den patrouillierenden Jets und den Bodenstationen gewechselt wurden. Und am wenigsten würden sie sich vorstellen können, mit welcher Konzentration sich die Mutanten auf ihren Einsatz vorbereiteten. Ralf Marten, zum Beispiel, sah in diesem Augenblick abwechselnd durch Rhodans und Marshalls Augen, er hörte mit ihren Ohren, um eventuelle Anzeichen einer Gefahr zu entdecken, die ihrer Aufmerksamkeit entging.

Was hatte der Teleoptiker zu berichten, hatte er eine Entdeckung gemacht?

Rhodans Befürchtung war grundlos. Ralf Marten lag in seinem Kontrollsessel, sein Körper war wie erstarrt, er schien zu schlafen. Nur seine Lippen bewegten sich, er sprach. Seine Stimme war nicht mehr als ein Flüstern, aber deutlich zu verstehen.

»... nichts als Gesichter und Hände, derbe Kolonistenhände. Waffen sind nirgends zu entdecken. Sie sind alle dem Aufruf gefolgt und haben ihre Messer, mit denen sie sich gegen die giftigen Echsen wehren, zu Hause gelassen. Noch kein einziger Kolonist war zu erblicken, dessen Messer im Gürtel steckte ...«

Reginald Bull, der die Übertragungen auf dem Hauptbildschirm verfolgte, wandte seinen Blick nicht ab, als er Gucky fragte: »Wie stellt sich John Marshall dazu?«

Der Mausbiber zuckte zusammen; während er weiterhin mit Marshall in telepathischer Verbindung blieb, erklärte er dem Staatsmarschall: »John überlässt die optischen Beobachtungen Rhodan und Marten. Er hat einen telepathischen Fächer um den Schuppen gelegt, in dem sich Curu zy Shamedy eingenistet hat. Er hat seine Fühler ganz vorsichtig ausgestreckt, aber bisher noch nicht den geringsten Kontakt zu dem ETP-Mann gehabt. Als verschanze dieser sich ängstlich hinter einem Gedankenblock. John wartet auf einen günstigen Augenblick, den Schild zu durchbrechen, ohne den ETP-Mann zu warnen.«

Als Gucky geendet hatte, war Ralf Martens Flüstern wieder zu vernehmen. Er berichtete: »... Die Kolonisten weichen zurück und geben einen unbeleuchteten Eingang in eine leere Lagerhalle frei. Die Kolonisten dürften sie eigens für Perry Rhodans Empfang gefegt haben, außerdem haben sie die Dachbalken mit Girlanden geschmückt; auf der einen Längswand hängt ein dreidimensionales Bild des Großadministrators, das von einem starken Scheinwerfer angestrahlt wird. Der Scheinwerfer ist die einzige Lichtquelle ... Außer den Schritten und dem keuchenden Atem des Bürgermeisters ist kein Geräusch zu hören ... Eine schmale, frisch gestrichene Tür kommt ins Blickfeld, dahinter ist ein kleiner Raum, von dem schmalen Lichtstrahl erhellt, der durch eine kleine Luke fällt ...«

Hier unterbrach sich Ralf Marten, denn es war ausgemacht, dass er nach Curu zy Shamedys Auftauchen sofort dessen Seh- und Hörorgane übernehmen solle. Er erwachte aus der Erstarrung und gönnte sich nur eine kurze Verschnaufpause, bevor er seine teleoptische Fähigkeit auf den Temporal-Perzeptiven richtete.

Der Teleoptiker setzte seine geflüsterten Eindrücke fort, diesmal aus der Warte des ETP-Mannes. Aber niemand achtete darauf, denn plötzlich donnerte Atlans Stimme aus dem Telekom in die angespannte Atmosphäre der Kommandozentrale.

»Eben kommt der Bericht eines Wettersatelliten herein«, erklärte der Lordadmiral. »Vom Norden her nähert sich ein Samum mit über hundertfünfzig Stundenkilometern, er bringt eine dichte, zwanzig Kilometer breite Sandwand mit sich. Bereitet euch darauf vor, dass er die Kolonistensiedlung in einer knappen halben Stunde erreicht haben wird.«

»In Ordnung«, erwiderte Reginald Bull, und er traf die Vorbereitungen für die Verständigung der patrouillierenden Space-Jets. Während er die Beibootkommandanten von dem näherkommenden Sandsturm unterrichtete, ließ er einen der nördlichen Bildschirme auf größtmögliche Vergrößerung einstellen. Als Bull den Bildschirm kurz betrachtete, war nicht mehr als ein schmaler schwarzer Streifen am Horizont zu sehen.

Dann wurde er durch den Funkspruch einer Space-Jet abgelenkt, die meldete, dass sie zwei mit Erzen vollbeladene Antigrav-Schlepper zur Landung gezwungen hätten, weil sie das befohlene Fünf-Kilometer-Limit um Dornister City überfliegen wollten. Bull gab dieser Meldung wenig Gewicht, denn er konnte sich nicht vorstellen, dass von Antigrav-Schleppern Gefahr drohen sollte. Als er danach wieder auf den nördlichen Bildschirm blickte, hatte sich der dunkle Streifen am Horizont ums Doppelte vergrößert.

»Das hat uns gerade noch gefehlt«, murmelte er. Er gab dem Ersten Offizier den Befehl, sich um den Funkverkehr zu kümmern und wandte seine Aufmerksamkeit wieder den Mutanten zu.

Ralf Marten lag wieder mit erstarrtem Körper im Kontrollstuhl, Gucky und Ras Tschubai standen dicht hinter ihm, Goratschin stand mit gespreizten Beinen vor Marten – er wirkte am konzentriertesten.

Der Teleoptiker sagte gerade: »… Rhodan wendet sich wieder dem ETP-Mann zu und antwortet: ›Zufällig bin ich auf Terra geboren.‹ ›Das ist eine Lüge!‹, ruft der ETP-Mann …«

Bull bedauerte es, dass er seine Zeit mit Nebensächlichkeiten vertan hatte, während der Teleoptiker von den dramatischen Geschehnissen in Dornister City berichtete. Warum hatte der Temporal-Perzeptive Perry Rhodan als Lügner bezeichnet, als dieser meinte, er sei ein Terra-Geborener? Der ETP-Mann begründete seine Behauptung, aber für Bull verschleierten sich die Dinge nur noch mehr.

Der Teleoptiker berichtete weiter: »Der ETP-Mann fährt nach

kurzer Pause fort: ›Auf Terra wird niemand *geboren!* Es ist die Hochburg der Psynetik, und kein Mobbie hat jemals seinen Fuß auf dieses Stück kostbare Erde gesetzt. Sie scheinen sehr überrascht, das wundert mich nicht, denn aus Ihren Gedanken habe ich erfahren, dass Sie der ehrlichen Meinung sind, auf Terra geboren zu sein. Und tatsächlich glauben Sie auch, Perry Rhodan zu heißen und der Großadministrator des Solaren Imperiums zu sein. Deshalb gebe ich Ihnen die eindringliche Warnung: Distanzieren Sie sich von der Identifikation Ihres Unterbewusstseins. Ich kann Ihnen versichern, dass Sie nur als Matrize gelten. Sie sind das – äh, wie soll ich sagen – *die* Gussform für ein Endprodukt. Man kann Sie auch als Schablone bezeichnen. Ja, Sie sind eine Schablone. Anfangs hielt ich es auch nicht für möglich, aber jetzt habe ich Beweise dafür gefunden – auf der Gedankentreppe und in Ihrem Gehirn. Sie sind bestenfalls ein Mobbie, aber ganz bestimmt kein Zy. Sie beherrschen nicht einmal die zehn Grunddisziplinen der Psynetik, um aber Ihr Schablonendasein abzulegen, müssten Sie der siebzehnten Fakultät angehören.‹

Rhodan …«

Reginald Bull hörte nicht mehr, was Rhodan tat oder sagte. Er konnte sich plötzlich nicht mehr auf die Stimme des Teleoptikers konzentrieren. Ihn schwindelte.

Sie hatten alle damit gerechnet, dass der Extratemporal-Perzeptive der Köder in einer Falle war und hatten dementsprechende Vorsichtsmaßnahmen getroffen. Jedoch hatten sie nicht genau gewusst, wer die Falle aufgestellt hatte. In diesem Augenblick aber wusste Bull, woher die Gefahr kam!

Der Extratemporal-Perzeptive wusste Bescheid über Perry Rhodan und das Solare Imperium, aber seine Eindrücke waren verzerrt. Als käme er von einem *anderen* Solaren Imperium! Er sprach Interkosmo, verwendete aber ungebräuchliche Ausdrücke. Psynetik. 17. Fakultät. Mobbie. Zy. Er sympathisierte mit dem Solaren Imperium. Aber ganz bestimmt nicht mit *diesem* Solaren Imperium, in dem sie lebten, sondern mit dem *zukünftigen!*

Für Reginald Bull stand es jetzt fest, dass Curu zy Shamedy in einer Mission aus der Zukunft zu ihnen gekommen war. In einer Mission, die für das zukünftige Solare Imperium sehr bedeutungsvoll sein musste. Aber was bedeutete es für die Gegenwart? Jetzt schienen sich die dunklen Ahnungen Bulls und der anderen zu verwirklichen.

Wie im Traum vernahm er Ralf Martens Stimme: »... Der ETP-Mann erhebt sich. Rhodan und Marshall scheinen über diese Bewegung besorgt, denn sie greifen instinktiv zu ihren Lähmstrahlern ...«

»John Marshall hat mir eine telepathische Vorwarnung gegeben!«, rief Gucky in höchster Erregung. »Warum gibt uns Perry nicht den Befehl, zu springen?«

Niemand gab ihm eine Antwort. Reginald Bull hätte sie ihm vielleicht geben können, aber dafür war jetzt keine Zeit. Er ahnte, dass Perry Rhodan die Situation nun ebenfalls zur Gänze erfasst hatte, Perry Rhodan musste ganz einfach erkannt haben, dass Curu zy Shamedy nicht gekommen war, um ihnen zu helfen, sondern sie nur als Werkzeuge gebrauchen wollte. Aber warum handelte Rhodan nicht! Rechnete er immer noch auf eine Chance, den Mutanten umstimmen und für das Solare Imperium gewinnen zu können?

»Na, los, Perry«, sagte Bull, als könne ihn der Freund hören, »worauf wartest du noch. Gib den Befehl für die Teleporter, damit sie euch aus der Falle holen.«

Der Doppelkopfmutant Iwan-Iwanowitsch Goratschin stand vollkommen bewegungslos da, seine Nerven waren bis zum Zerreißen gespannt. Er wusste, dass sein Einsatz jede Sekunde fällig sein konnte.

Reginald Bull beugte sich über Ralf Marten, der von den Vorgängen um ihn nichts wusste. Er war nur physisch hier, psychisch nahm er an den Geschehnissen in dem kleinen, kahlen Raum in Dornister City teil, wo Curu zy Shamedy jetzt zwei Schritte vor Perry Rhodan und John Marshall stand.

Der Großadministrator hatte das Gefühl, dass es jeden Augenblick zu der erwarteten Explosion kommen musste. So sehr Curu zy Shamedy seine Gefühle auch in der Gewalt haben mochte, ein kurzes Aufblitzen seiner Augen verriet, dass er *jetzt* sein Vorhaben ausführen wollte.

Gleichzeitig sagte er: »Schreiten wir zum Vollzug.«

Und Rhodan dachte augenblicklich: *Gucky, springe. Schnell!*

Denselben Befehl übermittelte auch John Marshall an Gucky. Aber es war bereits zu spät, Perry Rhodan und John Marshall waren verloren. Denn Curu zy Shamedy war nicht nur ein Beherrscher der Zeit, er besaß darüber hinaus noch andere übermenschliche Fähigkeiten.

Als Gucky und Ras Tschubai teleportierten, hatte er ein undurchdringliches Abwehrfeld um Rhodan und Marshall aufgebaut. Benommen und verwirrt materialisierten sie wieder in der Kommandozentrale der CREST IV.

Reginald Bull erfasste die Lage sofort.

»Zünden Sie den ETP-Mann, Goratschin!«, schrie er.

Die Teleporter fassten den Doppelkopfmutanten bei den Händen und setzten erneut zum Sprung an

Rhodan hatte vergebens auf den Einsatz der Mutanten gewartet. Inzwischen schien eine Ewigkeit verronnen zu sein – oder die Zeit war stehengeblieben. Aber das konnte auch nicht stimmen. Etwas anderes geschah, etwas viel Schrecklicheres, etwas Gewaltiges, etwas, das der Homo sapiens noch nicht ganz erfassen konnte.

Die Zeit drehte sich zurück – sicher ein unzureichender Ausdruck – *oder die Zeit raste, schneller als sie selbst, vorwärts.* Vielleicht aber, vermutete Rhodan dann, blieb die Zeit tatsächlich stehen, und nur sie bewegten sich vorwärts – durch die Zeit. Aber egal wie man es auch formulieren wollte, ein Homo sapiens fände sicherlich nicht die richtigen Worte dafür; sicher war, dass sie irgendwo in der Zukunft landen würden.

Es war ein seltsames, ein schreckliches Gefühl, durch die Zeit zu reisen, oder sich durch die ruhende Zeit zu bewegen; je nachdem, für welche Formulierung man sich entschloss. Rhodan hatte die Empfindung, erdrückt zu werden. Der Druck gegen seinen Körper wurde immer stärker. Zuerst war nur die Atmosphäre dickflüssig, dann zäh und schließlich hart geworden, aber jetzt strebten der bewegungslose John Marshall und der Extratemporal-Perzeptive auf ihn zu. Er zog die beiden verzerrten Körper wie ein Magnet an, sie wurden an ihn gepresst und übten einen noch schmerzvolleren Druck als vorher die Atmosphäre auf ihn aus. Und dann kamen die Sonnen und Planeten, das ganze Universum strebte auf Rhodan zu und lastete erdrückend auf ihm. Es war geradezu eine Erlösung, als das Universum explodierte – und mit ihm Rhodan.

4.

Die Atome fanden wieder zu Perry Rhodans ursprünglicher Gestalt zusammen; sie fügten sich ins Raum-Zeit-Kontinuum ein. Zuerst kehrte das Bewusstsein des Seins zurück – ich denke, also bin ich. Dann versuchte er, sich über seine Lage klarzuwerden. Gedanken schwirrten ihm durch den Kopf und bildeten nur langsam eine sinnvolle Aneinanderreihung. Curu zy Shamedy ... nebulose Andeutungen ... der Köder in der Falle ... das Versagen der Mutanten, darauf Schwärze. Und jetzt, die Rückkehr in die Realität.

Aber war das überhaupt die Wirklichkeit?

Die Dunkelheit löste sich in ein verwirrendes Farbenspiel auf, die Farben verschmolzen miteinander und vereinigten sich zu einem hellen Beige. Konturen kristallisierten sich heraus, Rhodan sah, dass es sich um eine faserige, aber samtweich scheinende Fläche handelte. Er fand das Gleichgewicht und somit seinen Orientierungssinn wieder. Die beige, samtene Fläche befand sich »unten«. Er selbst kniete darauf und hielt sich den pochenden Kopf. Der Schmerz in seinem Schädel ebbte nur langsam ab. Ach ja, richtig, das Universum war explodiert – dabei handelte es sich natürlich um einen Streich, den ihm sein Geist vorgespielt hatte. Es war nichts weiter als eine Nebenerscheinung bei der Reise durch die Zeit.

Wo war Curu zy Shamedy jetzt? Und wo befand sich John Marshall?

Wie als Antwort hörte er einen telepathischen Ruf: *Wo sind Sie, Sir? Haben Sie alles gut überstanden?*

»Hier, John, hier«, murmelte Rhodan. Da er nur eine sehr schwach ausgeprägte telepathische Begabung besaß, wunderte er sich, wie gut er plötzlich Marshalls Gedanken empfangen konnte. Ob die Zeitreise etwas damit zu tun hatte, fragte er sich. »Ich bin wohlauf, John.«

Nach Ihrer Gedankenstärke zu schließen, sind Sie nicht weiter als einen Kilometer von mir entfernt. Ich werde mich auf den Weg zu Ihnen machen.

»In Ordnung, John«, meinte Rhodan und versuchte, das Pochen in seinem Schädel zu lindern, indem er die Hände dagegenpresste. »Ist Curu zy Shamedy bei Ihnen?«

Bei mir ist er nicht. Überhaupt ist keine Menschenseele zu erblicken, ich vernehme auch keine Gedankenimpulse. Doch – jetzt empfange ich ...

»John, was ist?«, fragte Rhodan besorgt.

Nichts weiter, kam Marshalls telepathische Antwort, und Rhodan glaubte, ein lautloses Lachen in seinem Geist zu vernehmen. Marshall fuhr fort: *Für einen Moment dachte ich nur, die Gedankenimpulse kämen aus den Glasvitrinen. Ein recht eigenwilliger Garten übrigens; finden Sie nicht auch?*

Rhodan wurde bewusst, dass er sich bisher noch überhaupt nicht mit seiner neuen Umgebung beschäftigt hatte. Er hob den Kopf und starrte verwirrt vor sich hin. Einige Sekunden musste er warten, bis sich seine Augen auf die neue Entfernung einstellten. Er war noch immer benommen. Langsam schoben sich die verwaschenen Farben zusammen, Konturen schälten sich heraus, dann gewahrte Rhodan die Glasvitrine in zehn Meter Entfernung. Ein goldener Strauch blühte darin. Es gab noch viele solcher Glasgebilde, in denen es golden und grün blühte – sie standen überall, so weit das Auge reichte.

Er stand auf und ging langsam zur nächsten Vitrine. Sie war der Form des Strauches angepasst; wie eine schützende Haut umschloss das Glas die Blüten und Äste. Etwa zwanzig Zentimeter über dem Boden mündete die Vitrine in einen Sockel aus undurchsichtigem Material. Auf der einen Seite befand sich ein Vorsprung am oberen Rand des Sockels, der sich in der Breite über einen halben Meter dahinzog und wie ein Schaltpult aussah; dreiundzwanzig Kipphebel mit den dazugehörenden Kontrolllampen waren in einer Reihe angebracht. Rhodan erlebte seine erste Überraschung, als er das Schaltpult erreichte und sah, dass die Kipphebel in arabischen Ziffern von eins bis dreiundzwanzig nummeriert waren.

Alles in Ordnung bei Ihnen, Sir?, erkundigte sich Marshall.

Ja, gab Rhodan gedanklich zurück. *Bis zu Ihrem Eintreffen sehe ich mich einstweilen etwas um.*

Er ließ den Blick vom Schaltpult durch das Glas auf den blühenden Strauch wandern und – erlebte seine zweite Überraschung. Innerhalb der Vitrine, auf der lockeren Erde, an den Blüten und in der Luft, tummelten sich Lebewesen von vielleicht eineinhalb Zentimeter Länge und einer Flügelspannweite von drei Zentimetern.

Rhodan wurde sofort an einen Ameisenhaufen erinnert, zumindest was die aufgeregte Geschäftigkeit betraf, aber es bestand der Unterschied, dass es sich hier wohl kaum um Tiere handelte, sondern um intelligente Insekten. Denn Tiere besaßen weder Kleidung noch technische Hilfswerkzeuge.

Anfangs beachteten die Ameisenwesen Rhodan überhaupt nicht; sie schlugen mit winzigen Krummsäbeln die Rinde vom Stamm des Strauches, bohrten Löcher hinein und schraubten Kunststoffschläuche in die so entstandenen Öffnungen; die Schläuche wiederum mündeten in zierliche Maschinen, die fest im Boden verankert schienen.

Andere Ameisengruppen umschwärmten die Blüten und sammelten die reifen Blätter ein, oder sie holten den Staub von den Blütenstempeln ein oder nahmen Veredelungen vor. Sie schnitten verkümmerte Jungtriebe ab, setzten sie an anderer Stelle ein oder warfen sie in den Trichter einer verhältnismäßig großen Maschine, die sie zerhackte. Was mit diesen derart entstandenen Halbprodukten geschah, konnte Rhodan nicht sehen, denn sie verschwanden alle auf irgendeine Weise in der lockeren Erde.

Rhodan beobachtete eine Arbeitsgruppe, die an einem Miniaturflaschenzug einen dreißig Zentimeter langen Ast vom Boden in eine Höhe von zwei Metern hievten. Plötzlich erstarrte das ganze Ameisenvolk wie auf Befehl zu vollkommener Regungslosigkeit. Und Rhodan hatte das Gefühl, dass er von diesem Augenblick an aus Tausenden von Facettenaugenpaaren beobachtet wurde. Ein Schauer rann ihm über den Rücken.

Was ist geschehen, Sir?, vernahm er Marshalls Frage in seinem Geist.

Was soll geschehen sein, entgegnete Rhodan gegen seinen Willen.

Ich meine nur – weil Ihre Gedanken in Aufruhr sind.

Es ist nichts weiter, John. Diese Antwort kam wieder gegen Rhodans Willen. Warum hatte er nicht Marshall befohlen, sich zu beeilen? Warum wandte er sich nicht ganz einfach von der Glasvitrine ab? Er wollte es tun, er sagte sich: jetzt drehe ich mich um und verlasse diesen Platz – aber er führte sein Vorhaben nicht aus. Irgendetwas war stärker als sein Wille.

Und die Ameisenwesen starrten ihn weiterhin an. Ihm war, als riefen ihm ihre Augen zu: *Befreie uns, wir sind gefangen!*

Wie soll ich das tun? Wer immer diese Insektenwesen in diesem seltsamen Kerker eingesperrt hatte, hatte keine Gebrauchsanweisung für ihre Freilassung hinterlegt.

Das erste Gefühl der Panik war von Rhodan gewichen. Er wusste nun, dass die Ameisenwesen ihm nichts antun wollten, sie ersehnten nur die Freiheit. Rhodan hasste jede Art von Unterdrückung, aber wie konnte er hier helfen? Er wusste es nicht – oder doch?

Wie von selbst wanderte seine Rechte über das Schaltpult, zum Hebel mit der Nummer 23. Und die Ameisen starrten auf ihn.

Was bedeutet das, Sir, dass Sie Hebel Nummer dreiundzwanzig betätigen wollen?, erkundigte sich Marshall.

Ich befreie eine geknechtete Rasse von ihren Fesseln, erwiderten Rhodans Gedanken automatisch, und er versuchte, an Marshall die Eindrücke weiterzugeben, die ihm die Ameisen vermittelt hatten.

Vor einigen Jahrhunderten noch hatten sich die Ameisenwesen ihrer Freiheit erfreut, sie bevölkerten den ganzen Planeten. Dann kamen die Menschen des Solaren Imperiums – die Zy – und bezwangen sie mit der Macht der Psynetik. Die Angeassys, wie sich die Ameisenwesen nannten, wurden in die gläsernen Käfige gesperrt und zur Zwangsarbeit verurteilt. Sie mussten die berauschenden Säfte des goldenen Grous-Baumes für die Zy gewinnen. Rebellierten sie, dann wurden so viele von ihnen getötet, bis der Rest sich wieder in sein Schicksal ergab.

Rhodan war von diesem Bericht erschüttert, aber trotzdem warnte ihn sein Unterbewusstsein vor zu schnellen Entscheidungen. Er hatte Mitleid mit den Angeassys, aber wer konnte ihm garantieren, dass auch sie mit ihm Mitleid hatten, wenn sie erst in Freiheit waren ...

Sir, kam Marshalls telepathischer Ruf, *was bedeuten diese verwirrenden Gedanken?*

Da ist der Hebel 23, dachte Rhodan. *Ich drücke ihn herunter ...*

Aber er tat es dann doch nicht. Seine Hand glitt zurück, und eine andere Willensströmung dirigierte seine Rechte zu einem anderen Hebel. Plötzlich war das Ameisenvolk in der Vitrine in Aufruhr und schwirrte in einem heillosen Durcheinander umher. Rhodan erkannte sofort den Grund dafür. Er biss sich auf die Lippen. Jetzt, da er wieder unbeeinflusst war, wusste er, dass die Angeassys ihm ihren Willen aufzwingen wollten. Aber er konnte sie verstehen. Was jetzt geschah, konnte er jedoch nicht billigen.

An einer Stelle wölbte sich die lockere Erde zu einem Hügel, und heraus kam eine Schlange. Sie erhob sich auf den verbreiterten Schwanzgliedern und züngelte; sie stieß mit ihrer Zunge mitten hinein in den Schwarm der sich im Fluge selbst behindernden Angeassys. Einige blieben daran kleben, die Zunge schnellte zurück und kam gleich darauf wieder aus dem aufgerissenen Maul zum Vorschein. Wieder verfingen sich einige Angeassys daran.

Rhodan wandte sich angewidert von dem grausigen Schauspiel ab. Hinter ihm stand ein Fremder, und aus den Augenwinkeln erblickte er John Marshall, der zwischen den Glasvitrinen auftauchte.

Der Fremde sagte, an Rhodan gewandt, in perfektem Interkosmo: »Seien Sie froh, dass ich rechtzeitig gekommen bin. Hätten

Sie die Angeassys befreit, dann hätten sie ihren ganzen aufgestauten Hass an Ihnen ausgelassen. Sie können mir dankbar sein.«

Rhodan deutete auf die Vitrine hinter sich. »Können Sie dem nicht ein Ende bereiten?«

Der Fremde zuckte mit keiner Wimper, als er sagte: »Bestrafung muss sein. Auf Rebellion steht der Tod. Aber ich werde die Schlange jetzt wieder zurückbeordern, die Angeassys haben ihre Lektion erhalten.«

Der Fremde rührte sich nicht von der Stelle, aber als sich Rhodan zur Vitrine umdrehte, war die Schlange verschwunden. Die Ameisenwesen beruhigten sich und machten sich wieder an ihre Arbeiten.

John Marshall erreichte Rhodan und fragte: »Was war mit Ihnen los, Sir? Ich war sehr in Sorge, denn auf alle meine Anrufe reagierten Sie vollkommen unnatürlich.«

»Die Insekten aus diesem gläsernen Gefängnis haben mir ihren Willen aufgezwungen«, erwiderte Rhodan. »Aber sie haben ihre Strafe erhalten.«

Verwirrt blickte John Marshall zu dem Fremden, und Rhodan betrachtete ihn jetzt auch genauer. Er wirkte sehr jung und war ausgesprochen hübsch, fast zu hübsch für einen Mann. Der Fremde trug eine enganliegende, nahtlose Kombination, die sehr stark den terranischen Uniformen ähnelte – nur die Trompetenärmel und die ausgestellten Hosenbeine fielen aus dem Rahmen.

»Jetzt möchten Sie sicher erfahren, wer ich bin«, meinte der Fremde lächelnd. »Ich heiße Kattur zy Kattan. Meine Aufgabe ist es, die Psynetiker des Administrators zu beaufsichtigen, außerdem fallen auch alle anderen organisatorischen Belange in mein Gebiet. Ich bin sozusagen der psynetische Organisationsleiter. Vierzehnte Fakultät.«

Er blickte Rhodan und Marshall erwartungsvoll an.

»Das alles sagt uns sehr wenig«, entgegnete Rhodan. Er hatte den Zwischenfall mit den Ameisenwesen noch nicht vergessen.

Kattur zy Kattan aber tat, als sei überhaupt nichts vorgefallen. Lächelnd sagte er: »Das war vorauszusehen. Mir wurde erklärt, dass Sie beide sich bestimmt recht seltsam verhalten würden, als ob Sie überhaupt keine Ahnung von den Geschehnissen in unserer Welt hätten. Aber wie dem auch sei, ob Sie sich verstellen oder tatsächlich so weltfremd sind, Sie werden bald einen tieferen Einblick in meinen Arbeitsbereich bekommen. Denn es fällt hauptsächlich mir zu, mich um Sie zu kümmern, solange Sie sich auf Dornister aufhalten.«

»Auf Dornister?«, fragte Marshall verständnislos.

»Ja, Dornister, so heißt diese Welt«, antwortete Kattur zy Kattan. »Es ist verständlich, wenn Sie von diesem Planeten noch nie gehört haben, er ist ziemlich unbedeutend.«

»Das kann unmöglich Dornister sein«, meinte Marshall.

»Wir kommen von Dornister«, fügte Rhodan hinzu.

Kattur zy Kattan war nachdenklich geworden. Ausweichend sagte er: »Glauben Sie mir, *diese* Welt ist Dornister. Kommen Sie, bitte. Der Administrator erwartet uns bereits in seinem Domizil.«

Kattur zy Kattans Körper erhob sich vom Boden und schwebte im Schritttempo vor den Terranern dahin. Sie folgten ihm.

Das Domizil des Dornister-Administrators war ein großes, nicht zu überblickendes halbkugelförmiges Gebilde und schien zur Gänze aus Glas zu bestehen. Der Bau machte keinen sehr wohnlichen Eindruck, passte aber sehr gut zu den Glasvitrinen und zu dem Parkgelände, durch das sie jetzt schritten; ein Park, wie ihn abstruser und unwirklicher kein menschliches Gehirn hätte ersinnen können.

Gräser, Blumen, Sträucher und Bäume waren aus Kristall, aber sie schienen trotzdem nicht künstlich geschaffen zu sein, sondern zu leben, denn sie veränderten dauernd ihre Form. Rhodan war es, als bewegten sie sich durch eine Unterwasserlandschaft, die sich durch die Strömung in dauernder Bewegung befand.

Und der Palast des Administrators war eine schillernde Korallenbank; was aus der Ferne wie eine geschlossene Kuppel ausgesehen hatte, entpuppte sich, aus der Nähe betrachtet, als ein poröses, löcheriges Gebilde.

Wie der Kristallgarten veränderte auch der Palast ständig seine Form. Es war ein imposanter Anblick, überwältigend und traumhaft. Trotzdem hatte diese Welt etwas Dämonisches an sich. Rhodan führte das auf den vollkommen schwarzen Himmel zurück und auf die Tatsache, dass die Kristalle des Parks und des Palasts von sich aus leuchteten. Er konnte nirgends eine andere Lichtquelle entdecken.

Als Kattur zy Kattan auf eine Palastwand zuschwebte, verpufften die Kristalle an dieser Stelle glitzernd und gaben eine halbkreisförmige Öffnung frei. Es war eine verblüffende Demonstration von der Geisteskraft oder der Technik dieser Menschen; Rhodan war sich noch nicht schlüssig darüber, ob er die These von einer technischen oder einer metaphysischen Zivilisation vertreten sollte. Nach den bisherigen Begebenheiten konnte beides zutreffen.

Kattur zy Kattan schien seine Gedanken erraten zu haben – oder hatte er sie gelesen? –, denn er sagte: »Als Einführung in die Grundzüge unserer Zivilisation sei gesagt, dass sie vollkommen auf kristallinen Elementen basiert. Das ist natürlich deshalb so, weil sich der Kristall in der Psynetik am besten handhaben lässt. Psynetik plus kristalline Struktur ergibt den größten für den Menschen erreichbaren Machtfaktor.«

Sie folgten Kattur zy Kattan durch die Öffnung in das Innere des Palasts. Nachdem sich einige weitere Wände auf die gleiche faszinierende Art für sie aufgetan hatten, bemerkte Rhodan:

»Dieses Sesam-öffne-dich-System ist jedenfalls eine recht nette Spielerei.«

Kattur zy Kattan wandte sich nicht um, während er durch eine große, leere Halle schwebte und Rhodan antwortete: »Es ist mehr als bloße Spielerei. Zugegeben, es regt die Sensomobilität, die Zusammenarbeit der Nerven, an, aber darüber hinaus handelt es sich um ein Verteidigungssystem.«

»Von wem könnte einer solchen Zivilisation Gefahr drohen?«, fragte Rhodan.

»Genug davon«, erwiderte Kattur zy Kattan. Er blieb stehen und wandte sich Rhodan und Marshall zu. Sie befanden sich in einem kleinen, quadratischen Raum, der sich nur durch seine Größe von den anderen Räumlichkeiten unterschied, durch die sie gekommen waren.

»Bevor ich Sie jetzt zum Administrator bringe«, sagte Kattur zy Kattan, »möchte ich Ihnen noch einige Instruktionen geben – nicht zuletzt zu Ihrem eigenen Schutz. Es dürfte Ihnen klar sein, dass Sie Gefangene sind. Wenn Sie das bisher noch nicht zu spüren bekamen, dann liegt das an Ihrem mustergültigen Verhalten und an der Tatsache, dass Sie fest in unseren Händen sind. Auch wenn Ihre Hände nicht gefesselt sind, tragen Sie doch Fesseln. Sie werden noch dahinterkommen, welcher Art diese Fesseln sind. Natürlich können Sie sich dagegen auflehnen, aber es wird Ihnen nichts nützen, im Gegenteil, es verschlechtert nur Ihre Lage. Ich will Ihnen auch offen sagen, dass Ihr Leben unter allen Umständen geschont werden soll, ja, nötigenfalls muss ich meines dafür einsetzen. Aber das hindert uns nicht daran, Ihnen eine Lektion zu erteilen, falls Sie zu rebellieren versuchen. Sie werden auf Schritt und Tritt beobachtet. Auf jeden von Ihnen sind zwei Psynetiker der zwölften Fakultät angesetzt – das sollte Ihnen genug sagen. Und noch eines, bevor ich Sie zum Administrator bringe: Beantworten Sie keine einzige Frage, die Ihre Vergangenheit betrifft; sprechen Sie nicht über Ihre Heimatwelt, oder Ihre Heimatgalaxis – diesbezüglich müssen Sie ausweichende Antworten geben. Denken Sie an die beiden Psynetiker der zwölften Fakultät, die jeden von Ihnen ständig kontrollieren. Haben Sie mich klar verstanden?«

»Nicht ganz«, entgegnete Rhodan. »Ich verstehe nicht, warum wir Fragen nicht beantworten sollen, wo sich doch jeder Psyne-

tiker die Antworten direkt aus unseren Gehirnen holen könnte.«
Kattur zy Kattan lächelte. »Könnte«, sagte er. »Er könnte es. Aber es gibt ein ausdrückliches Verbot vom Großadministrator persönlich, das besagt, dass niemand befugt ist, Ihre Gedanken zu lesen. Auf Zuwiderhandlung steht die Todesstrafe.«
»Vom Großadministrator?«, fragte Marshall verwirrt. Er war blass geworden, und obwohl er das Wort verstanden hatte, weigerte sich sein Verstand die Bedeutung des Gesagten hinzunehmen. Wieder fragte er: »Vom Großadministrator?«
»Ja, von Perry zy Rhodan!«
Die Kristalle der einen Wand verpufften, und Kattur zy Kattan schwebte vor ihnen in einen großen Speisesaal.

5.

Perry Rhodan hatte Kattur zy Kattans Worte noch nicht geistig verarbeiten können, als er schon wieder verblüfft wurde, und zwar durch die Möbel des Speisesaales. In der Mitte des Raumes stand eine lange gedeckte Tafel, an der sich gut ein Dutzend Stühle befanden; auf der einen Längsseite stand eine gedrungen wirkende Anrichte, auf der anderen eine niedrige Kommode und ein breiter Schrank; an der dem Eingang gegenüberliegenden Wand hing ein Wandteppich, auf dem eine Raumschlacht dargestellt war; das gedämpfte Licht stammte von einer Reihe von Pechfackeln, die in drei Meter Höhe über alle vier Wände verteilt waren.

Rhodan fühlte sich in den Remter einer mittelalterlichen Burg zurückversetzt. Er war betroffen, denn die handgeschnitzten und reich verzierten Einrichtungsgegenstände führten seine vorsichtigen Überlegungen ad absurdum.

Dabei war er von der Voraussetzung ausgegangen, dass sie sich irgendwo in der Zukunft befanden, auf dem Planeten Dornister und innerhalb des Solaren Imperiums; seit dem Jahre 2419 mochten Tausende von Jahren vergangen sein. Obwohl es viele Widersprüche gab, war er zwangsläufig zu diesem Schluss gekommen. Seine Theorie schien ihm wohl doch zu einfach, aber er suchte im Augenblick nicht nach einer besseren Erklärung, weil ihm die Ausgangsbasis dafür fehlte.

Mit gewissen Vorbehalten wollte er glauben, dass sich auf Dornister eine intelligente Insektenrasse entwickelt hatte, die vom Solaren Imperium unterworfen worden war und Zwangsarbeit verrichten musste. Folgerichtig nahm Rhodan nun an, dass auch andere Fremdrassen von den Menschen unterjocht wurden, und somit zeichnete sich ein ungefähres Bild von der charakterlichen Entwicklung des Menschen ab.

Im ethischen Sinne war er degeneriert. Dafür hatte er es auf den Gebieten der Technik und Geisteswissenschaft weit gebracht, er entdeckte die Psynetik. Auf dieser Lehre baute der Mensch der Zukunft seine Zivilisation auf. Und im Zusammenhang mit kristallinen Elementen schien die Psynetik einen starken Machtfaktor darzustellen – Rhodan hatte selbst einige beeindruckende Anwendungsmöglichkeiten gesehen. Der Kristall war in dieser Zeit so weit verbreitet und begehrt, wie Metalle und Kunststoffe im 25. Jahrhundert; von der Richtigkeit dieser Überlegung hatten ihn die Glasvitrinen, der kristallene Park und schließlich der Kristallpalast überzeugt.

Aber als er jetzt den mittelalterlichen Speisesaal betrat, zeigte sich, dass er nicht in der Lage war, logische Schlussfolgerungen zu ziehen. Bevor er hinter den Grund für Marshalls und seine Entführung kommen konnte, musste er erst einiges Wissen über diese Zeit besitzen.

Das alles hatte er in Sekundenschnelle überlegt, während sie den Speisesaal betraten. An der Tafel saßen bereits neun Personen, die beim Eintritt der Terraner alle die Köpfe in ihre Richtung wandten. Sie trugen alle ein ähnliches einteiliges Gewand wie Kattur zy Kattan, nur waren Farben und Dessins unterschiedlich.

Rhodan schenkte nur zwei Personen an der Tafel besondere Aufmerksamkeit. Es waren ein Mann und die einzige Frau im Raum, die beide die Plätze an den Stirnseiten des Tisches innehatten.

Der Mann war ausgesprochen fett zu nennen, Rhodan schätzte sein Gewicht auf über dreihundert Pfund; sein kahler, kegelförmiger Schädel ging halslos in den Rumpf über, die Schweinsäuglein und der viel zu kleine, wulstige Mund verschwanden fast hinter den hervorgewölbten Hängebacken.

Als er die beiden Terraner erblickte, hob er die Rechte bis in die Höhe seiner spitzen Glatze und rief: »Ah, mein ergebener Diener Kattan erscheint mit meinen Gästen.«

Für Rhodan war es klar, dass dies der Administrator von Dornister sein musste, und die Frau am anderen Ende der Tafel war wahrscheinlich seine Gefährtin – Rhodan vermied absichtlich den Ausdruck »Gattin«, weil er noch nicht wusste, ob es in dieser Zeit überhaupt eine Heirat noch gab.

Die Frau hatte rotes, aus dem Nacken gekämmtes Haar, das durch eine Kristallkrone zusammengehalten wurde. Sie hatte dunkle, fast schwarze Augen und einen blassen Teint. Sie lächelte und blickte dabei abwechselnd von Rhodan zu Marshall. Dann blieb ihr Blick auf Marshall ruhen, er schien ihr mehr zuzusagen. Das passte recht gut in Rhodans Konzept, denn er hatte vor, den Administrator nach Möglichkeit auszuhorchen, und dabei hätte die Frau gestört; es wäre gut, wenn sie sich anderweitig beschäftigte.

Deshalb schob Rhodan John Marshall zu dem freien Platz neben der Gefährtin des Großadministrators und sagte: »Sie sind unverheiratet, John. Viel Vergnügen.«

Marshall hatte aus Rhodans Gedanken dessen Plan erfahren und ging darauf ein.

Neben Rhodan zischte Kattur zy Kattan: »Sie haben zufällig die richtige Platzeinteilung getroffen. Ich möchte Sie aber trotzdem vor weiteren Eigenmächtigkeiten warnen. Vergessen Sie nicht, dass Sie ein Gefangener sind.«

Bevor Rhodan etwas entgegnen konnte, mischte sich der Administrator ein. »Seien Sie nicht so streng, Kattan. Er ist doch ein Barbar.«

»Woher wollen Sie das so genau wissen, Herr Administrator?«, erkundigte sich Kattur zy Kattan. Er wies Rhodan zu dem leeren Stuhl rechts neben dem Administrator und nahm selbst auf der anderen Seite Platz.

»Setzen Sie sich«, forderte der Administrator Rhodan auf und wandte sich dann an Kattur zy Kattan: »Hören Sie doch jetzt mit den Spitzfindigkeiten auf. Das schadet meiner Verdauung.«

Er lachte. Zwei oder drei Männer an der Tafel stimmten pflichtschuldig darin ein. Der Administrator verstummte plötzlich, er wurde traurig.

»Ich bin eine tragische Gestalt«, bekannte er in mitleiderregendem Tonfall. »Sehen Sie mich an, ich wiege eine Sechstel Tonne, und daran ist nur diese verdammte Psynetik schuld. Ich war ein stattlicher junger Mann, selbst damals noch, als ich auf Terra die Promotion der neunten Fakultät bestand. Ich hatte gute Aussichten, alle zehn Grundfakultäten der Psynetik cum laude abzuschließen, und mein Ehrgeiz war, es zu einem Psynetiker der fünfzehnten Fakultät zu bringen. Dann wäre ich Ihnen überlegen gewesen, mein treuer Diener«, sagte er mit einem schiefen Lächeln zu Kattur zy Kattan, der den Mund nur abfällig verzog.

Der Administrator fuhr fort: »Aber das Schicksal hatte anderes mit mir vor. Noch während ich mich mit der zehnten und letzten Grunddisziplin der Psynetik auseinandersetzte, stellte sich bei mir eine Überfunktion der Drüsen ein. Es war klar, dass die Psynetik daran schuld war. Ich konnte gerade noch die zehnte Fakultät schaffen, durfte mich an die elfte aber nicht mehr heranwagen, sonst hätte ich noch mehr Gewicht angesetzt. Deshalb sehen Sie einen Administrator vor sich, der einer viel niedrigeren Fakultät angehört als seine Untergebenen. Es ist ein schreckliches Gefühl, wenn Sie in dem Bewusstsein leben müssen, immer von Ihren Dienern abhängig zu sein. Selbst Lia steht mir nicht viel nach, obwohl sie keine Psynetikerin ist. Mein Fall ist einmalig im gesamten Imperium; Sie werden keinen zweiten Administrator finden, der es nur bis zur zehnten Fakultät gebracht hat, und es gibt keinen zweiten Zy, auf den sich die Psynetik so verhängnisvoll ausgewirkt hat wie auf mich.«

Mit Lia war offensichtlich die Frau am anderen Tischende gemeint, und da es sich bei ihr um keine Psynetikerin handelte, gab Rhodan John Marshall gute Chancen, sie aushorchen zu können. Er ließ seinen Blick zum anderen Ende der Tafel schweifen und stellte zufrieden fest, dass der Chef des Mutantenkorps mit Lia in eine ernsthafte Diskussion vertieft war.

Rhodan schreckte auf, als der Administrator in die Hände

klatschte. Sofort materialisierten drei nackte Männer im Speisesaal, die nur mit einem Lendenschurz bekleidet waren. Sie standen bewegungslos da und hatten die Augen geschlossen. Nachdem der Administrator neuerlich klatschte, materialisierte vor den drei Dienern eine dampfende Terrine, zusammen mit einem riesigen Tablett, auf dem sich eine Vielzahl von Speisen türmten, und einem halben Dutzend Karaffen, in denen sich offensichtlich die Getränke befanden.

Fasziniert beobachtete Rhodan das folgende Schauspiel. Die Diener behielten ihre Augen geschlossen und lotsten trotzdem das schwebende Gedeck mit traumwandlerischer Sicherheit auf die dafür vorgesehenen Plätze der Tafel.

Rhodan wandte sich an den Administrator und sprach seine Vermutung aus. »Sind selbst Ihre Dienstboten Psynetiker?«, fragte er.

Der Administrator schüttelte den Kopf. Abfällig sagte er: »Nein, es handelt sich um ganz ordinäre Mutanten.«

»Machen Sie einen so großen Unterschied zwischen Mutanten und Psynetikern?«, fragte Rhodan.

Der Administrator lief rot an und herrschte ihn an: »Die Mutanten stehen auf einer derart niedrigen Stufe, dass man sie überhaupt nicht in Zusammenhang mit einem Psynetiker nennt. Merken Sie sich das!«

Und Kattur zy Kattan zischte: »Wenn Sie sich nicht schleunigst der Ehre bewusst werden, mit dem Administrator an einem Tisch zu sitzen, dann werfe ich Sie zu den Mobbies. Sie können dann mit diesen Stinkern aus einer Schüssel fressen.«

Wütend entgegnete Rhodan: »Für Sie sind wohl alle Wesen minderwertig, die die Psynetik nicht beherrschen.«

»Das stimmt nicht ganz«, sagte Kattur zy Kattan arrogant. »Minderwertig sind alle Lebewesen uns Zy gegenüber. Zwischen Ihrer Formulierung und meiner besteht ein großer Unterschied. Kommen Sie dahinter?«

»Nach Ihren Worten zu schließen«, meinte Rhodan, »beherrschen auch andere Rassen die Psynetik, aber sie können sich mit den Zy trotzdem nicht vergleichen.«

»Das ist richtig.«

Darauf sagte Rhodan nichts. Kattur zy Kattan versuchte wohl noch, die Minderwertigkeit der anderen Rassen, zu denen auch verschiedene Humanoiden-Arten gehörten, mit abfälligen Worten eindringlicher zu erklären, aber der Administrator machte dem ein Ende, indem er Ruhe für die folgende Mahlzeit befahl. Während des Essens herrschte Totenstille.

Rhodan war so in seine Gedanken versunken, dass ihm die außergewöhnliche Art des Servierens nicht bewusst wurde; die drei Mutanten erkundigten sich auf telepathischem Wege nach den Speisewünschen und servierten telekinetisch. Rhodan hatte keine Ahnung, was er aß, aber es schmeckte nicht schlecht.

Für ihn hatte es schon festgestanden, dass die Menschen dieser Zeit anderen Rassen gegenüber brutal und kompromisslos vorgingen, als er vom Schicksal der unterdrückten Insektenwesen erfahren hatte. Obwohl er sehr vorsichtig mit seinen Prognosen war, wies alles darauf hin – nicht zuletzt auch Kattur zy Kattans arrogante Art, sich über Fremdrassen zu äußern –, dass das Solare Imperium durch rohe Gewalt verwaltet wurde. Die Zy hielten sich für die Krönung der Schöpfung und unterjochten alle anderen Rassen, selbst solche, die ebenfalls Humanoiden waren, Menschen also. Das ließ darauf schließen, dass die Zy sich nicht nur durch die Beherrschung der Psynetik von anderen Menschen unterschieden. Der Unterschied musste irgendwo in der Abstammung liegen, vielleicht war er ähnlicher Art wie in der Vergangenheit zwischen Weißen und Negern, nur müsste er in dieser Zeit nicht in der Hautfarbe liegen. Es gab unzählige Möglichkeiten, wodurch sich ein Zy-Humanoide von einem anderen Menschen unterscheiden konnte.

Rhodan versuchte zu ergründen, ob es schon im 25. Jahrhundert Anzeichen für die Entwicklung der Zy gab, aber soweit er sich an die Forschungsergebnisse der Biologen, die sich mit zukünftigen Mutationen beschäftigten, erinnerte, gab es keine Hinweise auf die Zy-Humanoiden. Natürlich wusste Rhodan nichts über den Werdegang und die Entstehungsgeschichte der Herrenrasse dieser Zeit, aber er konnte sich nicht vorstellen, dass sie durch die natürliche Evolution aus dem Homo sapiens hervorging – oder hervorgehen würde, je nachdem, aus welcher Zeitperspektive man es betrachtete.

Es zeigte sich wieder, dass seine Spekulationen zu nichts führten, er gewann nur noch mehr die Überzeugung, dass er mehr Informationen über diese Zeit sammeln musste.

Es kam wieder Bewegung in die Tafelrunde, als der Administrator den drei wartenden Dienstboten durch ein Zeichen zu verstehen gab, dass er seine Mahlzeit beendet hatte. Sofort legten auch die anderen ihre Bestecke auf den Tisch, und als die Dienstboten das Gedeck abteleportierten und nur die Karaffen stehenließen, war die Unterhaltung wieder in Fluss.

Kattur zy Kattan nippte an seinem Glas, das er sich mit einer blauen Flüssigkeit hatte füllen lassen, dann wischte er sich mit den Fingerspitzen über die Mundwinkel und sagte zu Rhodan:

»Jetzt könnten wir über den Wert der Zy und den Unwert der anderen Rassen weiterdiskutieren.«

»Wir könnten auch darüber sprechen«, entgegnete Rhodan, »warum man uns in diese Zeit geholt hat.«

»Darauf gibt es leider keine Antwort«, sagte Kattur zy Kattan schlicht.

»Wie kommen Sie überhaupt darauf, dass Sie aus einer anderen Zeit stammen?«, erkundigte sich der Administrator.

»Ich habe verschiedene Gründe«, antwortete Rhodan. »Einer, der gewichtigste, ist wohl der, dass Curu zy Shamedy ein Extratemporal-Perzeptiver ist.«

»Curu zy Shamedy«, sinnierte der Administrator. »Der Name ist mir kein Begriff. Aber wenn Sie von einem Extratemporal-Perzeptiven sprechen, meinen Sie wohl einen Psynetiker der sechzehnten Fakultät.«

»Er deutete an, dass er der siebzehnten Fakultät angehöre«, sagte Rhodan.

»Das glaube ich nicht«, entfuhr es dem Administrator. Er sah fragend zu Kattur zy Kattan, aber der zuckte nur die Achseln.

»Ich bin ebenso wenig eingeweiht wie Sie, Herr Administrator«, bekannte er. »Und ich möchte auch gar nicht nachforschen. *Ich* halte mich an den Befehl des Großadministrators!«

»Ich auch«, beeilte sich der Administrator zu versichern, aber es klang nicht ehrlich.

Kattur zy Kattan musste es auch bemerkt haben, denn er lächelte zynisch. Er stand plötzlich auf, verneigte sich vor dem Administrator und erklärte: »Darf ich mich mit Ihrer Erlaubnis zurückziehen? Eben meldet der erste Verteidigungsgürtel, dass das Kurierschiff des Großadministrators sich nähert. Ich muss die Kursdaten durchgeben und Meldung über unsere Gefangenen erstatten.«

»Gehen Sie nur, mein treuer Kattan.«

Als Kattur zy Kattan gegangen war, sagte Rhodan beiläufig: »Sie scheinen ihn nicht besonders zu mögen, Herr Administrator.«

»Nennen Sie mich bei meinem vollen Namen!«

»Ich kenne ihn leider noch nicht.«

»Ach so. Wasa zy Ashtar.« Der Administrator räusperte sich. »Und was Kattan betrifft, so ist es ein offenes Geheimnis, dass ich ihn hasse. Ist es verwunderlich? Er ist von der vierzehnten Fakultät, ich von der zehnten, und er lässt es mich spüren. Ich glaube sogar, dass ihm der Großadministrator befohlen hat, mich zu peinigen.«

»Das hört sich an, als würde Ihnen der Großadministrator nicht sein volles Vertrauen schenken«, meinte Rhodan.

»Sie gehen sehr plump vor«, meinte Wasa zy Ashtar lächelnd. »Anscheinend vergessen Sie immer wieder, dass Sie es bei mir mit einem Psynetiker zu tun haben. Wenn mir auch Kattan haushoch überlegen ist, sind Sie mir in demselben Maße unterlegen.

Sie können mir glauben, dass ich Ihre Pläne bereits durchkreuze, bevor Sie sie noch schmieden. Ich bin Ihnen um dreieinhalb Millionen Potenz überlegen, denn Sie sind nicht einmal ein Mutant, nur ein ganz gemeiner Mobbie.«

Rhodan fühlte sich nicht mehr von der Überlegenheit der Psynetiker getroffen, er hatte sich damit abgefunden und dachte, dass dies vielleicht ihre Achillesferse bei einer Auseinandersetzung sein könnte. Er wollte gerade bekennen, dass ihm »dreieinhalb Millionen Potenz« kein Begriff seien, als ihm die Bedeutung von Wasa zy Ashtars letzten Worten bewusst wurde.

»Sie haben also Perry zy Rhodans Verbot nicht beachtet«, sagte Rhodan. »Sie haben meine Gedanken gelesen!«

Wasa zy Ashtar wurde blass. Seine Augen wanderten zu den anderen Männern am Tisch, aber die schienen Rhodans Beschuldigung nicht gehört zu haben, denn sie blickten alle zum anderen Tischende hinunter und beteiligten sich an dem Gespräch zwischen John Marshall und Lia.

Der Administrator von Dornister hatte sich wieder gefangen.

Er lächelte lauernd und fragte: »Und wenn es so wäre – wenn ich in Ihren Gedanken geforscht hätte?«

»Dann werden Sie die Konsequenzen tragen müssen.« Rhodan bemühte sich, seine Stimme hart und gnadenlos klingen zu lassen; er hatte hier die Möglichkeit, sich die Hilfe eines Psynetikers zu erzwingen.

»Sie meinen die beiden Psynetiker, die Kattan auf Sie angesetzt hat?« Wasa zy Ashtar winkte ab. »Seien Sie beruhigt, ich habe diesen Augenblick abgewartet, weil sie mit anderen Dingen beschäftigt sind. Ich selbst habe sie abberufen!«

»Dann könnte immer noch ich von Ihrem Eingriff in meine Gedanken berichten«, stellte Rhodan fest.

Wasa zy Ashtar hatte sich wieder vollkommen in der Gewalt, er war wieder der arrogante Zy, der sich herablässt, mit einem Mobbie zu sprechen. »Sie werden es nicht. Denn sehen Sie, ich habe sofort erkannt, worauf Sie hinauswollen. Sie haben ein

Druckmittel gegen mich in der Hand und wollen es dazu benutzen, Informationen von mir zu erhalten. Und ich muss gestehen, dass ich sogar Mitleid mit Ihnen habe. Ihr Schicksal ist womöglich noch tragischer als das meine. Sie müssen sich auf vollkommen fremdem Territorium bewegen, Sie müssen unzählige neue Eindrücke verarbeiten und darüber hinaus sich auf eine ungewisse, immer über Ihnen schwebende Gefahr vorbereiten. Und dann müssen Sie noch gegen Ihr Unterbewusstsein ankämpfen, das Ihnen vortäuscht, Sie seien Perry Rhodan, Großadministrator eines Solaren Imperiums.«

»Ich bin Perry Rhodan!«, entgegnete Rhodan, und es kam ihm in diesem Augenblick selbst unwahrscheinlich vor.

Wasa zy Ashtar schüttelte bedauernd den Kopf. »Lösen Sie sich von dieser Vorstellung. Es gibt nur ein Solares Imperium, aber das ist ganz anders aufgebaut, als Sie es sich vorstellen. Und es gibt nur einen Perry Rhodan, er ist ein Zy. Perry zy Rhodan.«

Alles in Rhodan sträubte sich dagegen, diese Feststellung als wahr anzuerkennen. Er musste sich räuspern, um seine Stimme zu festigen, bevor er entgegnete: »Ich bin der Großadministrator eines Solaren Imperiums, nur liegt dieses weit in der Vergangenheit zurück. Curu zy Shamedy selbst sagte, ich sei die Schablone des Großadministrators seiner Zeit. Er muss damit gemeint haben, dass ich dasselbe Individuum bin, nur eben aus der Vergangenheit.«

»Zugegeben, es gibt einige Hinweise«, meinte Wasa zy Ashtar zweifelnd. »Sie sind sogar unsterblich und könnten Zehntausende von Jahren leben. Aber Ihre Theorie kann ganz einfach nicht zutreffen, weil Sie kein Zy sind. Und eines steht fest, wenn wir auch selbst nicht viel über unsere Abstammung wissen: Entweder man wird als Zy in die Welt gesetzt, oder man wird nie ein Zy. Verstehen Sie, was ich meine?«

Rhodan nickte. Wasa zy Ashtars Erklärung klang logisch, aber was hatte dann Curu zy Shamedy damit gemeint, als er sagte,

Perry Rhodan sei die Schablone des wirklichen Großadministrators?

Wasa zy Ashtar sagte: »Ich glaube, Sie werden nie erfahren, wer oder was Sie sind und welchen Zweck Sie für das Solare Imperium erfüllen sollen.«

Rhodan blickte kalt in die Schweinsäuglein des Administrators. »Dann werde ich zu Kattur zy Kattan sagen, dass Sie in meinen Gedanken geschnüffelt haben.«

»Ich habe nicht gesagt, dass ich Ihnen keine Informationen geben will«, entgegnete Wasa zy Ashtar schnell. »Im Gegenteil, von mir sollen Sie alles erfahren. Aber die Antwort auf Ihr persönliches Problem können Sie nur auf der Gedankentreppe erfahren. Nur fürchte ich, dass Sie die Gedankentreppe nie erreichen werden, und wenn doch, dann werden Sie alle Ihre Probleme los sein.«

Schon wieder dunkle Andeutungen, dachte Rhodan. Aber da er überhaupt nichts damit anfangen konnte, ging er nicht weiter darauf ein.

»Geben Sie mir die versprochenen Informationen«, sagte er nur.

»Nicht hier. Es gibt einen Raum in meinem Palast, den nicht einmal Kattan kennt. Ein mir sehr ergebener Psynetiker der sechzehnten Fakultät schützt uns dort vor allen möglichen Zugriffen.«

Rhodan spürte, wie ihn eine unsichtbare Kraft erfasste, und ehe er noch einen Gedanken zu Ende denken konnte, befand er sich in einem Kristallraum, der vollkommen leer war. Im selben Moment materialisierten auch John Marshall und Wasa zy Ashtars Gefährtin Lia.

6.

Es war eine recht eigenartige Situation. Wasa zy Ashtar hatte aus den Kristallen der Wände vier Sitzgelegenheiten geformt, auf denen sie Platz genommen hatten.

Gleich zur Einleitung hatte der Administrator von Dornister gesagt: »Glauben Sie nicht, dass Sie mich überrumpelt haben, Rhodan. Ich gehöre einer Organisation an, die gegen das Solare Imperium kämpft, und deshalb habe ich gegen das Verbot des Administrators verstoßen. Ich gab Ihnen auch absichtlich zu erkennen, dass ich in Ihren Gedanken gelesen habe, weil ich einen Vorwand brauchte, um Ihnen die gewünschten Informationen zukommen zu lassen.«

Da zeigt es sich schon wieder, dachte Rhodan, *ein Zy muss anscheinend seine Überlegenheit anderen gegenüber immer wieder betonen.*

Trotz dieses Missklanges hatte er aber das Gefühl, unter Gleichgesinnten zu sein. Immerhin stellte sich Wasa zy Ashtar gegen das Solare Imperium, deshalb betrachtete ihn Rhodan als Verbündeten. Er war nicht mehr länger ein Gefangener.

Wasa zy Ashtar erklärte, dass er Rhodan zuerst über die Psynetik aufklären wollte. Das sei nötig, denn die Psynetik habe dem riesigen Sternenreich die Form gegeben.

Er leitete seine Erklärung mit folgenden Worten ein: »Die Psynetik ist eine Technisierung der Seele – um mit Ihren Begriffen zu sprechen. Aber das stimmt nicht ganz, denn was Sie sich unter ›Seele‹ vorstellen, hat unsere Wissenschaft noch bei keinem Wesen feststellen können. Dafür haben wir entdeckt, dass alle intelligenten Lebewesen außer ihrem organischen Körper noch einen Metaorganismus besitzen. Dieser Metaorganismus durchzieht den Körper wie ein zweites, aber unsichtbares Nervensystem. Dieses Netz ist sehr empfindlich und sehr ansprechbar. Wenn man keine Ahnung von der Existenz dieses Metaorganismus hat, kann man die störenden Einflüsse nicht verhindern, das Netz wird reißen, immer schadhafter werden, Funktionsstörungen sind die Folge, die sich auf die Vorgänge im organischen Körper auswirken; Krankheiten werden die Folge sein, und das bedeutet in weiterer Folge den Tod. Die Psynetik bietet nun die Möglichkeit, den Metaorganismus vollkommen zu beherrschen. Sie können sich vorstellen, welche Möglichkeiten das bietet.«

»Unsterblichkeit«, murmelte Rhodan.

»Sie denken wahrscheinlich an relative Unsterblichkeit«, fuhr Wasa zy Ashtar fort. »Sie gehört zur siebzehnten Fakultät. Aber es gibt Zy, die es zur absoluten Unsterblichkeit gebracht haben – sie sind unverwundbar –, das ist die einundzwanzigste Fakultät. Aber verlassen wir die höheren Regionen der Psynetik, sonst vergessen Sie noch, die Lehre an sich zu würdigen. Ich habe Ihnen schon gesagt, dass selbst ich, der ich nur die zehn Grunddisziplinen der Psynetik beherrsche, jedem Mutanten haushoch überlegen bin. Als Messgrad wollen wir den Begriff Potenz nehmen, wie es in der Psynetik üblich ist.«

Daraufhin vermittelte er Rhodan ein lückenloses Bild über die Psynetik.

Wie Wasa zy Ashtar bereits anfangs erwähnte, wurde die Psynetik eine »Technisierung des Metaorganismus« genannt. Es war tatsächlich eine für jedes intelligente Wesen erlernbare Technik. Auf Terra, von wo die genialsten Psynetiker kamen, wurden die Schüler zuerst zur Körperbeherrschung und dann zur psychischen Kontrolle erzogen. Dabei wurden noch keine übernatürlichen Fähigkeiten geweckt, aber dafür ein Kontakt zum Metaorganismus geschaffen. Danach wurde die Kontrolle über das Nervensystem und über die automatischen Körperfunktionen in Angriff genommen.

»Ein Psynetiker«, erklärte Wasa zy Ashtar dazu, »kann den Rhythmus seines Herzschlags bestimmen, er hat sein Wachstum und sein Aussehen in der Hand; es ist nicht der Natur überlassen, ob er klein, groß, hübsch oder hässlich wird – er kann es selbst bestimmen. Nur bei mir hat das ganze psynetische Training nichts genützt, und das lässt uns vermuten, dass mit der Psynetik noch nicht das Absolute erreicht wurde.«

Er fuhr wieder fort, wo er sich selbst unterbrochen hatte: »Hat der Schüler seine automatischen Körperfunktionen in der Gewalt, dann hat er auch gleich die ersten fünf Fakultäten gemeistert. Nun geht es damit weiter, den organischen Körper mit dem Metaorganismus zu koordinieren und schließlich auch den Metaorganismus unter Kontrolle zu bringen. Diese Aufgaben sind in den zehn Grunddisziplinen der Psynetik enthalten.«

Wasa zy Ashtar erklärte den Metaorganismus näher. Er sagte, dass darin – und nicht im Gehirn, wie von den Parapsychologen fälschlich angenommen wurde – die latenten Kräfte der intelligenten Lebewesen schlummerten. Einige dieser Kräfte würden allein durch die zehn Grunddisziplinen geweckt, andere Fähigkeiten müssten aber bewusst gefördert werden, damit man sie anwenden könne.

»Es würde zu weit führen«, sagte Wasa zy Ashtar, »wenn ich Ihnen die Fähigkeiten der einundzwanzig Fakultäten alle erläutern würde. Aber Sie können sich ungefähr vorstellen, was ich mit den zehn Grunddisziplinen erreiche; Kattur zy Kattan gehört der vierzehnten Fakultät an, er könnte, zum Beispiel, ganz allein einige Millionen Angeassys kontrollieren – das dürfte Ihnen einen Eindruck von seiner Macht geben, zumal Sie selbst die hypnotische Wirkung der Insektenwesen zu spüren bekamen; was ein Psynetiker der siebzehnten Fakultät vermag, haben Sie selbst miterlebt, falls Ihre Erinnerung in diesem Punkt zuverlässig ist.

Vielleicht unterschätzen Sie die Psynetik jetzt immer noch, deshalb möchte ich einen Mutanten zum Vergleich heranziehen. Sie, John Marshall, sind Telepath, besitzen also eine Fähigkeit. Nach psynetischen Maßstäben würden Sie eine Potenz zwischen zwei und vier besitzen. Ein Mutant mit vier Fähigkeiten wäre in der Tat ein außergewöhnliches Talent, aber er könnte seine vier Fähigkeiten nicht beliebig miteinander variieren und wohl kaum alle gleichzeitig einsetzen; deshalb dürfte man ihm nur eine Potenz zwischen fünf und zehn zubilligen.

Ein Psynetiker der vierten Fakultät wäre bereits hier einem Mutanten überlegen, wenngleich der Unterschied noch nicht besonders groß ist. Um die Potenz eines Psynetikers zu errechnen, gibt es eine einfache Faustregel, man braucht nur das fortlaufende Produkt der natürlichen Zahlen bis zum Grad seiner Fakultät zu nehmen.«

Wasa zy Ashtar stellte die Rechnung auf. Demnach war das fortlaufende Produkt der natürlichen Zahlen bei der vierten Fakultät: $4! = 1 \times 2 \times 3 \times 4 = 24$, wobei $0! = 1$ definiert ist; also hatte ein Psynetiker der vierten Fakultät 24 Potenz, wobei sich schon hier die Überlegenheit eines Psynetikers gegenüber einem Mutanten zeigte. Der Unterschied wurde aber noch viel größer bei einem Psynetiker der fünften Fakultät, denn der hatte bereits 120 Potenz. Ein vollwertiger Psynetiker, der alle Grunddisziplinen absolvierte, besaß bereits über 3,5 Millionen Potenz. Rhodan versuchte sich im Geiste auszurechnen, wie viel Potenz Kattur zy Kattan aufzuweisen hatte.

$14. (Fakultät)! = 1 \times 2 \times 3 \ldots 12 \times 13 \times 14 = 86.983.696.800$. Das waren runde 87 Milliarden Potenz. Im Vergleich dazu fielen Wasa zy Ashtars 3,5 Millionen Potenz überhaupt nicht ins Gewicht, aber er war ein Gigant gegen John Marshall, der bestenfalls vier Potenz aufbringen konnte. Und er selbst, Rhodan, wo stand er? Ihm rieselte es kalt über den Rücken, als er sich mit Curu zy Shamedy verglich, der der 17. Fakultät angehörte.

Jetzt erst konnte er erkennen, wie gering ihre Chance gegen den ETP-Mann gewesen war; selbst wenn sie das ganze Solare Imperium mobilisiert hätten, hätten sie gegen Curu zy Shamedy nichts ausrichten können. Aber damit noch nicht genug, Rhodan hatte erfahren, dass es Psynetiker gab, die es bis zur 21. Fakultät gebracht hatten …

Wasa zy Ashtar lächelte, seine Schweinsäuglein blickten belustigt von Rhodan zu Marshall und wieder zurück. Er sagte: »Jetzt wissen Sie, wie mächtig *ein* Psynetiker ist, aber es gibt hundert Milliarden Zy! Es muss Ihre Phantasie überfordern, sich den Machtfaktor des Solaren Imperiums vorstellen zu können. Und trotzdem ist es so, dass die Macht der Zy nicht ausreicht, das gesamte Sternenreich ordentlich zu verwalten. Sie, Rhodan, denken im Zusammenhang mit dem Solaren Imperium an elfhundert kontrollierte Sonnensysteme, außerdem denken Sie gleichzeitig an nur eine Galaxis. Ich weiß nicht, woher Sie diese Daten haben, aber jedenfalls sieht die Wirklichkeit anders aus. Denken Sie um, das Solare Imperium ist viel, viel größer. Es dehnt sich über die ganze Supergalaxis aus, das sind fünfzigtausend Galaxien!«

»Das ist unmöglich!«, entfuhr es John Marshall.

»Es ist die Wahrheit«, entgegnete Wasa zy Ashtar. »Ich will Sie nicht noch mehr verwirren, aber einige Daten möchte ich Ihnen schon vermitteln, damit Sie sich ein ungefähres Bild vom Ausmaß des Solaren Imperiums machen können. Allein zur Lokalen Gruppe um die erste Galaxis, in der sich auch das terranische Sonnensystem befindet, gehören dreiundzwanzig Galaxien, mit insgesamt neunzigtausend bewohnten Sonnensystemen, und rund dreihundert verschiedenen Rassen. Allein um die Lokale Gruppe zu verwalten, reichten die achtzig Milliarden Zy nicht aus, geschweige denn für alle fünfzigtausend Galaxien.«

Um nun die Zügel nicht aus der Hand zu geben, musste der Großadministrator einen einfachen Modus finden. Er hieß Gewalt! Die riesige Ausdehnung des Solaren Imperiums führte fast zwangsläufig zu diesen rigorosen Maßnahmen, anders ließen sich die zwei Millionen Sonnensysteme nicht beherrschen. Perry zy Rhodan löste also den gewaltigen Verwaltungsapparat des Solaren Imperiums auf und setzte für jedes Sonnensystem einen Administrator ein, dem genügend Psynetiker zur Seite stehen sollten, so dass er das Sonnensystem in seiner Gewalt hatte. Jeder Administrator war unumschränkter Herrscher seines Sonnensystems, seine einzige Verpflichtung war es, hohe Abgaben an den

Großadministrator zu leisten; aber die wurden ja ohnedies aus den Eingeborenen herausgepresst. Es gab noch eine Regelung, wonach die den Administratoren zugewiesenen Psynetiker, also die Mitglieder der Herrenrasse, in Sonderfällen dem Großadministrator direkt unterstellt waren. Das diente dazu, dass die Administratoren nicht versuchten, sich vom Imperium abzuspalten.

»So wie in meinem Fall«, meinte Wasa zy Ashtar. »Der Großadministrator hat mir Kattur zy Kattan zugeteilt, weil er von meiner Loyalität nicht ganz überzeugt ist – nicht ohne Grund, möchte ich sagen. Er ahnt, dass ich mit den Freifahrern gemeinsame Sache mache.«

»Mit den Freifahrern?«, entfuhr es Rhodan. Sollte sich die Vereinigung der Freihändler bis in diese Zeit erhalten haben? Rhodan erinnerte sich nur zu gut daran, als vor vier Jahren seiner Zeitrechnung, zu Beginn des Jahres 2415, plötzlich die Freifahrer von sich reden machten. Es waren Menschen, die aber ihre Privilegien als Mitglieder des Solaren Imperiums nicht in Anspruch nahmen. Deshalb und weil sie niemals gegen die fundamentalen Sicherheitsgesetze verstießen, blieb Rhodan nichts anderes übrig, als sie unbehelligt zu lassen. Und als die Kosmischen Freifahrer kurz nach ihrem Auftauchen auf der galaktischen Bühne eine Raumschlacht im Urbtridensektor gegen die Springer gewannen, die bisher das Recht für sich in Anspruch nahmen, alleine freien Handel treiben zu dürfen, da war es offensichtlich, dass sie zu einer bedeutenden Wirtschaftsmacht in der Milchstraße geworden waren.

Im Jahre 2419 war sich Rhodan noch immer nicht klar darüber, was von den Freifahrern zu halten war. Sie schienen nicht gegen das Solare Imperium vorzugehen, aber man konnte auch nicht behaupten, dass sie mit ihm zusammenarbeiteten. Und jetzt erfuhr Rhodan, dass es die Freifahrer Jahrtausende in der Zukunft noch geben würde. Er brannte darauf, von Wasa zy Ashtar zu erfahren, welche Stellung sie in dieser Zeit in der Galaxis – oder in der Supergalaxis – einnahmen.

»Das ist schnell gesagt«, meinte der Administrator von Dornister, der Rhodans Gedanken gelesen hatte. »Die Kosmischen Freifahrer setzten sich früher größtenteils aus Humanoiden zusammen, teilweise sogar aus Zy, die die Bande des Solaren Imperiums sprengten. Sie lösten sich von allen Konventionen, hatten geheime Stützpunkte und bildeten eine Art Staat im Staat; der Standpunkt, den sie vertreten, ist die Gleichheit aller intelligenten Rassen des Universums, egal ob es sich um Mobbies, Humanoide oder Zy handelt. Und diese Anschauung trieb sie schließlich zur Rebellion, als Perry zy Rhodan zur rohen Gewalt griff. Ich schließe mich der Idee von der Gleichberechtigung aller Rassen an, deshalb arbeite ich mit den Kosmischen Freifahrern zusammen. Wir wollen die Macht des Solaren Imperiums brechen.«

Obwohl die Freihändler des 25. Jahrhunderts Perry Rhodan ein Dorn im Auge waren, sympathisierte er jetzt mit ihnen. Schließlich vertrat er die gleichen Ideale. Aber darüber hinaus konnte er von den Freifahrern vielleicht persönliche Hilfe erwarten.

Zum ersten Mal meldete sich Lia zu Wort. Sie sah Rhodan fest in die Augen, als sie sprach. »Wie mir Wasa schon zu verstehen gab, und was ich selbst aus dem Gespräch mit John heraushörte, haben Sie beide einen sehr wertvollen Charakter. Sie könnten die Ziele der Freifahrer unterstützen, als Gegenleistung werden wir Ihnen bei Ihren persönlichen Problemen helfen – natürlich nur, sofern sie nicht unseren Absichten zuwiderlaufen.«

»Mehr dürfen wir auch nicht erwarten«, gab Rhodan zu. »Aber ich kann mir nicht vorstellen, in welcher Weise wir die Freifahrer unterstützen könnten.«

Lia wechselte mit Wasa zy Ashtar einen kurzen Blick. Der Administrator nickte zustimmend und sagte dann: »Rhodan, Sie sind der wichtigste Mann in der ganzen Supergalaxis. Ich selbst weiß nicht, welches Geheimnis Sie umgibt, aber der König der Freifahrer ist davon überzeugt, dass Sie den Verlauf der Geschichte ändern können. Wenn Sie sich auf die Seite des Großadministrators stellen, dann wird das das Ende des Freiheitsgedankens sein. Schlagen Sie sich aber in das Lager der Freifahrer, dann wird das den Untergang des Solaren Imperiums bedeuten.«

Rhodan runzelte die Stirn, er konnte sich nicht vorstellen, welches Geheimnis ihn umgeben sollte. Wodurch wurde er in dieser fernen Zukunft zu einem so wichtigen Mann?

»Sie brauchen sich nicht gleich zu entscheiden«, sagte Lia. »Denn es ist noch nicht einmal sicher, ob es uns gelingt, Sie den Fängen des Großadministrators zu entreißen. Ein Kurierschiff der Solaren Flotte fliegt nämlich eben ins Dornister-System ein, um Sie aufzunehmen und zu Perry zy Rhodan zu bringen.«

»Eine Freifahrerflotte steht bereit, um das zu verhindern«, ergänzte Wasa zy Ashtar. »Wenn das Kurierschiff in die Falle geht, und die Freifahrer bis nach Dornister durchkommen, dann erst können wir weitersehen. Aber es ist noch nicht gesagt, dass die weiteren Geschehnisse davon abhängen, wie Sie sich entschieden haben. Vielleicht ergibt sich auch alles andere ohne Ihre Mithilfe.«

»Für uns steht es bereits fest«, erklärte Rhodan bestimmt, »dass wir auf der Seite der Freifahrer stehen.«

»Daran besteht kein Zweifel«, bestätigte Marshall.

»Ich wusste es«, meinte Lia erleichtert.

»Dadurch haben Sie sich selbst das Leben gerettet, meine Herren.« Wasa zy Ashtar seufzte, als sei ihm eine große Bürde abgenommen worden. »Der König hatte nämlich befohlen, Sie zu töten, falls der Überfall auf das Kurierschiff misslingt und Sie nicht auf der Seite der Freifahrer stehen.«

»Jetzt ist es nicht mehr so schlimm, wenn Sie zu Perry zy Rhodan gebracht werden«, fügte Lia hinzu. »Ausschlaggebend ist, dass Sie sich für uns entschieden haben. Ich habe nie daran gezweifelt, denn Sie sind für die Zy auch nur Mobbies – wie die Fremdrassen. Wir müssen zusammenhalten.«

Wasa zy Ashtar betrachtete seine Gefährtin mit bekümmertem Ausdruck. »Du solltest Verallgemeinerungen vermeiden. Du weißt, dass wir, eine Handvoll Zy, sehr viel für die Gleichberechtigung aller Rassen opfern.«

»Verzeihung«, murmelte Lia mit gesenktem Blick. »Das war ungerecht von mir.« Sie blickte zu Rhodan und Marshall. »Wissen Sie, dass Wasa und die anderen Zy, die uns helfen, praktisch Selbstmord begehen? Wenn wir unser Ziel erreichen und an die Gedankentreppe herankommen, dann ...«

»*Lia!*« Einen Augenblick lang hatte es den Anschein, als ob sich Wasa zy Ashtar auf seine Gefährtin stürzen wollte, um sie zu schlagen. Er beherrschte sich nur im letzten Augenblick.

»Kein Wort mehr darüber«, flüsterte er eindringlich. »Hast du gehört: Kein Wort mehr. Sonst muss ich dich töten.«

Lia war leichenblass geworden, sie zitterte am ganzen Körper.

»Ich werde ... es nie wieder tun«, erklärte sie mit bebender Stimme.

Wasa hatte die Fassung wiedergewonnen. Für einen Augenblick wurden seine Augen starr, blicklos, dann sagte er: »Die Schlacht ist in vollem Gange. Der Freifahrerflotte ist ein Überraschungsangriff gelungen; wenn sie ihren Vorteil ausnützen, können sie das Kurierschiff wahrscheinlich kapern.«

Rhodan konnte sich denken, dass Wasa zy Ashtar seine Informationen auf psynetischem Wege bekam, deshalb erkundigte er sich gar nicht danach. Aber etwas anderes interessierte ihn.

Er fragte: »Fällt es einer ganzen Freifahrerflotte so schwer, ein einzelnes Kurierschiff zu kapern?«

»Es handelt sich nicht um ein gewöhnliches Kurierschiff«, antwortete der Administrator von Dornister. »Sie dürfen nicht vergessen, dass *Sie* damit befördert werden sollten! An Bord befinden sich lauter hochqualifizierte Psynetiker, alle von der 15. Fakultät und darüber. Auf den Freifahrerschiffen sind wohl auch Psynetiker, aber es sind durchwegs Mobbies – Verzeihung, ich meine natürlich, Humanoiden –, aber sie haben es meist nicht über die zehn Grunddisziplinen gebracht. Trotzdem kämpfen sie tapfer. Es ist die größte Raumschlacht der Freifahrer.«

»Lass Rhodan und John doch die Schlacht miterleben«, schlug Lia vor, »vielleicht ist es für später von Nutzen, wenn sie wissen, *wie* Psynetiker kämpfen.«

Nach einigem Überlegen sagte Wasa zy Ashtar: »Nun, gut. Wenn Sie möchten, meine Herren?«

Rhodan und Marshall nahmen an.

Sie sahen eine Raumschlacht, wie sie phantastischer nicht vor sich gehen konnte.

7.

Das Solare Kriegsschiff war ein Kugelraumer von 2500 Metern Durchmesser, seiner Größe nach entsprach es einem Ultraschlachtschiff. Aber das war die einzige Ähnlichkeit, denn die ebenmäßige Außenhülle wurde weder von den Ausbuchtungen der Transformkanonen noch durch die Ringwulsttriebwerke im Mittelteil unterbrochen. Außerdem war der Kugelriese von keinem Hochenergieüberladungsschirm geschützt – er schien überhaupt keinen Schutzschirm und keine Offensivbewaffnung zu besitzen.

Doch der Schein trog.

Fünfundsiebzig Psynetiker befanden sich außer den Offizieren an Bord, sie hatten nichts weiter zu tun, als jene Funktion auszuführen, die auf den terranischen Schiffen den technischen Geräten zufielen.

Der Nachrichtenoffizier, ein Psynetiker der 13. Fakultät, hatte eben an den Großadministrator die Meldung abgegeben, dass sie ins Dornister-System einflogen. Er bestätigte, dass der Planet Dornister von Kattur zy Kattan verdunkelt worden war, sie hätten ihn nicht orten können, wenn sie nicht mit den dort stationierten Psynetikern Verbindung aufgenommen hätten. Dornister war gegen alle Eventualitäten gerüstet, ein gigantischer metaphysischer Irrgarten umspannte die Welt bis in eine Höhe von 20.000 Kilometern.

Das Solare Kurierschiff überquerte die Umlaufbahn des sechsten Planeten und bald darauf die des fünften Planeten. Der Kommandant forderte eben von Kattur zy Kattan den Kodeschlüssel für den metaphysischen Irrgarten um Dornister an, als der Ortungsoffizier Alarm gab.

Eine Flotte von Ultrariesen materialisierte einen halben Kilometer von dem Kurierschiff entfernt. Und im selben Augenblick – noch bevor der Verteidigungsoffizier seine Psynetiker einschalten konnte – wurde in einem Beiboothangar ein Eindringling registriert. Es gelang nicht mehr, den fremden Metaorganismus auszulöschen, denn weitere sechs Eindringlinge materialisierten in besagtem Hangar und umgaben sich mit einem metaphysischen Labyrinth.

Die weiteren Vorgänge liefen zu rasch ab, als dass ihnen ein Außenstehender hätte folgen können. Das Kurierschiff verschwand augenblicklich in einer riesigen, pulsierenden Fantasieblume, das war sein Schutzschirm. Die Freifahrerflotte umschloss das Kurierschiff in einem dichten Ring und begann, aus konventionellen Strahlenwaffen auf das gigantische Blütengebilde zu feuern. Die Fantasieblume bekam an einigen wenigen Stellen dunkle Flecke, die aber bald darauf, als die Freifahrer eine Feuerpause einlegten, wieder ihre strahlende Farbenpracht zurückerhielten. Auf den Freifahrerschiffen wurden 48 Männer, die psynetisch nicht geschult waren, beim Anblick der farbenschillernden Fantasieblume wahnsinnig.

Diesen Moment hatte ein Psynetiker der 16. Fakultät an Bord des Kurierschiffes vorausgesehen. Die Freifahrer wurden durch den plötzlichen Ausfall von 48 Männern für Sekundenbruchteile geschwächt, und der Kommandant ordnete einen Gegenangriff an. Die Fantasieblume erblasste für die Zeitdauer, die ein Dutzend Psynetiker brauchten, um sich zu den Freifahrerschiffen abzusetzen. Drei von ihnen starben bald darauf bei dem Versuch, den Weg durch die metaphysischen Schutzschirme der Freifahrer zu finden, den anderen gelang der Durchbruch. Auf den neun attackierten Freifahrerschiffen starben innerhalb der nächsten Sekunde hundertdreißig Männer der nicht psynetisch ausgebildeten Mannschaft.

Aber der Kommandant des Kurierschiffes hatte keinen Grund zum Jubel über den scheinbar errungenen Teilsieg, denn an Bord seines Schiffes hatten sich sieben Freifahrer eingenistet. Es schien sich um hochwertige Psynetiker zu handeln, denn ihr metaphysisches Labyrinth hielt selbst den heftigsten Anstürmen stand.

Dem Kommandanten blieb nichts anderes übrig, als seine Geheimwaffe anzuwenden. Er weckte die drei Psynetiker der 17. Fakultät aus dem Periodenschlaf und setzte sie auf die Eindringlinge an. Das psynetische Dreigespann brachte eine Potenz von 1000 Billionen mit sich, und der Kommandant konnte sich nicht vorstellen, was die Freifahrer dem entgegenzusetzen hatten.

In Sekundenbruchteilen informierten sich die Psynetiker der 17. Fakultät über die Situation. Dann schlugen sie zu. Sie bauten ein zeitloses Feld um den besetzten Hangar auf, und während jeglicher Zeitablauf auf dem Schiff gestoppt wurde, die übrigen Besatzungsmitglieder wie zu Steinsäulen erstarrten, bahnten sich die drei Psynetiker der 17. Fakultät einen Weg durch das metaphysische Labyrinth der Eindringlinge.

Die anderen beiden hätten gewarnt sein können, als dem dritten mit einem einzigen psynetischen Schlag der Metaorganismus abgetötet wurde. Der organische Körper des Psynetikers wurde davon förmlich zerrissen; er starb augenblicklich, wurde vom zeitlosen Feld erfasst und erstarrte.

Die anderen beiden starben nicht so einfach. Dem ersten wurde ein Messer in den Rücken gestoßen; er schied es aus und ließ die Wunde schnell heilen. Gleichzeitig drangen hypnotische Strömungen des metaphysischen Labyrinths auf ihn ein; er wehrte sie mühelos ab. Dann traktierten Albtraummotive seinen Geist, und während er noch dagegen ankämpfte, fühlte er, dass er in den Kern einer Sonne teleportiert worden war. Er kannte die Methode, einen Gegner mit einer Vielzahl verschiedener Angriffe zu beschäftigen, damit er zur Unachtsamkeit verleitet wurde. Aber einen Erfolg davon konnte sich nur ein gleichwertiger Psynetiker oder ein Psynetiker einer höheren Fakultät versprechen. Und er wusste doch, dass die Freifahrer hinter dem metaphysischen Labyrinth bestimmt unter der 17. Fakultät standen.

Er war verwirrt. Er wehrte alle Attacken ab und wechselte in ein übergeordnetes Raum-Zeit-Gefüge über. Er musste sich eingestehen, dass er geflüchtet war. Aber er fand auch hier keine Ruhe, denn sein Gegner war ihm gefolgt. Jetzt erkannte er, dass sein Gegner ebenfalls der 17. Fakultät angehörte, denn er bildete einen Möbiuseffekt – das war ein Teufelskreis, aus dem es für beide nie mehr ein Entrinnen geben konnte. Keiner von ihnen beiden würde aus diesem Kampf als Sieger hervorgehen, denn sie waren gleich stark, und der Möbiuseffekt sorgte dafür, dass sich die Geschehnisse immer wiederholen würden. Jeder der beiden Kämpfenden würde auf die Angriffe des Gegners vorbereitet sein, denn es gab keine Variationen.

Er schied ein Messer aus, das ihm in den Rücken gestoßen worden war ... er wehrte die hypnotischen Strömungen erfolgreich ab ... die Albtraummotive ... die Hitze des Sonnenkerns – er schritt den ganzen Möbiusstreifen ab. Dann ging er zum Angriff über. Es spielte sich dasselbe ab, nur mit vertauschten Rollen. Während er zum Angreifer überwechselte, erkannte er mit Schrecken, wer sein Gegner war. Es war ... SEIN KAMERAD!

Das war also der wirkliche Teufelskreis, in den ihn die Freifahrer hineingehetzt hatten und aus dem es kein Entrinnen gab. Denn das von ihm selbst aufgebaute zeitlose Feld verhinderte beim Möbiuseffekt eine Rückkehr in die Realität. Bis in alle Ewigkeit musste er immer wieder gegen seinen Freund kämpfen und musste sich von ihm bekämpfen lassen ...

Von nun an war es nur noch eine Frage der Geduld, bis die Freifahrer das Kurierschiff erobert hatten.

»Ich muss nun darauf bestehen, dass Sie diesen Raum auf keinen Fall verlassen«, sagte Wasa zy Ashtar, nachdem die Schlacht um das Kurierschiff vorbei war. »Denn jetzt beginnt der Kampf um Dornister, und Kattur zy Kattan wird mit allen Mitteln versuchen, Ihrer habhaft zu werden. Ihr Leben ist nicht gefährdet, aber wir müssen verhindern, dass Sie dem Großadministrator in die Hände fallen. Deshalb bleiben Sie am besten in diesem Raum, den die Zy nicht kennen.«

Rhodan und Marshall hatten nichts dagegen einzuwenden. Wasa zy Ashtar ging zu Lia, die sich gegen ihn presste.

»Gib auf dich acht, Wasa«, flüsterte sie.

Ein rührendes Lächeln erschien auf dem kleinen Mund des schwergewichtigen Administrators. »Machen wir uns nichts vor, Lia«, sagte er. »Ich habe keine große Chance, am Leben zu bleiben, wenn ich hinausgehe, aber wir wissen beide, dass es keine andere Möglichkeit gibt. Es gibt noch so viel für mich zu tun, um die Landung der Freifahrer auf Dornister zu ermöglichen; der Plan sieht vor, dass ich die Solaren Kräfte auf Dornister, so gut es geht, schwäche. Wenn ich dabei das Leben verliere, geschieht es für eine gute Sache. Lebe wohl, Lia.«

Er entmaterialisierte.

Lia begann zu weinen. Rhodan und Marshall schwiegen betreten.

Nach einer Weile wischte sich Lia die Augen ab und wandte sich mit einem gezwungenen Lächeln an die beiden Terraner. »Entschuldigen Sie, aber die Gewissheit, dass Wasa sterben muss, ist nicht leicht zu ertragen.«

»Wir können das verstehen, Lia«, meinte Marshall.

»Können wir nicht vielleicht doch bei der Eroberung Dornisters mithelfen?«, erkundigte sich Rhodan.

»Nein, ganz sicher nicht.« Lia sagte es sehr bestimmt. »Sie haben doch bei der Schlacht um das Kurierschiff selbst gesehen, welche Kräfte eingesetzt werden. Sie hätten diesen Raum kaum verlassen und schon wären Sie in der Gewalt der Solaren Psynetiker. Der ganze Aufwand wäre dann umsonst. Kattur zy Kattan ließe Sie nach irgendeiner Welt teleportieren, wo Sie vor dem Zugriff der Freifahrer sicher wären.«

Rhodan betrachtete die Frau nachdenklich. Er wurde nicht klug aus ihr, ebenso wenig wie er die ganzen Geschehnisse durchschauen konnte. Er wusste, dass außerhalb dieser geschützten vier Wände erbittert um ihn gekämpft wurde. Hunderte von Menschen hatten bereits für ihn das Leben gelassen, ob es sich jetzt um Zy oder gewöhnliche Humanoiden handelte. Und doch schien diese ganze Schlacht sinnlos. Wenn der Großadministrator ihn gleich nach seinem Eintreffen auf Dornister zu einer anderen Welt hätte teleportieren lassen, dann wäre es erst gar nicht zu diesem Kampf gekommen.

Rhodan teilte Lia seine Überlegungen mit.

Sie dachte eine Weile nach und sagte dann: »Ihre Schlussfolgerung klingt vernünftig, aber nur für Sie, weil Sie die Hintergründe nicht kennen. Der Plan des Großadministrators, Sie in diese Zeit zu entführen, wurde von langer Hand vorbereitet. Manipulationen mit der Zeit sind nicht leicht durchzuführen, und in diesem Fall war es aus irgendwelchen Gründen besonders schwierig. Wie gesagt, der Großadministrator arbeitete schon lange auf diesen Plan hin, es war deshalb unvermeidlich, dass ein großer Personenkreis davon erfuhr. Sicher handelte es sich dabei nur um engste Vertraute Perry zy Rhodans, aber auch unter ihnen gibt es Leute, die mit uns gemeinsame Sache machen. Es wäre im Endeffekt egal gewesen, wenn man Sie von hier zu einer anderen Welt teleportiert hätte – die Freifahrer hätten davon erfahren. Wenn aber Kattur zy Kattan aus einem plötzlichen Impuls heraus Sie nach irgendwohin teleportieren lässt, dann könnten sich die Freifahrer nicht darauf vorbereiten.«

Rhodan nickte verstehend.

»Dann müssen wir hier untätig sitzen und abwarten, wie sich die Dinge entwickeln«, meinte Marshall enttäuscht.

»Ich glaube kaum, dass die Solaren Psynetiker Dornister halten können, wenn es Wasa gelingt, die Angeassys freizulassen«, sagte Lia.

»Er will die Insektenwesen aus ihren Gefängnissen befreien?«, erkundigte sich Rhodan.

»Natürlich«, antwortete Lia. »Dann müssen Kattans Leute gegen zwei Fronten kämpfen. Außerdem will Wasa auch die Verdunkelung um Dornister aufheben, dann haben die Freifahrer kaum noch ein Hindernis zu überwinden.«

»Wollen Sie sagen, dass Dornister künstlich verdunkelt wurde?«, fragte Marshall.

»Ja. Ich will es Ihnen erklären.« Lia strengte sich an, um die richtigen Worte zu finden. Nachdem sie sich ein Konzept zurechtgelegt hatte, fuhr sie fort:

»Bei der Verdunkelung handelt es sich um eine künstlich erschaffene Dimension, um einen Raum, der auf den Gesetzen der Psynetik basiert. Es gibt nur eine einzige Stelle, die den normalen Naturgesetzen unterworfen ist und an der man Dornister erreichen kann. Die Aussicht, diese Stelle mit herkömmlichen Mitteln zu finden, ist sehr gering – praktisch gleich Null. Und den metaphysischen Irrgarten anderswo passieren zu wollen, ist unmöglich. Ein Raumschiff würde sich in dieser fremden Dimension verirren, und die Psynetiker auf Dornister könnten es mittels des Kodeschlüssels leicht vernichten.«

»Aber was geschieht, wenn Wasa die Verdunkelung nicht abschalten kann?«, warf Rhodan ein. »Mir erscheint es als unwahrscheinlich, dass er mit seinen zehn Grunddisziplinen etwas gegen die hochqualifizierten Psynetiker ausrichtet.«

»Wasa steht seinen Mann!«, fuhr Lia beleidigt auf. »Allerdings«, gab sie dann zu, »ist Wasa nicht auf sich allein gestellt. Er hat einen Freund auf Dornister, über den er nur andeutungsweise gesprochen hat. Derselbe Psynetiker, der uns in diesem Augenblick vor Kattan abschirmt, wird Wasa auch helfen, die Verdunkelung aufzuheben.«

Darauf sagte Rhodan nichts; Lias Zuversicht würde schon ihre Berechtigung haben.

»Sir!«, rief plötzlich Marshall aus. »Ich habe telepathischen Kontakt!«

Rhodan brauchte nicht erst auf Marshalls Bericht zu warten, denn er hörte die telepathische Stimme auch selbst. Sie gehörte Wasa zy Ashtar.

Der Planet Dornister ist in den Händen der Freifahrer. Die meisten der Verteidiger fielen den Angeassys zum Opfer, unter ihnen auch Kattur zy

Kattan. Es ist schade, dass ich die Landung des Königs nicht mehr miterleben kann, es hätte mir Spaß gemacht, meine Rolle weiterzuspielen, aber leider ist sie zu Ende. Kattan, dieser Schuft, ließ den Vorhang für mich fallen. Ich sterbe ...

»Wasa!«, schrie Lia gellend auf. »Was ist mit dir? Wasa, wo bist du?«

Sie taumelte zu der einen Kristallwand und versuchte, ihre Hände hineinzukrallen. Marshall sprang zu ihr und wollte sie zurückhalten.

»Ich muss zu ihm, ich muss zu ihm!«, rief sie immer wieder hysterisch.

Lia, sei tapfer, meldete sich Wasa zy Ashtar noch einmal, diesmal allerdings bereits leiser. *Du wirst weiterhin alles für die Freiheit aller Rassen tun, das erwarte ich von dir. Wasa zy Ashtar dagegen hat seine Schuldigkeit getan. Vergesst ihn. Ihr beide, Rhodan und Marshall, könnt in diese Phase des Kampfes noch nicht entscheidend eingreifen. Aber eure Zeit kommt noch ... Vertraut euch bis dahin meinem Diener Adert zy Costa an – er ...*

Lia schrie auf und brach ohnmächtig zusammen. Marshall konnte sie gerade noch auffangen. Im selben Moment lösten sich die kristallenen Wände in Nichts auf.

Ein kühler Wind ging, sie befanden sich im Freien. In zirka zwei Kilometer Entfernung stand der Kristallpalast, aber er war nicht mehr strahlend wie ein Korallenriff. Jetzt war er nur noch eine schwarze Ruine, die im Licht einer blauen Sonne stand.

Eine Wolke schob sich vor die Sonne und verdunkelte sie.

Einer Ahnung folgend, blickte Rhodan empor. Es handelte sich um keine Wolke, sondern um einen Kugelraumer der Ultraklasse, der über der Ruine des Kristallpalastes niederging und die letzten noch stehenden Pfeiler zerdrückte. Rhodan ließ das Schiff nicht aus den Augen; es war nicht seine Größe, die ihn nachdenklich stimmte, auch nicht die Tatsache, dass man noch in dieser Zeit die Kugelform beibehalten hatte – das alles brauchte ihn nicht mehr zu überraschen, denn es waren ihm bekannte Tatsachen.

Aber dass der Kugelriese über und über mit Reliefs verziert war, so dass er aussah wie ein überdimensionales Souvenir aus einem Kitschladen – *das* beanspruchte Rhodans Aufmerksamkeit für eine ganze Weile.

»Sehen Sie sich dieses Schiff an, John«, sagte er zu Marshall, der Lia aufstützte, als sie langsam die Augen aufschlug.

»Reichlich geschmacklos«, kommentierte Marshall den Anblick des verunstalteten Kugelriesen. »Sie imitieren die Renaissance und vermischen sie zu allem Übel noch mit etwas Gotik und Barock. Mir wäre es lieber, wenn sie sich das präatomare Zeitalter zum Vorbild genommen hätten.«

Hinter Rhodan sagte jemand: »So sind die Freifahrer nun einmal – vielleicht übertreiben sie etwas in ihrem Bestreben, sich außerhalb des Konventionellen zu bewegen. Was Sie hier sehen, ist die GESPRENGTE KETTEN, das Kampfschiff des Königs der Freifahrer.«

Rhodan hatte sich umgedreht und betrachtete nun den Neuankömmling. Es handelte sich um einen gutaussehenden Mann, mit der üblichen Blusen-Hosen-Kombination; er besaß markante Gesichtszüge und wirkte physisch nicht älter als Rhodan. Aber das Aussehen war natürlich trügerisch, denn obwohl Rhodan auch wie Mitte der Dreißig aussah, hatte er es mit Hilfe des Zellaktivators bereits auf fast fünfhundert Jahre gebracht.

»Sind Sie Adert zy Costa?«, fragte Rhodan.

»Ja, das bin ich.« Seine Stimme war tief und passte gut zu seiner Erscheinung.

Rhodans Blick wurde durch das herrschende Chaos von Adert zy Costa abgelenkt. Wo früher die Glasvitrinen gestanden hatten, befanden sich nur noch die Poteste, die mit Glassplittern übersät waren; die Pflanzen waren zumeist geknickt und abgestorben, der Boden war aufgewühlt. Das mussten die Angeassys nach ihrer Befreiung angerichtet haben. Jetzt fehlte von ihnen jede Spur.

»Wo sind sie alle?«, erkundigte sich Rhodan.

»Sie sind ausgeschwärmt«, antwortete Adert zy Costa. »Es war für sie ein überwältigendes Gefühl, nach Jahrhunderten der Gefangenschaft endlich wieder frei zu sein. Sie haben sich aufgemacht, ihre Welt kennenzulernen. Aber keine Sorge, sie kommen zurück und werden sich dankbar zeigen. Sie werden mitkämpfen, um die Supergalaxis zu befreien.«

Rhodan nickte abwesend. Er gönnte allen Wesen dieser Supergalaxis die Freiheit, er wollte gerne alles, was in seiner Macht stand, für das Sternenreich der Zukunft tun. Doch wollte er nicht dafür die Interessen der Vergangenheit – seiner Gegenwart – zurückstellen. Gerade das aber schienen die Verantwortlichen der Zukunft von ihm zu verlangen. Es sah so aus, als kümmere sie die Vergangenheit überhaupt nicht.

Sie hatten ihn in ihre Zeit geholt, weil sie irgendeine Hilfe von ihm erhofften. Dass sie aber damit die Vergangenheit veränderten, bedachten sie nicht. Dabei konnte eine Korrektur der Vergangenheit fatale Folgen für die Zukunft hervorrufen.

Rhodan nahm sich vor, dieses Problem bei nächster Gelegenheit aufzuwerfen.

Adert zy Costas Stimme riss Rhodan aus seinen Gedanken.

Er sagte: »Die Freifahrer haben uns bereits bemerkt. Da kommt ihre Delegation. Jetzt können Sie miterleben, wie sie die Befreiung eines Planeten feiern.«

8.

Nicht nur äußerlich war die GESPRENGTE KETTEN eine Kuriosität. John Marshalls Vergleich, dass sämtliche Räumlichkeiten viel zu überladen waren – »wie in einem altertümlichen Trödlerladen« –, traf den Nagel auf den Kopf. Aber trotzdem musste den Künstlern, die das Freifahrerschiff ausgestattet hatten, Hochachtung gezollt werden. Es war nur befremdend, dass es Künstler waren und nicht Techniker, die das Antlitz der GESPRENGTE KETTEN prägten. Immerhin sollte man annehmen, dass die Räumlichkeiten eines Kampfschiffes zweckentsprechend eingerichtet waren. Aber dem war hier ganz und gar nicht so.

Die Korridore waren mit dicken Läufern belegt, die Wände waren reich verziert und mit Bildern behangen; verzierte Leuchten mit bunt bemalten Schirmen spendeten ein düsteres Licht. Die Hangars für die Beiboote besaßen an den Decken Kreuzrippengewölbe, die in lange, schlanke Pfeiler mit Kapitellen mündeten; über die Wände liefen Simse in fast jeder Höhe, von denen Strebebögen mit aufgesetzten Spitztürmchen zu den Pfeilern führten. Für die Beiboote selbst blieb der wenigste Platz.

Selbst die Maschinenräume, die wissenschaftlichen Labors, die Ersatzteillager, die Messe, die Mannschaftsräume und die Feuerleitzentrale blieben von den Einflüssen der Gotik, der Renaissance und des Barocks nicht verschont, und wo die Baumeister es versäumt hatten, bauliche Verzierungen anzubringen, hatte der Pinsel eines Malers die Lücke ausgefüllt.

Die Kommandozentrale war die Krönung des ganzen Sammelsuriums, entdeckten Rhodan und Marshall, als sie zusammen mit Adert zy Costa und der sechsköpfigen Delegation den Raum betraten. Die Positionsbildschirme waren von reichverzierten Rahmen umgeben, manche wiesen sogar Gardinen auf; die Kontrollsessel waren gediegene Handarbeit, mit kunstvollen Schnitzereien verziert. Und wieder, wie in allen größeren Räumen, strebten Pfeiler zur Decke, die miteinander durch Bögen verbunden waren. In halber Höhe umrundete eine Loggia die Hauptzentrale.

Die Freifahrer selbst waren ihrer Umgebung entsprechend gekleidet – allerdings waren ihre Kostüme nicht einer bestimmten Ära angeglichen, diesbezüglich ließen sie ihrer Phantasie freien Lauf. Sie trugen Schnabelschuhe zu Pluderhosen, Stulpenstiefel zu Strumpfhosen, und zu diesen Beinkleidern wahlweise ausgestopfte Wämser, Schlitzwämser oder kurze Wämser, oder auch eine Schecke mit Zaddelärmeln; beliebt waren auch Überwurfmäntel in jeder Länge und Farbe; ihre Kopfbedeckungen reichten vom Barett über den Schlapphut zum Dreispitz bis zu Zopfperücken und abenteuerlich geknoteten Tüchern.

Aber nicht nur in der Kleidung wiesen die Freifahrer alle Schattierungen auf, sondern auch in ihrer Abstammung. Auf den ersten Blick hatte Rhodan geschätzt, dass Vertreter von zwölf verschiedenen Fremdrassen in der Mannschaft waren. Aber als er in der Hauptzentrale ankam, musste er feststellen, dass es sich um zumindest doppelt so viele Fremdrassen handelte. Und das Verblüffende daran war, dass das Aussehen keiner einzigen an eine ihm bekannte Rasse erinnerte.

Marshall war das ebenfalls sofort aufgefallen, denn er sagte: »Sind die uns bekannten Fremdrassen alle ausgestorben? Und was ist mit den Umweltangepassten? Oder können Sie einen Ertruser, einen Epsaler oder einen Auroranier erblicken?«

»Nein«, gab Rhodan zu. Er seufzte: »Damit haben wir wieder einen neuen Stein für unser kosmisches Puzzlespiel. Nur schade, dass bis jetzt noch kein Stein zum anderen passt. Aber vielleicht kann uns der König der Freifahrer weiterhelfen. Ich glaube, das da vorne ist er bereits. Oder irre ich mich, Adert zy Costa?«

Der Psynetiker kam zu Rhodan und sagte: »Sie haben recht, es handelt sich um den König der Freifahrer.«

Der Mann, der durch die Hauptzentrale zu ihnen getänzelt kam, wirkte elegant in dem knielangen Frack, mit den dazu passenden Wadenhosen und den makellos weißen Kniestrümpfen; die edelsteinbesetzten Schnallenschuhe glitzerten bei jedem seiner Schritte in allen Regenbogenfarben. Als er vor Rhodan und Marshall ankam, sich verbeugte und den Dreispitz zog, war man geneigt zu glauben, dass er am Hofe des XVI. Ludwig zu Hause war.

Nachdem er sich wieder aufgerichtet hatte, stützte er sich mit der einen Hand auf den Knauf seines kostbaren Zierdegens, mit der anderen zupfte er geziert an seiner blütenweißen Zopfperücke. Nur seine Augen beobachteten Rhodan und Marshall forschend; Rhodan legte den konzentrierten Blick dahingehend aus, dass der Freifahrerkönig ihre Gedanken las. Aber weder Rhodan noch Marshall spürten den telepathischen Eingriff.

Endlich entspannten sich die Gesichtszüge des Freifahrerkönigs, lächelnd sagte er: »Meine Herren, seien Sie mir willkommen auf dem kostbarsten Raumschiff dieser Supergalaxis. Sie genießen für die Dauer Ihres Aufenthalts das Gastrecht Robe zy Spierres, des Königs der Freifahrer. Natürlich gilt dasselbe auch für Sie, mein verehrter Adert zy Costa. Folgen Sie mir bitte. Ich möchte Sie meinen Leuten vorstellen.«

Er wandte sich um und ging ihnen voran zum halbkreisförmigen Steuerpult in der Mitte der Hauptzentrale. Sämtliche Instrumente waren in die Konsole versenkt worden, eine reichverzierte und mit Raumschlachtmotiven bemalte Holzplatte verwandelte das Steuerpult in einen Tisch.

Robe zy Spierre schwebte zur Tischplatte hinauf, wo er eine kurze Rede hielt. Er sagte seinen Leuten, dass sie nicht nur Dornister von der Willkür des Solaren Imperiums befreit hätten, sondern dass sie auch den Großadministrator persönlich schwächten, indem sie ihn seiner »Schablone« beraubten.

Perry Rhodan spürte Zorn in sich aufsteigen, als der Freifahrerkönig auf ihn deutete und ausrief: »Das ist jenes Geschöpf, das für die Existenz Perry zy Rhodans verantwortlich ist. Er ist unser Mann!«

Die Freifahrer brachen in Jubelschreie aus. Rhodan spürte unzählige neugierige Blicke auf sich ruhen. Er kam sich vor, wie eine zur Schau gestellte Monstrosität, und für die Freifahrer schien er auch nichts anderes zu sein.

John Marshall telepathierte ihm: *Sir, die Gedanken der Freifahrer gefallen mir überhaupt nicht. Manche sind Psynetiker oder Mutanten und können sich vor mir abschirmen, aber die es nicht können, denken über uns wie über ...*

»Sprechen Sie es ruhig aus, John«, ermunterte ihn Rhodan.

»Sie sehen in uns Schlachtopfer!«

»Das habe ich befürchtet«, murmelte Rhodan. »Wir sind sozusagen vom Regen in die Traufe gekommen.«

»Aber warum?«, sagte Marshall verständnislos. »Ich dachte, bei den Freifahrern fänden wir Gleichgesinnte.«

»Es sind Gleichgesinnte, solange unsere persönlichen Interessen den ihren nicht zuwiderlaufen«, gab Rhodan zurück. »Aber während wir für den Großadministrator nur lebend wichtig waren, kann es sein, dass wir den Freifahrern auch tot nützen.«

»Ist das Ihr Ernst, Sir?«

»Ich habe eine Vermutung«, wich Rhodan aus.

Bevor John Marshall noch etwas erwidern konnte, wurde er von der lautstarken Stimme des Freifahrerkönigs abgelenkt.

»Und jetzt, Männer, lasst uns den Doppelsieg feiern.«

Über den Wirbel, der in der Hauptzentrale herrschte, vernahm Rhodan eine eindringliche Stimme neben sich: »Ich bin an Ihrem Problem interessiert, Herr!«

Rhodan wandte sich in die Richtung, aus der diese Stimme kam. Er sah den Crookander vor sich, den ihm der Freifahrerkönig als seinen Navigator Vermäuler vorgestellt hatte.

Crookander waren Bewohner einer Wasserwelt, Kiemenatmer, die immer einen Tank mit sich trugen, aus dem sie das lebensnotwendige Wasser-Sauerstoff-Gemisch bezogen. Ihre Körper hatten kein stabiles Knochengerüst, so dass sie sich auf Antigravfelder stützen mussten, wenn sie aufrecht gingen. Ihre Köpfe waren kugelrund und mit einer schleimigen Haut überzogen, zwischen Fingern und Zehen spannten sich Schwimmhäute. Sie waren nackt – bis auf die technischen Hilfsgeräte, die sie umgeschnallt hatten.

Vermäuler wiederholte mit jener gurgelnden Stimme, die den Crookandern zu eigen war: »Ich bin sehr an Ihrem Problem interessiert. Wollen Sie sich mit mir unterhalten?«

Rhodan zögerte. Sollte er mitgehen? John Marshall war zu Lia gegangen, die mit einem Nervenschock in der Krankenabteilung lag. Adert zy Costa hatte sich ebenfalls zurückgezogen und war nirgends zu sehen. Rhodan war allein.

Er versuchte, in dem Gesicht des Crookanders dessen Absicht zu lesen; aber seine Augen waren nur mattschimmernde poröse Häute, die überhaupt nichts aussagten, und der Mund befand sich hinter der Atemmaske.

Um Zeit zu gewinnen, fragte Rhodan: »Hat Sie der König geschickt?«

»Nein«, gurgelte Vermäuler. »Wenn er von meiner Absicht wüsste, würde er mich zu Eis gefrieren lassen. Ich komme auf eigene Faust zu Ihnen. Sie werden es nicht bereuen, wenn Sie mitkommen. Ich kann Ihnen einiges über die Zy verraten.«

»Warum wollen Sie das tun?«, erkundigte sich Rhodan, während seine Augen die Hauptzentrale nach Marshall oder Adert zy Costa absuchten.

Vermäulers Stimme wurde drängend. »Ich habe Ihnen schon gesagt, dass ich an Ihrem Problem interessiert bin, Herr. Entschließen Sie sich schnell, bevor der König aus seinem Blütenrausch erwacht.«

Rhodan sagte nichts. Er sah zur Loggia hinauf, wo sich Robe zy Spierre mit verklärtem Blick zu Harfenklängen wiegte.

»Ich gehe voran«, sprudelte es hinter der Atemmaske des Crookanders hervor. Gleich darauf bahnte er sich einen Weg durch die ausgelassene Menge. Entschlossen folgte ihm Rhodan. Niemand schien ihn zu beachten.

Vermäuler sprang durch ein gotisches Portal in einen Antigravlift. Als Rhodan an seiner Seite zu den unteren Decks hinabschwebte, drehte der Crookander den Kugelkopf in seine Richtung.

»Wussten Sie«, gurgelte er aufgeregt, »dass die Zy nicht geboren werden wie alle anderen Wesen?«

»Nein, das wusste ich nicht«, antwortete Rhodan etwas abwesend. Er hatte eben daran gedacht, dass er bei einer eventuellen Auseinandersetzung mit dem Crookander doch nicht ganz auf sich allein gestellt war. Er trug immer noch den Lähmstrahler. Der Gedanke, eine Waffe zu haben, beruhigte ihn ungemein.

Der Crookander sprach weiter, während sie den Antigravlift verließen und sich von Antigravfeldern einen waagerechten, holzgetäfelten Korridor entlangführen ließen.

Vermäuler sagte: »Ist es nicht seltsam, dass die Zy nicht geboren werden? Alle Rassen beschreiten den Weg der natürlichen Fortpflanzung. Die Zy nicht.«

»Wie entstehen die Zy?«, erkundigte sich Rhodan.

Vermäuler blickte sich vorsichtig um, dann flüsterte er: »Man sagt, dass sie aus der Retorte stammen.«

»Künstlich geschaffene Lebewesen demnach«, meinte Rhodan, und er fügte hinzu: »Roboter? Androiden?«

Vermäuler schüttelte den Kopf. »Beide Definitionen sind nicht ganz zutreffend. Auch Cyborg ist nicht die richtige Bezeichnung. Wir sind hier.«

Vermäuler hielt vor einer Tür, die sich bei seiner Annäherung automatisch öffnete. Rhodan nahm an, dass es sich um die Privatkabine des Navigators handelte.

Der Raum, den er betrat, war angefüllt mit verdorrten Pflanzen, zwischen denen seltsame, den Bedürfnissen eines Crookanders angepasste Einrichtungsgegenstände standen; der Boden war mit ausgedörrter Erde bedeckt.

Hinter Rhodan fiel die Tür ins Schloss. Hoch aufgerichtet ging Vermäuler zu einer mit grünem Schlamm überzogenen Liege und streckte sich darauf aus. Er seufzte behaglich, dann erst blickte er zu Rhodan, der immer noch an der Tür stand.

»Machen Sie es sich bequem«, forderte ihn der Crookander auf. »Leider habe ich hier keinen Stuhl, der einem Humanoiden angepasst wäre. Aber lange wird es ohnehin nicht dauern.«

»Dann wäre es gut, wenn Sie schnell auf den Kern der Sache zu sprechen kämen«, sagte Rhodan.

»Hm.« Vermäuler reckte sich behaglich. »Wir waren dabei, eine richtige Definition für die Zy zu finden. Wir kamen zu dem Ergebnis, dass es sich weder um Roboter oder Androiden, noch um Cyborgs handelt.«

»Sie sind doch Robe zy Spierres rechte Hand«, meinte Rhodan ungehalten. »Hat er Ihnen nichts über die Herkunft der Zy anvertraut?«

Vermäuler nahm die Atemmaske ab und begann damit, den Wassertank und das Antigravgerät abzuschnallen. Dabei sprach er weiter.

»Ich habe ihn noch nicht danach gefragt. Aber es ist gar nicht sicher, dass er selbst darüber Bescheid weiß. Die meisten Zy wissen nichts über ihren Ursprung.«

»Das hat auch Wasa zy Ashtar gesagt«, stimmte Rhodan zu. Plötzlich schien es ihm ungeheuer wichtig, mehr über die Abstammung und den Werdegang der Zy zu erfahren. Konnte es möglich sein, dass er dadurch auch die Antwort auf seine und Marshalls Probleme fand? Lia fiel ihm ein. Er erinnerte sich der Szene, als sie etwas über die Zy preisgeben wollte, und von Wasa zy Ashtar zum Schweigen gezwungen wurde. Lia musste das Geheimnis der Zy zumindest teilweise kennen. In diesem Zusammenhang fiel ihm ein, dass Wasa zy Ashtar erwähnt hatte, dass er, Rhodan, die Wahrheit nur auf der »Gedankentreppe« finden konnte. Bestand zwischen der Gedankentreppe und den Zy ein Zusammenhang?

Rhodan vernahm ein fernes Rauschen, wie von einem Wasserfall. Er achtete nicht weiter darauf, auch als das Rauschen näherkam und immer lauter wurde. Er beobachtete Vermäuler scharf, als er ihn fragte:

»Was wissen Sie über die Gedankentreppe?«

Vermäuler wollte von seiner Liege aufspringen, aber er hatte die Antigravstützen abgelegt, und sein knochenloser Körper fiel in sich zusammen. Mit einem Satz sprang er von der Liege und kam auf allen vieren auf Rhodan zugerannt.

»Was wissen *Sie* von der Gedankentreppe?«, rief er.

Rhodan zog seinen Lähmstrahler und hielt den Crookander in Schach. »Kommen Sie nicht mehr näher, ich könnte Sie augenblicklich bewegungsunfähig machen.«

Vermäuler hielt inne. Sein runder Schädel reckte sich, das breite Maul öffnete sich schnappend. »Es war unklug, Ihnen die Waffe zu belassen. Aber sie nützt Ihnen auch nicht viel. Hören Sie es rauschen? Ich bin dann in meinem Element, und Sie sind mir ausgeliefert. Aber selbst wenn Sie mich lähmen, sind Sie verloren. Denn der Ausgang öffnet sich nur für mich, und den Wasserfluss können Sie nicht aufhalten, weil Sie den Mechanismus nicht kennen.«

Im nächsten Moment ergoss sich ein Wasserstrahl in den Raum, und Sekunden später stand Rhodan knöcheltief im Wasser; und es stieg schnell – bald reichte ihm der Wasserspiegel bis zu den Waden. Wo das Wasser die Pflanzen erreichte, fiel die Dürre von ihnen, und sie entfalteten sich.

»Die Lähmung würde mir überhaupt nichts ausmachen, das Wasser ist mein Element!«, rief Vermäuler triumphierend. »Aber Sie haben noch eine Chance, sagen Sie mir, was Sie über die Gedankentreppe wissen. Wenn mich Ihre Antwort zufriedenstellt, stelle ich das Wasser ab und lasse Sie am Leben.«

Rhodan schwitzte, er wusste, dass ihn der Crookander in der Hand hatte. Aber er konnte sich sein Leben nicht einmal erkaufen, weil er überhaupt keine Informationen über die Gedankentreppe besaß; Wasa zy Ashtar hatte zwar gesagt, dass er dort alle Antworten finden würde, und das teilte er Vermäuler auch mit, doch erkannte er sofort, dass der Crookander mit dieser Information nicht zufrieden war.

»Schade für Sie«, entgegnete Vermäuler. Nur noch sein Kugelschädel ragte aus dem Wasser. »Wenn Sie mir den Beweis erbracht hätten, dass es die Gedankentreppe gibt, und wenn Sie mir gesagt hätten, wo sie liegt, dann hätte ich Sie am Leben gelassen.«

Rhodan bemerkte eine Bewegung an Vermäuler – er setzte zum Sprung an. »Halt, oder ich schieße!«, rief Rhodan.

Der Crookander tauchte im Wasser unter, noch bevor Rhodan auf den Abzug drücken konnte. Rhodan stand bereits bis zu den Schultern im trüben, brackigen Wasser. Ein unangenehmer Geruch verbreitete sich.

Plötzlich spürte er eine Bewegung bei seinen Beinen. Er holte tief Luft und tauchte mit offenen Augen. Er konnte noch den verzerrt grinsenden Kugelschädel sehen, dann wirbelten Pflanzen und aufgewühlter Schlamm um ihn, als er von einem kräftigen Sog erfasst und mitgerissen wurde. Rhodan ruderte mit den Armen um sich, er wollte zur Oberfläche und atmen, er wollte seine stechenden Lungen mit kostbarem Sauerstoff füllen. Aber seine Beine wurden unerbittlich umklammert; Vermäuler ließ ihn nicht los, er zog Rhodan immer tiefer in den Unterwasserdschungel hinein.

Rhodan konnte die Luft nicht mehr anhalten, er stieß sie aus und füllte seine Lungen – mit Wasser. Mit erlahmenden Bewegungen schlug Rhodan um sich. Bevor ihm schwarz vor den Augen wurde, sah er, wie Vermäuler über ihm schwamm, nach einer Schlingpflanze griff und sie ihm um den Hals knotete.

Er braucht mich nicht zu erdrosseln, ich ertrinke ohnehin, dachte Rhodan noch, bevor er von Bewusstlosigkeit umfangen wurde.

John Marshall saß in einem tiefen Polstersessel an Lias hydropathischem Krankenbett. Sie war der einzige Patient in dem kleinen Raum mit dem imitierten Fenster, das eine grünende Landschaft vortäuschte.

»Wie geht es Ihnen, Lia?«, hatte Marshall bei seinem Eintritt gefragt.

»Ich bin gesund, wenn Sie das meinen«, hatte sie geantwortet. »Ich könnte aufstehen und die Krankenstation verlassen. Aber ich möchte allein sein und in Ruhe über alles nachdenken ... Nein, John, bleiben Sie! So habe ich das nicht gemeint. Ich glaube, jetzt bin ich an einem Punkt angelangt, wo ich mich jemandem mitteilen möchte.«

Und John war geblieben und hatte sich zu ihr gesetzt. Sie begann zu erzählen. Die Landschaft, die das Fenster zeige, sei von ihrem Heimatplaneten Hereoland – aber sie erwarte von ihm natürlich nicht, dass er diesen Planeten kenne, es gäbe ja zwei Millionen Sonnensysteme in der Supergalaxis ... Hereoland war arm, seine Bewohner nur einfache Bauern, und der Administrator achtete darauf, dass sich der Zivilisationsstatus nicht hebe.

Marshall erfuhr, dass Lia es dort nicht ausgehalten hatte und von einer Galaxis zur anderen getrampt war. Auf diese Weise erfuhr er nebenbei, dass man die gewaltigen Entfernungen hauptsächlich durch Materietransmitter überbrückte, oder mit Hilfe angeworbener Psynetiker, die einen zu jedem Punkt der Supergalaxis teleportierten. Beide Reisearten waren aber sehr kostspielig, und Lia hatte sich die nötigen Mittel auf recht unterschiedliche Weise verdienen müssen. Die Raumschifffahrt blieb den Soldaten und Händlern vorbehalten.

»Reden wir nicht mehr darüber«, unterbrach sie sich selbst. Sie lächelte bitter.

Irgendwann war sie dann zu den Freifahrern gestoßen. Sie war reifer geworden, sie erkannte, welches Leid in der Supergalaxis herrschte, und schloss sich den Freifahrern an. Sie sollte als Mittelsmann zum Administrator von Dornister fungieren, der sich ebenfalls auf die Seite der Unterdrückten gestellt hatte und gegen seine eigene Rasse kämpfte. Unter einem Vorwand wurde sie zu Wasa zy Ashtar geschickt, niemand schöpfte Verdacht. Sie wurde Wasa zy Ashtars Gefährtin.

»Er war immer gut zu mir«, fuhr sie fort. »Sein Äußeres entsprach nicht seinem wahren Charakter. Wenn man ihn sah und hörte, dann bekam man den Eindruck, er sei hinterhältig und feige – aber das war alles nur Maske. Den wahren Wasa zy Ashtar kannte nur ich. Den anderen spielte er nur eine gut einstudierte Rolle vor. Es stimmte auch nicht, dass die Psynetik eine Drüsenüberfunktion bei ihm hervorrief. Damit narrte er alle. Er hatte seinen Körper bewusst verformt, in Wirklichkeit war er eine stattliche Erscheinung ...«

Lia biss sich auf die Lippen und verstummte.

»Sprechen Sie weiter«, forderte sie Marshall so ruhig wie möglich auf. »Reden Sie sich alles von der Seele.«

Sie schüttelte den Kopf. »Ich habe schon zuviel gesagt. Vergessen Sie es bitte wieder. Ich habe Wasa ein Versprechen gegeben.«

»Eigentlich hatte ich gehofft, dass Sie mir etwas über die Herkunft der Zy sagen würden«, meinte Marshall. »Es könnte für Perry Rhodan und mich sehr wichtig sein. Vielleicht hängt sogar unser Leben davon ab.«

Lia wandte den Kopf auf die andere Seite. »Versuchen Sie nicht, mich auszufragen, John. Ich habe Wasa das Versprechen gegeben, nichts von dem weiterzuerzählen, was er mir anvertraute.«

Während Marshall weiter in Lia drang, versuchte er, telepathischen Kontakt mit Rhodan zu bekommen. In der Hauptzentrale fand er ihn nicht und suchte, immer unruhiger werdend, systematisch das ganze Schiff mit einem telepathischen Fächer ab ...

»Gehen Sie jetzt, John, bitte.«

John Marshall sprang auf. Fast schmerzend hatte er einen telepathischen Todesschrei vernommen – er stammte von Perry Rhodan, und er kam vom Mannschaftsdeck.

Lia war viel zu überrascht, um Marshall zurückrufen zu können, als er wie besessen aufsprang und auf den Korridor hinausrannte. Er folgte der immer schwächer werdenden telepathischen Ausstrahlung den Antigravkorridor hinunter und fuhr mit dem Lift zum Mannschaftsdeck hinauf. Als er oben ankam, empfing er keine Impulse mehr von Rhodan. Er wusste nun nicht, an welche der unzähligen Kabinentüren er sich halten sollte. Trotzdem ließ er sich von den Antigravitationsfeldern durch den Korridor tragen und hoffte darauf, irgendwo Spuren eines Kampfes zu finden.

Marshall war wie von Sinnen, er hasste die Zukunft, diese ganze Supergalaxis, weil hier Perry Rhodan völlig sinnlos hatte sterben müssen ...

Da sind Sie ja endlich. Perry Rhodan und ich sind hier.

Marshall folgte der Richtung, aus der die telepathische Stimme kam, und gelangte in einen Abschnitt, der mit dem Hinweisschild CROOKANDER gekennzeichnet war. Schon von weitem sah er Adert zy Costa neben einer hingestreckten Gestalt.

Als Marshall hinkam, erkannte er Rhodan, der sich eben zu regen begann. Der Großadministrator war vollkommen durchnässt.

»Ihm fehlt nichts«, sagte Adert zy Costa. »Ich bin gerade noch rechtzeitig gekommen.«

Marshall beachtete den Psynetiker überhaupt nicht. Er kniete neben Rhodan nieder und hob seinen Kopf an. »Wie geht es Ihnen, Sir?«

»Ihm geht es gut!«, herrschte Adert zy Costa Marshall an. »Sie können sich später immer noch um Ihren vermeintlichen Großadministrator kümmern. Aber jetzt hören Sie mir gut zu. Ich muss Ihnen einige Instruktionen geben. Niemand soll erfahren, dass *ich* es war, der ihn gerettet hat. Es muss den Anschein haben, als hätten Sie es getan. Ich werde Ihnen deshalb eine falsche Erinnerung geben, damit Sie einem psynetischen Verhör standhalten. Dasselbe ist bereits mit Vermäuler geschehen.«

»Warum das?«, fragte Marshall noch, gleich darauf befand er sich unter Adert zy Costas hypnotischem Einfluss.

Der Psynetiker sagte: »Das ist Ihre Erinnerung:«

... Marshall kam zu der bewussten Tür, hinter der er Rhodans erster-

bende Gedanken wahrnahm. Er tastete sich zum Gehirn des Gegners und erfuhr die Kombination für die manuelle Betätigung der Tür. Blitzschnell glitten seine Finger über die drei Druckknöpfe, und im nächsten Augenblick sprang die Tür auf. Marshall wurde von den herausstürzenden Wassermassen gegen die Wand gepresst. Er musste warten, bis der Druck nachließ, dann watete er ins Zimmer und streckte Vermäuler mit einem Schuss aus seiner Lähmpistole nieder ...

Marshall erhielt von Adert zy Costa die Kombination der Tür und öffnete sie. Die herausstürzenden Wassermassen drückten ihn gegen die Wand.

9.

Rhodans Verdacht, dass es den Raumfahrern im Grunde genommen egal wäre, ob Marshall und er am Leben blieben, schien sich nach dem psynetischen Verhör durch den Freifahrerkönig zu bewahrheiten. Sie befanden sich in dessen großen Privaträumen, die ob des vielen Mobiliars beengend wirkten.

Robe zy Spierre saß hinter seinem aus einem einzigen Stück Holz geschnitzten Arbeitstisch in einem Thronsessel. Rhodan und Marshall hatten in fünf Meter Entfernung auf harten Stühlen Platz nehmen müssen. Außer ihnen waren noch Adert zy Costa und Vermäuler anwesend.

Robe zy Spierre nahm sich zuerst den Crookander vor.

»Edelmann Vermäuler«, sagte er in tadelndem Ton, »ich muss Sie strengstens verwarnen. Als Milderungsgrund für Ihr eigenmächtiges Handeln möchte ich das Leid ansehen, das der Großadministrator Perry zy Rhodan über Ihr Volk gebracht hat. Deshalb wollten Sie sich an seiner Schablone rächen. Ich bin froh, dass John Marshall dies durch sein Eingreifen verhindern konnte. Aber stellen Sie sich vor, welcher Verlust es für mich gewesen wäre, wenn er Sie getötet hätte. Ich hätte meinen besten Navigator verloren. Beherrschen Sie in Zukunft Ihr Temperament besser, Edelmann Vermäuler. Sie können gehen.«

Der Crookander trug bereits wieder seine volle Ausrüstung. Er erhob sich, neigte den Kugelschädel in Richtung des Freifahrerkönigs und gurgelte: »Danke, mein König.«

Als der Crookander den Raum verlassen hatte, erhob sich Rhodan vom Stuhl und rief anklagend: »Ich dachte, wir genießen Ihre Gastfreundschaft? Aber da Sie bei Vermäuler nicht härter durchgegriffen haben, werden uns Ihre Männer als Freiwild betrachten. Ein ähnlicher Vorfall kann sich leicht wiederholen.«

»Ihr Selbsterhaltungstrieb grenzt an Egoismus«, stellte Robe zy Spierre ungerührt fest. »Sie wissen nicht, was die Crookander unter der Herrschaft ihres Administrators durchzumachen hatten. Er ließ die Weltmeere entwässern, um besser an die Bodenschätze heranzukommen und pferchte die Crookander in einem einzigen Binnenmeer zusammen. Vermäuler tat nur, was er für seine Pflicht hielt. Er hat nichts gegen Sie persönlich, aber da Sie eng mit Perry zy Rhodan verbunden sind, hoffte er, mit Ihrem Tod dem Großadministrator zu schaden. Möchten Sie, dass ich ihn dafür bestrafe? Sie selbst tragen die Schuld an seinem Verhalten. Sie haben ihn provoziert.«

Robe zy Spierre wandte die Augen von Rhodan, als dieser dem scharfen Blick standhielt.

»Setzen Sie sich wieder«, meinte der Freifahrerkönig dann. Er schien zu überlegen; endlich fuhr er fort: »Ich möchte eine Wiederholung dieses Vorfalls vermeiden, deshalb wird es am besten sein, wenn ich Sie von meinen Männern trenne.«

»Ich bin überzeugt«, sagte Rhodan ironisch, »dass Ihr Raumschiff bestimmt ein ausbruchsicheres Gefängnis besitzt.«

Der Freifahrerkönig tat verwundert. »Soll ich Sie nicht vor meinen Männern beschützen?«

»Wenn Sie wollten, fände sich auch ein anderer Weg, weitere Anschläge auf unser Leben zu verhindern«, entgegnete Rhodan. »Oder haben Sie keine Macht über Ihre Männer?«

Robe zy Spierre schien ehrlich verwirrt. »Zum ersten Mal kann ich Ihren Gedankengängen nicht folgen. Einesteils verlangen Sie Schutz von mir, auf der anderen Seite aber sind Sie zu stolz, um sich von der Mannschaft absondern zu lassen.« Er seufzte. »Ich bin zu einem Kompromiss bereit. Ich werde Sie nur von den Psynetikern trennen. Sie und Marshall bekommen Unterkünfte bei der gemischten Mannschaft. Wenn man Ihnen dort zu nahe kommt, haben Sie die Chance, sich zur Wehr zu setzen. Sind Sie damit einverstanden?«

Marshall und Rhodan wechselten einen schnellen Blick. Bevor sie sich aber noch zu dem Vorschlag äußern konnten, griff Adert zy Costa vermittelnd ein.

»Nehmen Sie dieses Angebot an«, sagte er. »Sie haben dort

einstweilen die besseren Chancen, sich eine Position zu schaffen.« Als er Rhodans Überraschung sah, fügte er lächelnd hinzu: »Der König hat überhaupt nichts dagegen, wenn Sie versuchen, Ihre Situation zu verbessern. Im Gegenteil, er ist Ihnen dabei sogar noch behilflich, wenn er Sie der gemischten Mannschaft zuführt. Mit den Psynetikern kommen Sie einstweilen noch nicht zurecht, denn die sprechen eine ganz andere Sprache als Sie. Wählen Sie also den leichteren Weg. Vielleicht hilft es Ihnen in Ihrer Entscheidung, wenn ich Ihnen sage, dass wir Psynetiker *Ihre* Gedankengänge oftmals ebenso rätselhaft finden wie Sie die unseren. Gehen Sie zur gemischten Mannschaft und fangen Sie mit der Lösung Ihrer Probleme von vorne an.«

»Genug davon«, schaltete sich Robe zy Spierre ein. »Ich will mich damit nicht mehr beschäftigen. Adert zy Costa soll Sie zu Ihren Quartieren bringen. Sie dürfen sich bis zur Landung auf Waggasch innerhalb der Mannschaftsdecks frei bewegen. Was Sie in dieser Zeit treiben, bleibt Ihnen überlassen. Gehen Sie jetzt.«

Als Adert zy Costa mit Rhodan und Marshall im Antigravlift zu den Mannschaftsdecks hinunterfuhr, fragte Rhodan den Psynetiker: »Was bezweckt Robe zy Spierre mit dieser Maßnahme?«

»Sie meinen, weil er Sie zur gemeinen Mannschaft steckt? Ich habe es Ihnen gesagt, weil Sie dort Wesen mit gleichartiger Intelligenz vorfinden.«

»Sie meinen wohl Wesen mit gleich niedriger Intelligenz«, verbesserte Rhodan.

»Das ist nicht wahr. Ich habe nicht gesagt, dass die Intelligenz eines Psynetikers größer ist als die Ihre, sie ist nur anders geartet – natürlich kommen Sie an die Fakultätszahlen der Psynetiker nicht heran. Aber der Unterschied in der Potenz muss bei einer Auseinandersetzung nicht unbedingt entscheidend sein. Das sollten Sie sich einmal überlegen. Nehmen Sie ruhig den Kampf zwischen Goliath und David zum Vergleich, er ist hier sehr treffend.«

»Ich werde es mir durch den Kopf gehen lassen«, versprach Rhodan. Er wollte einstweilen glauben, dass ihnen das Zusammensein mit der gemischten Mannschaft zum Vorteil gereichen konnte. Er warf eine Frage auf, die ihm diesbezüglich durch den Kopf ging. »Warum gibt uns Robe zy Spierre diese Chance, wo es doch klargeworden ist, dass er nicht vorhat, mit uns zusammenzuarbeiten, sondern uns nur als Mittel für seine Zwecke verwenden möchte?«

»Er ist davon überzeugt, dass Sie durch nichts dem Ihnen zugedachten Schicksal entgehen können«, antwortete Adert zy Costa.

»Und welches Schicksal hat er uns zugedacht?«, fragte Rhodan.

»Das werde ich Ihnen nicht sagen!«

Sie hatten das Deck erreicht, in dem sich ihre neuen Unterkünfte befanden. Rhodan blieb stehen und blickte Adert zy Costa prüfend an. Dann sagte er: »Bevor Wasa zy Ashtar starb, übermittelte er uns eine telepathische Botschaft, in der es hieß, dass wir uns Ihnen anvertrauen könnten. Sollte er sich geirrt haben? Warum sagen Sie nicht, welches Schicksal uns zugedacht ist?«

»Weil dieses Wissen Sie in Ihren Handlungen negativ beeinflussen würde«, entgegnete Adert zy Costa. »Ich kenne Wasas letzte Botschaft, und er gab mir vor seinem Tode auch detaillierte Verhaltensmaßregeln. Ich werde Sie davon nicht in Kenntnis setzen, ebenso wenig werde ich meine psynetischen Fähigkeiten grundlos für Sie einsetzen. Im Augenblick kann ich Ihnen nur dadurch helfen, indem ich Ihnen zeige, wie Sie sich selbst helfen können. Und das habe ich getan.

Da sind Ihre beiden Kabinen. Sie wurden bereits so justiert, dass alle Anlagen nur auf Ihr Persönlichkeitsmuster reagieren.«

Ohne ein weiteres Wort entmaterialisierte er und ließ einen sehr nachdenklichen Perry Rhodan zurück.

Rhodan wollte sich sofort in seine Kabine zurückziehen. John Marshall versuchte ihn davon abzubringen; er deutete an, dass er einige wichtige Einzelheiten aus dem Gespräch mit Lia erfahren hätte, die durchgesprochen werden sollten. Aber Rhodan lehnte mit der Begründung ab, dass es für sie beide im Augenblick nichts Wichtigeres geben konnte, als mit sich selbst ins Reine zu kommen.

Rhodan betrat seine Kabine. Es überraschte ihn nicht, dass sie im Stil seines Jahrhunderts eingerichtet war. Es gab eine einfache Erklärung dafür: Die Psynetiker hatten aus seinem Unterbewusstsein seine Vorstellung von einem idealen Wohnzimmer geholt und sie verwirklicht.

Nachdem sich Rhodan gründlich umgesehen hatte, stellte er zufrieden fest, dass es ihm an nichts fehlen würde, selbst wenn er sich für einige Tage zurückzog. Es gab eine automatische Küche, ein Bad und eine Bibliothek. Rhodan staunte nicht schlecht, als er bemerkte, dass es sich hauptsächlich um psychologische und philosophische Abhandlungen handelte. Sollte in seinem Unterbewusstsein die Idee verankert sein, dass er durch die Philosophie und durch psychologische Methoden am ehesten zur Lösung ihrer Probleme käme?

Es musste so sein, denn die Psynetiker hatten die Bibliothek nach den Wünschen seines Unterbewusstseins eingerichtet. Rhodan nahm eine dünne Broschüre aus einem Regal, die ihm durch ihren dünnen Rücken bekannt vorkam. Er las den Titel.

»Psychologie im Gebrauch für ezialistische Methoden.«

Als Erscheinungsjahr war 2391 angegeben. Rhodan erinnerte sich, dass ihm Professor Flensh Tringel ein Exemplar dieser einzigen Veröffentlichung des Ezialismus zugesandt hatte. Ezialismus hieß soviel wie *Zusammenfassung aller Gehirnfunktionen zu einem Ganzen.* Inzwischen war der Ezialismus schon wieder fast in Vergessenheit geraten, nur auf Terra glaubten einige Amateurwissenschaftler an ihn. Professor Flensh Tringel allerdings hätte dieser Wissenschaft zum Durchbruch verhelfen können, aber er starb, als er half, eine altarkonidische Welt von einem Parasiten zu befreien.

Rhodan scheuchte diese Erinnerungen fort. Er hatte sich nun mit der Realität auseinanderzusetzen, mit der Zukunft, die ihm zur Gegenwart geworden war.

Handelt es sich tatsächlich um die Realität – oder ist alles nur eine geschickt aufgebaute Illusion?, schoss es Rhodan durch den Kopf. Die Theorie von einem Traum war zu bequem. Es gab zwar genug Hinweise darauf, dass sich dieses Solare Imperium nicht aus jenem Sternenreich des 25. Jahrhunderts entwickeln konnte, aber es gab ebenso viele Parallelen.

Widersprüche und Parallelen – aber was er hier erlebte, musste real sein. Wenn er hier getötet wurde, dann gab es kein Aufwachen. Es wäre gut zu wissen, welches Datum man schrieb. Rhodan nahm sich vor, das herauszufinden.

Doch nicht jetzt. Er musste seine Gedanken, die sich wie in einem Karussell immer im Kreise bewegten, stoppen. Dann musste er von vorne anfangen, von ganz vorne. Und dann würde er alles genau durchdenken, nichts durfte er außer acht lassen, keine noch so unwichtig erscheinende Kleinigkeit.

Eine Auseinandersetzung stand bevor, eine Auseinandersetzung zwischen der Zukunft und der Vergangenheit. Darauf musste er sich gut vorbereiten, denn er war David und hatte gegen Goliath zu kämpfen.

10.

»Herr (Christoph Martin) Wieland hielt den Geist Shakespeares für größer als den Geist Newtons. Aber welche Waage, welche Gewichte gehören dazu, zwei solche Geister gegeneinander abzuwägen?« (PHILOSOPHISCHE VERSUCHE ÜBER DIE MENSCHLICHE NATUR; J. N. Tetens, 1777) *... um zwei unvereinbare und ungleichartige Elemente, die sozusagen nicht derselben Dimension angehören, vergleichen zu wollen, muss zuerst eine für beide gültige Definition gefunden werden ... der höchste erreichbare Intelligenzquotient muss mit der höchsten erreichbaren Potenzzahl gleichgestellt werden, dann hat man die Ausgangsposition für individuelle Vergleiche.*

John Marshall kannte nach sieben Stunden – dabei richtete er sich nach seiner Uhr – sämtliche Mitglieder der Mannschaft, die ihre Kabinen in diesem Teil des Freizeit-Decks hatten. Er wusste von allen, welcher Rasse sie angehören, welchen Aufgaben sie auf dem Schiff nachgingen, welchen Charakter und welche Intelligenz sie ungefähr besaßen. Wesentliche Dinge hatte er allerdings nicht erfahren, während er in ihren Gehirnen forschte. Er hatte das auch nicht erwartet, denn es war klar, dass sie erst dann interessante Gedankenassoziationen haben würden, wenn sie sich mit einem entsprechenden Thema auseinandersetzten.

Trotzdem war Marshalls Mühe nicht umsonst gewesen. Er hatte mit Orchizza Bekanntschaft gemacht, allerdings war sie im Augenblick noch einseitig. Aber Marshall fand es der Mühe wert, Orchizza persönlich kennenzulernen, deshalb richtete er es so ein, dass sie gleichzeitig den Gemeinschaftsraum betraten.

Orchizza war ein Humanoide, aber seine Vorfahren waren irgendwann einmal mutiert oder sie hatten sich mit einer Fremdrasse vermischt. Er war zweieinhalb Meter groß und spindeldürr, er hatte eine grünliche Haut, ein runzeliges Gesicht, in dem die handtellergroßen schwarzen Augen irritierten, weil sie fortwährend zuckten; sein Haupthaar war ungekämmt und schlohweiß –

Marshall wusste aus seinen Gedanken, dass es sich um eine Perücke handelte, welche die Brandnarben auf seiner kahlen Schädeldecke verbergen sollte.

Marshall stieß wie zufällig mit Orchizza zusammen, als er gleichzeitig mit ihm durch das gotische Portal den Gemeinschaftsraum betreten wollte. Marshall entschuldigte sich in Interkosmo, Orchizza stieß nur einen Grunzlaut aus – er konnte nicht sprechen. Bevor Orchizza jedoch seinen eigenen Weg ging, drückte er Marshall einen Zettel in die Hand. Das ging so schnell, dass keiner der anwesenden Freifahrer dieses Manöver bemerken konnte.

Marshall suchte sich einen Tisch an einer Wand aus, wo er ungestört war. Über die Rufanlage bestellte er ein »vitaminhaltiges Erfrischungsgetränk« und ein Dutzend »Nachrichtenjournale neueren Datums«. Bald darauf brachte ein Robot das Gewünschte.

Das vitaminhaltige Erfrischungsgetränk war trübe und von einem zarten Rosa; es schmeckte nicht schlecht. Zu den Nachrichtenjournalen, die nicht größer als eine Handfläche waren, wurde eine Lesemaschine mitgegeben.

Die Nachricht, die Orchizza ihm zugesteckt hatte, brannte in Marshalls Hand, aber er widmete sich vorerst der Lektüre der Zeitungen. Das Erscheinungsdatum stach ihm zuerst in die Augen.

7. 5. 7365 Zy! Da es sich aber um ein Blatt handelte, das von den Freifahrern herausgegeben wurde, stand noch ein zweites Datum dabei: 7. 5. im Jahre 11 der Revolution. Marshall hatte sich erhofft, durch das Datum darüber Aufklärung zu erhalten, wie viele Jahre sie sich von ihrer eigenen Zeit entfernt in der Zukunft befanden. Aber das Datum besagte nur, seit wann die Zy an der Herrschaft waren.

Marshall ließ die Zeitungen schnell durch die Lesemaschine gleiten und las nur die Schlagzeilen.

Angeassys warten auf den Tag X.

Perry zy Rhodans Thron wackelt.

Untertitel: *Kann der Tod seiner Schablone die Freiheit aller Rassen sichern?* Marshall nahm sich vor, diesen Artikel später genauer durchzulesen.

Zwei Galaxien bereits in den Händen der Freifahrer.

Experiment mit Zeitmaschine geglückt.

Untertitel: *Orchizza und Perizza nach unzähligen Rückschlägen in der Lage, mittels technischer Hilfsmittel 4,75 Zentner Materie in die Vergangenheit zu befördern.*

Marshall las noch eine Schlagzeile.

Robe zy Spierre gegen Zeitexperimente!

Marshall lächelte, natürlich passte es dem Freifahrerkönig nicht, dass es eine Möglichkeit gab, mit konventionellen Mitteln in die Vergangenheit zu reisen. Jetzt erst schob Marshall die Mitteilung Orchizzas in die Lesemaschine. Es standen nur wenige Worte darauf, aber sie gaben Marshall neue Hoffnung.

ICH GEBE IHNEN DIE EINMALIGE CHANCE, IN IHRE ZEIT ZURÜCKZUKEHREN. PERIZZA.

Marshall ließ die Folie in einer Tasche seiner Kombination verschwinden. Er wollte gerade die Zeitung in die Lesemaschine einlegen, die sich mit Perizzas Zeitmaschine befasste, als ein Schatten auf ihn fiel. Er blickte auf. Es war Lia. Sie trug ein Kostüm des ausgehenden 18. Jahrhunderts. Es zeigte einige Abweichungen von einem Originalkostüm, die Marshall auf mangelnde Überlieferung zurückführte. Allerdings war das gewagte Dekolleté und die Rokokofrisur mit dem Federschmuck darin ziemlich stilecht.

»Darf ich mich zu Ihnen setzen?«, fragte sie.

»Aber natürlich.« Marshall erhob sich, rückte Lia den Sessel zurecht und nahm nach ihr wieder Platz.

»Es tut wohl, unter lauter rauen Gesellen einen Kavalier zu finden«, sagte Lia schmeichelnd.

»Wo die raue Wirklichkeit einsetzt, muss auch ich meine Kavaliersmanieren leider abwerfen«, meinte Marshall bedauernd. Mit veränderter Stimme fragte er: »Sie haben den Schmerz um Wasa zy Ashtar schon überwunden?«

»Ich bin wieder einsatzbereit«, entgegnete sie.

Marshall beobachtete sie. »Demnach haben Sie wieder zu Ihrem Aufgabengebiet zurückgefunden?«

»Was sollte mein Aufgabengebiet Ihrer Ansicht nach sein?«

»Ich wünschte mir, dass es dazu gehören würde, uns zu helfen.«

Lia lächelte. »Aber natürlich will ich Ihnen helfen.«

Marshalls Stimme wurde hart. »Dann teilen Sie mir das Geheimnis der Zy mit.«

»Wie Sie sich wandeln können!«, rief Lia in gespielter Empörung. »In einem Augenblick Kavalier, im nächsten unerbittlicher Kerkermeister.«

»Was wissen Sie über die Zy?« Marshall versuchte zum ersten Mal ihre Gedanken zu lesen, aber sie besaß einen geistigen Abwehrblock. Diese Entdeckung überraschte ihn nicht, denn es lag auf der Hand, dass Wasa zy Ashtar dadurch das Geheimnis seiner Rasse zu sichern versucht hatte.

»Über die Zy ist nicht viel bekannt«, meinte Lia ausweichend. Mit einem Seitenblick zu den Zeitungen fuhr sie fort: »Sie sind vor siebentausenddreihundertfünfundsechzig Jahren aufgetaucht und haben von der Galaxis vierzehn die Herrschaft über die gesamte Supergalaxis an sich gerissen. Das hatte auch etwas Gutes, denn bis damals bestand noch keine Verbindung zwischen den einzelnen Galaxien, ja, oftmals waren die einzelnen Galaxien in viele Sternenreiche zersplittert. Deshalb gibt es auch jetzt verhältnismäßig wenig besiedelte Sonnensysteme, und die Expansion des Solaren Imperiums steht in überhaupt keinem Verhältnis zu der Bevölkerungsdichte. Jede von den fünfzigtausend Galaxien besitzt durchschnittlich dreißig Milliarden Sonnensysteme, also Sonnen mit Planeten, aber nur viertausend je Galaxis sind besiedelt. Die Zy konnten dieses Sternenreich mit der gewaltigen Ausdehnung nicht mehr verwalten, deshalb mussten sie zur brutalen Gewalt greifen. Uns Freifahrern kommt nun zustatten, dass das Solare Imperium nur lose zusammengehalten wird ...«

»Hören Sie damit auf«, unterbrach sie Marshall unwirsch. »Das alles ist mir bereits bekannt.«

»Was wollten Sie dann hören?«, erkundigte sich Lia unschuldsvoll.

»Lassen Sie mich allein!«, fuhr Marshall sie an. Er hatte gesehen, dass Orchizza sich in der Nähe seines Tisches niederließ, deshalb wollte er Lia so schnell wie möglich loswerden.

Sie schnaufte empört, schürzte ihren Reifrock und rauschte davon, bevor sich Marshall noch für seine Unhöflichkeit entschuldigen konnte. Er nahm sich vor, das Versäumte später nachzuholen, doch jetzt wollte er sich mit Orchizza beschäftigen.

Da der zweieinhalb Meter große, spindeldürre Mischling keine Anstalten machte, sich seinem Tisch zu nähern, drang Marshall in seine Gedanken ein.

... weiß, dass Sie Telepath sind ... verdammt, wenn ich nur sprechen oder sehen könnte. Infrarot-Eindrücke sind im normalen Leben nicht ausreichend ... Marshall, mein Chef möchte Sie sehen. Folgen Sie mir zu meinem Chef ...

Nach einigen Minuten ging Orchizza zum Ausgang. Kurz darauf verließ auch Marshall den Gemeinschaftsraum.

Während sich Marshall an die Fersen des dünnen Humanoiden heftete, versuchte er, mit Rhodan telepathischen Kontakt zu bekommen. Da Perry Rhodan schwache telepathische Fähigkeiten besaß, konnte Marshall mit ihm nur gelegentlich in Gedankenverbindung treten.

Marshall hatte sich eine Theorie über ihre Lage gebildet. Er hatte bei den bisherigen Geschehnissen festgestellt, dass es ihnen noch nicht gelungen war, etwas aus eigener Initiative zu unternehmen. Immer hatten sie nur das getan, was man von ihnen erwartete. Der Lauf der Dinge schien von einem kosmischen

Regisseur vorbestimmt zu sein, und sie spielten die ihnen zugewiesenen Rollen.

Auf Dornister waren sie in Curu zy Shamedys Falle gegangen, dann ließen sie sich von Wasa zy Ashtar den Freihändlern in die Hände spielen, und jetzt taten sie, was ihnen Adert zy Costa empfahl.

Marshall hatte vor, aus dem Schema, in das sie ein unbekannter kosmischer Fädenzieher gepresst hatte, auszubrechen. Zumindest sollten sie versuchen, sich gegen die ihnen zugedachten Rollen aufzulehnen. Diesen Vorschlag unterbreitete Marshall dem Großadministrator auf telepathischem Wege und fügte hinzu, dass ihnen ein gewisser Perizza die Chance bot, mit einer Zeitmaschine in ihre Zeit zurückzukehren.

Sie haben recht, John, las Marshall die Antwort aus Rhodans Gedanken. *Es muss jemanden geben, der einen ebenso raffinierten wie teuflischen Plan geschmiedet hat, in dem wir beide die Marionetten sind. Ich weiß nicht, ob er von diesem Perry zy Rhodan, dem Freifahrerkönig oder von sonst wem stammt. Aber wir werden uns dagegen auflehnen, ich habe mir einige Schachzüge überlegt. Inzwischen können Sie mit Perizza Kontakt aufnehmen. Vielleicht ist er auch nur eine Figur im Plan des Fädenziehers, aber ein Versuch, ihn für uns zu gewinnen, kann bestimmt nicht schaden. Sie können auf eigene Faust handeln, John. Aber legen Sie sich ein durchdachtes Konzept zurecht, mit improvisierten Aktionen werden wir nicht viel ausrichten.*

Marshall zog sich aus Rhodans Gedanken zurück. Er konzentrierte sich wieder ganz auf die Verfolgung Orchizzas, der inzwischen mit dem Antigravlift zu einem oberen Deck gefahren war. Marshall prägte sich den bisherigen Weg ein, damit er auch alleine zu seiner Kabine zurückfinden würde. Als er den Antigravlift verließ, sah er gerade noch, wie sich Orchizza bückte, um durch eine für ihn zu niedrige Tür schlüpfen zu können. Marshall blickte sich vorsichtig in dem Korridor um, sprang aus der Wirkung der Antigravfelder und verschwand ebenfalls durch die Tür.

Perizza war von Orchizza nicht zu unterscheiden, die beiden glichen sich wie ein Ei dem anderen. Sie standen nebeneinander inmitten des Raumes, der am ehesten als Mittelding zwischen Labor und Mechanikerwerkstatt bezeichnet werden konnte.

»Wer von uns beiden ist Orchizza?«, fragte Perizza.

»Er«, sagte Marshall verblüfft und deutete auf den Mischling, der schwieg. »Zufällig habe ich aus Orchizzas Gedanken erfahren, dass er stumm ist. Ich muss gestehen, dass Sie sich voneinander tatsächlich nur durch diesen einen Punkt unterscheiden, aber – was soll dieses Fragespiel?«

Perizza beugte sich so weit zu Marshall hinunter, dass dieser befürchtete, der dürre Körper könne jeden Augenblick in der Mitte auseinanderbrechen. Perizza sagte vertraulich, als sein Kopf mit dem Marshalls auf gleicher Höhe war: »Ich wollte nur feststellen, ob Sie tatsächlich ein Telepath sind – ob Sie ein Mutant sind. Wir sind auch Mutanten. Orchizza ist nämlich nur im herkömmlichen Sinn stumm und taub. Aber er sieht und hört Dinge, die normalen Menschen und selbst Psynetikern verborgen bleiben. Das macht ihn zu einem hervorragenden Maschinisten. Zusammen mit meiner Begabung für technische Dinge sind wir ein hervorragendes Team. Das zur Einleitung, damit Sie sofort sehen, dass Sie es mit Spezialisten der Technik zu tun haben. Die Konstruktion einer Zeitmaschine ist uns nicht von ungefähr gelungen.«

»Ich verstehe«, meinte Marshall. »Sie wollten durch Ihre Erklärung mein Zutrauen in Ihre Fähigkeiten gewinnen.«

Perizza strahlte. »Ja, genau. Es ist nur verständlich, wenn Sie skeptisch sind. Es handelt sich immerhin um die erste Zeitmaschine, die gebaut wurde. Aber wir haben vor, Ihre Zweifel zu zerstreuen, bevor wir Sie mit der Zeitmaschine in Ihre Zeit zurückbringen. Können wir sofort beginnen?«

Marshall dämpfte den Eifer des Mischlings. »Es ist noch gar nicht gesagt, dass Perry Rhodan und ich Ihre Zeitmaschine benutzen. Wie Sie selbst sagten, müsste unsere natürliche Skepsis zerstreut werden, und Sie müssten uns davon überzeugen können, dass wir tatsächlich in unserer Zeit landen.«

»Das ist eine Kleinigkeit«, behauptete Perizza. »Sie müssen mir nur sagen, aus welcher Zeit Sie stammen, und ich nehme dann die nötige Feineinstellung vor.«

»Wir kommen aus dem Jahr 2419 nach Christi«, gab Marshall Auskunft.

»Zwei – vier – eins – neun nach Christi?«, wiederholte Perizza ungläubig, und er warf Orchizza einen hilfesuchenden Blick zu. Dann fuhr er fort: »Das ist tatsächlich nicht so einfach. Diese Zeitrechnung dürfte aus der dunklen Ära der Menschheit stammen. Darüber ist uns sehr wenig bekannt, aber wir werden schon mehr aus den Geschichtsaufzeichnungen erfahren. Sie müssen mir Ihre Angaben auf andere Art präzisieren, nur so kommen wir weiter. Aber wollen Sie nicht Platz nehmen?«

Er führte Marshall zu einem überladenen Arbeitstisch. Sie setzten sich auf bequeme Polstersessel, während Orchizza den Tisch abräumte.

Perizza begann Marshall auszufragen. »Auf welchem Planeten befanden Sie sich, als man Sie aus Ihrer Zeit holte?«

Marshall antwortete wahrheitsgetreu: »Auf Dornister.«

Perizza strahlte. »Dann können Sie nicht mehr als vierhundert Jahre von Ihrer Zeit trennen. Denn Dornister wurde erst vor vierhundert Jahren auf diesen Namen getauft.«

»Aber in unserer Zeit gab es noch keine Zy«, gab Marshall zu bedenken.

»Nicht?«, machte Perizza enttäuscht. »Sind Sie sicher, dass der Planet Dornister hieß?«

»Absolut. Vielleicht hilft es Ihnen weiter, wenn ich den Planeten näher beschreibe. Es handelt sich um einen Wüstenplaneten, auf dem sich eine menschliche Kolonie befindet, und der keine eigenen intelligenten Lebewesen hervorgebracht hat.«

Perizza schien nachzudenken. Schließlich sagte er: »Entweder Sie besitzen eine verfälschte Erinnerung, oder es muss einen zweiten Planeten namens Dornister geben. Aber der befindet sich bestimmt nicht in dieser Galaxis. Natürlich«, Perizza lächelte, »Sie kommen aus einer anderen Galaxis. Können Sie sich an die Bezeichnung Ihrer Galaxis erinnern?«

»Ja, sie heißt Milchstraße, ist ein Spiralnebel vom Typ Sb und gehört einer Gruppe von insgesamt dreizehn Galaxien an.«

Perizza machte sich Notizen. »Das wird uns weiterhelfen. Da Ihre Gegenwart vor dem Auftauchen der Zy liegt, müssen wir unsere Nachforschungen auf diesen Zeitraum konzentrieren. Nun muss ich Sie darum bitten, mir noch Einzelheiten über Ihre Zivilisation mitzuteilen, über die Kontakte zu Fremdrassen und den Stand Ihrer Raumfahrt.«

Marshall umriss dem Mischling in wenigen Worten die Situation im 25. Jahrhundert. Als er von Terra als Mittelpunkt des Solaren Imperiums sprach, unterbrach ihn Perizza.

»Sie wollen mich zum Narren halten«, rief er. »Was Sie mir erzählen, ist nichts weiter, als ein verzerrtes Bild der augenblicklichen Lage. Ich gebe zu, dass ich zerstreut bin, für manchen auch etwas wunderlich, das ist auf meine Arbeit zurückzuführen. Aber so dumm bin ich nicht, um Ihre Geschichte zu glauben.«

»Es ist die Wahrheit«, sagte Marshall ohne besondere Betonung. Er war schon lange davon abgekommen, dass die Erfindung Perizzas ihnen die Chance gab, in ihre eigene Zeit zurückzukehren. Dass er trotzdem freimütig alle Fragen beantwortet hatte, geschah mit der Absicht, einige Informationen von Perizza zu bekommen. Nur deshalb harrte er auch jetzt noch aus.

Und seine Geduld lohnte sich.

Perizza sagte: »Terra ist zwar der Mittelpunkt des Solaren Imperiums, aber es ist ein künstlicher Planet und wurde von den Zy erschaffen. Niemand wird dort geboren!«

Mehr zu sich selbst sagte Marshall: »Ist es möglich, dass Terra noch vor dem Auftauchen der Zy zerstört wurde? Angenommen es gab vor urdenklichen Zeiten ein Solares Imperium, das dann aber zerfiel. Die Menschheit verbreitete sich über die ganze Supergalaxis, die Splittergruppen gerieten in Vergessenheit. Nur die Führungsmänner des Solaren Imperiums, die Aktivatorträger, behielten die Erinnerung an die Blütezeit. Sie zogen sich zurück und warteten die Jahrtausende ab. Sie warteten auf den günstigsten Zeitpunkt, um das Solare Imperium wieder zu gründen. Das könnte die Parallelen zu meiner Zeit erklären. Als Perry Rhodan und seine Männer das *zweite* Solare Imperium gründeten – aus irgendwelchen Gründen nannten sie sich nun Zy – wollten sie die Vergangenheit wieder teilweise aufleben lassen. Sie schufen einen künstlichen Planeten, nannten ihn Terra, sie führten als gemeinsame Sprache wieder Interkosmo ein, sie ...«

Marshall verstummte, er war von seiner Idee selbst überwältigt. Konnte es möglich sein, dass er durch harmlose Überlegungen die Wahrheit herausgefunden hatte?

»Sie könnten recht haben«, rief Perizza. »Aber wenn ich Ihnen weiterhin helfen soll, dann muss ich mich davon überzeugen, dass Sie mich nicht belügen. Sind Sie bereit, sich für einen Test unter einem von mir gebauten Lügendetektor zur Verfügung zu stellen?«

Marshall hatte nichts dagegen. Ohne einen geistigen Schaden zu erleiden, bestand er die Prüfung unter dem Lügendetektor.

»Sie haben nicht gelogen«, stellte Perizza dann gerührt fest. »Ich werde mich deshalb weiterhin für Sie einsetzen. Immerhin könnte Ihre Theorie vom zweiten Imperium zutreffen. Ich werde in den Geschichtsaufzeichnungen nachforschen, es muss sich feststellen lassen, wie viele Jahre Ihre Gegenwart zurückliegt.«

»Stellen Sie Nachforschungen an«, sprach Marshall dem Mischling Mut zu. Er war immer noch nicht bereit, Rhodans und sein Schicksal in die Hände dieses Mannes zu legen, aber vielleicht konnte ihm Perizza wichtige Informationen verschaffen.

Marshall wollte sich nun beeilen, zu Rhodan zurückzukommen. Aber um den Abschied von Perizza als nicht zu abrupt erscheinen zu lassen, stellte er noch einige nebensächliche Fragen. Warum Perizza sich so für Rhodan und ihn einsetze, obwohl er doch gegen die Pläne des Freifahrerkönigs sei; warum Perizza gerade sie für dieses Zeitexperiment auserwählt habe, und wie er denn überhaupt auf sie gestoßen sei.

Freimütig erklärte Perizza: »Es ist auf der GESPRENGTE KETTEN kein Geheimnis, dass Sie beide Zeitreisende sind, allerdings ließ Robe zy Spierre nichts Genaueres darüber verlauten. Natürlich sprach sich der König gegen meine Erfindung aus, damit ich gleich von vornherein die Finger von Ihnen lasse. Aber eben das reizt mich gerade. Nicht wahr, Orchizza? Außerdem wäre es sehr schwer für mich, einen Freiwilligen für eine Zeitreise in meiner Maschine zu finden. Wer spielt schon gerne Versuchskaninchen? Aber Ihnen und Rhodan bleibt keine andere Möglichkeit, als sich Orchizza und mir anzuvertrauen, wenn Sie wieder zurückkehren wollen.«

So betrachtet, hatte Perizza nicht einmal unrecht. Aber Marshall fand, dass das Angebot noch in Ruhe überlegt werden müsse, und er sagte es Perizza.

Der Mischling sagte bedauernd: »Viel Zeit wird Ihnen aber nicht mehr bleiben, um sich zu entscheiden. Nach meinen privaten Messungen sind wir in der Randgalaxis 84 eingetroffen, und in wenigen Stunden dürften wir den Zielplaneten Waggasch erreichen.«

»Was hat Waggasch für eine Bedeutung?«, erkundigte sich Marshall.

»Es ist der Stützpunktplanet der Freifahrer«, antwortete Perizza. »Der König hat zu einer wichtigen Konferenz aufgerufen. Vertreter aller verbrüderten Rassen sollen sich auf dem Platz der Freiheit versammeln, um über die weiteren Schritte gegen das Solare Imperium abzustimmen.«

»Was hat das mit uns zu tun?«, fragte Marshall weiter. »Ich meine, es ist doch egal, ob wir uns Ihr Angebot bis nach der Konferenz überlegen.«

»Es ist nicht egal«, stellte Perizza fest. »Denn Sie und Rhodan sind der Grund dieser Konferenz. Sie stehen im Mittelpunkt, und es kann sein, dass Sie nicht mehr zurückkommen!«

Marshall hatte gerade noch Zeit, Rhodan über die letzten Ereignisse zu informieren.

Als er mit seinem Bericht fertig war, sagte Rhodan: »Unsere Chancen, dieses Abenteuer lebend zu bestehen, sind sehr gering. Vielleicht wird es sogar notwendig sein, Perizzas Angebot anzunehmen. Glauben Sie, John, dass Perizza eine Figur im Plan des kosmischen Fädenziehers ist?«

»Ich glaube nicht«, meinte Marshall. »Aber vielleicht ist der Teufelskreis, in den wir hineingezogen wurden, noch viel komplizierter als wir ahnen, und Perizza spielt tatsächlich eine Rolle darin.«

»Wenn dem so ist«, warf Rhodan ein, »dann haben wir überhaupt keine Chance auf Erfolg. Wir können nur hoffen, dass Perizza nicht in das Schema gehört. Wir werden also seinen Vorschlag annehmen. Wie wollen Sie sich mit ihm in Verbindung setzen?«

Marshall lächelte. »Obwohl ich anfangs nicht viel von seinen Fähigkeiten hielt, scheint er mir doch mit allen Wassern gewaschen. Er ist davon überzeugt, dass wir in spätestens einer Stunde – unserer Zeitrechnung – vom König in die Hauptzentrale gerufen werden, vielleicht auch etwas früher, aber er meint, dass wir in eineinhalb Stunden ganz bestimmt in der Hauptzentrale sein werden. Zu diesem Zeitpunkt lässt er Orchizza an den Schiffskommunikatoren eine Schaltung vornehmen, so dass eine Verbindung von der Hauptzentrale zu seiner Kabine besteht. Die Verbindung besteht für eine halbe Minute. Wir können ihm unsere Entscheidung auf diesem Wege mitteilen.«

Rhodan nickte anerkennend. »Damit umgeht er die Psynetiker, die sonst Verdacht geschöpft hätten, wenn er persönlich mit uns in Verbindung getreten wäre. Ich glaube, wir können uns Perizza anvertrauen. Wenn der Zeitpunkt kommt, können Sie ihm mitteilen, dass wir sein Angebot annehmen.«

Bevor Marshall noch etwas entgegnen konnte, materialisierte Adert zy Costa in Rhodans Kabine. Er lächelte den beiden Terranern freundlich zu.

»Es ist soweit«, sagte er dann, »wir sind auf Waggasch gelandet. Der König erwartet Sie in der Hauptzentrale.«

»Wir sind bereits gelandet?«, meinte Rhodan erstaunt. Er wollte Zeit gewinnen und verhindern, dass der Psynetiker einen Verdacht schöpfte. Deshalb fügte er hinzu: »Wir haben von einer Landung nichts bemerkt.«

Adert zy Costa lächelte nachsichtig. »Wenn unsere Raumschiffe jenen auch äußerlich gleichen, wie sie in Ihrer Zeit verwendet werden, so müssen Sie aber doch berücksichtigen, dass die Entwicklung nicht stehengeblieben ist. Bei der Landung wurde ein Dutzend Psynetiker eingesetzt, so dass sie vollkommen ruckfrei vor sich ging. Dasselbe gilt auch für den Antrieb der Raumschiffe. Abgesehen davon, dass ein Linearantrieb viel zu langsam für die Überbrückung der Abgründe zwischen den fünfzigtausend Milchstraßen wäre, hätte er auch nicht die nötige Reichweite. Auch dafür werden die Fähigkeiten der Psynetiker herangezogen. Können Sie sich ein Bild von unserer Geschwindigkeit machen, wenn ich Ihnen sage, dass die GESPRENGTE KETTEN in den knapp zwanzig Stunden 30 Millionen Parsek zurückgelegt hat?«

Rhodan schwieg beeindruckt. Marshall stieß die Luft hörbar aus und sagte: »Aber – das würde bedeuten, dass wir in diesem Zeitraum ungefähr drei Galaxien durchflogen haben.«

»Es waren sogar vier«, berichtete Adert zy Costa. »Aber genug davon. Folgen Sie mir bitte in die Hauptzentrale.«

Als sie in der Hauptzentrale ankamen, waren sämtliche Mannschaftsmitglieder der gehobeneren Positionen vertreten. Rhodan fiel es sogleich auf, dass sie sich besonders sorgfältig gekleidet hatten. Er bemerkte, das selbst Vermäuler, der Crookander, der ihn hatte töten wollen, ein Kostüm trug.

»Der Kostümball kann beginnen«, stellte Marshall lakonisch fest.

Das Scherzen wird Ihnen noch vergehen, meldete sich eine telepathische Stimme in seinem Gehirn. Nachdem Marshall dem Blick Robe zy Spierres begegnete, wusste er, dass die Prophezeiung von ihm kam.

Ich finde die Maskerade trotzdem lächerlich, konterte Marshall.

Er sah auf seine Uhr. Er hatte noch über eine Stunde Zeit, um mit Perizza in Verbindung zu treten. Bis dahin musste er versuchen, seine Gedanken vor den Psynetikern abzuschirmen. Deshalb war er froh, dass der Freifahrerkönig auf die Stichelei nicht mehr reagierte.

Offensichtlich hatte Robe zy Spierre Wichtigeres zu tun, als sich mit ihm über banale Dinge zu streiten. Der Freifahrerkönig wandte sich an die versammelte Mannschaft und verlangte von ihr, dass sie sich bei der Konferenz von ihrer besten Seite zeigen solle. Er schaltete den Panoramabildschirm ein und gab bekannt, dass er den Männern nun ihre Aufgaben zuteilen wolle.

Marshall nahm seine Stimme nur noch unterbewusst wahr. Beeindruckt starrte er auf den großen Panoramabildschirm. Rhodan ging es nicht anders. Er flüsterte: »Haben Sie jemals schon eine größere Menschenmenge gesehen, John?«

Der Ausdruck Menschenmenge war natürlich irreführend, denn es mussten Millionen Wesen sein, die sich auf der riesigen Ebene versammelt hatten, aber die wenigsten waren Menschen. Rhodan konnte die Einzelheiten auf dem Bildschirm nicht klar erkennen, aber soviel sah er doch, dass Lebewesen aller Schattierungen vertreten waren. Aus der wogenden Menge ragten verschiedentlich kleinere Raumfahrzeuge hervor.

Rhodan ließ wieder vom Panoramabildschirm ab und schenkte dem Freifahrerkönig seine ungeteilte Aufmerksamkeit.

Robe zy Spierre war immer noch dabei, seine Männer zu instruieren. Acht Psynetiker sollten eine Luftbrücke schaffen, von der aus der Freifahrerkönig zu der Versammlung sprechen wollte, fünf davon sollten gleichzeitig die Absicherung der nächsten Umgebung übernehmen. Zwei weitere Psynetiker, die nur die zehn Grunddisziplinen beherrschten, fanden dafür Verwendung, die Schallwellen bei den Ansprachen bis zu den letzten Reihen der Versammlung weiterzutragen. Außerdem gab Robe zy Spierre bekannt, dass als zusätzliche Vorsichtsmaßnahme einige Ultraschiffe im Raum um Waggasch kreuzten. Es sei zwar nicht anzunehmen, dass diese Konferenz den Solaren Streitkräften bekannt sei, aber er wolle nichts außer Acht lassen.

Dann gab der Freifahrerkönig eine Anordnung, die Rhodan und Marshall erschütterte, obwohl sie mit etwas Ähnlichem gerechnet hatten.

Robe zy Spierre sagte: »Edelmann Vermäuler und Edelmann Drake zy Cordell, Sie beide haben das Urteil zu vollstrecken, sollten die Versammelten den Tod der beiden Schablonen beschließen.«

Vermäuler wandte seinen Kugelkopf in Rhodans Richtung; er schien zu triumphieren. Drake zy Cordell war ein Humanoider ohne erkennbare Mutationen – er war ein Zy.

Rhodan überlegte fieberhaft – für ihn war es klar, dass die Menge für ihren Tod stimmen würde. Die einzige Möglichkeit, das Blatt für sie zu wenden, bestand darin, Robe zy Spierres Führerrolle zu brechen.

Rhodan wusste, dass es eine Möglichkeit mit sehr geringer Aussicht auf Erfolg war.

11.

Die GRUPPENDYNAMIK stellte eine der lebhaftesten Entwicklungen auf dem Boden der Sozialpsychologie dar. Ein Theorem der Gruppendynamik ist das der »charismatischen Herrschaft!« – des durch eine (magische) Gabe Ausgezeichneten.

»Der (charismatische) Führer einer Gruppe vereinigt die Beliebtheitsrolle mit der Tüchtigkeitsrolle; seine weitere Wirksamkeit hängt in höchstem Maße von seinem Erfolg ab ... bleibt dieser aus, so schlägt die Verehrung leicht in Hass beziehungsweise auch Spott um – dies bedarf oft nur eines kleinen Anstoßes.« (Nach Siegmund Freud)

Perry Rhodan und John Marshall hatten sich unauffällig in die Nähe eines Schiffskommunikators geschoben. Da Orchizza sämtliche Bildsprechgeräte der Hauptzentrale an Perizzas Kabine anschloss, hatten die beiden Terraner die Chance, weniger Aufsehen zu erregen, als wenn sie einen bestimmten Kommunikator hätten benützen müssen.

Die eineinhalb Stunden waren fast um.

Plötzlich sagte Marshall: »Da kommen sie!«

Er meinte damit Vermäuler und Drake zy Cordell – ihre beiden Henker. Rhodan trat der Schweiß aus allen Poren. Noch fehlten zwei Minuten auf den vereinbarten Zeitpunkt, und Vermäuler und Drake zy Cordell waren nur noch wenige Schritte entfernt.

»Ich könnte einen Fluchtversuch vortäuschen«, schlug Marshall vor. »Dadurch hätten wir Zeit gewonnen, und Sie könnten das Bildsprechgerät im richtigen Augenblick benützen.«

»Nur ruhig Blut«, murmelte Rhodan. »Ihr Plan ist zu plump, John. Vergessen Sie nicht, dass Perizza unsere einzige Chance ist. Wir dürfen uns durch nichts verraten.«

Die Freifahrer machten für Vermäuler und Drake zy Cordell eine Gasse frei.

»Diesmal ist die Angelegenheit legal«, gurgelte Vermäuler in

Anspielung auf seinen ersten Mordversuch an Rhodan. »Es wird klappen.«

Rhodan hatte im Stillen die Sekunden mitgezählt. Sie mussten noch ungefähr eine Minute ausharren.

Nun kam auch Drake zy Cordell zu ihnen. Der Psynetiker hatte eine schneeweiße Haut, sein Gesicht war ausdruckslos, nur die Augen funkelten fanatisch.

»Worauf warten Sie noch?«, fragte er an Rhodan gewandt.

»Von welcher Fakultät sind Sie?«, lautete Rhodans Gegenfrage.

Irritiert antwortete Drake zy Cordell: »Von der zwölften.«

Rhodan lächelte. »Ich habe einen Modus gefunden, mit dem sich die Intelligenz eines ungeschulten Wesens mit der Potenz eines Psynetikers vergleichen lässt. Demnach bin ich Ihnen überlegen.«

Jetzt lächelte auch der Psynetiker. »Das wird sich bald zeigen.«

Vermäuler packte Rhodan am Oberarm. »Kommen Sie.«

Rhodan drehte sich zu Marshall. »Fügen wir uns in unser Schicksal?«

»Ja«, sagte Marshall. Er sprach dabei halb in das Bildsprechgerät. Wenn sich Perizza an den Zeitplan gehalten hatte, und wenn es Orchizza gelungen war, eine Sprechverbindung zur Hauptzentrale herzustellen, dann musste er Marshalls »Ja« gehört haben. Es bedeutete: *Ja, Perizza, wir vertrauen uns Ihrer Zeitmaschine an!*

Aber Rhodan konnte sich immer noch nicht vorstellen, wie Perizza an sie herankommen wollte. Trotzdem folgte er Vermäuler zum Hauptantigravlift in der Gewissheit, dass sie in Perizza einen Verbündeten hatten; dabei spielte es keine Rolle, dass er ihnen aus eigensüchtigen Motiven helfen wollte.

Als erster sprang Vermäuler in den Antigravlift, dann folgten Rhodan und Marshall, den Abschluss bildete Drake zy Cordell, und während sie sich der Hauptschleuse näherten, behielten sie diese Reihenfolge bei.

»Jetzt passen Sie auf«, riet Vermäuler, während die Hauptschleuse aufglitt. Rhodan trat ins Freie, auf eine große Auffangplattform, und ein einziger Schrei aus unzähligen Kehlen schlug ihm entgegen.

»Mein Gott!«, rief Marshall und taumelte. Rhodan drehte sich um und fing ihn noch rechtzeitig auf.

»Was ist mit Ihnen, John«, erkundigte sich Rhodan besorgt, als er in das schmerzverzerrte Gesicht des Telepathen blickte.

»Er hat den Hass der Millionen zu spüren bekommen«, erklärte Drake zy Cordell kalt.

Rhodan stützte Marshall. Sie standen am Rande der fast zweihundert Meter hohen Plattform, ein heftiger Wind zerrte an ihnen. Eine kleine bläuliche Sonne stand über ihnen und Wolkenschleier ballten sich am Horizont zusammen. Der Planetenboden wurde von der riesigen Menge verdeckt, die sich aus den verschiedensten Rassen zusammensetzte.

»Gehen Sie endlich weiter«, forderte Vermäuler.

»Wohin denn? In den Abgrund?«, erkundigte sich Rhodan bitter.

»Hinaus auf die Luftbrücke«, erklärte Drake zy Cordell.

»Gehen Sie voran, Vermäuler.«

Der Crookander tat es. Er schritt hinaus ins Nichts und – ging durch die Luft, als hätte sie Balken. Unsicher folgte ihm Rhodan, der Marshall immer noch stützen musste. Anfangs ging Rhodan sehr vorsichtig, aber bald merkte er, dass die Luftbrücke vorzüglichen Halt bot, dem selbst der heftige Wind nichts anhaben konnte, und er verlor seine Unsicherheit.

Nach einigen Schritten richtete sich Marshall auf und sagte: »Ich kann schon wieder alleine gehen, Sir.«

Rhodan betrachtete ihn prüfend. »Was hat Sie so zugerichtet, John?«, fragte er.

Der kaum überwundene Schock stand noch deutlich in Marshalls Gesicht geschrieben. »Ich habe die Gedanken dieser Wesen da unten gelesen. Die Meute verlangt Ihren Tod, Sir! Der Gedanke war so einheitlich, als denke ihn nur ein Gehirn – aber er hatte die Kraft von Millionen Gehirnen!«

Sie gingen weiter. Die Luftbrücke senkte sich, und bald befanden sie sich nur noch hundert Meter über der Meute, die ihren Hass aus unzähligen Kehlen zu ihnen emporschmetterte.

Sie legten auf der Luftbrücke zwei Kilometer zurück, als Rhodan vor sich einige dunkle Punkte in der Luft schweben sah. Beim Näherkommen stellte er fest, dass es sich um Freifahrer handelte, die sie bereits erwarteten. Unter ihnen befand sich Robe zy Spierre, der Freifahrerkönig, Adert zy Costa und Lia. Sie wandte den Kopf, als Rhodan und Marshall bei ihr eintrafen.

Marshall las aus ihren Gedanken, dass sie am liebsten im Schiff geblieben wäre, aber Robe zy Spierre hatte von ihr verlangt, dass sie für den Freiheitsgedanken ein Opfer bringen solle; er hatte sie gezwungen mitzukommen.

Adert zy Costa würdigte die beiden Terraner keines Blickes.

Und ihn hat uns Wasa zy Ashtar als Beschützer mitgegeben!, dachte Rhodan. Aber er glaubte auch zu wissen, dass Adert zy Costa im Augenblick nicht anders handeln konnte. Er stand in erster Linie im Dienst der Freifahrer, und selbst wenn er sich für Rhodan und Marshall einsetzte, würde er gegen Robe zy Spierre nichts ausrichten. Noch war Robe zy Spierre der Führer der Fremdrassen im Kampf gegen das Solare Imperium.

Als der Freifahrerkönig sich von der Gruppe auf der Luftbrücke absonderte, schwang die Stimmung der Millionen augenblicklich um. Die Hasstiraden wurden von Jubel abgelöst. Robe zy Spierre hob die Hände, und die Menge verstummte allmählich. Die beiden Psynetiker, die für den Freifahrerkönig das unsichtbare Sprachrohr herstellen sollten, gesellten sich an seine Seite. Rhodan und Marshall wurden von ihren beiden Wächtern vorerst in den Hintergrund geschoben. Grinsend zeigte Vermäuler Rhodan ein langes, gebogenes Messer.

»Es wird schnell gehen«, flüsterte er.

Marshall spannte alle seine Sinne an. Er verfolgte Vermäulers Gedankengänge und war bereit, sich auf diesen zu stürzen, wenn er die Absicht hatte, das Messer zu benutzen. Allerdings sagte ihm ein Blickaustausch mit Drake zy Cordell, dass der Psynetiker nicht untätig danebenstehen würde.

»Werde ich auch Gelegenheit erhalten, zu dieser Versammlung zu sprechen?«, erkundigte sich Rhodan leise. Er hatte zu niemandem bestimmten gesprochen und er erwartete auch gar keine Antwort.

Doch Adert zy Costa musste seine Worte gehört haben. Er telepathierte Rhodan: *Das »Volk« wird auch Sie hören wollen. Außerdem möchte Robe zy Spierre eine Art Schauprozess aufziehen, wobei Sie sich verteidigen können. Aber versprechen Sie sich nicht zuviel davon, denn das Urteil steht bereits fest.*

Rhodan war damit zufrieden. Er wusste zwar noch nicht, mit welchen Worten er vor das »Volk« treten würde, denn seine Argumentation hing von der Rede des Freifahrerkönigs ab; er wusste noch nicht einmal genau, was ihm vorgeworfen wurde, deshalb hatte er im Augenblick noch keine Ahnung, gegen welche Anschuldigungen er sich verteidigen musste. Sein einziger Vorteil war, dass er Robe zy Spierre durchschaut hatte. Er konnte sich zumindest ein ungefähres Konzept für den Angriff gegen den König der Freifahrer zurechtlegen.

Robe zy Spierre begann mit seiner Rede.

»Geliebtes Volk! Tapfere Männer aller Rassen!«, rief der Freifahrerkönig, und seine geschulte Stimme wurde von dem unsichtbaren Sprachrohr, das die beiden Psynetiker an seiner Seite geschaffen hatten, über die weite Ebene bis zu den letzten Reihen der Versammelten getragen. Es herrschte eine solche Stille, als hielten die Millionen alle gleichzeitig den Atem an; es schien als werde sich selbst die Natur dieses historischen Augenblickes bewusst und würdige dies, indem sie den Wind verstummen ließ.

Nach einer Kunstpause sprach Robe zy Spierre weiter.

»Ihr alle wisst, dass heute ein Tag von besonderer Bedeutung ist. Unser Kampf für die Befreiung der Supergalaxis ist unerwartet schnell in die Endphase getreten. Noch vor zehn Jahren glaubten wir, dass noch ein halbes Jahrhundert vergehen müsse, bevor wir stark genug wären, um wirksam gegen das Solare Imperium vorgehen zu können. Aber dank eures Mutes, eures Glaubens an die Freiheit und eurer Selbstaufopferung haben wir unsere kühnsten Träume verwirklicht. Die Stunde der Befreiung naht!«

Bewegung kam in die unübersehbaren Massen, ihre akustischen Ovationen an den König der Freifahrer übertrafen an Lautstärke jeden Orkan. Rhodan verhielt sich ruhig. Einen spöttischen Blick Marshalls, der wohl ausdrücken sollte, dass die politischen Redner aller Rassen und Zeiten ihre Wirkung aus Phrasen und Superlativen bezogen, ließ Rhodan unbeachtet. Natürlich hatte Marshall auf seine Art recht, eben deswegen bedurfte seine Feststellung keiner Bestätigung.

Rhodan ahnte bereits, welche Saiten der Freifahrerkönig jetzt anschlagen würde. Nachdem er seine Anhänger gelobt hatte, musste er seine eigene Person ins rechte Licht rücken.

»Ja«, rief Robe zy Spierre, als sich der Stimmorkan beruhigt hatte. »Ja, es stimmt – es ist die reine Wahrheit, dass wir die Mittel in der Hand haben, den Tyrannen zu stürzen, der nichts als Unglück über die ganze Supergalaxis gebracht hat. Wir haben die Möglichkeit, Perry zy Rhodan schon in diesem Augenblick zu entthronen. In einem ungleichen Kampf auf Leben und Tod hat die GESPRENGTE KETTEN den durch starke psynetische Verbände gesicherten Planeten Dornister genommen.«

Plötzlich entstand eine Bewegung bei den Psynetikern um den Freifahrerkönig. Es musste den Anschein haben, dass der Tumult unprogrammäßig war, aber als sich ein Psynetiker zum Sprachrohr vorarbeitete und fanatisch rief: »Und wem haben wir das zu verdanken? Wem verdanken wir unsere Freiheit, frage ich euch?« –, da wusste Rhodan, dass der Freifahrerkönig diesen Zwischenfall arrangiert hatte.

Die Menge tobte, ihre einhellige Antwort auf die Frage des Psynetikers lautete: »Robe zy Spierre! Robe zy Spierre!«

Offensichtlich überwältigt von dieser »unverhofften« Lobpreisung hob der Freifahrerkönig die Arme, um die Menge zum Schweigen zu bringen. Nur sehr langsam wurde es wieder still.

»Ich danke euch«, murmelte der Freifahrerkönig gerührt, aber alle konnten ihn hören; die Psynetiker verstärkten seine Stimme, die Ausdruckskraft blieb erhalten.

Robe zy Spierre fuhr fort: »Wenn viele unter euch die Zusammenhänge noch nicht ganz verstehen und wenn sie sich übergangen fühlen, weil sie nicht eingeweiht waren, so möchte ich sie nachträglich um Verständnis bitten. Bei diesem Projekt war unbedingte Geheimhaltung vonnöten, deshalb wusste nur der kleine Kreis meiner engsten Vertrauten davon. Das geschah nicht aus Misstrauen euch gegenüber, das muss betont werden – ich vertraue euch allen gleichermaßen –«, das war eine faustdicke Lüge, stellte Rhodan für sich fest, »aber die Mehrheit von euch ist nicht psynetisch geschult, und diese hätten sich vor den geistigen Eingriffen der Solaren Spione nicht schützen können. Deshalb wurdet ihr in das *Projekt Dornister* nicht eingeweiht. Aber jetzt will ich euch Aufklärung geben.«

»Jetzt passen Sie auf, John«, flüsterte Rhodan. Er verstummte sofort, als er die Messerspitze in seinem Rücken spürte.

»Kein Wort mehr«, gurgelte Vermäuler.

Rhodan beachtete ihn nicht. Er konzentrierte seine Aufmerksamkeit auf Robe zy Spierre. Wieder hatte es den Anschein, als hielte das Universum für Sekundenbruchteile den Atem an, um den Worten des Freifahrerkönigs den nötigen Nachdruck zu geben. Er beherrschte die charismatische Führerrolle, das musste ihm Rhodan zugestehen.

»Ihr alle wisst von Gerüchten«, sprach Robe zy Spierre, »wonach der Großadministrator einen Weg kenne, um seine Macht für alle Ewigkeit zu sichern. Seit einigen Jahrhunderten kursieren diese Gerüchte bereits in der Supergalaxis. Jetzt erst kann ich zugeben, dass ich sie persönlich in Umlauf gesetzt habe. Es war nicht zu verhindern, dass die Gerüchte von den primitiven Völkern für bare Münze gehalten und von den Intellektuellen belächelt wurden. Beides ist falsch, denn in Wirklichkeit ist die ›Geheimwaffe‹ des Großadministrators wohl existent, aber sowohl seine Stärke als auch seine Schwäche. Perry zy Rhodan verschwieg das wohlweislich, denn er konnte nicht zugeben, dass er mit dieser ›Wunderwaffe‹ lebte und stürbe – denn dabei handelte es sich um ein sehr leicht verwundbares Wesen!«

Rhodan wurde von Vermäuler nach vorne gestoßen, damit er sich von den anderen auf der Luftbrücke abhebe. Die Menge begann zu brüllen. Mit einem kurzen Seitenblick sah Rhodan, dass Marshall totenblass geworden war. Rhodan konnte sich ausmalen, in welchen Bahnen das Wunschdenken der Menge verlief.

Sie forderten seinen Tod!

Es dauerte fünf Minuten, bevor Robe zy Spierre weitersprechen konnte.

»Dieses zerbrechliche Geschöpf ist die angebliche ›Wunderwaffe‹ unseres verhassten Großadministrators! Perry zy Rhodan ist mit diesem Mann durch eine Symbiose verbunden. Er fand vor einigen Jahrhunderten heraus, dass es ein Wesen gab, das durch unendliche Weiten von Zeit und Raum von ihm getrennt war, mit dem er aber auf Gedeih und Verderb verbunden war. Würde die Schablone sterben, dann wäre auch er verloren. Deshalb versicherte er sich der Hilfe eines Psynetikers von Malaguna und ließ von ihm einen Plan ausarbeiten, um seine Schablone zu sich zu holen. Nach den jahrhundertelangen Vorbereitungen gelang das dann auch, aber bevor er den Symbionten noch in Sicherheit bringen konnte, bemächtigten wir uns seiner. Hier habt ihr die Schablone, mit deren Tod der verhasste Großadministrator fällt. Ich muss noch betonen, dass es sich um einen Mann handelt, der für die Taten Perry zy Rhodans nicht verantwortlich gemacht werden kann. Deshalb soll er Gelegenheit bekommen, seinen Standpunkt vorzubringen, bevor ihr über ihn entscheidet.«

Robe zy Spierre trat zurück und kam zu Rhodan. Dieser blickte auf den Hexenkessel hinunter, den die letzten Worte des Freifahrerkönigs heraufbeschworen hatten, und er wusste, dass diese Versammlung nur durch ein Wunder von ihrer vorgefassten Entscheidung abzubringen war.

Robe zy Spierre kam zu ihm und sagte: »Sie können jetzt sprechen. Das heißt, falls Sie zu Wort kommen.«

»Ich werde es versuchen«, antwortete Rhodan mit einem matten Lächeln. »Ich weiß, dass Sie nichts Persönliches gegen mich haben. Aber bestimmt haben Sie für sich selbst viel übrig.« Als der Freifahrerkönig die Stirn runzelte – bestimmt eine seltene Reaktion bei einem Psynetiker von seiner Fakultät –, fügte Rhodan hinzu: »Welchen Interessen geben Sie den Vorrang, denen der Fremdrassen oder Ihren persönlichen?«

Ohne auf eine Reaktion Robe zy Spierres zu warten, ging Rhodan zu den beiden Psynetikern, die das Sprachrohr für ihn aufrecht hielten. Während er geduldig darauf wartete, dass sich die tobende Menge beruhigte, stellte er fest, dass sich die Luftbrücke senkte. Zweifellos hatte Robe zy Spierre diese Maßnahme angeordnet, um ihn psychologisch zu benachteiligen.

Für Rhodan war die Senkung der Luftbrücke auf eine andere Weise von Vorteil. Denn nun befand er sich kaum fünfzig Meter über der Menge und konnte Einzelheiten an den Versammelten feststellen. Gedankenverloren blickte er hinab – und mitten unter den vielgestaltigen Fremdwesen entdeckte er zwei große, spindeldürre Humanoide mit grünlich schillernder Haut. Sie hatten ein Gerät zwischen sich, das aussah wie ein Käfig, auf den ein Radioteleskop montiert war. Nach der Beschreibung, die Rhodan von Marshall erhalten hatte, musste es sich bei den beiden um Orchizza und Perizza handeln.

Nach den vorangegangenen moralischen Tiefschlägen gab das Erscheinen der beiden Zeitwissenschaftler Rhodan einen neuen Auftrieb.

Geduldig wartete er, bis sich die Gefühlsausbrüche der Menge auf eine erträgliche Lautstärke gelegt hatten.

Dann holte er zum Gegenschlag aus.

Es war klar, dass Rhodan gegenüber Robe zy Spierre sehr benachteiligt war. Denn der Freifahrerkönig war der Führer dieses gemischten Volkes, er konnte seine Rede beliebig ausdehnen, und er würde seine Anhänger nicht ermüden. Rhodan dagegen musste sich kurz fassen. Was er sagte, musste gut formuliert sein, damit es seine Zuhörer trotz ihrer feindlichen Einstellung zu ihm aufnahmen und verarbeiteten. Erst wenn er das Interesse an seinen Worten geweckt hatte, konnte er den Versuch unternehmen, ihr Idol anzugreifen.

Wenn die terranischen Gruppendynamiker mit ihren Lehrsätzen über die charismatischen Herrscher recht hatten, konnte es Rhodan gelingen, den Freifahrerkönig zu entlarven.

Rhodan begann seine Ansprache damit, indem er der Menge klarlegte, dass er nicht der Außenseiter war, für den sie ihn hielten, denn der Wunsch nach Freiheit sei in seiner Zeit, in seinem Universum, ebenso stark wie hier. Er sei auch der Meinung, dass es sich lohne, ein Einzelwesen für das Wohl der gesamten Rassen zu opfern – und es hatte den Anschein, dass Rhodan die Menge tatsächlich davon überzeugen konnte, dass er sein Leben gerne für die Freiheit des großen kosmischen Volkes hingebe, sei es in diesem Universum oder in seinem. Aber, stellte Rhodan gleich darauf eindringlich fest, er sei davon überzeugt, dass hier nur ein Tyrann gestürzt werden sollte, um den Thron für einen anderen Tyrannen freizumachen.

Diese Worte ließ Rhodan auf die Menge einwirken, bevor er weitersprechen wollte. Es störte ihn nicht weiter, dass seine Behauptung eine Woge der Empörung hervorrief. Er wartete eine Weile, und als der Stimmorkan nicht nachließ, hob er seine Stimme, um ihn zu übertönen.

»Robe zy Spierre will nichts anderes, als euch für seine persönlichen Machtgelüste ausnützen!«, schrie ihnen Rhodan zu. Er hatte gehofft, dass sich die Empörung legen würde, wenn er seine Behauptung erklärte. Aber die Menge beruhigte sich nicht. Im Gegenteil, der Lärm schwoll nur noch mehr an.

Dennoch fuhr Rhodan unbeirrt fort: »Wenn Robe zy Spierre tatsächlich für die Freiheit aller Rassen einträte, dann hätte er nicht so kurzsichtig gehandelt. Er weiß, dass John Marshall und ich aus der Vergangenheit stammen, die er zwangsläufig ändert, wenn er uns tötet. Das kann ein Chaos für dieses Universum heraufbeschwören, ein Zeitparadoxon unbekannten Ausmaßes wird die Folge sein. Aber Robe zy Spierre will gar nicht die Freiheit für euch, sondern er will den Thron für sich. Er möchte den Großadministrator auf dem schnellsten Wege beseitigen, damit er die Macht in Händen hält, noch bevor ihn jemand entlarvt ...«

Rhodan unterbrach sich selbst, denn er hatte keine Zuhörer mehr.

Marshall telepathierte ihm: *Robe zy Spierre ließ das Sprachrohr auflösen. Man hört Ihre Stimme kaum bis zu mir.*

Deshalb also war der Lärm nicht verstummt. Die Menge hatte nur seine Anschuldigung gegen den Freifahrerkönig gehört, danach war die Verbindung abgebrochen worden. Es half ihm jetzt nicht mehr, dass er durch diese Handlung des Freifahrerkönigs seine Vermutung bestätigt erhielt. Robe zy Spierre hatte sehr wirksam verhindert, dass es das Volk erfuhr. Damit war Rhodans und Marshalls Schicksal besiegelt und natürlich auch das Schicksal der Supergalaxis.

Geschlagen stand Rhodan am Rande der Luftbrücke und starrte blicklos hinunter auf die wogende Menge. Er dachte nicht einmal daran, dass sich ihm Vermäuler jeden Augenblick von hinten nähern konnte, um ihm das Messer in den Rücken zu stoßen.

Jemand berührte ihn am Oberarm. Automatisch drehte er sich um. Marshall stand neben ihm. Er lächelte. Das seltsame Verhalten Marshalls, das in krassem Widerspruch zu ihrer Lage stand, rüttelte ihn wach.

»Was ist mit Ihnen, Sir?«, erkundigte sich der Telepath. »Haben Sie es nicht gehört?«

»Was gehört?«

»Sehen Sie sich die Menge an, wie ruhig sie ist«, fuhr Marshall fort. Er war sonderbar gut gelaunt, aber plötzlich wurde sein Gesicht wieder ernst, als er sagte: »Hoffentlich nimmt Robe zy Spierre Vernunft an und setzt das Leben der Millionen nicht aufs Spiel.«

»Wovon sprechen Sie, John?«, erkundigte sich Rhodan immer noch verwirrt.

Marshall blickte zum Himmel, seine Hand wies hinauf. »Da«, rief er. »Da ist das Raumschiff schon wieder. Vielleicht wiederholen Sie den Appell.«

Rhodan folgte Marshalls ausgestrecktem Arm mit den Augen.

In ungefähr drei Kilometer Höhe schwebte ein dunkler Schatten, der sich vor die Sonne geschoben hatte. Es handelte sich um einen Kugelraumer mit einer glatten Außenhülle. Es befanden sich keine Verzierungen, keine Schnörkel auf der Hülle! Das konnte nur bedeuten, dass es sich um ein Schiff des Solaren Imperiums handelte.

Rhodan konnte sich noch nicht klar darüber werden, ob er sich über das Auftreten eines Schiffes des Solaren Imperiums freuen sollte oder nicht. Da wurde der telepathische Appell wiederholt.

Waggasch ist von Schiffen der Solaren Flotte abgeriegelt. Jeder Widerstand ist zwecklos. Wir werden das Leben aller Wesen auf diesem Planeten verschonen, wenn uns die beiden Gefangenen innerhalb der nächsten Stunde unversehrt übergeben werden. Geschieht das nicht, wird es keine Überlebenden auf Waggasch geben.

12.

Rhodan hatte wieder in die Wirklichkeit zurückgefunden. Er beobachtete Robe zy Spierre. Der Psynetiker, der seinen physischen und metaphysischen Körper ansonsten immer in der Gewalt hatte, überlegte krampfhaft; in seinem Gesicht zuckte ein Muskel, seine Hände ballten sich zu Fäusten.

»Sie haben blitzartig zugeschlagen«, presste er schließlich zwischen den halbgeschlossenen Lippen hervor. »Wir sind verraten worden, andernfalls hätten die Solaren Schiffe unsere Wachflotte nicht umgehen können.«

Er hatte offenbar recht – aber seine Feststellung änderte nichts an der Situation. Die Solaren Schiffe hatten ihm ein Ultimatum gestellt, und er musste sich bald entscheiden, ob er es annahm oder nicht. Lehnte er ab, dann könnte er Rhodan und Marshall zwar töten, aber gleichzeitig würden auch die Millionen Freifahrer niedergemetzelt werden.

Das konnte Robe zy Spierre nicht auf sich nehmen; er selbst, und mit ihm die anderen Psynetiker konnten dieser Falle zwar entrinnen, sie brauchten nur zu teleportieren – aber es würde sich in der Supergalaxis bald herumsprechen, dass er sein Volk im Stich gelassen hatte. Damit hätte er ausgespielt, er würde seine Anhänger verlieren. Andererseits wollte er Rhodan und Marshall nicht so ohne weiteres freigeben.

»Uns bleibt noch eine Stunde Zeit«, sagte Robe zy Spierre. »Wir müssen einen Ausweg finden.«

»Geben Sie auf«, forderte Rhodan. »Ihr Spiel ist verloren.«

Robe zy Spierre antwortete ihm nicht. Stattdessen wandte er sich an seine Psynetiker. »Ziehen wir uns zur Beratung in die GESPRENGTE KETTEN zurück. Vermäuler und Drake zy Cordell, ihr seid für die beiden Gefangenen verantwortlich.«

Der Freifahrerkönig entmaterialisierte mit seinem Gefolge. Auf der Luftbrücke blieben nur Rhodan und Marshall, Lia, Adert zy Costa und die beiden Wächter zurück.

Drake zy Cordell sagte: »Es ist besser, wenn wir uns von der Umwelt abkapseln.« Und er baute eine kristallene Kuppel um sie alle auf.

Lia setzte sich auf die transparente Luftbrücke, mit dem Rücken zur Wand der Kristallkuppel. Sie lehnte sich zurück und schloss die Augen.

Vermäuler suchte sich ebenfalls einen Platz an der Wand aus. Er wollte keinen der Anwesenden aus den Augen verlieren. Drake zy Cordell und Adert zy Costa verharrten an der gleichen Stelle, wo sie bisher gestanden hatten. Sie wirkten vollkommen unbeteiligt.

Rhodan blickte durch den durchsichtigen Boden auf die Versammelten in fünfzig Meter Tiefe hinunter. Er erblickte Orchizza und Perizza, sie zogen mit ihrer Zeitmaschine ein Stück weiter, bis sie genau unter Rhodan und Marshall angelangt waren. Rhodan versuchte, seine Gedanken von den beiden Zeitwissenschaftlern abzulenken, denn er war überzeugt, dass Drake zy Cordell ihn zeitweise telepathisch kontrollierte.

Deshalb sagte Rhodan: »John, ich habe mir unsere nächsten Schritte bereits überlegt.«

Marshall zuckte zusammen. Er hatte ebenfalls durch den transparenten Boden zu den beiden Zeitwissenschaftlern hintergestarrt. Er war der Meinung, dass sie sich zu auffällig gebärdeten, aber er konnte es nicht wagen, ihnen eine Warnung zukommen zu lassen.

Beim Klang von Rhodans Stimme schreckte er auf, aber er ging auf das Ablenkungsmanöver des Großadministrators ein. Ohne sich um die anderen zu kümmern, fragte er: »Haben Sie Befehle für mich, Sir?«

»Noch nicht«, gab Rhodan zu. »Aber dafür eine Verhaltensmaßregel. Aus bestimmten Gründen habe ich mich dazu entschlossen, diese Zeit noch nicht zu verlassen. Es besteht noch kein Grund dafür. Robe zy Spierre bleibt nichts anderes übrig, als uns an das Solare Imperium auszuliefern. Dadurch ist unser

Leben nicht mehr gefährdet, es besteht also kein Grund für uns, überhastete Entschlüsse zu treffen.«

Jetzt mischte sich Adert zy Costa ein. »Wenn Sie eine Möglichkeit haben, in Ihr Universum zurückzukehren, dann sollten Sie sie nutzen«, sagte er.

»Noch vor wenigen Minuten hätte ich es bedenkenlos getan«, erwiderte Rhodan. »Aber da wir nicht mehr bedroht werden, möchte ich noch nicht zurück. Der Gedanke fasziniert mich, meinem sogenannten Symbionten gegenüberzutreten. Verstehen Sie mein Interesse? Er trägt meinen Namen, er ist der Großadministrator des Solaren Imperiums – wie ich. Daraus ergeben sich reizvolle Aspekte. Ist er ich? Durch welche Bande sind wir miteinander verbunden? Wenn Perry zy Rhodan mein zukünftiges Ich ist, dann möchte ich herausfinden, *was* ihn zum Zy gemacht hat. Und ich möchte in Erfahrung bringen, ob er tatsächlich so brutal und grausam ist, wie er beschrieben wird. Ich kann mir nämlich nicht vorstellen, dass sich mein Charakter, selbst in einigen tausend Jahren nicht, so verändert.«

Adert zy Costa lächelte. »Nein, Sie können sich selbst in einigen tausend Jahren nicht zu einem Tyrannen verändern«, stimmte er zu. »Sie haben ganz einfach nicht die Anlagen dazu. Aber glauben Sie, dass Perry zy Rhodan Ihre Neugierde stillen wird? Ganz bestimmt wird er keine einzige Ihrer Fragen beantworten. Er ist gar nicht daran interessiert, Sie aufzuklären.«

»Trotzdem steht mein Entschluss fest«, meinte Rhodan bestimmt. »Ich möchte dem Mann gegenübertreten, dessen Schablone ich bin.«

»Sie werden enttäuscht von diesem Zusammentreffen sein«, prophezeite Adert zy Costa. »Er wird Sie nämlich einsperren, sobald Sie auf Terra sind. Er wird Sie vor allen äußeren Einflüssen abschirmen, seine besten und treuesten Psynetiker werden Ihr Leben beschützen. Können Sie sich ausmalen, wie Ihre Zukunft aussehen wird? Perry zy Rhodan wird Sie behüten wie seinen eigenen Metaorganismus, aber dadurch wird Ihnen alles versagt bleiben, was das Leben lebenswert macht. Sie werden in ewiger Finsternis dahinvegetieren, von einem künstlich erschaffenen metaphysikalischen Nichts eingeschlossen, aus dem es kein Entrinnen gibt – Sie werden nur zu dem Zweck existieren, Perry zy Rhodan am Leben zu erhalten.«

»Sie haben mir meine Zukunft erschreckend genug ausgemalt«, sagte Rhodan. »Aber mir ist dieses Schicksal lieber, als von Vermäuler hinterrücks erstochen zu werden.«

Der Crookander stand mit einem einzigen Sprung vor Rhodan.

»Möchten Sie lieber in einem fairen Zweikampf sterben?«, fragte er mit erregtem Gurgeln.

»Er ist ein Psychopath«, stellte Marshall nüchtern fest.

Vermäulers Reaktion schien seine Vermutung zu bestätigen. Ohne Vorwarnung wirbelte der Crookander zu Marshall herum, noch während seiner Eigendrehung blitzte das Messer in seiner Rechten auf. Aber Marshall hatte damit gerechnet, er hatte den Lähmstrahler gezogen und drückte ab, als der Crookander zum Stoß ausholte. Sein Körper bäumte sich zuckend auf, die Hand mit dem Messer beschrieb noch einen kurzen Bogen, dann hatte die Paralyse auf sein ganzes Nervensystem übergegriffen, und er brach steif zusammen.

Drake zy Cordell bremste seinen Sturz psynetisch ab. Er ließ Vermäuler langsam zu Boden gleiten, dann sagte er: »Ich verstehe zwar nicht, warum man Ihnen diese wirksamen Waffen noch nicht abgenommen hat, aber versuchen Sie nicht, Ihre Paralysatoren gegen Psynetiker zu verwenden. Bei uns ist es fast eine motorische Körperfunktion, Lähmstrahlen zu reflektieren.«

»Danke für den Hinweis«, sagte Rhodan lakonisch. »Was uns aber nicht davon abhalten kann, uns auch gegen Psynetiker zu wehren.«

Drake zy Cordell lächelte überheblich. »Sie behaupteten vor einiger Zeit, dass Sie mir überlegen sind. Wenn Sie Ihre Überlegenheit auf den Paralysator beziehen, dann sollten Sie Ihre Meinung schnellstens revidieren.«

Rhodan wollte etwas entgegnen, überlegte es sich dann aber anders. Er wollte sich nicht hinreißen lassen, über Nebensächlichkeiten zu diskutieren.

Über die kleine Gruppe innerhalb der Kristallkugel legte sich ein unbehagliches Schweigen. Lia, die den Kampf unbeteiligt beobachtet hatte, schloss wieder die Augen und lehnte sich gegen die Wand. Drake zy Cordell zog sich ebenfalls zu einer Wand der von ihm geschaffenen Kristallkugel zurück und beobachtete Rhodan und Marshall. Der Telepath hatte seinen Lähmstrahler zurückgesteckt und blickte fragend zu Rhodan.

Der Großadministrator brach schließlich das Schweigen.

»Wir werden auf jeden Fall versuchen, die Gedankentreppe zu erreichen«, sagte er beiläufig. Von den beiden Psynetikern kam keine Reaktion. Er hatte es auch nicht anders erwartet. Trotzdem fuhr er fort: »Ich glaube nämlich, dass dort das Geheimnis der Zy liegt. Und wenn ich das kenne, wird der Weg zur Befreiung der Supergalaxis nicht mehr weit sein. Habe ich recht, Lia?«

Das Mädchen zuckte zusammen. Sie öffnete die Augen erschreckt, ihre Lippen bewegten sich, aber sie brachte keinen Ton heraus.

»Lassen Sie sie in Frieden«, verlangte Adert zy Costa. »Ihr Schmerz ist auch so groß genug. Zwingen Sie ihr nicht noch ein Dilemma auf.«

»Sie haben unrecht«, entgegnete Rhodan. »Es ist nicht der Schmerz um Wasa zy Ashtars Verlust, vor dem sie sich in die Einsamkeit flüchtet. Sie trauert nicht mehr um ihn, denn sie weiß, dass er gar nicht gestorben ist!«

»Das ist nicht wahr!«, schrie Lia. »Wasa ist tot! Er ist tot, tot!«

»Sie können sich nicht selbst belügen«, drang Rhodan weiter in sie. »Während Ihrer Abgeschiedenheit hatten Sie Zeit genug, um über Wasa nachzudenken ...« Rhodan verstummte. Er hatte sich gut überlegt, was er sagen wollte: Wasa zy Ashtar habe nicht nur Lia, sondern alle Welt zum Narren gehalten. Aber Lia gegenüber hatte er in einer schwachen Stunde zu erkennen gegeben, dass er nicht wirklich an Drüsenüberfunktion litt, sondern dass er seinen Körper so in der Gewalt hatte, um ihm ein beliebiges Aussehen zu geben. Lia hatte sich nichts weiter dabei gedacht, aber während ihrer Abgeschiedenheit in der Krankenstation war ihr klar geworden, dass nur ein Psynetiker einer besonders hohen Fakultät seinen Metabolismus und seinen Metaorganismus so in der Gewalt haben konnte wie Wasa zy Ashtar. Er täuschte aber vor, nur die zehn Grunddisziplinen zu beherrschen. Warum?

Rhodan war noch weitergegangen und hatte eine Antwort gefunden: Wasa zy Ashtar wollte seinen Tod vortäuschen, damit er ...

Was hatte er nur daraus kombiniert? In Rhodans Gedächtnis klaffte plötzlich eine Lücke, als hätte jemand diesen Teil gelöscht. Rhodan hatte den fremden Eingriff nicht gespürt, aber er war davon überzeugt, dass er vorgenommen worden war. Er wollte in seiner Erinnerung nachforschen, zu welchen Schlüssen er gekommen war. Aber er konnte sich nicht darauf konzentrieren, denn eine gänzlich andere Gedankenkette drang in sein Bewusstsein.

Es wurde immer wichtiger für ihn, über John Marshalls Schicksal nachzudenken. *John Marshall – was wird mit ihm geschehen? Ist er auch die Schablone von einem Wesen dieser Zukunft? Oder befindet er sich nur zufällig mit mir hier?*

Rhodan hatte daran bisher noch keinen Gedanken verloren. Aber der fremde Wille zwang ihn dazu, sich damit auseinanderzusetzen. Wer steckte dahinter? Adert zy Costa? Plötzlich waren auch diese Fragen aus seinem Bewusstsein gewischt – und Rhodan war überzeugt davon, dass er sich aus eigener Initiative mit Marshalls Schicksal auseinandersetzte.

Er schien eine diesbezügliche Frage an Adert zy Costa gestellt zu haben, denn der Psynetiker antwortete: »Ja, Ihr Begleiter ist die Schablone von John zy Marshall. Vielleicht sagen Ihnen auch folgende Namen etwas: Atlan zy Gonozal, Reginald zy Bull, Allan zy Mercant, Mory und Suzan und Michael zy Rhodan?«

Ja, ich kenne sie, wollte Rhodan sagen, aber es versagte ihm die Sprache. *Atlan ist Regierender Lordadmiral, Reginald Bull ist Staatsmarschall, Allan D. Mercant ist Chef der Galaktischen Abwehr. Mory ist meine Frau, Michael und Suzan sind unsere Kinder!*

Und jetzt hörte er diese Namen alle mit der Silbe »zy«. Hieß das, dass Atlan, Bully, Mercant, seine Frau und die Kinder ebenfalls nur Schablonen waren? Und wer aus seiner Zeit war noch eine Schablone für die Zy?

Die Erkenntnis, dass das Schicksal dieses Zeituniversums mit seinem eigenen aufs Engste verknüpft war, überkam Rhodan in diesem Augenblick. Das hieß, dass es nicht mehr nur um Marshalls und sein Leben ging, nicht allein um Perry zy Rhodans Herrschaft, um Robe zy Spierres Machtansprüche und nicht allein um die Freiheit der Fremdrassen. Es ging vor allem auch um den Fortbestand des Solaren Imperiums aus dem 25. Jahrhundert.

Für Rhodan war es wichtiger denn je, mit Perry zy Rhodan, seinem Symbionten, zusammenzukommen. Er musste das Geheimnis der Zy herausfinden und es der ganzen Supergalaxis mitteilen. Und zufrieden dachte er, dass Robe zy Spierre nichts anderes übrigblieb, als Marshall und ihn der Solaren Flotte zu übergeben.

Um so erschütterter war er, als Robe zy Spierre innerhalb der Kristallkugel materialisierte und verkündete: »Wir haben einen Ausweg gefunden. Wir können die beiden Schablonen zwar nicht töten, aber dem Großadministrator werden wir sie auch nicht ausliefern.«

»Was haben Sie vor?«, erkundigte sich Adert zy Costa.

»Wir werden zum Schein auf den Handel eingehen«, entgegnete Robe zy Spierre. »Die beiden Schablonen werden von den Solaren Schiffen an Bord genommen. Aber meine Psynetiker werden mit den Schablonen in Kontakt bleiben, und wenn die Solaren Schiffe Waggasch verlassen, werden die beiden Schablonen nach Malaguna teleportiert.«

»In die Unterwelt von Malaguna«, murmelte Adert zy Costa zufrieden. »Sie hätten keinen besseren Plan entwerfen können, mein König. In der Unterwelt von Malaguna werden die beiden Schablonen nicht lange am Leben bleiben.«

»Und sie werden sozusagen vor den Augen des Großadministrators sterben«, fügte der Freifahrerkönig hinzu.

Allerdings konnte Robe zy Spierre nicht ahnen, dass der kosmische Fädenzieher mit diesem Schachzug gerechnet hatte.

13.

»Ich bin von lauter Verrätern umgeben!«, schrie Perry zy Rhodan, der Großadministrator der Supergalaxis, in die Stille des Großen Konferenzsaales hinein. Für eine Hundertstelsekunde vergaß er die psynetische Kontrolle über seinen Metaorganismus, das wirkte sich auf seinen psychischen Körper negativ aus. Die Folge war, dass seine Nebenniere zuviel Adrenalin produzierte, und ihn die Wut übermannte.

»Sir«, beschwichtigte ihn Atlan zy Gonozal, der Oberbefehlshaber über die Solaren Streitmächte, der zu seiner Linken am Kristalltisch saß. »Ich habe Sie vor Curu zy Shamedy gewarnt.«

Perry zy Rhodan beruhigte sich wieder. Ruhig sagte er: »Er steckt nicht hinter dem Komplott.«

Ein Raunen ging durch die sechzig Männer, die alle um den ovalen Konferenztisch saßen. Es handelte sich durchwegs um Perry zy Rhodans engste Mitarbeiter, denen er bisher sein blindes Vertrauen geschenkt hatte – mit ihrer Hilfe beherrschte er das gewaltige Sternenreich, das Solare Imperium, das sich über 50.000 Galaxien erstreckte. Sie waren schockiert, dass er sie mit einem Komplott in Zusammenhang brachte.

In das Gemurmel hinein sagte Mory zy Rhodan, die rechts von ihrem Gemahl saß: »Du lässt dich gehen. Wie kannst du dich nur dazu hinreißen lassen, das gesamte Solare Gremium des Verrats zu beschuldigen. Hat dich das Versagen Curu zy Shamedys in Rage gebracht? Wenn ja, möchte ich dich bitten, nur ihn zur Verantwortung zu ziehen.«

Perry zy Rhodan lächelte plötzlich. Er ergriff die Hand seiner Frau und drückte sie dankbar. »Wo käme ich ohne dich hin, Mory? Du bist der ruhige Pol, besonnen und klug, der mir letzten Endes die Kraft zum Herrschen gibt.«

Er wandte sich an das Solare Gremium. »Meine Herren, ich muss natürlich zugeben, dass meine Beschuldigung insofern unbedacht war, indem ich Sie alle eines Komplottes beschuldigte.

Das war falsch, denn ich weiß, dass ich Ihrer Treue als Gesamtheit gewiss bin. Ich muss präzisieren: Einer aus diesem Gremium intrigiert gegen mich. Und da es nicht in meiner Absicht liegt, dass Misstrauen unter Ihnen zu schüren, möchte ich klarstellen, dass mir der Name des Verräters bekannt ist.«

Diesmal folgte ein unbehagliches Schweigen.

Reginald zy Bull bereitete ihm ein Ende: »Sir, wenn Sie tatsächlich vermeiden wollen, dass Misstrauen in unseren Reihen herrscht, dann geben Sie bitte den Namen des Verräters bekannt.«

Der Großadministrator schüttelte den Kopf. »Das werde ich unterlassen, denn ich hoffe, der Beschuldigte wird sich in Bälde selbst entblößen.«

Atlan zy Gonozal, der schärfste Kritiker des Großadministrators, aber zugleich sein treuester Diener in seiner Gefolgschaft, hob die Hand mit einer leichten Bewegung. Seine spitze Zunge war im Gremium bekannt und gefürchtet; wie immer, wenn er sich zu Wort meldete, schwiegen die anderen gespannt.

»Ich muss Sie nochmals darauf hinweisen, dass es dringend ist, ja, mir persönlich sogar unerlässlich erscheint, dass Sie uns den Namen des Verräters nennen. Und zwar jetzt. Unterlassen Sie das, müssen wir annehmen, dass Sie uns gewisse Dinge verschweigen. Ich hoffe, Sie wissen, dass ich bisher jede Potenz meiner Fähigkeiten für Sie eingesetzt habe. Deshalb würde es mich in meinem Stolz treffen, wenn ich erkenne, dass Sie mich in Ihren Plänen übergangen haben.«

Die Blicke der beiden mächtigsten Männer des Solaren Imperiums trafen sich. Schließlich kapitulierte der Großadministrator, einige Männer des Gremiums sahen darin ein Zeichen, dass Perry zy Rhodan schwächer als Atlan zy Gonozal sei.

Der Großadministrator schloss die Augen und seufzte.

»Mein Stolz ist selbst angeschlagen«, gestand er. Nach einer Pause fuhr er fort: »Ich habe diesen Augenblick gefürchtet, ich habe gehofft, dass er lange hinausgeschoben würde – und natürlich wäre es mir lieber gewesen, wenn er in anderer Form eingetreten wäre. Aber die Krise hat ihre Schatten schon lange vorausgeworfen. Ich gestehe, dass ich versucht habe, das Hauptaugenmerk meiner Gefolgsleute auf den Verräter zu lenken, der sich unzweifelhaft in diesem Gremium befindet. Doch er ist nur von sekundärer Bedeutung – er kann seiner Bestrafung nicht entgehen. Ich wollte von einer Eigenmächtigkeit ablenken, von einer Eigenmächtigkeit, die das Schicksal des gesamten Solaren Imperiums beeinflussen wird. Sie alle wissen seit der Entstehung des Planes vor vierhundert Jahren, dass ich versuchen wollte, meine Lebensmatrize von Curu zy Shamedy zu mir holen zu lassen. Aber niemand von Ihnen wurde in den ganzen Plan eingeweiht.«

Atlan zy Gonozal sprang auf. »Dieses Verhalten kann ich nur mit meinem sofortigen Rücktritt quittieren«, rief er aus.

»Ich bitte Sie, sich zu setzen«, verlangte der Großadministrator mit ungewohnter Schärfe in der Stimme. Eine Weile zögerte Atlan zy Gonozal, dann leistete er der Aufforderung Folge.

»Diese Krise muss überstanden werden«, sagte Perry zy Rhodan fest. »Und zumindest werden Sie mir nach den Ereignissen auf Dornister eingestehen müssen, dass meine Geheimhaltung begründet war. Nur jemand aus diesem Gremium kann den Plan an den Freifahrerkönig weitergegeben haben, denn nur meine engsten Vertrauten sind eingeweiht.«

Atlan zy Gonozal sprach wieder ganz ruhig, man merkte ihm nicht mehr an, dass er noch vor wenigen Minuten seinen Rücktritt verkündet hatte.

»Wir müssen es trotzdem alle bedauern«, meinte er sarkastisch, »dass Sie Curu zy Shamedy mehr vertrauen als uns.«

»Ich will offen sprechen«, erwiderte der Großadministrator. »In meiner Position kann ich unbedingt nur mir selbst trauen. Oder jemandem, gegen den ich ein Druckmittel in der Hand habe. Curu zy Shamedy gehört in diese Kategorie. Sie, Atlan, wissen selbst, dass ich die Bewohner der Unterwelt von Malaguna mit einem einzigen Gedanken auslöschen kann. Ich brauche nur ein einziges Symbol zu denken, und eine Bombe zündet, die ganz Malaguna vernichtet. Curu zy Shamedy möchte sein Volk nicht verlieren, deshalb wird er alles tun, was ich von ihm verlange.«

»Sie haben jetzt offen gestanden, dass Sie Curu zy Shamedy eher trauen als mir«, stellte Atlan zy Gonozal kühl fest.

Der Großadministrator fixierte ihn scharf. Er sagte: »Auf Ihre Art sind auch Sie ein Verräter, Atlan!« Gleich darauf lächelte Perry zy Rhodan versöhnlich und fuhr fort: »Sie haben sich schon unzählige Male gegen meine Ideen ausgesprochen, und ich muss gestehen, dass das Ergebnis oft recht fruchtbar war, wenn unsere Meinungen hart aufeinanderprallten. Aber man könnte Ihre ewigen Widersprüche auch anders auslegen! Ich will damit sagen, dass der äußere Anschein nicht immer mit den Tatsachen übereinstimmt. Und ganz sicher traue ich Curu zy Shamedy nicht mehr als Ihnen, das steht außer Zweifel. Wir wollen doch die Krise nicht verschärfen. Es hat nichts zu sagen, dass Curu zy Shamedy über Dinge informiert ist, von denen Sie nichts ahnen. Schließlich hat er den Plan entworfen, meine Lebensmatrize von der anderen Seite des Möbiusstreifens in unser Universum zu bringen. Er hat den Teleportersprung ohne irgendwelche Zeitverzerrungen geschafft, und wir sollten uns klar darüber sein, welche Möglichkeiten das für uns Zy ergibt.«

Atlan zy Gonozal kämpfte sichtlich mit sich selbst, bevor er sich beim Großadministrator für sein Verhalten entschuldigte. Er konnte es sich aber nicht verkneifen hinzuzufügen: »Sie hätten dennoch gut getan, nicht zu sehr auf Curu zy Shamedy zu bauen, Sir. Ihre persönliche Sicherheit ist jetzt mehr gefährdet, als wenn Sie Ihre Lebensmatrize auf der anderen Seite des Möbiusstreifens gelassen hätten. Jetzt ist sie in den Händen dieses Freifahrerkönigs, und es ist klar, wozu er sie missbraucht. Er wird Sie erpressen wollen.«

Perry zy Rhodan lächelte. »Er wird sie sogar töten wollen, um mein Leben auszulöschen. Aber diese Möglichkeit wurde natürlich in dem Plan bedacht, den Curu zy Shamedy mit mir ausgearbeitet hat, und den ich Ihnen verschwiegen habe.«

Reginald zy Bull meldete sich zu Wort. »Sie können doch nicht beabsichtigt haben, Ihre Lebensmatrize in die Hände des Freifahrerkönigs zu spielen.«

»Und doch ist es so!«, bestätigte der Großadministrator. »Meine Strategie war, die unausbleibliche Attacke der Freifahrer zu unterstützen und sie so kontrollieren zu können. Auf diese Art weiß ich nun, wohin sie die beiden Lebensmatrizen bringen und kann sie mir zur gegebenen Zeit aneignen.«

»Sie wissen, wohin Sie von den Freifahrern gebracht werden?«, erkundigte sich Atlan zy Gonozal.

»Aber natürlich«, entgegnete Perry zy Rhodan. »Warum glauben Sie wohl, habe ich Sie ersucht, eine schlagkräftige Flotte in einem metaphysischen Universum in der Nähe des Planeten Waggasch zu stationieren?«

»Sie sagten, dass es günstig wäre, wenn man in der Galaxis 84 eine Flotte für einen Überraschungsangriff stationierte. Aber das geschah bereits vor einem Jahr«, sinnierte Atlan.

»Ja, das geschah vor einem Jahr, weil ich damals schon wusste, dass die Freifahrer die beiden Matrizen nach Waggasch bringen würden.« Der Großadministrator blickte sich triumphierend um. »Dies wurde mir aber nur durch die Zusammenarbeit mit Curu zy Shamedy möglich. Der weitere Ablauf wird sich so abspielen: Auf Waggasch werden Millionen von Mobbies darauf warten, dass der Freifahrerkönig die beiden Matrizen tötet. Das ist das Zeichen für die Flotte, Waggasch zu umzingeln und ein Ultimatum zu stellen. Entweder die beiden Matrizen werden freigegeben, oder alles Leben auf dem Planeten wird ausgelöscht.«

Perry zy Rhodan blickte Atlan zy Gonozal erwartungsvoll an.

Letzterer meinte anerkennend: »Ihr Schachzug muss gelingen.«

Der Großadministrator schüttelte den Kopf: »Sie sind ein guter Stratege, Atlan, aber ich glaube, Sie haben sich die Situation nicht klar genug vor Augen geführt, sonst wären Sie dahintergekommen, dass die Sache nicht so einfach ist.«

»Natürlich!«, rief Atlan zy Gonozal in plötzlicher Erkenntnis. »Ich habe nicht bedacht, dass Robe zy Spierre genügend qualifizierte Psynetiker in seinem Gefolge hat, mit deren Hilfe er versuchen wird, Sie zu überlisten. Er wird die Lebensmatrizen nur zum Schein freigeben ... Wissen Sie vielleicht bereits, was er vorhat?«

Der Großadministrator lächelte. »Ich weiß es aus dem einfachen Grund, weil mir die Situation auf Waggasch schon vor langer Zeit bekannt war. Ich konnte dem Freifahrerkönig durch Mittelsmänner den Vorschlag übermitteln lassen, was er in diesem Falle mit den beiden Matrizen zu tun hätte. Natürlich wurde ihm das einsuggeriert, aber er ist nun davon überzeugt, dass dies seine Idee war.«

»Bald bezweifle ich, dass ich der achtzehnten Fakultät angehöre«, warf Reginald zy Bull ein, »denn ich kann Ihren Ausführungen nicht mehr folgen. Wollen Sie behaupten, dass Sie zu Robe zy Spierre Kontakt haben?«

»Darauf habe ich beinahe gewartet«, sagte der Großadministrator. »Ich habe Ihnen schon vorhin gesagt, dass sich in diesem Gremium ein Verräter befindet. Nun – dieser Verräter könnte gleichzeitig der König der sogenannten Freifahrer sein.«

Die Männer sahen einander betroffen an. Schließlich meinte Allan zy Mercant: »Ich sehe, dass unser Gremium vollzählig ist. Wie kann da einer von uns Robe zy Spierre sein, wenn sich der Freifahrerkönig in diesem Augenblick auf Waggasch befindet?«

»Darüber möchte ich noch nicht sprechen«, wich der Großadministrator aus. »Nur soviel: Der Verräter und der Freifahrerkönig sind nicht *eine* Person – sie stehen nur in engem Kontakt miteinander. Lassen wir nun diese leidige Angelegenheit. Möchten Sie stattdessen nicht erfahren, wohin die beiden Lebensmatrizen von Robe zy Spierre gebracht werden? Er lässt sie nach Malaguna teleportieren!«

»Hat Curu zy Shamedy diesen Vorschlag gemacht?«, fragte Atlan zy Gonozal, und nachdem der Großadministrator bestätigend nickte, fügte er hinzu: »Dann hat er es darum getan, um Sie zu erpressen. Seine Absichten sind doch klar: Er möchte die beiden Lebensmatrizen gegen die Bombe auf Malaguna eintauschen.«

»Sie sind heute zu hitzig, Atlan«, sagte Perry zy Rhodan vorwurfsvoll. »Denn sonst würden Sie in Betracht ziehen, dass ich *zwei* Bomben auf Malaguna gelegt habe. Curu zy Shamedy habe ich das zu verstehen gegeben; wenn er mir also zu schachern versucht, lasse ich die eine Bombe entschärfen, aber die andere zündet sofort, nachdem er mir die Lebensmatrizen übergeben hat. Nein, Curu zy Shamedy kann mich auf so plumpe Art nicht übertölpeln – und er wird es auch gar nicht erst versuchen. Aber hören Sie sich an, was er selbst dazu zu sagen hat.«

Auf dieses Zeichen des Großadministrators hatte Curu zy Shamedy gewartet. In der Mitte des grünen Kristalltisches entstand eine kreisrunde Öffnung, darin materialisierte der Psynetiker von Malaguna. Er konnte von hier aus zu jedem Mitglied des Gremiums sprechen, wandte sich aber sofort an Perry zy Rhodan.

Er machte eine Verbeugung und sagte dann: »Die Aktion auf Waggasch ist so gut wie abgeschlossen, Herr Großadministrator. Soll ich in Einzelheiten berichten?«

»Ich kenne die Einzelheiten – wenn sich alles so abgespielt hat, wie es geplant war«, erwiderte der Großadministrator. »Aber berichten Sie meinen Männern.«

»Gerne«, erwiderte Curu zy Shamedy. Er trug noch immer dasselbe Gewand wie bei seiner Zusammenkunft mit Perry Rhodan und John Marshall auf Dornister. Er schien von der Anwesenheit der höchsten Regierungsmitglieder des Solaren Imperiums überhaupt nicht beeindruckt, und Atlan zy Gonozal glaubte zu erkennen, dass er sich sogar ihnen überlegen wähnte; seine Abneigung gegen den Psynetiker von Malaguna wuchs noch mehr.

»Meine Herren«, sprach Curu zy Shamedy, »ich darf mir lange Erklärungen sparen und dort fortfahren, wo der Großadministrator geendet hat. Sie wissen, dass Robe zy Spierre, der Freifahrerkönig, die beiden Lebensmatrizen nach Malaguna teleportieren lässt. Er ist der Meinung, dass sie während der Menschenjagden in der Unterwelt den Tod finden werden. Damit hätte er sicherlich recht, wenn es ihm gelungen wäre, die beiden Lebensmatrizen alleine nach Malaguna zu teleportieren. Ich habe allerdings dafür gesorgt, dass mit ihnen einige Mitglieder aus der Mannschaft des Freifahrerkönigs in den Teleporterkreis gelangen. Deswegen ist für die Sicherheit von John Marshall und Perry Rhodan ziemlich gut gesorgt.«

Zum ersten Mal meldete sich John zy Marshall zu Wort. »Wir alle wissen doch, dass die Menschenjagden in der Unterwelt von Malaguna mit bestialischer Grausamkeit geführt werden«, sagte er. »Es ist für die Masse der Sterblichen ein Nervenkitzel, auf den Bildschirmen verfolgen zu können, wie sich Psynetiker gegenseitig den Garaus machen. Für das Solare Imperium ist das kein Verlust, denn es handelt sich bei den Psynetikern von Malaguna durchwegs um politische Verbrecher – im Gegenteil: Uns kommt diese Selbstjustiz nur gelegen. Aber es scheint mir unwahrscheinlich, dass die beiden Schablonen dieses mörderische Spiel überleben können.«

»Sie vergessen«, entgegnete Curu zy Shamedy ruhig, »dass ich der Führer dieser ›politischen Verbrecher‹ von Malaguna bin. Ich habe einigen Einfluss auf sie. Zugegeben, meine Männer sind nicht in mein Abkommen mit dem Großadministrator eingeweiht, aber eben deshalb habe ich vorgesorgt. Indem Rhodan und Marshall nicht allein sind, haben sie gute Chancen, der Verfolgung anfangs zu entgehen.«

»Aber haben wir dafür eine Garantie, dass sie überleben?«, erkundigte sich John zy Marshall aufgebracht.

»Sie denken wohl nur an Ihre eigene Lebensmatrize, John«, rügte der Großadministrator. »Dabei ist es noch gar nicht sicher, dass ich sie Ihnen überlassen werde. Hüten Sie also Ihr Temperament und lassen Sie es nicht mehr mit Ihrem Metaorganismus durchgehen.«

John zy Marshall schwieg betroffen.

Atlan zy Gonozal lenkte von dem Zwischenfall ab, als er seine Überlegungen aussprach. »Damit sind wir wieder bei der Frage angelangt, wer von uns der Verräter ist. Diesmal hat sich der Kreis der Verdächtigen allerdings eingeengt. Denn nur vier Personen – außer Curu zy Shamedy – kennen den Schlüssel zu dem metaphysischen Labyrinth, durch das die Gefangenen Malagunas von der Außenwelt abgeschlossen sind. Diese vier Personen sind der Großadministrator, seine Frau Mory, Bull und ich selbst. Einer von uns muss den Kode an den Freifahrerkönig weitergegeben haben, denn sonst könnte er die beiden Lebensmatrizen nicht nach Malaguna teleportieren.«

»Das stimmt«, sagte der Großadministrator frostig und starrte dabei seine Frau an. Mory zy Rhodan war bestürzt.

»Ich ... ich habe keinen Verrat begangen«, flüsterte sie. »Das ist eine haltlose Verleumdung.«

»Hast du niemandem den Kode von Malaguna verraten?«, fragte Perry zy Rhodan barsch.

»Niemandem«, behauptete seine Frau, aber im selben Atemzug fügte sie hinzu: »Zumindest keinem Außenstehenden. Ich habe nur einmal mit unserem Sohn darüber gesprochen. Ja, Michael habe ich den Code von Malaguna anvertraut. Er fragte mich erst vor kurzem danach; ich fand nichts dabei ...«

Ihre Augen weiteten sich in plötzlicher Erkenntnis.

Perry zy Rhodan wandte sich von ihr ab. »Damit, meine Herren, wissen Sie nun alle, wer der Freifahrerkönig ist. Mein eigener Sohn. Wir werden ihm einen gebührenden Empfang bereiten, wenn er nach Terra zurückkommt. Inzwischen kehren wir zum Thema zurück – zu den Lebensmatrizen.«

»Ich schlage vor«, sagte Reginald zy Bull, »dass wir uns den Spekulationen mit der Zukunft widmen. Ich will nun glauben, dass Curu zy Shamedys Plan gelingt – Malaguna scheint kein Problem darzustellen. Sprechen wir es offen aus, was wir uns alle im Gremium denken: Was geschieht, wenn die beiden ersten Lebensmatrizen auf Terra eingetroffen sind?«

Lächelnd entgegnete der Großadministrator: »Da wir nun wissen, dass die Lebensmatrizen hinter dem Möbiusstreifen ein sehr gefährliches Dasein führen, werden wir sie alle nacheinander zu uns in Sicherheit bringen. Zunächst wird Curu zy Shamedy die Matrizen für meine engsten Vertrauten in unser Universum bringen. Und zwar in dieser Reihenfolge: Atlan, Bull, Mory – wenn sich herausstellt, dass ihr Vergehen unbeabsichtigt war –, Mercant, Tifflor ...«

Curu zy Shamedy hörte der Aufzählung der Namen nicht mehr zu. Er hatte die psynetische Verbindung mit seinem Pseudokörper Adert zy Costa hergestellt und erfuhr von ihm, dass die Teleportation nach Malaguna erfolgreich abgeschlossen war. Sechs Personen waren befördert worden; es hatte den Anschein erweckt, dass einige von ihnen zufällig in das Teleportationsfeld geraten waren.

Nur Curu zy Shamedy wusste, dass jede der sechs Personen auf Malaguna ihre Bestimmung hatte. Der Plan des kosmischen Fädenziehers trat in seine Schlussphase.

14.

Als Gleichgültigkeit lässt sich eine Form des Bezuges auf die Gegenstände und Sachverhalte der Welt beschreiben, die zwischen diesen hinsichtlich ihrer Wichtigkeit und Bedeutsamkeit keinerlei Unterschiede macht. Es handelt sich dabei um eine Haltung, die sowohl Tiere als auch höhere Intelligenzen nur in manchen Zuständen der Psychose einnehmen können ... Diese Form der Betonung und der Verarbeitung der Welt zur »Eigenwelt« kann sich allerdings von Moment zu Moment verändern. Nur durch krankhafte Interesselosigkeit kann das Verhalten der eingeschlossenen »Probanden« von Malaguna erklärt werden ...

Finsternis.

Es war nass und kalt.

»John, sind Sie in meiner Nähe?« Das war Lias Stimme.

»Ich komme zu Ihnen«, sagte John Marshall. »Ich kann mich an Ihren Gedanken orientieren.«

»Wir haben sie nicht verloren!«, jubelte jemand aus einiger Entfernung. John Marshall erkannte Perizzas Stimme; der Mischling musste sich in ungefähr fünfzig Meter Entfernung befinden, und Marshall empfing auch Orchizzas Gedanken.

»Ist sonst noch jemand von dem Teleportationsfeld erfasst worden?«, rief Perry Rhodan in die Dunkelheit hinein.

»Ja, ich«, stellte Adert zy Costa lakonisch fest.

Perry Rhodan versuchte, die letzten Geschehnisse zu rekonstruieren. Sie hatten sich auf Waggasch befunden. Sie standen auf der Luftbrücke. Robe zy Spierre verkündete, dass er sie nach Malaguna teleportieren würde – aber er hatte nur von ihm, Rhodan, und Marshall gesprochen. Demnach dürfte nicht alles nach Wunsch für den Freifahrerkönig abgelaufen sein, denn außer ihm waren noch weitere vier Personen hierher teleportiert worden. Zufall oder Absicht?

»Sind wir auf Malaguna?«, erkundigte sich Rhodan.

»Ja«, antwortete Adert zy Costa.

»TEST KANAL 5«, erscholl eine hohle Stimme von irgendwoher.

»TEST DURCHGEFÜHRT«, kam die Antwort von einer Frauenstimme.

»WO BLEIBT DAS BILD?«

»BILD KOMMT.«

Plötzlich durchdrang ein Lichtschein die Finsternis, er breitete sich zu einem flimmernden Quadrat aus.

»FARBENTEST!«, forderte die Männerstimme.

Ein Farbenwirbel geisterte über die quadratische Lichtfläche, gleich darauf wurde er von dem dreidimensionalen Brustbild eines Mannes abgelöst. Der Mann lächelte ins Leere; er trug eine rote Kapuze aus Kunststoff, die ihm bis über die Schultern fiel.

»Haben Sie einen guten Empfang?«, erkundigte er sich freundlich. Als er keine Antwort erhielt, wiederholte er seine Frage, diesmal allerdings drängend und weniger freundlich.

»Wir haben einen guten Empfang«, antwortete Adert zy Costa diesmal.

Der Mann auf dem Fiktivbild wurde wieder freundlich, mit der überschwänglichen Stimme eines Werbeansagers meinte er: »Das freut mich. Mein Empfang auf dem Monitor ist auch ganz ausgezeichnet. Ich hoffe auf eine gute Zusammenarbeit mit Ihnen. Ich sehe, dass Sie insgesamt vier Personen sind ...«

»Wir sind sechs«, meldete sich Perizza und kam mit Orchizza in den Aufnahmewinkel der unsichtbaren Fernsehkamera.

»Ah«, machte der Mann am Bildschirm entzückt, »zwei Chinos sind auch hier. Haben Sie mütterlicher- oder väterlicherseits menschliches Blut, und von welcher Rasse stammt die andere Hälfte?«

»Handelt es sich bereits um das offizielle Interview?«, erkundigte sich Perizza sachlich.

»Nein, nein«, wehrte der Sprecher ab. »Das Interview für unsere Zuschauer folgt noch. Ich frage aus persönlicher Neugier.«

»Unsere Mutter war eine adlige Peparosso«, erklärte Perizza

bereitwillig. »Kennen Sie die Peparossos? Es handelt sich um eine grünhäutige Amphibienrasse aus der Galaxis 896-Mitte.«

»Danke für Ihre Bereitwilligkeit, ich werde mir die Unterlagen darüber noch vor dem offiziellen Interview aus dem Archiv holen ...«

»Was bedeutet das Ganze?«, wollte Rhodan wissen.

»Gibt es das tatsächlich!«, entfuhr es dem Sprecher erstaunt. »Sie wissen nicht, dass Sie sich in der Unterwelt von Malaguna befinden? Sie müssen doch ein politisches Verbrechen begangen haben, sonst wären Sie nicht hier. Sie alle sechs haben das unverhoffte Glück, sofort zur Jagd ausgeschrieben worden zu sein. Das erspart Ihnen langes Leiden, und außerdem stehen Sie im Rampenlicht der halben Supergalaxis. Billionen und aber Billionen Wesen werden Ihr Schicksal auf den Bildschirmen verfolgen, daran teilhaben ...«

»Das ist einfach widerlich«, stellte Rhodan fest. Er konnte sich nun vorstellen, was geschehen sollte. Hier sollte eine tödliche Menschenjagd stattfinden, die vom Fernsehen übertragen und von unzähligen Zuschauern gespannt verfolgt würde.

»Wollen Sie vielleicht Scherereien machen?«, erkundigte sich der Fernsehsprecher argwöhnisch. Dann meinte er ungläubig: »Hat man Sie etwa nicht über die Spielregeln unterrichtet? Gibt es das tatsächlich! Dann muss ich Ihnen wohl die nötigen Instruktionen geben. Das ist sehr zeitraubend. Schade ...«

»Das könnte ich für Sie übernehmen«, bot sich Adert zy Costa an.

»Wunderbar«, rief der Sprecher entzückt, »so kann ich mich inzwischen über die Lebensgeschichte der beiden Mischlinge ins Bild setzen. Dann, Madam, das verspreche ich Ihnen, nehme ich mich Ihrer an ...«, meinte er zu Lia.

Rhodan versuchte, das erregte Geplapper des Sprechers zu überhören. Im Schein des Bildschirmes hatte er inzwischen festgestellt, dass sie sich in einer geräumigen Höhle befanden, die gut ein Dutzend Ausgänge nach allen Seiten hatte.

»Ich hätte nicht gedacht, dass es in einer Zivilisation wie dieser noch so barbarische Vergnügungen wie Menschenjagd geben könnte«, sagte Rhodan.

»Weil Sie sich nicht mit den Hintergründen auseinandergesetzt haben«, erwiderte Adert zy Costa. »Ich bin zwar auch der Ansicht, dass man Kampfspiele in keiner Form gutheißen soll, aber hier haben sie eine besondere Bedeutung. Es ist fast überflüssig zu sagen, dass die Mobbies die um vieles mächtigeren Psynetiker und besonders die Zy hassen. Der Großadministrator hat erkannt, dass die Mobbies für ihren Hass ein Ventil brauchen. Er gab es ihnen mit Malaguna. Die Unterwelt von Malaguna ist ein einziges Gefängnis, gesichert durch metaphysische Irrgärten, aus denen es kein Entrinnen gibt. Perry zy Rhodan kerkert hier alle Gegner seines Regimes ein, vornehmlich sind das Humanoiden und Non-Humanoiden, die durch die Freifahrer eine psynetische Ausbildung genossen und sich danach so stark fühlten, um gegen das Solare Imperium öffentlich aufzutreten. Nun, der Großadministrator entledigt sich ihrer, indem er sie hierher bringt. Dabei nützt er den Hass des Volkes für sich aus. Er kann mit ruhigem Gewissen sagen, dass nicht er das Blut der politischen Häftlinge will, sondern die Mobbies selbst.«

»Und das Volk weiß nicht«, fügte Rhodan sinnend hinzu, »dass es den Tod jener Männer fordert, die für die Freiheit eingetreten sind. Und die Gefangenen fügen sich willenlos in ihr Schicksal? Sie brauchten sich nicht gegenseitig zu bekämpfen.«

»Hier unten hat sich eine eigene Zivilisation gebildet«, erklärte Adert zy Costa. »Es herrschen Gesetze, die in der übrigen Supergalaxis keine Gültigkeit haben. Die Probanden – wie die Gefangenen genannt werden, weil sie die Psynetik zu einem Allgemeingut machen wollten – sehen sich nicht mehr als zu dem großen Universum zugehörig an. Die Unterwelt von Malaguna ist ihr Universum, sie leben ihr eigenes Leben und haben sich an die Menschenjagd gewöhnt – könnte man sagen. Für sie ist die Supergalaxis die Brutstätte der Zy. Sie hassen die Zy.«

»Und warum kämpfen sie dann nicht mehr gegen sie?«

»Weil sie sich hier ihre eigene Welt geschaffen haben. Man könnte ihre Einstellung als Interesselosigkeit an den Geschehnissen außerhalb ihrer ›Scheinwelt‹ nennen. Was auch immer in der Supergalaxis geschieht, die Unterwelt von Malaguna wird davon nicht betroffen.«

»Ich verstehe«, sagte Rhodan erschüttert. Hier gab es eine Macht, die mit der Tyrannei des Großadministrators fertig werden konnte, aber die Probanden, die diesen Machtfaktor bildeten, zogen es vor, die Augen vor den Geschehnissen in der Supergalaxis zu verschließen.

»Werden alle Neuankömmlinge zur Jagd ausgeschrieben?«, fragte er dann.

»In der Regel nicht«, antwortete Adert zy Costa. »Es ist üblich, dass sich Neuankömmlinge erst einleben. Erst wenn sie sich einen Namen gemacht haben – man könnte sagen, erst wenn sie Publikumslieblinge geworden sind –, werden sie zu Jägern oder Gejagten auserwählt. Denn die Zuseher selbst nehmen die Abstimmung vor. In Ihrem und Marshalls Fall allerdings dürfte Robe zy Spierre die Hand im Spiel gehabt haben.«

»Er brauchte nur publik zu machen, dass wir die Schablonen des Großadministrators sind, damit wurden wir automatisch zu Publikumslieblingen«, sprach Rhodan seine Überlegungen aus. »Wann wird die Jagd beginnen?«

»Es kann jeden Augenblick soweit sein«, bekannte Adert zy Costa. »Aber glauben Sie nicht, dass Sie vollkommen chancenlos sind. Ich werde bei Ihnen bleiben.«

Orchizza und Perizza hatten das Interview hinter sich gebracht und kamen nun zu ihnen. Perizza musste die letzten Worte gehört haben, denn er sagte: »Wir weichen ebenfalls nicht von Ihrer Seite – zumindest moralisch.«

»Wie meinen Sie das?«, erkundigte sich Marshall, der Lia dem Fernsehsprecher überlassen hatte und zu ihnen gekommen war.

»Schauen Sie dorthin«, meinte Perizza und deutete zu einer Höhlenwand, die außerhalb des Kamerawinkels lag. »Wir haben unsere Zeitmaschine mit dabei. Das ist eine glückliche Fügung des Schicksals. Leider müssen wir die Feinjustierung noch einmal vornehmen, sie litt unter der Teleportation. Aber in einigen Stunden ist der Schaden behoben. Vom Sprecher erfuhren wir, dass wir außerhalb des Jagdgesetzes stehen, also können wir uns in Ruhe unserer Arbeit widmen. Für die nächsten paar Stunden können wir Ihnen nur viel Glück wünschen.«

Er machte eine Kopfbewegung zu Orchizza, und sie verschwanden beide in Richtung der Zeitmaschine.

Die Stimme des Fernsehsprechers drang wieder in den Vordergrund.

»Das, meine verehrten Zuschauer, ist Lia, die Leidgeprüfte.« Und er begann Lias traurige Geschichte zu erzählen. Sie stand unbeteiligt und mit gesenktem Blick da. Der Sprecher endete mit den Worten: »Sie hat ihren Geliebten auf tragische Weise verloren, ihre Heimat ist seit langem schon ein unbekanntes Land für sie. Jetzt möchte sie sich von der Supergalaxis zurückziehen, möchte allein mit ihren Gedanken sein. Wo würde sie eher Abgeschiedenheit und Gedankenfreiheit finden als in der Welt der Probanden. Sie möchte hierbleiben. Welche Note geben ihr die Zuschauer?« Auf dem Fiktivbild, oberhalb des Fernsehsprechers, erschien ein grünes Licht. »Bravo! Lia hat die Sympathien des Volkes. Wir geben Lia frei, sie steht außerhalb des Jagdgesetzes. Wünschen wir ihr viel Glück auf ihrem weiteren Schicksalsweg in der Welt der Probanden.«

Lia wandte sich an Marshall und Rhodan. »Vielleicht kann ich hier meine Suche beenden«, sagte sie beinahe entschuldigend. »Ich weiß selbst nicht, was ich zu finden hoffe, aber ...«

Sie zuckte die Achseln.

»Ich weiß, was Sie unterbewusst zu finden hoffen«, sagte Rhodan. »Gehen Sie nur und – finden Sie Wasa zy Ashtar.«

Sie betrachtete ihn eine Weile mit großen Augen, dann ging sie wie in Trance zum nächsten Ausgang und entschwand ihren Blicken.

»Nun nähert sich die Dramatik ihrem Höhepunkt!«, verkündete der Fernsehsprecher. »Wir wenden uns den beiden sogenannten Lebensmatrizen zu. Kommen Sie näher, meine Herren, Sie brauchen keine Scheu vor der Kamera zu haben. Stimmt es, dass Sie beide so bekannte Namen tragen? John Marshall und – Perry Rhodan? Ohne das ›zy‹, versteht sich. Stimmt es, dass Sie so heißen?«

»Beantworten Sie uns vielleicht vorher eine Frage«, sagte Rhodan höflich. »Wann beginnt die Jagd?«

Der Sprecher war verblüfft. Sein Gesicht wurde urplötzlich düster, er beugte sich nach vorne, bis es den ganzen Bildschirm ausfüllte.

»Machen Sie keine Faxen, Mann«, zischte er dann. »Das Volk brodelt bereits, es lechzt nach Ihrem Blut. Verscherzen Sie sich nicht auch noch meine Sympathien, sonst sind Sie überhaupt auf verlorenem Posten. Wenn Sie sich gut mit mir stellen, werde ich Ihre guten Seiten herausstreichen und rücke Sie beim Publikum ins rechte Licht. Andernfalls mache ich Sie fertig. Also …!« Er zwinkerte aufmunternd.

»Empfangen Sie Gedankenimpulse, John?«, wandte sich Rhodan an den Telepathen.

Marshall konzentrierte sich. »Ich höre Lias Gedanken – sie sind schon ziemlich weit weg. Jetzt hat sie irgendetwas in Aufruhr versetzt. In ihren Gedanken ist das Bild eines Mobs. Sie verliert das Bewusstsein … Sir! Ich höre die Gedankenimpulse dieser vertierten Meute. Es sind zwei Dutzend, sie versuchen uns einzukreisen.«

»Ruhig Blut, John«, entgegnete Rhodan gefasst. »Handelt es sich um Psynetiker?«

»Nein, bestimmt nicht.«

»Vergessen Sie nicht, dass wir immer noch unsere Lähmstrahler haben.«

Die Stimme des Ansagers überschlug sich, als er verkündete: »Die Ereignisse scheinen sich nun zu überstürzen. Auf dem Monitor sehe ich, dass die Gejagten bereits umzingelt sind. Meine Damen und Herren, Sie wissen, dass wir die Probanden in drei Gruppen einteilen. In die Kannibalen, die Noch-Psy und die Super-Psy. Zu Ihrem besseren Verständnis will ich diese Begriffe vor Beginn der Jagd noch einmal erläutern. Als Kannibalen bezeichnen wir jene degenerierten Probanden, die durch verschiedene Einflüsse der Unterwelt von Malaguna auf die niedrigste bekannte Entwicklungsstufe zurückgeworfen wurden, die intelligente Wesen einnehmen können. Unter Noch-Psy verstehen wir Probanden, die eine psynetische Ausbildung genossen haben, aber ebenfalls durch die Einflüsse der Unterwelt ihre Fähigkeiten nicht voll einsetzen können. Schließlich sind da noch die Super-Psy, die die eigentlichen Herrscher der Unterwelt sind und die die Zivilisation im Reich der Finsternis aufrechterhalten. Sie können sich mit jedem Psynetiker in der Supergalaxis messen. Ja, man erzählt sich Legenden über sie ...

Aber genug mit Spekulationen, schalten wir uns in die Geschehnisse ein. Die erste Angriffswelle rollt auf die beiden Matrizen zu. Sie besteht nur aus Kannibalen. Die Noch-Psys verhalten sich abwartend, denn sie sind an der Jagd nur interessiert, wenn die Opfer sich gegen die Kannibalen behaupten können.

Und da werden Rhodan und Marshall auch schon aktiv. Unsere Ankündigung, dass die Kannibalen heranrücken, hat sie gewarnt. Sie setzen sich in Gang sieben ab. Wir werden ihre weiteren Aktionen verfolgen ... Ja, sie befinden sich bereits auf halbem Wege zum nächsten Quergang. Ihr stiller Helfer Adert zy Costa weicht ihnen nicht von den Fersen.

Die Situation spitzt sich zu. Die ersten Kannibalen ...«

»Die ersten Kannibalen haben die Gejagten erreicht«, ertönte die aufgeregte Stimme des Ansagers aus dem unsichtbaren Lautsprecher.

Rhodan und Marshall hielten ihre Paralysatoren schussbereit in den Händen. In dem fahlen Licht, das aus der Grotte drang, die sie eben verlassen hatten, bemerkte Rhodan einen Schatten vor sich.

»Links von Ihnen, Sir«, warnte Marshall. Er hatte die Gedankenimpulse von drei Individuen empfangen. Im nächsten Augenblick stürzten sie sich auch schon mit lautem Geschrei auf die beiden Terraner. Sie sprangen genau hinein in die paralysierenden Strahlen. Rhodan und Marshall sprangen über die Gelähmten hinweg und bogen in den nächsten Quergang ein. Ein Lichtschimmer fiel heraus. Rhodan entdeckte zu spät, dass er von einem Fiktivbild stammte, von dem aus der Fernsehsprecher die Geschehnisse in der Unterwelt von Malaguna beobachtete.

»Da sind sie wieder!«, schrie er gellend.

Marshall telepathierte Rhodan: *Wir werden uns an ihn gewöhnen müssen, Sir.*

»Das befürchte ich auch«, entgegnete Rhodan.

Adert zy Costa folgte den beiden Terranern schwebend.

»Sie laufen den Quergang 1 entlang, sehen nicht links noch rechts – das kann ihnen zum Verhängnis werden. Denn die Kannibalen lauern in allen möglichen Verstecken. Aber was spreche ich noch, das sehen Sie ja alles selbst, verehrte Zuschauer. Ich werde nur noch einzelne Kommentare zur Lage geben. Es wird sich Gelegenheit genug dafür ergeben, denn es verspricht eine lange und interessante Jagd zu werden. Ich erteile nun Ihnen, verehrte Zuschauer, das Wort. Sie können selbst die Jagd beeinflussen. Sie wissen, was Sie zu tun haben – Ihnen sind praktisch keine Grenzen gesetzt. Ich ziehe mich zurück … Beinahe, beinahe! Das wäre fast schiefgegangen für die Matrizen. Fünf Kannibalen haben ihnen an einer Engstelle aufgelauert. Aber dieses simple Manöver konnte von den Gejagten durchschaut werden – sie schossen die Kannibalen kurzerhand nieder … Aber nun ziehe ich mich zurück. Das Bild übergebe ich Flaga Marium aus der Galaxis 14 – Lokale Gruppe, er – oder sie – meldete sich zuerst an. Viel Vergnügen.«

Rhodan und Marshall kamen in eine große Höhle, aus der wieder viele Felsspalten und Höhlen abzweigten. Aus einer der Öffnungen drang das Geräusch von fallendem Wasser zu ihnen.

Einige Schritte vor ihnen flammte plötzlich ein Fiktivbild auf. Ein humanoides Mädchen von vielleicht zehn Jahren erschien darauf. Sie hatte ein Engelsgesicht.

»Hallo«, sagte sie und winkte ihnen zu. »Ich bin Flaga Marium. Ich bin in derselben Galaxis, in der auch Malaguna liegt. Trotzdem trennen uns siebzigtausend Lichtjahre voneinander. Aber das macht nichts, jetzt bin ich ganz nahe. Ich will euch helfen.«

»Wie willst du uns helfen, Flaga?«, erkundigte sich Marshall höflich, aber ungeduldig, während Rhodan die einzelnen Felsspalten untersuchte, um den günstigsten Weg für sie zu suchen.

»Er soll von dieser Höhle fernbleiben!«, warnte Flaga Marium eindringlich, aber so leise, dass es nur Marshall hören konnte. »Die Kannibalen haben dort eine Falle aufgebaut. Wenn ihr die Höhle betretet, dann stürzt sie ein.«

Marshall wirbelte zu Rhodan herum, der sich vorsichtig einem ungefährlich aussehenden Höhleneingang näherte.

Gehen Sie dort nicht hinein, Sir!, telepathierte Marshall.

Rhodan blieb augenblicklich stehen. Mit dem Rücken zur Felswand, blickte er fragend zu Marshall. Adert zy Costa hielt sich abwartend im Hintergrund.

»Danke schön, Flaga«, sagte Marshall.

»Ich muss mich jetzt verabschieden«, erwiderte das Fiktivbild des Mädchens. Sie senkte die Stimme wieder zu einem vertraulichen Flüstern: »Wenn Sie einen Tipp haben wollen: Benutzen Sie den Felsspalt, der zu dem unterirdischen Fluss führt. Er sieht wie eine gefährliche Schlucht aus, aber an der rechten Seite führt ein schmaler, sicherer Pfad die Wand entlang. Macht schnell, denn eine Horde Kannibalen nähert sich dieser Höhle.«

Rasch näherkommende Gedankenimpulse bestätigten die Angaben des Mädchens. Marshall rannte auf die bezeichnete Felsspalte zu und bedeutete Rhodan, ihm zu folgen. Sie erreichten sie gleichzeitig. Kaum waren sie hindurchgetreten, als der Boden unter ihren Füßen nachgab und sie mit einigen Tonnen Felsmassen in die bodenlose Finsternis stürzten. Ein helles Mädchenlachen begleitete sie ...

Tief unter ihnen rauschte ein Fluss. Rhodan glaubte, aus den Augenwinkeln ein Fiktivbild zu sehen, das sie auf dem Sturz in den Abgrund begleitete. Er hatte den Eindruck, dass ein rotes Schuppengesicht darauf abgebildet war, aber er konnte es nicht mehr klar erkennen – denn im nächsten Augenblick erfolgte der Aufprall.

Instinktiv streckte Rhodan die Arme von sich. Er berührte eine glitschige Felswand. Neben sich spürte er eine Bewegung. Er sagte etwas, konnte seine eigenen Worte aber nicht verstehen, weil das Rauschen des Wassers zu einem ohrenbetäubenden Inferno angeschwollen war. Gischt spritzte ihm ins Gesicht.

Plötzlich wurde es hell. Keine zehn Meter von ihm entfernt schwebte das Fiktivbild mitten in der Luft. Tatsächlich zeigte es ein rotes Schuppengesicht, das hasserfüllt wirkte. Dünne Lippen bewegten sich darin unerhört schnell, aber die Worte gingen in dem Tosen des unterirdischen Stromes unter. Rhodan vermutete, dass ihn der Unbekannte beschimpfte, und deshalb war er froh, dass das Wasser alle anderen Geräusche übertönte.

Jemand tippte Rhodan auf die Schulter. Es war Marshall, der auf einen schmalen Pfad deutete, der die senkrechte Felswand entlangführte. Einige Schritte dahinter stand Adert zy Costa wie ein unbeteiligter Zuschauer. Dabei hatten sie ihm ihr Leben zu verdanken. Denn die einzige vernünftige Erklärung war, dass der Psynetiker ihren Sturz gebremst und ihre Körper sicher auf dem Pfad aufgesetzt hatte.

Rhodan erhob sich und folgte Adert zy Costa und Marshall auf dem schmalen Pfad. Inzwischen erschien das Fiktivbild eines anderen Non-Humanoiden, der ebenfalls wild und drohend gestikulierte. Rhodan achtete bald nicht mehr auf die sich rasch abwechselnden Fiktivbilder. Sie waren für ihn nur eine willkommene Lichtquelle, die ihm den Weg auf dem schmalen Pfad beleuchtete. Nach gut drei Kilometern zweigte von dem Pfad eine niedrige Höhle ab, in die Adert zy Costa einbog. Dabei musste er sich auf allen vieren fortbewegen.

Rhodan und Marshall folgten ihm auf dieselbe Art. Es dauerte eine geraume Weile, bis das Rauschen des Wassers nachließ und sie sich miteinander verständigen konnten.

»Jetzt können Sie wieder aufrecht gehen«, verkündete Adert zy Costa.

Rhodan richtete sich auf. Er bog seinen Rücken durch, der zu schmerzen begonnen hatte, und schloss die Augen. Als er sie öffnete, blickte er in das Gesicht des Fernsehansagers.

»Wir haben die Gejagten wieder im Bild!«, frohlockte er. »Wer hätte das gedacht! Außer einigen Hautabschürfungen haben sie keine Verletzungen abbekommen. Sie sind wohlauf und befinden sich direkt in der Höhle des Löwen. Verehrte Zuschauer, wir werden jetzt öfters zu den Noch-Psys überblenden, denn jetzt sind sie an der Reihe, nachdem die Gejagten den Kannibalen entkommen sind. Und wir sind wieder in der glücklichen Lage, Zuschauerwünsche zu erfüllen. Jetzt können Sie wieder an den Geschehnissen in der Unterwelt von Malaguna teilnehmen ...«

Rhodan sah sich um. Zehn Meter vor ihnen befand sich eine Abzweigung.

»Welche Richtung sollen wir einschlagen?«, fragte er Adert zy Costa. Aber der Psynetiker gab keine Antwort. Ein Zittern durchlief seinen Körper.

»Was ist mit Ihnen?«, rief Marshall. Auch er erhielt keine Antwort. Er versuchte in Adert zy Costas Geist einzudringen, aber es schien, als denke der Psynetiker überhaupt nicht. Marshall stieß auf keinen Widerstand, auf keinen Abwehrblock – es war, als existiere an dem Platz, an dem Adert zy Costa stand, überhaupt keine Gedankenquelle, kein Gehirn, das Gedanken ausstrahlen konnte.

Im nächsten Augenblick bestätigte sich Marshalls Befürchtung durch zwei Ereignisse. Adert zy Costas Körper begann sich aufzulösen, und durch die Felswände, von allen Seiten, drangen die Gedankenimpulse der angreifenden Noch-Psys.

Er war kein Lebewesen. Es war nur ein leicht zerstörbarer Pseudo-Körper. Ein Pseudo-Körper ..., echote es in Marshalls Gehirn. Adert zy Costa würde ihnen nicht mehr beistehen können!

Marshall rief es Rhodan zu, aber er wusste nicht, ob ihn der Großadministrator überhaupt gehört hatte. Denn Perry Rhodan warf sich zu Boden, als müsse er einem unsichtbaren Geschoss ausweichen, in dessen Bahn er gestanden hatte, und das nur er sehen konnte. Im nächsten Augenblick sprang er wieder auf die Beine und versuchte zu laufen. Und er rannte auch – nur kam er nicht vom Fleck.

Marshall konnte sich nicht vorstellen, was mit Rhodan geschah, aber er handelte. Er sprang zu Rhodan und wollte ihn an der Schulter herumdrehen. Doch er griff ins Leere.

Rhodan rannte immer noch am selben Fleck, aber er war kleiner geworden. Staunend sah Marshall, wie Rhodan immer mehr zusammenschrumpfte und schließlich verschwand. Gleichzeitig wurde sich Marshall der Tatsache bewusst, dass auch er von dem Schrumpfungsprozess betroffen wurde. In panischem Entsetzen sah er, wie sich die Höhle mit unglaublicher Schnelligkeit vergrößerte.

Er hörte noch die dröhnende Stimme des Ansagers: »Die Noch-Psys haben die beiden Matrizen in einem metaphysischen Irrgarten gefangen ...«

Dann versank er in der schrecklichen Welt eines künstlichen Mikrokosmos.

15.

Rhodan hörte die Gedankenimpulse der Noch-Psys, als handele es sich um gesprochene Worte. Die Mitteilung besagte, dass Adert zy Costa weder ein Zy, noch ein Mensch aus Fleisch und Blut gewesen war.

Wieso, staunte Rhodan, *sind denn Zy nicht aus Fleisch und Blut? Sind sie denn keine Menschen?*

Adert zy Costa wurde von den psynetischen Kräften der angreifenden Noch-Psys zur Auflösung gebracht. Rhodan war der Meinung, dass etwas nicht stimmen konnte. Denn: Warum hatte nicht schon Robe zy Spierre erkannt, dass Adert zy Costa nur ein Pseudo-Körper war? War Robe zy Spierre mit Adert zy Costa im Bunde? Ließ sich Adert zy Costa absichtlich von den Noch-Psys vernichten?

Die Welt um Rhodan wurde verschwommen, die Konturen verwischten sich. Etwas Undefinierbares, das er nur mit dem Unterbewusstsein erfassen konnte, raste auf ihn zu. Rhodan ging in Deckung. Aber der Schatten blieb ihm auf den Fersen, und er rannte um sein Leben.

John Marshall kam in Rhodans Sensorium – der Telepath war ein Gigant, eine unwirklich flimmernde Silhouette, in dessen Umgebung die Atmosphäre dampfte. Rhodan verlor ihn in der nächsten Sekunde aus den Augen, denn der metaphysische Irrgarten schloss ihn ein.

Vor Rhodan war eine unendlich lange, leicht ansteigende Ebene, die sich an beiden Seiten in die Höhe wölbte und sich im obersten Punkt wieder zusammenschloss.

Er befand sich in einer Röhre. Warum hatte er das nicht augenblicklich erkannt, sondern hatte erst lange darüber grübeln müssen? Hier herrschten andere Gesetze! Seine Sinnesorgane reagierten langsamer, oder sie vermittelten ihm verzerrte Eindrücke.

Rhodan machte einen Schritt – und plötzlich befand er sich

nicht mehr in einer Röhre. Er schwebte über einer Stadt mit würfelförmigen Gebäuden, die aus grob behauenen Steinquadern gebaut waren. Er sah die Stadt aus einem seltsamen Blickwinkel, als befände er sich ganz dicht über dem höchsten Bauwerk und blicke durch ein Weitwinkelobjektiv. Er überblickte die ganze Stadt, aber wieder bog sich das Bild an den Rändern in die Höhe, die Häuser wurden lang und schmal und formten sich über Rhodan zu einem menschlichen Gesicht.

Rhodan schwebte tiefer, durch das Dach eines Gebäudes. Er befand sich in einem Spiegelzimmer. Aus den unzähligen Spiegeln blickte ihm ein fremdes Gesicht entgegen. Nicht sein eigenes Antlitz wurde von den Spiegeln reflektiert, sondern irgendein Unbekannter spiegelte sich darin.

Die Lippen des Mannes bewegten sich, und sie formten folgende lautlose Worte: *Wir holen Sie aus dem Irrgarten heraus. Vorher müssen Sie aber sterben ...*

Rhodan wurde auf die Straße hinausgeschleudert. Es musste sich um eine Geschäftsstraße handeln, denn Lichtreklamen in allen Farben umfluteten ihn, und Passanten hasteten an ihm vorbei. Es handelte sich durchwegs um Menschen, sie gehörten den verschiedensten Völkern an – alle Hautschattierungen waren vertreten. Rhodan erhob sich, niemand nahm von ihm Notiz. Nur eine einzige Frau, die ganz in roten Kunststoff gekleidet war und eine rote Kapuze auf dem Kopf trug, stürzte sich zu ihm. Sie hielt ihm ein Mikrofon unter den Mund.

»Es ist sehr interessant für uns zu erfahren, wie Sie sich die Zivilisation der Probanden vorstellen«, sagte sie aufgeregt. »Woher haben Sie gerade diese Vorstellung? Sie wissen doch, dass die Probanden in unterirdischen Anlagen leben. Warum also haben Sie eine Sonne auf den Himmel gezaubert?«

Rhodan musste sich erst an die Tatsache gewöhnen, dass diese Stadt und die Menschen darin nichts weiter als eine Reflexion seiner Gedanken waren. »Ich glaube«, sagte er, »das kommt daher, weil ich den Probanden die Freiheit wünsche. Sie sollen sich wie alle anderen Lebewesen unter freiem Himmel bewegen können.«

»Aber es handelt sich um politische Verbrecher.«

»Um Gegner des Solaren Imperiums!«

»Aha …«, machte die Reporterin gedehnt. »Dann fordern Sie zugunsten der Probanden den Untergang des Solaren Imperiums.«

»Zugunsten aller freiheitsliebenden Wesen«, berichtigte Rhodan.

»Das wird Ihnen das Genick brechen!«

Die Szene wechselte. Rhodan schwebte im Nichts. Weit vor ihm tauchte eine Gestalt auf. Es war Marshall. Rhodan wusste sofort, dass es sich um Marshall handelte, obwohl sein Körper durchscheinend war. Marshall bewegte sich in Zeitlupe. Eine zweite Gestalt gesellte sich zu ihm. Rhodan erkannte sich selbst. Auch sein Körper wurde transparent, das Knochengerüst und das Nervensystem kamen zum Vorschein.

Aus dem Nichts schoss ein fächerförmiger Strahl und legte sich auf ihn und auf Marshall.

»Was geht da vor sich?«, fragte eine Stimme neben Rhodan. Diese Stimme gehörte Marshall! Marshall fuhr fort: »Ich stehe hier, und ich kann Ihre Gedanken ganz nahe spüren, Sir. Und trotzdem befinden wir uns gleichzeitig da vorne. Der sichtbare Strahl, der sich auf uns legt, ist ein tödlicher psynetischer Impuls … Jetzt empfange ich unsere geistigen Todesschreie!«

»Wir müssen sterben, bevor man uns hilft«, sagte Rhodan in Erinnerung an die lautlosen Worte des Unbekannten. Aber den Sinn verstand er immer noch nicht.

»Wir müssen sterben, bevor man uns hilft?«, wiederholte Marshall verständnislos.

»Jawohl«, sagte jemand hinter ihnen. Sie drehten sich gleichzeitig um. In einem hellen Viereck stand die schattenhafte Gestalt eines Mannes. Er sagte: »Sie befinden sich nicht mehr im psynetischen Labyrinth. Sie können sich nach eigenem Willen fortbewegen und tun und lassen, was Ihnen beliebt. Aber ich würde Sie bitten, zu mir zu kommen.«

Der Fremde trat von der Tür zurück, um ihnen Platz zu machen. Rhodan und Marshall blickten in einen Raum, der ihren Vorstellungen von einem geschmackvoll eingerichteten Wohnzimmer vollkommen entsprach.

Sie betraten es. Rhodan dachte daran, dass die Psynetiker auf der GESPRENGTE KETTEN auch die ihm zugeteilte Kabine nach seinen Wünschen eingerichtet hatten. Warum sollte hier nicht dasselbe geschehen sein?

Die nächsten Worte des Fremden bestätigten seine Vermutung.

Er sagte: »Ich fühle mich hier nicht richtig wohl. Aber wir wollten es Ihnen bis zu Ihrem Transport nach Terra so gemütlich wie möglich machen.«

»Verzeihen Sie, dass ich mich nicht sofort vorgestellt habe«, sagte ihr Gastgeber, nachdem sie ihm gegenüberstanden. »Ich heiße Dejl Ginker. Nehmen Sie doch Platz.«

John Marshall setzte sich auf eine weich gepolsterte Bank am Tisch. Rhodan winkte dankend ab und steuerte auf die Bibliothek zu, die eine ganze Breitwand einnahm. Auch hier, wie in seiner Kabine auf der GESPRENGTE KETTEN, fand er nur Titel, die er selbst, oder auch Marshall, gelesen hatte.

»Haben Sie mitangesehen, wie Sie gestorben sind?«, erkundigte sich Dejl Ginker höflich. Als die beiden Terraner bejahten, fuhr er fort: »Mit diesem Trick mussten wir die Zuschauer hereinlegen. Sie sollen glauben, dass Sie beide getötet wurden.«

»Und warum das? Ich meine, was soll mit uns geschehen?«, erkundigte sich Marshall.

»Sie werden nach Terra gebracht.«

»Einmal wieder die grünen Hügel Terras sehen«, seufzte Marshall. »Das habe ich mir gewünscht.«

»Ich fürchte«, meinte Dejl Ginker bedauernd. »Terra wird nicht ganz Ihrer Vorstellung entsprechen.«

Rhodan, der nicht verstehen konnte, warum Marshall dem Gespräch eine so banale Wendung gab, schaltete sich ein. Er sagte: »Dann liefern Sie uns Perry zy Rhodan aus?«

»Uns bleibt keine andere Wahl«, meinte Dejl Ginker.

»Ich dachte, die Probanden seien das einzig wirklich freie Volk in dieser Supergalaxis«, sagte Rhodan.

»Das stimmt auch«, erklärte Ginker. »Wir haben unsere eigenen Gesetze, unsere eigenen Lebensanschauungen und unsere eigene Auslegung des Begriffes ›Freiheit‹. Aber leider hat der Großadministrator eine Bombe, oder vielleicht auch mehrere auf Malaguna gelegt. Er hat uns in der Hand. Manchmal bleibt uns nichts anderes übrig, als sich seinem Willen zu fügen.«

»Und er befiehlt euch auch, dass ihr euch zum Vergnügen der ganzen Supergalaxis gegenseitig abschlachtet«, warf Rhodan ironisch ein. »Von freiem Willen kann dann wohl nicht mehr die Rede sein.«

»Sie glauben doch nicht, dass wir uns tatsächlich gegenseitig töten?« Dejl Ginker schien verblüfft. »Wir täuschen das Publikum auch bei allen anderen Kämpfen.«

»Das hätte ich mir denken können«, sagte Rhodan. »Aber wie stellt sich der Großadministrator dazu?«

Dejl Ginker lächelte. »Welche Wahl bleibt ihm denn schon? Er kann nicht darauf bestehen, dass wir Kampfspiele mit tödlichem Ausgang veranstalten. Er braucht im Augenblick noch unsere Hilfe. Allerdings weiß ich nicht, was er tun wird, nachdem wir ihm Sie beide ausgehändigt haben. Die diplomatischen Hintergründe gehen über meinen Horizont – ich beschäftige mich mit anderen Dingen. Aber Curu zy Shamedy hat uns prophezeit, dass wir uns in Kürze gänzlich aus den Fesseln des Solaren Imperiums befreien werden.«

»Curu zy Shamedy«, murmelte Marshall. Er und Rhodan blickten einander an. Marshall fragte: »Glauben Sie, dass Curu zy Shamedy der kosmische Fädenzieher ist, Sir?«

»Es weist alles darauf hin«, antwortete Rhodan. »Wenn alle Vorgänge um uns tatsächlich geplant waren, dann muss der Planer jemand mit unvorstellbaren Fähigkeiten sein. Er muss zukünftige Geschehnisse vorausgesehen und in seinen Plan einbezogen haben. Er wusste, dass wir in die Hände der Freifahrer fallen würden, dass wir nach Waggasch gebracht und schließlich in die Unterwelt Malagunas teleportiert würden. Keiner dieser Vorfälle durfte dem Zufall überlassen werden. Nur jemand, der mit der Zeit manipulieren konnte, hatte die Möglichkeit, einen solchen Plan zu verwirklichen. Und Curu zy Shamedy ist ein Extratemporal-Perzeptiver, John«, meinte Rhodan resignierend, »es bestand für uns nie eine Chance, dagegen anzukommen.«

Marshall nickte und sagte dann zu Dejl Ginker: »Es interessiert mich, mehr über das Leben der Probanden zu erfahren.«

Rhodan runzelte die Stirn. Was bezweckte Marshall denn eigentlich damit, wenn er das Gespräch immer wieder in andere Bahnen zu lenken versuchte?

»Es ist nicht leicht für mich«, gestand Dejl Ginker, »unsere Zivilisation mit den richtigen Worten wiederzugeben. Wir leben zurückgezogen. Wir versuchen, durch Meditation unseren Geist zu vervollkommnen. Manchen, wie zum Beispiel Curu zy Shamedy, ist das gelungen. Andere sind gescheitert – Sie kennen diese armen Teufel unter der Bezeichnung ›Kannibalen‹. Aber sie werden zu Unrecht so genannt, sie sind meistens so harmlos wie Kinder, und wir versuchen, ihnen zu helfen, wo es geht ...«

Dejl Ginker ist nur eine Projektion, telepathierte Marshall an Rhodan.

Marshall überzeugte sich, dass Rhodan die Nachricht empfangen hatte. Es war nicht immer einfach, Perry Rhodan telepathische Mitteilungen zukommen zu lassen, denn seine schwache Fähigkeit, mit einem Telepathen in Verbindung zu treten, war sehr schwankend.

Diesmal hatte Rhodan die Nachricht empfangen, aber Marshall erkannte, dass er nicht viel damit anfangen konnte. Deshalb setzte er ihn während des weiteren belanglosen Gespräches mit Dejl Ginker mit kurzen Stichworten ins Bild.

Dejl Ginker war – wie Adert zy Costa – nur eine Pseudo-Gestalt, die keine eigenen Gedankenimpulse besaß, eine Gedankenprojektion ohne übernatürliche Fähigkeiten.

Ginker ist für uns kein Hindernis, telepathierte Marshall.

Denken Sie an Flucht, John?, fragte Rhodan. *Ich kann mir nicht vorstellen, wohin wir flüchten könnten. Wir kommen doch nicht gegen Curu zy Shamedys Plan an.*

Vielleicht doch, telepathierte Marshall. *Ich habe Kontakt zu … Orchizza … Perizza … ganz in der Nähe …*

Die Zeitmaschine! Plötzlich zeigte sich für die beiden Terraner eine Fluchtmöglichkeit aus dem Teufelskreis, in dem sie gefangen waren. Dadurch entstand aber ein Dilemma für Rhodan. Ihn faszinierte der Gedanke, dem Großadministrator der Zukunft gegenüberzutreten und vielleicht das Geheimnis der Zy zu ergründen. Aber andererseits hegte er die Befürchtung, dass es für sie kein Zurück in ihre eigene Zeit mehr geben würde, wenn sie erst einmal auf Terra waren. Entschlossen sie sich jedoch sofort, dann konnte es ihnen gelingen, sich zu Perizza durchzuschlagen und mit dessen Hilfe in ihre eigene Zeit zurückzukehren.

»Worauf warten Sie noch?«, erkundigte sich Rhodan bei Dejl Ginker. »Warum teleportieren Sie uns nicht sofort nach Terra.«

»Ich muss auf Curu zy Shamedys Eintreffen warten«, antwortete Dejl Ginker. »Nur er kennt den Kode für den metaphysischen Irrgarten um Malaguna.«

»Sind Sie nicht selbst ein Teil Curu zy Shamedys?«, erkundigte sich Rhodan. »Sind Sie nicht einer seiner Pseudo-Körper?«

»Ich bin Dejl Ginker«, behauptete die Gedankenprojektion.

»Und sind Sie auch Psynetiker?«

»Ich bin Dejl Ginker«, beharrte die Gedankenprojektion.

»Dann versuchen Sie, uns aufzuhalten!«, rief Rhodan. Fast gleichzeitig mit Marshall sprang er auf die nächste Wand zu. Die beiden Terraner glitten hindurch, als sei sie nicht vorhanden, und tatsächlich hatte es sich auch nur um eine Illusion gehandelt.

Rhodan und Marshall befanden sich in einer Höhle. Rhodan

erkannte es an dem nassen glitschigen Gestein unter seinen Füßen. Absolute Finsternis herrschte.

»Wir sind nur einige hundert Meter von dem Platz entfernt, von dem aus die Jagd begonnen hat«, meinte Marshall. »Ich kann Perizzas Gedanken ganz deutlich spüren. Er drängt uns zur Eile, da er befürchtet, die Probanden könnten uns entdecken und verfolgen. Soll ich vorangehen, Sir?«

»Ja, Sie können sich nach Perizzas Gedanken orientieren, John«, erwiderte Rhodan. »Ich bleibe dicht hinter Ihnen.«

Sie tasteten sich einen Weg durch die Dunkelheit. Diesmal hatten sie keine Unterstützung durch den Lichtschein eines Fiktivbildes.

»Empfangen Sie außer Perizzas Gedanken noch andere Impulse, John?«, fragte Rhodan.

»Nein«, sagte Marshall nach einer Weile. »Es ist, als wäre die Unterwelt Malagunas ausgestorben.«

»Die Probanden haben sich zurückgezogen«, meinte Rhodan. Nachdem sie in eine Seitenhöhle einbogen, die so niedrig war, dass sie die Köpfe einziehen mussten, fügte er hinzu: »Curu zy Shamedy hat nicht einmal seine Artgenossen in seinen Plan eingeweiht, das kommt uns nun zugute.«

»Wie meinen Sie das, Sir?«, fragte Marshall.

»Ist es Ihnen nicht aufgefallen, John, dass uns die Probanden nicht nur zum Schein jagten? Sie müssten das aus den Gedankenimpulsen gespürt haben.«

»Das habe ich«, gab Marshall zu. »Aber woher wissen Sie das, Sir?«

»Ich habe es nur kombiniert«, antwortete Rhodan. Er fuhr fort: »Ich glaube, es steht fest, dass Adert zy Costa Curu zy Shamedy war. Er blieb bei uns, solange Gefahr drohte. Dann baute er einen metaphysischen Irrgarten um uns auf und brachte uns darin vor den Probanden in Sicherheit. Gleichzeitig zog er sich aus Adert zy Costa zurück, der Pseudo-Körper hatte seine Dienste getan. Während wir uns durch das psynetische Labyrinth zu einer anderen Gedankenprojektion Curu zy Shamedys durchkämpften, ließ er zwei weitere Pseudo-Körper töten, von denen die Probanden meinten, wir wären es.«

»Das klingt logisch«, musste Marshall zugeben.

»Aus irgendwelchen Gründen konnte uns Curu zy Shamedy nicht selbst empfangen«, sprach Rhodan weiter. »Deshalb wollte er uns mit einer Gedankenprojektion hinhalten, bis er sich selbst unserer annehmen konnte. Aber durch diese Kleinigkeit können wir seinen gesamten raffinierten Plan zunichte machen. Keiner der Probanden wird uns auf der Flucht aufhalten, weil sie nicht wissen, dass wir noch leben. Wir haben vollkommene Handlungsfreiheit, John.«

»Nichts kann uns mehr aufhalten, Perizzas Zeitmaschine zu benützen«, fügte Marshall erfreut hinzu. »Es wird nicht mehr lange dauern, und wir befinden uns wieder im Jahre 2419. Ich empfange Perizzas Gedanken schon ganz deutlich.«

»Vielleicht kommen wir nicht im Jahre 2419 heraus«, warf Rhodan ein.

»Perizza ist sehr zuversichtlich«, entgegnete Marshall.

Sie tasteten sich schweigend weiter. Als sie um die nächste Biegung kamen, sahen sie einen Lichtschein, der heller wurde, je weiter sie vordrangen. Schließlich erreichten sie die große Höhle, in der die Jagd auf sie begonnen hatte.

Im Licht eines handlichen Scheinwerfers sahen sie Perizza und Orchizza vor dem Käfig mit dem aufmontierten Radioteleskop stehen.

»Die Zeitmaschine sieht jedenfalls nicht sehr vertrauenerweckend aus«, meinte Rhodan.

Perizza empfing sie strahlend. Aber er schien Rhodans Worte gehört zu haben, denn er sagte beleidigt: »Wir haben sie nach jahrzehntelanger Vorarbeit konstruiert. Es gibt keinen Zweifel, dass sie funktioniert. Wir haben Versuche mit toter Materie angestellt. Und natürlich auch mit Versuchstieren. Tiere, die wir zwei Tage in die Zukunft geschickt haben, tauchten auch tatsächlich nach dieser Zeit am gewünschten Ort auf.«

Rhodan kapitulierte, aber trotz der stichhaltigen Argumente konnte er sich eines unguten Gefühls nicht erwehren.

»Ich will an Ihre Zeitmaschine glauben«, sagte er schließlich. »Aber wie wollen Sie wissen, aus welcher Zeit wir stammen? Sie haben selbst zugegeben, dass Sie keine Anhaltspunkte besitzen.«

»Das war«, hielt Perizza dagegen, »bevor wir Ihre Angaben mit den Geschichtsaufzeichnungen über die Dunkle Ära verglichen. Wir haben inzwischen herausgefunden, dass Ihre Zeit knapp vor dem Auftauchen der Zy liegt. Nach meinen Berechnungen liegt Ihre Gegenwart 7423 Jahre in der Vergangenheit. Darauf ist auch die Zeitmaschine eingestellt.«

Rhodan blickte Perizza prüfend in die Augen. Der Mischling hielt dem Blick nicht lange stand. Um von seiner offensichtlichen Unsicherheit abzulenken, begann er zu sprechen. Er ließ sich über die Konstruktion der Zeitmaschine aus, während Orchizza die letzten notwendigen Handgriffe erledigte.

Die beiden Terraner konnten den Erklärungen Perizzas nicht ganz folgen, sie wurden nur einmal verständlich; nämlich als Perizza auf den Möbiusstreifen zu sprechen kam. Rhodan wusste, dass die Naturwissenschaftler seiner Zeit den Möbiusstreifen in vielen ihrer Theorien gebrauchten. Und deshalb fand er es nicht absurd, als Perizza behauptete, wenn man den Raum überwinden wolle, dann müsse man sich über die Ebene des Möbiusstreifens bewegen, wolle man aber die Zeit und den Raum überwinden, dann müsse man durch die Ebene des Möbiusstreifens dringen.

Er endete mit den Worten: »Sie können mir vertrauen, denn ich wiederhole nur das, was mich ein hervorragender Zeitwissenschaftler gelehrt hat.«

Wenn Rhodan nun noch immer Bedenken gehabt hatte, die Zeitmaschine zu benutzen, dann wurden sie jedenfalls durch Marshalls Ausruf zerstreut: »Curu zy Shamedy ist wieder hier!«

Ohne weitere Überlegung wandte sich Rhodan an Perizza: »Sind Sie bereit?«

Orchizza hatte den Käfig bereits geöffnet. Rhodan betrat mit Marshall den Käfig. Er kam sich wie ein gefangenes Tier vor. Aber jetzt gab es kein Zurück mehr.

»Machen Sie schnell, Perizza«, forderte Marshall, dessen Gesichtszüge sich unter der Anspannung verzerrten. Perizza lächelte ihnen aufmunternd zu – dann war er verschwunden. Rhodan versuchte sich das vorzustellen, was nun mit ihnen geschah.

16.

Der MÖBIUSSTREIFEN besitzt, im Gegensatz zu anderen kreisförmigen Streifen, nur eine einzige Fläche ... Wenn man einen Papierstreifen nimmt und ihm vor dem Zusammenkleben eine halbe Drehung gibt, ihn also um 180 Grad wendet, dann erhält man einen Möbiusstreifen, mit nur einer einzigen Oberfläche.

»Das also ist Malaguna vor 7423 Jahren«, sagte Rhodan.

Es war Nacht, eine wolkenlose, sternenklare Nacht. Drei Monde standen am Himmel und spendeten ein fahles, bläuliches Licht. Rhodan und Marshall standen auf einer Wiese, deren saftiges Gras ihnen bis an die Waden reichte.

Nicht weit hinter ihnen zog sich ein Energiezaun in gerader Linie durch das hügelige Land. Vor ihnen erhoben sich auf dem Gipfel eines bewaldeten Hügels einige bunkerartige Gebäude, die in grelles Scheinwerferlicht getaucht waren.

»Da, sehen Sie, Sir!«, rief Marshall und wies mit der Hand zum Himmel, wo in unregelmäßigen Abständen Feuerschweife aufglommen und wieder erloschen. »Entweder handelt es sich um Sternschnuppen oder ...«

»Ich tippe auf die zweite Möglichkeit«, unterbrach ihn Rhodan. »Die Bewohner von Malaguna besitzen sicher schon die Raumfahrt. Wir bekommen Besuch, John.«

»Ich habe die Gedankenimpulse bereits empfangen, Sir«, entgegnete der Telepath. »Es handelt sich um insgesamt sechs Wesen – ich nehme an, es handelt sich um Menschen.«

Von den Bunkern auf dem Hügel näherten sich zwei Helikopter in schnellem Flug.

»Wir dürften uns im militärischen Forschungszentrum von Malaguna befinden«, erklärte Marshall. »Jedenfalls nehmen die Kopterinsassen an, dass wir Spione der Kolonisten sind, mit denen sie sich offensichtlich im Krieg befinden. Wie sollen wir uns verhalten, Sir?«

Rhodan antwortete nicht, stattdessen fragte er: »Haben Sie aus ihren Gedanken irgendwelche Hinweise auf das Solare Imperium gefunden?«

»Nein, Sir«, entgegnete Marshall. »Im Zusammenhang mit den Kolonisten denken sie an die Sternenunion, die aus einigen tausend Sonnensystemen besteht. Und die Kolonialwelten wollen sich von der Sternenunion loslösen.«

»Dann hat Perizza versagt«, meinte Rhodan düster. »Jedenfalls befinden wir uns nicht in unserer Zeit. Haben Sie andere Anhaltspunkte gefunden, die vielleicht auf die Zivilisation der Lemurer oder Arkoniden hinweisen?«

»Nein, Sir«, erwiderte Marshall.

»Dann können wir annehmen, dass wir uns immer noch zu weit in der Zukunft befinden«, stellte Rhodan fest.

Die Helikopter hatten sie erreicht und kreisten über ihnen. Aus einem Lautsprecher ertönte eine barsche Stimme in einer ihnen unbekannten Sprache. Gleich darauf lösten sich vier Gestalten, die auf Antigravplattformen zu ihnen herunterschwebten. Zwei weitere Antigravplattformen befanden sich in ihrem Schlepptau. Als die vier Männer landeten, erkannte Rhodan, dass sie grüne Uniformen trugen. Während zwei Soldaten Rhodan und Marshall mit ihren Waffen in Schach hielten, durchsuchten sie die anderen beiden und nahmen ihnen die Paralysatoren ab. Der eine Soldat hob Rhodans Lähmstrahler in die Höhe, um ihn den anderen zu zeigen, und machte eine Bemerkung dazu. Rhodan nahm an, dass ihn die Bauart der Waffe irritierte.

Marshall bestätigte diese Vermutung mit einer dementsprechenden Bemerkung und fügte hinzu: »Von denen erfahren wir nichts, es sind einfache Soldaten. Aber in den Bunkern warten bestimmt genug Informationen auf uns. Dort befinden sich außer hohen Offizieren auch Wissenschaftler. Unter anderem auch Psynetiker!«

Einer der Soldaten hatte Marshall wiederholt angeschrien –

wahrscheinlich, um ihn zum Schweigen zu bringen. Dann richtete er die Waffe auf den Telepathen. Marshall machte eine Abwehrbewegung, aber es war schon zu spät. Mit einem dumpfen »Plop« löste sich ein Geschoss – eine Kapsel mit Schlafgas – und explodierte vor seinem Gesicht.

Rhodan, der hinzugesprungen war, konnte die Waffe eines zweiten Soldaten noch umklammern. Gleich darauf hüllte aber auch ihn eine Gaswolke ein. Er glaubte zu ersticken, würgte und brach schließlich besinnungslos zusammen.

Die Soldaten luden die beiden Terraner auf die Antigravplattformen und brachten sie zu den Bunkern auf dem Hügel.

Das Verhörzimmer befand sich in fünf Kilometer Tiefe.

Oder-Dachart, Chef der psychologischen Kriegsführung auf Malaguna und Begründer der Psynetik, überflog den Bericht über die Auffindung der beiden vermeintlichen Spione zum dritten Mal. Dann rief er sich das vierstündige Verhör ins Gedächtnis und kam schließlich zu dem Schluss: »Das sind keine Spione der Kolonisten. Es sind tatsächlich Zeitreisende.«

Ebel-Medas, sein Stellvertreter und engster Vertrauter, stand schweigend zwischen den beiden Behandlungscouches, auf denen die beiden Terraner schlafend lagen.

Als hätte man Ebel-Medas aus einem Traum gerissen, zuckte er zusammen und blickte seinen Vorgesetzten entsetzt an.

»Aber das bedeutet …«, stammelte er, dann versagte ihm die Stimme.

»Das bedeutet«, bestätigte Oder-Dachart, »dass die Waffe, mit der wir den Krieg gegen die Kolonisten zu gewinnen hoffen, sich schließlich auch gegen uns wenden wird und die ganze Galaxis unterjocht. Die Waffe wird sich über die dreiundzwanzig Galaxien der Lokalen Gruppe ausbreiten und immer weiter, bis die ganze Supergalaxis verseucht ist.«

»Das ist unvorstellbar«, murmelte Ebel-Medas.

»Ja, unvorstellbar«, murmelte Oder-Dachart gedankenverloren. »Für uns hat die Sternenunion schon eine zu große Ausdehnung, für uns sind schon viertausend Sonnensysteme zuviel, um sie ordentlich verwalten zu können. Es ist schwer, sich vorzustellen, dass es einmal ein Imperium geben soll, das sich über fünfzigtausend Galaxien erstreckt. Und diese gewaltige Expansion soll von diesem Stützpunkt ausgehen.« Er schüttelte diese Gedanken ab. »Es ist eine gewaltige Zukunftsvision – aber wir müssen sie verhindern.«

»Wir sollen die Zukunft ändern?«, fragte Ebel-Medas. »Aber wie können wir das?«

»Indem wir die Waffe Zy nicht zum Einsatz bringen.«

»Ich fürchte«, warf Ebel-Medas ein, »das übersteigt unsere Kräfte.«

»Trotzdem werde ich alles versuchen, um die Katastrophe zu verhindern«, erwiderte Oder-Dachart fest. »Die Aussage der Zeitreisenden sollte Argument genug sein. Wecken Sie die beiden, behalten Sie sie aber unter Hypnose. Ich möchte sie zur Sitzung des Kriegsrates mitnehmen.«

Oder-Dachart wusste, dass ihm eine schwere Zeit bevorstand. Die Entwicklung der Waffe Zy hatte Unsummen verschlungen. Jetzt war die Versuchsreihe abgeschlossen, Zy stand vor dem Einsatz. Die Meinungen waren einhellig, dass es sich um die wirksamste Offensivwaffe im Krieg gegen die Kolonisten handelte – und zu diesem Zeitpunkt kam er, Oder-Dachart, und verlangte, dass man Zy nicht zum Einsatz bringen solle. Es würde nicht leicht sein, die verantwortlichen Militärs zu überzeugen, aber noch schwerer würde es sein, Professor Kair-Sair umzustimmen.

Kair-Sair und sein Team hatten Zy in jahrelanger Forschungsarbeit entwickelt, und es war nur zu verständlich, dass sie um die Früchte ihrer Arbeit nicht betrogen werden wollten.

Es erging ihm selbst nicht viel anders. Er war der Begründer der Psynetik, die inzwischen zu einer anerkannten Geisteswissenschaft geworden war. Bisher war ihm der Beweis seiner Theorie über den Metaorganismus noch nicht gelungen. Aber von den Zeitreisenden hatte er erfahren, dass die Psynetik von den Zy weiterentwickelt und in 7400 Jahren zu der mächtigsten Wissenschaft überhaupt werden würde. Wollte er die Zukunft ändern, würde wahrscheinlich die Psynetik untergehen. Aber er wollte das in Kauf nehmen, das war ihm die Freiheit wert.

Hoffentlich dachte Kair-Sair auch so!

Als Oder-Dachart mit seinem Stellvertreter und den beiden hypnotisierten Terranern in den Konferenzsaal kam, wandten sich sämtliche 83 Mitglieder des Kriegsrates ihm zu. Selbst Professor Kair-Sair, der mit seinen drei Assistenten vor einem mannsgroßen Kristall in der Mitte des kreisförmigen Saales stand, unterbrach sich in seinen Ausführungen und warf den Neuankömmlingen einen finsteren Blick zu. Er konnte Oder-Dachart nicht ausstehen, weil dieser immer für eine gemäßigte Kriegführung eintrat. Kair-Sair ahnte sofort, dass der Chef der psychologischen Kriegsführung auch diesmal auf der Konter-Rednerbank Platz nehmen würde.

Oder-Dachart enttäuschte ihn nicht. Er setzte sich neben den Kolonisationsminister und den Außenminister, die ihn beide von der Konter-Rednerbank begrüßten.

Kair-Sair sagte gerade giftig: »Leider kann ich auf das verspätete Eintreffen verschiedener Herren nicht Rücksicht nehmen. Mit jeder Sekunde, die wir verstreichen lassen, wird die Lage für die Union kritischer. Deshalb müssen wir bald wirksam zuschlagen. Meine Herren, ich habe Ihnen das Prinzip der Waffe Zy erklärt, die nötigen wissenschaftlichen Unterlagen sind vervielfältigt, und meine Assistenten werden sie an Sie verteilen. Lassen Sie mich vorher nur noch kurz zusammenfassen. Damit möchte ich meinem Kollegen« – er verbeugte sich in Oder-Dacharts Richtung – »zu einer Grundlage für seine Gegenargumentation verhelfen.«

Einige Mitglieder des Kriegsrates lachten. Kair-Sair fuhr fort: »Sie sehen hier einen synthetischen Kristall vor sich, der scheinbar nichts weiter als tote Materie ist. Aber der Schein trügt, denn der Kristall trägt alle Eigenschaften eines im höchsten Maße überlebensfähigen Wesens in sich. Dass der Kristall sich zu keinem selbständigen Wesen entwickelt, ist darauf zurückzuführen, dass er nicht jenen zündenden Funken besitzt, ID, Ego oder Seele genannt. Es fehlt ihm der Lebenshauch. Es ist dasselbe wie mit anderen Kristallen oder Steinen oder jeder anderen toten Materie – sie bleibt tote Materie, weil sie den gewissen Funken nicht besitzt.«

Er machte eine Pause. »Mein Kristall aber unterscheidet sich grundlegend von anderer Materie, denn er hat die Eigenschaft, sich die Seele anderer Lebewesen zunutze zu machen. Damit ist es mir gelungen, ein fast vollkommenes Wesen zu schaffen. Mein synthetisches Leben braucht eine Matrize, von der es das Seelenbild kopieren kann. Es ist also nur fast ›vollkommen‹ – deshalb bezeichne ich den Kristall mit dem letzten und vorletzten Buchstaben des Alphabetes. Zy. Die nächste Stufe wäre die Vollkommenheit: Zz.«

Er machte wieder eine Pause. »Für die Verwendung im Kriege ist aber Zy besser als ein vollkommenes synthetisches Leben. Zy hat den Drang, empfangene Seelenbilder nachzuäffen. Was geschieht nun, wenn wir Tausende von Zy-Kristallen über den Kolonistenwelten abwerfen? – Ich meine natürlich Kristalle von der Größe eines ausgewachsenen Menschen. Die Zy-Kristalle werden sich zu Doppelgängern der Kolonisten formen. Sie geben vollwertige Ebenbilder ab. Sie können sich alle vorstellen, welche Verwirrung es bei den Kolonisten gibt, wenn sie nicht mehr wissen, wer die eigenen Leute und was Doppelgänger sind.

Ja?«

Ein Mann aus dem Kriegsrat meldete sich zu Wort. Er fragte: »Nach Ihrer Methode müssten wir den Krieg zwar schnell gewinnen können, aber wie sollen wir die Zy-Kristalle danach wieder unter Kontrolle bringen?«

»Eine berechtigte Frage«, gab Professor Kair-Sair zu. »Um

eine Antwort bin ich nicht verlegen. Ich habe Ihnen gesagt, dass die Zy-Kristalle das Bedürfnis haben, das Seelenbild von Lebewesen nachzuäffen.« Er deutete auf den Kristall neben sich. »Warum tut es dieser Zy nicht? Ganz einfach, wir haben natürlich ein Gegenmittel entwickelt, eine Art Anti-Zy-Kristall, der die Aufnahmefähigkeit des Zy unterbindet. Solange die Zy auf unseren Kriegsschiffen lagern, wird die Hemmung wirksam sein. Aber wir bauen einen Zeitzünder ein, der den Anti-Zy-Kristall nach der Landung auf einer Pionierwelt zerstört. Und es wird gar nicht nötig sein, dass ein Pionier dem Zy besonders nahe kommt, denn die Kristalle haben eine große Reichweite. Eine weitere Besonderheit ist, dass man die Zy auf bestimmte Objekte steuern kann. Hat man es auf einen bestimmten Präsidenten der Kolonisten abgesehen, kann man die Aufnahmefähigkeit des Zy auf ihn lenken. Sie sehen, die Möglichkeiten sind schier unbegrenzt.«

Der Kolonisationsminister sprang von der Konter-Rednerbank auf und rief empört: »Das ist die gemeinste Art der Kriegsführung, die ich kenne!«

»Aber auch die unblutigste«, erwiderte Kair-Sair gelassen. Er blickte kampflustig zu Oder-Dachart. »Hat die Opposition sonst keine Gegenargumente mehr?«

»Doch.« Oder-Dachart erhob sich. »Ich möchte aber nicht selbst sprechen, sondern diesen beiden Männern das Wort erteilen.« Er deutete auf Rhodan und Marshall.

»Was wollen Sie mit der Aussage von Spionen erreichen?«, fragte Kair-Sair spöttisch.

»Ich habe Beweise dafür, dass es sich nicht um Spione handelt, sondern um Zeitreisende«, rief Oder-Dachart. Die Überraschung war ihm gelungen.

Kair-Sair erholte sich als erster. »Was versuchen Sie mit diesem Winkelzug zu erreichen?«

»Hören Sie sich die Geschichte dieser beiden Männer an.« Oder-Dachart gab seinem Assistenten einen Wink, und dieser führte Rhodan und Marshall zum Rednerpult. Oder-Dachart fuhr ergänzend fort: »Ich kann Ihnen jetzt schon sagen, dass unsere Zukunft auf tragische Weise von den Zy beeinflusst wird, wenn wir sie zum Einsatz bringen.«

»Hört, hört«, machte Kair-Sair spöttisch. Aber nur seine drei Assistenten lachten über seinen Zwischenruf. Der Kriegsrat hatte seine Aufmerksamkeit bereits den beiden Terranern geschenkt.

»Sie haben die vorangegangene Debatte mitangehört?«, erkundigte sich Oder-Dacharts Assistent bei Rhodan, der eine Art Translator umgeschnallt hatte; so konnte er sich mit den Malagunesen verständigen.

»Dann sprechen Sie jetzt«, sagte Ebel-Medas. »Sie stehen nicht mehr unter meinem Einfluss.«

Die Hypnose fiel von Rhodan ab.

Während er Marshalls und seine Erlebnisse und die Situation der Supergalaxis im Jahre 7365 Zy schilderte, versuchte er gleichzeitig, die eben gewonnenen Kenntnisse zu verarbeiten. Er wusste nun, wie die Zy entstanden waren: Es waren nichts weiter als synthetische Kristalle, die andere Lebewesen nachäfften. Aber er wusste immer noch nicht, warum die Zy in ferner Zukunft ausgerechnet die Männer des Solaren Imperiums aus dem 25. Jahrhundert imitierten.

Er hatte nun den Schlüssel zum Geheimnis der Zy, aber über die eigenen Probleme wusste er immer noch nicht Bescheid. Eine einzige Vermutung, die er schon lange gehegt hatte und die immer mehr zur feststehenden Tatsache geworden war, wurde nun bestätigt: Nämlich dass sie sich nicht in ihrem Universum befanden; weder diese Galaxis, die vierzehnte der Lokalen Gruppe, noch irgendeine andere in dieser Supergalaxis, war die Milchstraße.

Wo befanden sie sich? Diese Antwort konnte ihm nur Curu zy Shamedy geben, und ausgerechnet vor ihm waren sie geflohen. Jetzt trennten 7423 Jahre sie von ihm!

Rhodan hatte geendet. Nachdenkliches Schweigen folgte seiner Erzählung. Er hatte seine Zuhörer in seinen Bann gezogen, die allgemeine Aufmerksamkeit hatte sich auf ihn konzentriert. Niemand hatte Professor Kair-Sair beachtet, niemand hatte gesehen, wie er den Hemmkristall von dem Zy entfernte.

Jetzt meldete er mit erhobener Stimme: »Meine Herren, ein kleines Experiment soll Ihnen zeigen, wie harmlos die Zy für uns sind. Die unrealistischen Argumente Oder-Dacharts werden uns jedenfalls nicht daran hindern, unsere stärkste Waffe gegen die Kolonisten ins Feld zu führen. Sehen Sie sich an, wie dieser Zy die Gestalt eines Mannes in diesem Raum annimmt. Und wenn diese Metamorphose abgeschlossen ist, will ich Ihnen zeigen, wie leicht es für uns ist – für die Kolonisten natürlich nicht –, den Zy wieder zu vernichten ...«

Der Kolonisationsminister sprang erregt von seinem Platz.

»Kair-Sair«, rief er, »unterbrechen Sie augenblicklich Ihr Experiment.«

»Für Ihre Panik besteht absolut kein Grund«, entgegnete Kair-Sair ruhig.

»Doch«, erwiderte der Kolonisationsminister scharf. »Abgesehen davon, dass der Bericht der Zeitreisenden Grund genug ist, das Problem Zy nochmals genauestens zu untersuchen, wird es ganz bestimmt niemand in diesem Raum zulassen, dass Sie von ihm einen Doppelgänger schaffen.«

»Aber Sie sind ja ohnedies nicht die Matrize«, versuchte ihn Kair-Sair zu beruhigen. Er wollte offensichtlich Zeit gewinnen, damit er sein Experiment vollenden konnte, bevor die Mehrzahl dagegen stimmte.

Plötzlich schrie Oder-Dachart: »Hören Sie sofort damit auf, Kair-Sair. Vernichten Sie den Zy.«

»Ah«, sagte der Professor belustigt, »haben Sie die Ähnlichkeit mit sich selbst schon an dem Zy festgestellt?«

Oder-Dachart verließ die Konter-Rednerbank und versuchte zu dem Kristall durchzukommen, der schon menschliche Gestalt angenommen hatte, aber Kair-Sairs Assistenten hielten ihn auf.

»Wachen!«, schrie Oder-Dachart. »Sperrt diesen Wahnsinnigen ein!«

Kair-Sair wandte sich an den Tobenden, der von seinen Assistenten nur mit größter Mühe gebändigt werden konnte. »Was bringt Sie denn so besonders in Wut, mein Lieber?«

Oder-Dachart gab den Widerstand auf, er hatte erkannt, dass er nicht kräftig genug war, um gegen die jungen Assistenten anzukommen. Er teleportierte aus ihrer Umklammerung und materialisierte neben dem Zy-Kristall, der schon einige seiner persönlichen Merkmale besaß.

»Ich bin Psynetiker«, sagte Oder-Dachart keuchend. »Und Sie haben selbst gesagt, dass der Zy mich bis ins kleinste Detail kopieren wird. Betrifft das auch meine geistigen Fähigkeiten?«

Kair-Sair wurde blass. Stumm nickte er.

»Wo haben Sie Ihren Anti-Kristall, damit wir den Zy vernichten können, bevor es zu spät ist?«

Kair-Sair machte eine fahrige Bewegung. Wie betäubt ging er zu dem Zy, aber bevor er noch den Hemmkristall anschließen konnte, war Oder-Dacharts Doppelgänger vollendet.

Nichts wies darauf hin, dass der Zy noch vor wenigen Minuten ein Kristall gewesen war. Er sah aus wie ein Mensch aus Fleisch und Blut – ein genaues Ebenbild Oder-Dacharts.

Der Zy lächelte und – entmaterialisierte.

17.

Als der Zy-Kristall Oder-Dacharts Seelenbild nachzuäffen begann, übernahm er auch gleichzeitig sein Wissen, seine Fähigkeiten und seinen Charakter. Aber der Zy bekam auch Oder-Dacharts Selbsterhaltungstrieb. Deshalb teleportierte Oder zy Dachart augenblicklich, nachdem er vollendet war. Er wusste, dass man ihn töten würde, wenn er bliebe.

Er verkroch sich in dem weitverzweigten unterirdischen System von Malaguna. Ihm war bewusst, dass er nur so lange am Leben bleiben konnte, bis Oder-Dachart starb. Mit seiner Matrize würde auch er den Tod finden. Aber Oder zy Dachart wollte leben, und es gelang ihm tatsächlich, seine psynetischen Fähigkeiten zur Vollkommenheit zu bringen. Oder-Dachart starb zwanzig Jahre später, Oder zy Dachart wurde unsterblich.

Inzwischen hatte sich der Krieg von den Pionierwelten über die ganze Galaxis 14 der Lokalen Gruppe ausgebreitet. Es war zwar Kair-Sair nicht gelungen, die Zy-Kristalle gegen die Pioniere einzusetzen – die Mehrheit des Kriegsrates stimmte gegen ihn –, aber ihm gelang die Flucht mit all seinen Unterlagen und einer Raumschiffsladung der Zy-Kristalle.

Kair-Sair war noch immer von dem Gedanken besessen, die Zy im Kampf gegen die Pioniere einzusetzen, andererseits wollte er aber nicht gegen die moralischen Grundsätze seiner Rasse verstoßen. Es ließ sich später nie zur Gänze rekonstruieren, warum er die ethischen Bedenken akzeptierte, obwohl er doch ein Ausgestoßener seiner Rasse war. Aber die Vermutungen der späteren Geschichtsforscher gingen dahin, dass er bald nach seiner Flucht den Weg durch die Ebene des Möbiusstreifens zu einer anderen Galaxis fand.

Das war die Milchstraße.

Nach Kair-Sairs Berechnungen lag diese Galaxis der eigenen Galaxis auf dem Möbiusstreifen genau gegenüber. Wollte man allerdings mit konventionellen Mitteln von der einen Galaxis zur anderen, hätte man unermessliche Räume überbrücken müssen. Das war ein sinnloses Unterfangen. Man konnte annehmen, dass Millionen von Supergalaxien dazwischen lagen – Entfernungen also, die in Lichtjahren kaum mehr zu messen waren. Auf diese Weise hätte Kair-Sair nie eine Verbindung zwischen den Menschen der Milchstraße und seinen Zy herstellen können.

Er ging den kürzeren Weg: durch die Zeit, durch die Ebene des Möbiusstreifens. Er fand eine »Lücke« im Möbiusstreifen, durch die die Seelenbilder der Terraner in Kair-Sairs Galaxis durchdrangen. Natürlich empfingen die Zy-Kristalle verzerrte Seelenbilder, das erkannte Kair-Sair bald, und er wusste auch, dass es eklatante zeitliche Verschiebungen gab. Die Zy empfingen oft Impulse von Menschen, die in kosmischen Bahnen dachten, also die Raumfahrt bereits kannten, dann wieder formten sie sich nach Matrizen aus der Steinzeit, dem Mittelalter und der präatomaren Ära.

Kair-Sair fand nie einen Weg, diese Zeitverschiebungen ganz auszumerzen, aber sein Ziel hatte er erreicht – ein Heer von Zy überschwemmte die Galaxis 14. Als Kair-Sair starb, ahnte er jedoch nicht, welches Unglück seine Lebewesen noch über die anderen Rassen bringen würden.

Nun griff wieder Oder zy Dachart in die Geschehnisse ein. Er verließ die unterirdischen Anlagen mit der Absicht, seiner Rasse zu helfen. Er sah verbittert, wie die Zy von den übrigen Wesen gejagt wurden, und er nahm sich vor, seiner Rasse die Kunst der Psynetik zu lehren, damit sie bessere Überlebenschancen haben sollten. Er wollte, dass die Zy durch die Psynetik unabhängig von ihren Matrizen aus der unbekannten Galaxis wären, dass sie ihr eigenes Leben führen konnten. Er erkannte damals noch nicht, dass die verzerrten Seelenbilder aus den Zy Teufel machten. Und er entdeckte erst zu spät, dass die Zy gar nicht die Unabhängigkeit von ihren Matrizen anstrebten. Im Gegenteil, sie banden sich immer fester an sie.

An der Spitze der Zy stand ein Mann namens Perry zy Rhodan, der sich, gleich seinem Vorbild in der fernen Milchstraße, Großadministrator nennen ließ.

Er sagte zu Oder-Dachart: »Was diese Menschen erreicht haben, ist phänomenal.« Er meinte die Terraner. »Wir werden es noch weiter bringen. Meine Matrize ist unsterblich, also brauche ich ebenfalls nicht zu sterben. Ich kann darangehen, ein Solares Imperium zu schaffen. Aber es wird noch größer und noch mächtiger sein, dank der Psynetik, die Sie uns gelehrt haben. Jetzt haben wir die Galaxis 14 erobert, bald beherrschen wir die gesamte Lokale Gruppe – und wir werden uns noch weiter ausbreiten.«

Oder-Dachart hatte damals geantwortet: »Aber bedenken Sie, dass Ihre Matrize eines unnatürlichen Todes sterben kann.«

Darauf antwortete Perry zy Rhodan spontan: »Dann werde ich danach trachten, meine Matrize in dieses Universum zu holen. Ich werde sie von hundert Psynetikern beschützen lassen, damit sie meine absolute Unsterblichkeit garantiert. Für die Überbrückungszeit habe ich eine Zwischenlösung gefunden.«

Perry zy Rhodan hatte die Produktion von Zy-Kristallen vorantreiben lassen, aber das Solare Imperium dehnte sich schneller aus, als die Zy-Kristalle wuchsen. Den Zy war es inzwischen gelungen, die Zeitverschiebungen, die die Seelenimpulse beim Durchdringen des Möbiusstreifens erhielten, auf ein absolutes Minimum herabzusetzen. Das Spektrum reichte vom Jahre 2000 bis ins Jahr 2450.

Im Zentrum der Galaxis 14 – wo die Impulse der Terraner aus der Ebene des Möbiusstreifens austraten – war ein künstlicher Asteroid entstanden, den der Großadministrator Terra nannte. Er bestand zur Gänze aus Zy-Kristallen, dort, auf der Gedankentreppe, wurden die Zy zum Leben erweckt. Viele von ihnen starben wieder, wenn ihre Matrizen den Tod fanden, aber so wie die Terraner vermehrten sich auch die Zy. Es war belanglos, wohin sich die Zy später hinbegaben, wenn sie einmal zum Leben erwachten. Sie konnten sich an jedem Ort der Supergalaxis aufhalten – solange die Gedankentreppe bestand, waren die Zy durch eine Art Symbiose mit ihren Matrizen bis zu deren Tod verbunden.

Sie eroberten eine Galaxis nach der anderen und unterjochten alle anderen Rassen.

Enttäuscht und verbittert zog sich Oder zy Dachart wieder in die unterirdischen Anlagen von Malaguna zurück. Er wusste, dass ihn eigentlich nichts mit den Zy verband, und im Grunde genommen war er überhaupt kein Zy mehr, denn er war an keine Matrize gebunden. Oder zy Dachart verlor in der selbstauferlegten Einsamkeit jegliches Zeitgefühl. Er glaubte, nie mehr wieder mit den Geschehnissen in der Supergalaxis in Berührung zu kommen.

Aber dann trafen die ersten »politischen Verbrecher« in der Unterwelt von Malaguna ein. Von ihnen erfuhr Oder zy Dachart, dass die Psynetik kein Privileg der Zy mehr war, und dass sich alle Rassen gegen das Joch der Zy aufzulehnen versuchten. Er erfuhr von dem Leid, das in den vergangenen 6500 Jahren über die Supergalaxis hereingebrochen war.

Oder zy Dachart beschloss, nicht länger mehr die Augen vor dem verhängnisvollen Ausbreiten der Zy zu verschließen. Er griff mit all seiner psynetischen Macht in die Geschehnisse ein. Es gab nur einen einzigen Ausweg, das Universum vor dem endgültigen Untergang zu bewahren – das Solare Imperium musste zerschlagen werden. Das verlangte auch die Vernichtung der Zy, soweit sie von ihren Matrizen abhängig waren. In weiterer Folge bedeutete es, dass die Gedankentreppe, von der die Zy ihre lebensnotwendigen Impulse erhielten, zerstört wurde. Danach würden die Zy von selbst »verwelken«.

Aber so mächtig zy Dachart war, die Gedankentreppe war für ihn unerreichbar, denn der Großadministrator ließ sie von einem Heer von Psynetikern bewachen. Es gab nur eine Person, der der Großadministrator den Zutritt zur Gedankentreppe gewähren würde, ja, die er sogar mit Gewalt auf die Gedankentreppe bringen und sie dort einkerkern würde.

Das war die Matrize Perry Rhodan.

Oder zy Dachart machte sich daran, seinen Plan zu verwirklichen. Er nahm eine andere Persönlichkeit an. Als Curu zy Shamedy ließ er sich von Perry zy Rhodan dazu zwingen, dessen Matrize aus der Milchstraße hierherzubringen. Dann schuf Curu zy Shamedy zwei Pseudokörper, nämlich Wasa zy Ashtar und Adert zy Costa, die die erste Phase des Planes überwachen sollten. Curu zy Shamedy verhalf Perizza und Orchizza zu den Plänen für die Zeitmaschine und arrangierte es, dass sie Rhodan und Marshall damit in die Vergangenheit beförderten.

Nachdem die beiden Terraner die Geburt der Zy miterlebt hatten, griff Curu zy Shamedy persönlich ein.

Er holte Rhodan und Marshall aus der Vergangenheit zurück in das Jahr 7365 Zy – und brachte sie nach Terra.

18.

Perry Rhodan sah die Szene noch deutlich vor sich, wie Oder-Dacharts Doppelgänger entmaterialisierte. Dieser Moment prägte sich unauslöschlich in sein Gedächtnis ein. Aber was danach geschah, daran konnte er sich nicht erinnern. Es war, als fehlte ein Stück seiner Erinnerung.

Wie war er hierhergekommen?

Er stand mit Marshall in der Mitte eines ovalen, grünen Metalltisches. Rings um sie saßen gut sechzig Männer und sahen sie schweigend an. Sie waren Rhodan alle unbekannt, aber ein unbestimmtes Gefühl sagte ihm, dass er irgendwie mit ihnen verbunden war. Und als sich einer von den Männern der Tafelrunde nach vorne beugte, als wolle er Rhodan noch genauer betrachten, erkannte er die Verbindung zu diesen Männern.

»Das also ist meine Matrize«, sagte Perry zy Rhodan. Er gab sich nicht die Mühe, seine Erregung zu unterdrücken.

Und das ist Perry zy Rhodan, dachte Rhodan, *er hat überhaupt keine Ähnlichkeit mit mir ... Wer von den anderen ist Reginald zy Bull?* Keiner der anwesenden Zy erinnerte auch nur entfernt an seinen rothaarigen Freund. Es waren lauter unbekannte Gesichter.

»Das ist meine große Stunde«, sprach wieder Perry zy Rhodan. Er wandte sich einem schmalgesichtigen Mann mit weißem Haar zu, der einige Stühle weiter saß. »Und auch für Sie, John.«

Der Angesprochene machte eine Verbeugung und sagte demütig: »Ich weiß es Ihnen zu danken, Herr Großadministrator.«

Handelte es sich bei dem mit »John« Angesprochenen um John zy Marshall? Perry Rhodan kam diese Situation plötzlich so unwirklich wie ein Traum vor. Es war ihm, als stehe er vor einer Bühne, auf der drittklassige Schauspieler die Männer des Solaren Imperiums nachzuahmen versuchten. Rhodan konnte nicht verstehen, dass von hier aus die Geschicke der ganzen Supergalaxis gelenkt wurden.

Marshall musste ähnlich gedacht haben, denn er flüsterte:

»Das kann alles nur ein grotesker Albtraum sein, Sir ... Wir werden jeden Augenblick aufwachen. Es kann sich nur um Suggestionen handeln, mit denen uns Curu zy Shamedy einschüchtern will. Wir werden aufwachen und uns auf Dornister wiederfinden.«

Rhodan wollte daran glauben, denn er fühlte so wie Marshall, aber auf der anderen Seite sagte ihm sein Verstand, dass sie sich selbst betrogen. Das hier war schrecklichste Realität.

Wie hypnotisiert verfolgte Rhodan die Geschehnisse an dem grünen Kristalltisch. Er hörte Perry zy Rhodan gerade sagen:

»... ist aber nur der Anfang. Alle meine Treuen werden die absolute Unsterblichkeit erlangen. Mit Curu zy Shamedys Hilfe holen wir die anderen Matrizen aus dem anderen Universum, die wie diese beiden hier einen Zellaktivator tragen. Ich werde sie auf die Gedankentreppe bringen und von tausend Psynetikern beschützen lassen. Wären Sie damit zufrieden, Atlan? Sie, Mercant, Iwan zy Goratschin? ...«

Iwan zy Goratschin ähnelte am wenigsten seiner »Matrize«, stellte Rhodan fest, er hatte überhaupt keine Merkmale des Doppelkopfmutanten.

Der Zy, der Atlans Doppelgänger war, drehte sich halb in seinem Sitz um und blickte hinter sich. Dort stand Curu zy Shamedy abwartend und unbeteiligt wie ein Statist, der auf seinen kurzen Auftritt wartete. Aber Rhodan wusste nun, dass er der kosmische Fädenzieher war, und er musste sich eingestehen, wie unpassend es von ihm war, die Zy in diesem Raum mit Schauspielern zu vergleichen, die ihre vorbestimmte Rolle spielten.

Marshall und er waren die Marionetten in diesem Spiel. Sie hatten nicht die geringste Chance gehabt, gegen ihre vorbestimmten Rollen anzukämpfen. Aber so klar nun vieles für Rhodan geworden war, kam er immer noch nicht dahinter, welchen Sinn die komplizierten Aktionen gehabt hatten.

Atlan zy Gonozal sagte zu Curu zy Shamedy: »Sie wissen doch hoffentlich, was Sie dem Großadministrator noch schulden.«

»Gewiss«, erwiderte Curu zy Shamedy. Rhodan war es, als sehe er einen versteckten Spott in seinen Augen. Atlan zy Gonozal war das auch nicht entgangen, denn in schärferem Ton fuhr er Curu zy Shamedy an:

»Vergessen Sie nicht die Bomben auf Malaguna, die jederzeit zur Explosion gebracht werden können. Ihnen bleibt keine andere Wahl, als die restlichen Matrizen aus dem anderen Universum zu holen.«

»Gewiss«, stimmte Curu zy Shamedy unbeeindruckt zu.

»Oder ist es Ihnen lieber, wenn wir Ihre Probanden mitsamt diesem verwünschten Planeten in die Luft jagen?«

Curu zy Shamedy blieb immer noch ungerührt. »Habe ich nicht meinen Teil unserer Abmachung erfüllt?«, fragte er.

»Schon gut«, beschwichtigte Perry zy Rhodan. Er betrachtete seine »Matrize« wie eine Kostbarkeit.

Ohne seinen Blick von Rhodan abzuwenden, sagte er zu Atlan: »Reizen Sie Shamedy nicht. Er ist im Augenblick nur betroffen, weil wir ihn noch nicht zur Ruhe kommen lassen. Aber er wird sich beruhigen und einsehen, wie sinnlos es ist, sich gegen meinen *Befehl* aufzulehnen. Seien Sie unbesorgt, Atlan, er wird alle seine Kräfte dafür einsetzen, um uns die weiteren Zellaktivatorträger zu bringen. Nicht wahr, Shamedy?«

Curu zy Shamedy sagte nichts, er telepathierte nur ein kurzes *Jawohl*.

»Wir werden uns schon einigen«, versicherte Perry zy Rhodan. »Aber jetzt möchte ich diesen so lange ersehnten Augenblick genießen. Ich möchte den Transport der ersten beiden Matrizen zur Gedankentreppe selbst übernehmen. Meine Herren, halten Sie Ihre Metaorganismen bereit, Sie sind herzlichst eingeladen, sich daran zu beteiligen ...«

Wenn Rhodan diese Szene auf einer Bühne als unbeteiligter Zuschauer beobachtet hätte, wäre sie ihm peinlich gewesen. Wieder konnte er sich des Eindrucks nicht erwehren, dass die Akteure nur Schmierenkomödianten waren, die ihre Rollen überspielten. In den Gesichtern der Zy spiegelten sich die denkbar niedrigsten Emotionen. Rhodan konnte sich vorstellen, wie sie sich begierig auf den vorgesehenen Transport vorbereiteten, wie jede Phase ihrer synthetischen Körper sich anspannte, weil sie ihre gesamte psynetische Potenz auf das bevorstehende Ereignis verwandten. Sie berauschten sich daran, ergaben sich einem abstoßenden Sinnestaumel.

Für diese Wesen gab es außer sich selbst nichts anderes im Universum. Rhodan empfand Ekel, er spürte, wie die Zy seinen Geist abtasteten, wie sie sich an seinen Gefühlen während des Transportes zur Gedankentreppe ergötzten und versuchten, ihre Empfindungen auf ihn zu übertragen. Und sie schienen sogar seinen Ekel vor ihnen auszukosten.

Rhodan nahm nur sehr wenig von seiner Umgebung wahr, er musste zu sehr gegen die psynetischen Einflüsse der Zy ankämpfen.

Verschwommen erkannte er, wie er mit Marshall durch die Kristallwand des Konferenzsaales glitt. Dann schwebten sie durch einige riesige Hallen, in denen Zy verschiedenen Beschäftigungen nachgingen – er bekam den Eindruck, dass in jedem Raum eine andere Stufe der psynetischen Schulung vorgenommen wurde ... Es spielte sich immer die gleiche Szene ab: Die Kristallwände erstrahlten bei ihrem Eintreffen, die Zy hörten in ihrer Tätigkeit auf und blickten zu ihnen empor; Perry zy Rhodan verkündete telepathisch: *Das sind die ersten beiden Lebensmatrizen. Viele werden ihnen noch folgen.*

Gleich nachdem sie die psynetischen Schulungsräume hinter sich gelassen hatten, kamen sie in den metaphysischen Irrgarten, der die Gedankentreppe absicherte. Hier verlor Rhodan Marshall aus den Augen.

Er hatte geglaubt, sich durch sein Erlebnis auf Malaguna genügend auf den Irrgarten vorbereitet zu haben. Aber das war ein Irrtum. Obwohl er von Perry zy Rhodan sicher durch den dickflüssigen, grauen Nebel geführt wurde, bekam er die unzähligen metaphysischen Fallen teilweise zu spüren. Seine Sinnesorgane wurden allen nur möglichen Reizen unterworfen; er spürte Kälte, vermeinte zu verbrennen, empfand Schmerz mit jedem Nerv seines Körpers, schlug um sich, schrie, lachte, weinte; Trauer, Freude, Hass, Zufriedenheit nahmen abwechselnd von ihm Besitz, dann stürmten all diese Empfindungen gleichzeitig auf ihn ein ...

Es war die Hölle. Als Rhodan den metaphysischen Irrgarten hinter sich gelassen hatte, wusste er, dass es ihm nie gelingen würde, den Rückweg aus eigener Kraft zu finden – auch nicht mit Marshalls Hilfe. Sie waren nun für ewig in der Gedankentreppe der Zy eingeschlossen.

Rhodan blickte sich voll ungläubigen Staunens um. Das war also die Gedankentreppe. Er hatte die Hände immer noch zu Fäusten verkrampft. Als er sie jetzt lockerte, spürte er ein Gewicht in der Rechten. Ein handlicher Kristall lag darin.

Er runzelte die Stirn.

Marshalls Stimme riss ihn aus seinen Gedanken.

»Ich empfange seltsame Ausstrahlungen, Sir«, sagte der Telepath verwirrt. »Zumindest seltsam für diese Galaxis. Mir ist, als befände ich mich in Terrania.« Er stieg vier Stufen hinunter. »Und mit jedem Schritt werden die Gedanken stärker, klarer ...«

Die Geburtsstätte der Zy mutete an wie eine endlose Tropfsteinhöhle, durch die eine gewundene, einmal ab- und dann wieder aufwärtsführende Treppe verlief. Die Treppe war nicht von der Hand eines Wesens geformt, sie war gewachsen und sie verformte sich ständig. Der Höhenunterschied von einer Stufe zur anderen wechselte ebenso wie die Breite. Es war ein langsamer aber ständiger Prozess.

Diesem Veränderungsprozess waren auch die Zapfen unterworfen, die von der Decke hingen wie Stalaktiten, und die vom Boden aufragenden Kegel – wo sie mit den Stalaktiten zusammentrafen, verschmolzen sie und bildeten Säulen.

Die Gedankentreppe bestand zur Gänze aus Zy-Kristallen und erstrahlte in deren Licht. Wie damals auf Dornister, als er den kristallenen Garten erblickte, der ständig seine Form verändert hatte, stellte Rhodan auch diesmal den Vergleich mit einer Unterwasserlandschaft an, die sich durch die Wasserströmung in ständiger Bewegung befand. Nur gab es hier zu dem Kristallpark auf Dornister einen besonderen Unterschied: Hier nahmen die Kristalle humanoide Gestalten an, um nach der abgeschlossenen Metamorphose als Menschen aus Fleisch und Blut ihre Plätze zu verlassen und irgendwo auf der Gedankentreppe zu verschwinden. Die Verwandlung eines Zy vom Kristall zum Menschen dauerte nie lange, meistens nur zehn Minuten.

Rhodan wusste nicht mehr, wie lange er am Anfang der Treppe gestanden und dem wechselvollen Spiel der Kristalle zugesehen hatte. Er hatte auch jetzt keine Eile, seine Betrachtung zu beenden und Marshalls Aufforderung, sich ihm anzuschließen, Folge zu leisten. Er würde sein Leben lang hierbleiben, und das würde lange sein, denn er war unsterblich. Ebenso Marshall. Sie versäumten nichts, sie hatten genügend Zeit.

Marshall hatte inzwischen bereits gut fünfzig Meter zurückgelegt und war an dem Punkt der Treppe angelangt, wo sie in weitem Bogen um eine Säulenreihe führte. Der Telepath zuckte zusammen, als neben ihm ein Stalagmit aus der Treppe wuchs. Er starrte den Kristall entgeistert an, der mit unglaublicher Geschwindigkeit menschenähnliche Formen annahm.

»Sir!«, rief Marshall, und das Echo seiner Stimme klang hohl von den Wänden wider.

»Ich komme schon«, erwiderte Rhodan, auf den die Aufregung des Mutanten keinen Eindruck machte. »Was gibt es?«

»Ich stehe hier genau im Mittelpunkt einer starken Gedankenausstrahlung«, fuhr Marshall erregt fort. »Sie kommt von einem Terraner namens Floyd Robertson. Er ist Direktor eines großen Versicherungskonzerns...«

»Und Sie wollen mir mitteilen«, unterbrach Rhodan ruhig, »dass aus den Zy-Kristallen neben Ihnen eben ein Doppelgänger von diesem Floyd Robertson entsteht.«

»Ja«, gab John Marshall zu. »Aber da ist noch etwas anderes, Sir. Ich sagte Ihnen schon, dass die allgemeine Intensität der hier empfangenen Gedanken mit jedem Schritt, den ich mich vom Anfang der Treppe entfernt habe, stärker geworden ist. Die Gedanken des Versicherungsdirektors empfange ich aber so intensiv, als stünde er neben mir.«

»Das ist logisch«, erwiderte Rhodan, »andernfalls könnte sich an dieser Stelle wahrscheinlich kein Zy bilden.«

Bevor Marshall noch etwas entgegnen konnte, war der Zy neben ihm vollendet – ein nackter Mann von mittlerer Größe, mit blassem Teint und an Überfettung leidend.

»Sind Sie Floyd zy Robertson?«, erkundigte sich Marshall bei ihm.

»Ja«, antwortete der Zy so langsam, als müsse er sich seine Worte genau überlegen. »Ich heiße Floyd zy Robertson. Ich bin ...«

Er brach zusammen. Als ihn Marshall auffing, wusste er sofort, dass kein Leben mehr in dem Zy war. Er legte ihn langsam auf die Treppe nieder.

»Vielleicht war das Seelenbild Floyd Robertsons nicht stark genug?«, vermutete Marshall.

»Dafür kann er dem Himmel danken«, sagte Rhodan. Er sagte es, obwohl er wusste, dass der Terraner von diesen Vorgängen nichts bemerkt hatte und dass ihm auch kein Schaden daraus erwachsen wäre. Nur die Zellaktivatorträger waren wirklich gefährdet.

»Gehen wir weiter, John«, forderte Rhodan den Mutanten auf.

»Nanu, Sir«, machte Marshall erstaunt. »Warum haben Sie es plötzlich so eilig?«

Rhodan sprang über eine ein Meter hohe Stufe hinunter. Bevor Marshall sich noch von seiner Überraschung erholt hatte, war der Großadministrator hinter den Kristallsäulen an der Biegung verschwunden.

Marshall zuckte nur die Achseln, dann eilte er Rhodan nach.

»Was haben Sie vor, Sir?«, erkundigte er sich, als er Rhodan eingeholt hatte.

»Was könnte ich vorhaben?«, stellte Rhodan die Gegenfrage.

»Sie haben recht«, meinte Marshall resigniert, »wir können durch nichts unsere Lage verbessern. Selbst wenn wir nichts anderes tun, als nur heranwachsende Zy zu vernichten, würde das ihre Zahl kaum dezimieren. Sie schießen wie die Pilze heraus.«

Die Treppe stieg an. Es kostete sie einige Kraft, diese Steigung, die auf eine Länge von gut fünfhundert Metern anhielt, zu überwinden.

Rhodan keuchte, als er die höchste Stelle der Treppe erreicht hatte. Ungläubig blickte er auf die neue Umgebung, die sich ihren Blicken nun eröffnete. Die Kristallhöhle war hier einen Kilometer breit, die Länge war nicht einzusehen, da mächtige Säulen den Blick versperrten. Hier befanden sich die Zy-Kristalle in Aufruhr. Die Stalagmiten und Stalaktiten veränderten ihre Form nicht mehr langsam und majestätisch, sondern mit einer Geschwindigkeit, dass das menschliche Auge kaum mehr folgen konnte. Innerhalb von drei bis vier Minuten bildete sich aus einem Kristall ein vollkommenes Abbild eines Menschen.

»Sind die Gedankenimpulse noch stärker geworden?«, fragte Rhodan, obwohl er die Antwort bereits zu kennen glaubte.

»Ja, Sir«, antwortete Marshall. »Sie sind jetzt fast so stark wie die von Floyd Robertson. Dort unten dürfte sich das Zentrum der Gedankentreppe befinden, darauf weist schon das rege Wachsen der Zy hin. Und ich vermute sogar, Sir, dass man kein Telepath zu sein braucht, um dort unten die Gedankenimpulse zu spüren.«

»Dann nichts wie hinunter, John«, meinte Rhodan.

Marshall erkundigte sich nicht mehr nach seiner Eile. Er sah, dass Rhodans Hand etwas krampfhaft umschloss. Aber er konnte nicht genau erkennen, was es war. Es glitzerte und warf das Licht der Zy-Kristalle in allen Farben des Spektrums zurück.

»Vorsicht, Sir«, rief Marshall, als genau vor Rhodan ein Kristallkegel aus dem Boden schoss.

Rhodan konnte noch rechtzeitig ausweichen. Aber er ging nicht weiter, sondern blieb stehen.

»Dieser hier ist so gut wie jeder andere«, sagte er.

»Wozu gut?«, erkundigte sich Marshall.

»Sie werden sehen, John«, wich Rhodan der Frage aus. Dann fragte er seinerseits: »Wie sind die Gedankenimpulse?«

»Stark, sehr stark, Sir. Es handelt sich um eine Frau, um ein Mädchen, aber ... Ich kann mir nicht vorstellen, dass sie *so* denkt!«

»Vielleicht handelt es sich um ein leichtfertiges Geschöpf«, vermutete Rhodan.

Marshall schüttelte den Kopf. »So meine ich das nicht, Sir. Ihre Gedanken sind nicht ordinär oder schlüpfrig. Vielmehr sind sie asozial, sie denkt wie ein Krimineller. Dabei hat sie einen Vertrauensposten in einem Büro der Explorerflotte inne. Ich kann das nicht verstehen ...«

»Bedenken Sie, John, dass die Seelenbilder verzerrt werden«, erinnerte Rhodan. »Oder glauben Sie, in Atlan zy Gonozal oder Reginald zy Bull spiegeln sich die Charaktere von Atlan und Bully wider? Nein, denn auch ihre Seelenbilder wurden verzerrt, ebenso wie Ihres und meines.«

»Natürlich, Sir, das hatte ich ganz vergessen.«

Der Zy-Kristall vor Rhodan hatte die Metamorphose beinahe abgeschlossen. Nur noch wenige Sekunden, und ein humanoides Mädchen würde neben ihnen stehen – das Ebenbild einer tatsächlich lebenden Terranerin, nur mit einem vollkommen verzerrten Charakter.

»Passen Sie jetzt auf, John«, verlangte Rhodan.

Er öffnete seine Hand. Der Kristall, über den er sich bis vor kurzem noch nicht klar geworden war, kam darin zum Vorschein. Er hielt ihn dem vollendeten Zy-Mädchen hin.

Mit kokettem Augenaufschlag betrachtete sie die beiden Terraner; sie dachte nicht daran, ihre Blößen zu bedecken. Einen Augenblick lang lächelte sie spöttisch, dann wurde ihr Gesicht ausdruckslos.

»Wie heißen Sie?«, erkundigte sich Rhodan barsch.

»Ich ...« Dem Zy-Mädchen brach die Stimme, mit einem Röcheln brach sie zusammen und schlug hart auf der Gedankentreppe auf. Marshall wollte ihr instinktiv zu Hilfe eilen, aber er hielt dann mitten in der Bewegung inne. In fassungslosem Erstaunen sah er auf das leblose Geschöpf hinunter. Er hörte immer noch die Gedanken des terranischen Mädchens und trotzdem sah er mit eigenen Augen, wie bei dem Zy-Mädchen die Rückverwandlung einsetzte; es dauerte kaum drei Minuten, da war es wieder nur noch ein Kristall, der sich in das Gesamtbild der Gedankentreppe einfügte.

Schwer atmend beobachtete Marshall, wie Rhodan den Kristall in seiner Hand auf die Treppe legte. Sofort erlosch das Leuchten der Zy-Kristalle in einem Umkreis von zehn Zentimetern. Ein hässlicher schwarzer Fleck breitete sich schnell aus, wurde unaufhaltsam immer größer.

Zufrieden starrte Rhodan darauf. »Wissen Sie, was das bedeutet, John?«, fragte er den Mutanten.

Marshall musste sich räuspern, um seine Stimme wiederzufinden. »Es sieht so aus, als hätten Sie einen Hemmkristall Professor Kair-Sairs aus der Vergangenheit mitgenommen«, murmelte er. »Aber ich kann mir nicht vorstellen, wie es Ihnen gelang, diesen Anti-Zy-Kristall auf die Gedankentreppe zu schmuggeln. Die Psynetiker hätten Ihr Vorhaben doch sofort aus Ihren Gedanken erfahren ...«

Rhodan schüttelte verneinend des Kopf, während er die Ausbreitung des schwarzen Fleckes beobachtete, in dessen Mittelpunkt der Hemmkristall pulsierte.

»Ich habe ihn nicht mitgebracht«, erklärte Rhodan. »Aber als ich auf der Gedankentreppe materialisierte, hielt ich ihn in der

Hand. Jemand muss ihn gerade in diesem Augenblick dorthin teleportiert haben.«

»Das klingt unglaublich«, meinte Marshall. »Wer sollte das getan haben?«

»Es gibt nur eine Person, der diese Handlung zuzutrauen wäre«, erwiderte Rhodan. »Nämlich Curu zy Shamedy.«

Marshall wiegte den Kopf, während er murmelte: »Dann hätte uns der Extratemporal-Perzeptive dem Großadministrator der Zy nur deshalb ausgeliefert, weil wir als einzige Außenstehende an die Gedankentreppe herankamen?«

Perry Rhodan nickte bestätigend. Er hob den Hemmkristall auf – der schwarze, verbrannte Fleck blieb.

»Er ist größer geworden«, sagte Rhodan und wog den Hemmkristall in der Hand. »Es scheint, dass er den Zy die Energien entzieht und sich dadurch vermehrt.«

»Ich kann es immer noch nicht fassen«, sagte Marshall überwältigt, »dass wir nun – praktisch in letzter Sekunde – eine so wirkungsvolle Waffe gegen die Zy ... *Ahhh!*«

Marshalls Schmerzensschrei drang Rhodan durch Mark und Bein. Er sah, wie der Telepath die Arme in die Luft warf, um sie gegen seinen Schädel zu pressen. Mit einem Satz war Rhodan bei ihm und stützte ihn. Er konnte sich vorstellen, was vorgefallen war.

Sein Blick glitt suchend durch die Höhle der Gedankentreppe.

Und am Fuße der Treppe sah er die Zy, wie sie drohend näherkamen. Sie ließen den Regungen ihrer Metaorganismen freien Lauf, sie unterdrückten ihren Hass nicht, ihre Gesichter waren zu Teufelsfratzen verzerrt. Es waren mehr als hundert Zy, immer mehr materialisierten, drängten sich auf die Treppe, und allen voran ging Perry zy Rhodan. Hinter ihm Atlan zy Gonozal, dann Reginald zy Bull, John zy Marshall – alle führenden Zy der Supergalaxis waren vertreten. Und sie schleuderten ihre tödlichen Impulse mit der ganzen Kraft ihrer Potenz gegen Rhodan.

Er hielt den Hemmkristall fest an sich gepresst, mit der anderen Hand stützte er John Marshall, der lallend immer die gleiche Zeile eines Kinderreimes aufsagte.

»... sechs, sieben – eine alte Hex' hackt Rüben ...«

Immer wieder.

Sie haben John in den Wahnsinn getrieben, dachte Rhodan erschüttert.

»Ein, zwei, drei, vier, fünf, sechs, sieben ...«, lallte Marshall, »eine Hex' ...« Er unterbrach sich und zog die Stirn kraus. Dann erhellte sich sein Gesicht plötzlich wieder und freudig. Als hätte er die größte Entdeckung seines Lebens gemacht, fuhr er fort: »Eine *alte* Hex' kocht Rüben ...«

Die tödlichen Impulse nahmen zu. Rhodan spürte, wie sie den Schutzwall des Hemmkristalls immer mehr durchbrachen. Er griff Marshall unter die Achsel und zog sich mit ihm zurück.

Blubbernd und stammelnd ließ es der Telepath mit sich geschehen.

Die Zy rückten weiter vor.

Rhodan verlor den Halt und stürzte, aber er ließ den Hemmkristall nicht los. Er wusste, dass man sie beide nicht töten würde, denn das hätte das Ende von Perry zy Rhodan bedeutet. Aber er hatte jetzt die Chance, mehr als nur das nackte Leben zu retten, und die wollte er nicht vergeben.

Die Gedankentreppe drehte sich um ihn, Marshalls Körper kam auf ihn zu liegen, als sie beide über die Stufen hinunterkollerten. Doch er hielt den Hemmkristall fest. Er lag immer noch in seiner Hand, als ihr Fall über die Treppe beendet war.

Neben Rhodan brach ein Zy zusammen, der eben die Metamorphose abgeschlossen hatte. Benommen richtete sich Rhodan auf. Er sah auf Marshall hinunter, der auf dem Rücken lag und mit offenen, blicklosen Augen zur Höhlendecke stierte.

»... sieben – eine alte Hex' ...«

In Rhodan krampfte sich alles zusammen, er wandte sich ab.

Plötzlich fiel ihm der Hemmkristall polternd aus der Hand; er war zur Größe eines Balles angewachsen – er war zu groß und schwer für Rhodans Hand geworden. Sofort breitete sich ein schwarzer Fleck um den Kristall aus und nahm schneller an Größe zu.

Rhodan spürte eine Hand auf seiner Schulter. Als er sich umdrehte, brach ein Zy über ihm zusammen. Erschreckt sah er, wie nun auch von der anderen Seite eine Front von Zy heranrückte.

Und John Marshall lallte.

Über die Treppe schlichen sich die führenden Zy heran, lautlos, tödlich, wie eine Prozession von Teufeln und Gespenstern. Nichts an ihnen erinnerte mehr an Schmierenkomödianten, die ihre Rollen überspielten – sie waren in Inkarnation, die Verkörperung des Bösen.

An zwei Fronten rückten die Zy immer näher.

Die dritte Front waren die Gedankenimpulse der Terraner, die sich in diesem Teil der Gedankentreppe zu einem wahren Emotionssturm verstärkten. Rhodan war kein Telepath, aber hier war auch er nicht von den Impulsen verschont, Schattenbilder und Emotionen stürzten über ihn her und verwischten die Trennlinien zwischen Wirklichkeit und Illusion. Zwischen den schemenhaften Seelenbildern sah er das Heer der Zy.

Und eine zur Unkenntlichkeit verstümmelte, aber doch so vertraute Stimme rezitierte in ewiger Wiederholung die Zeile des Kinderreimes.

»... Hex' hackt Rüben ...«

Ein Chaos. Der Abgrund der Seele tat sich auf. Schwärze. Bilder aus Terrania – mit den Augen von Zollbeamten, Raumschiffkapitänen und Passanten gesehen, mit den Augen von Menschen aller Berufsschichten, Charaktere und aller Intelligenzstufen. Und über allem der dringliche Befehl, sich aus dem Wirkungskreis des Hemmkristalles zu entfernen. Lockende, verführerische Versprechungen ... *Komm, komm* – es zog Rhodan hin. Aber sein Unterbewusstsein rebellierte.

Dann kamen beruhigende Impulse. Der Aufruhr seines Ichs legte sich, die fremden Seelenbilder erloschen, die Verlockung verstummte – die Zy starben.

Der Hemmkristall war zur Größe eines Kürbisses angewachsen, er lag im Mittelpunkt eines ein Meter tiefen, kegelförmigen Trichters, den er in die Zy-Kristalle gebrannt hatte.

Rhodan schüttelte die letzten Einflüsse des fremden Zwanges ab, ergriff mit letzter Kraftanstrengung den Hemmkristall, hob ihn hoch über seinen Kopf und schmetterte ihn zu Boden. Durch die Wucht des Aufpralles zerfiel er in hundert Teile. Rhodan nahm eine Handvoll und verstreute sie in der nächsten Umgebung.

Die Splitter des Hemmkristalles brachten die Zy-Kristalle sofort zur Auflösung, wo sie auf sie trafen, sie wuchsen und breiteten sich aus.

Jetzt erst beruhigte sich Rhodan und sah die Wirkung seiner Attacke gegen die Zy. Sie rannten in panischer Flucht durcheinander, brachen zusammen, wenn sie in den Wirkungsbereich der Hemmkristalle kamen, und kaum hatte die Rückverwandlung eingesetzt, verloren sie ihre Strahlkraft, wurden trübe und schließlich schwarz. Dann lösten sie sich auf.

Rhodan erblickte seinen Doppelgänger nirgends mehr. Er hatte auch kein Verlangen, ihn noch einmal zu sehen. Er sah nach Marshall und entdeckte, dass der Telepath in einen ruhigen Schlaf gefallen war.

»Er ist wieder geheilt«, sagte jemand hinter Rhodan.

Es war Curu zy Shamedy.

»Sie haben den Hemmkristall in meine Hand teleportiert«, sagte Rhodan. Es war keine Frage, sondern eine Feststellung.

»Ich habe mehr getan«, gestand Curu zy Shamedy mit einem leichten Lächeln. »Und ich werde noch mehr tun. Vorerst werde ich Sie beide zu der Welt der Angeassys bringen, die ich Dornister getauft habe. Und danach können Sie in Ihre Galaxis zurückkehren.«

Rhodan nickte. Er erkundigte sich bei Curu zy Shamedy nach dem Sinn des ganzen verwirrenden Spiels. »Warum haben Sie uns in die Irre geführt, wenn Sie doch gegen Perry zy Rhodan vorgingen? Sie hätten uns von Anfang an in Ihren Plan einweihen können.«

Curu zy Shamedy schüttelte den Kopf und erklärte Rhodan die ganzen Zusammenhänge, während sich um sie die Gedankentreppe der totalen Auflösung näherte.

»Es wird Zeit, dass ich Sie hier wegbringe«, meinte Curu zy Shamedy schließlich, »denn bald wird dieser künstliche Planet nicht mehr existieren. Nichts wird mehr vom Stützpunkt der Zy übrigbleiben, und die Hemmkristalle werden sich in den unendlichen Weiten des Weltraumes verlieren. Es ist der Anfang vom Untergang des Solaren Imperiums.«

19.

Jetzt, wo er die Gewissheit hatte, bald wieder in die heimatliche Galaxis und ins 25. Jahrhundert zurückkehren zu können, ließ sich Perry Rhodan Zeit. Er hatte es nicht mehr eilig, denn Curu zy Shamedy würde sie sicher zurückbringen. Ohne Zeitverlust. Der Extratemporal-Perzeptive hatte ihm versichert, dass sie zum selben Zeitpunkt in Dornister City materialisieren würden, zu dem er sie entführt hatte.

»Wenn Sie Ihren Leuten nichts von Ihrem Erlebnis erzählen wollen«, meinte Curu zy Shamedy, »haben Sie die Möglichkeit, zu schweigen.«

»Wir werden sehen«, erwiderte Rhodan unentschlossen.

Curu zy Shamedy war mit ihnen zur Welt der Angeassys teleportiert, denn nur von hier konnte er sie durch den Möbiusstreifen zurück nach Dornister bringen. In kurzen Zügen erklärte Curu zy Shamedy, dass der Zeitsprung von einem ganz bestimmten Punkt vorgenommen werden musste, damit sie wieder in dem gleichen leeren Lagerschuppen in Dornister City herauskämen.

Die Welt der Angeassys war immer noch ein Chaos, aber überall arbeiteten die kleinen emsigen Insektenwesen daran, aus den Trümmern eine neue Welt aufzubauen.

Curu zy Shamedy führte Perry Rhodan bedächtigen Schrittes ihrem Zielpunkt entgegen. John Marshall folgte ihnen schweigend. Seit er vor einigen Stunden aus dem Heilschlaf erwacht war, hatte er kaum mehr als ein Dutzend Worte gesprochen. Der Alpdruck des Wahnsinns, dem er für kurze Zeit verfallen war, lastete immer noch auf ihm.

Aber auch Rhodan stand noch sehr unter dem Eindruck der letzten Ereignisse.

Ihm schien es, als seien Monate oder Jahre seit der Vernichtung der Gedankentreppe vergangen, dabei waren es nur zwei Tage. Und wenn er in die Milchstraße zurückgekehrt war, würde sich herausstellen, dass sie nach ihrer Zeitrechnung nur einige Bruchteile von Sekunden fort gewesen waren. Seine Leute würden das nicht einmal bemerken. Sollte er ihnen die Wahrheit sagen?

Er schob diesen Entschluss auf, es würde sich alles von selbst ergeben.

Im Augenblick war er noch zu sehr mit den Geschehnissen in der Supergalaxis beschäftigt. Er hatte sich lange und eingehend mit Curu zy Shamedy über die Zukunftsaussichten unterhalten. Und er hatte von dem Extratemporal-Perzeptiven genug erfahren, so dass er sicher sein konnte, dass der Untergang der Zy besiegelt war.

Nachdem die Gedankentreppe nun vernichtet war, und die Zy keine Seelenbilder mehr empfingen, würden sie nach und nach »verwelken« – wie es Curu zy Shamedy ausdrückte. Perry zy Rhodan und seine Gefolgsmänner waren in der Gedankentreppe umgekommen. Robe zy Spierre konnte die Führung des Solaren Imperiums vielleicht für einige Zeit übernehmen, aber ohne die Seelenimpulse aus der Gedankentreppe würde bei ihm, wie bei allen anderen Zy, die Rückentwicklung zum leblosen Kristall rasch voranschreiten. Das Solare Imperium musste in seiner alten Form zerbröckeln, und die Rassen der Supergalaxis würden mit Hilfe der Hemmkristalle verhindern, dass die Zy ihr Schmarotzerdasein auf einer ähnlichen Basis weiterführten.

»Freilich wird das nicht von heute auf morgen geschehen«, erklärte Curu zy Shamedy dazu. »Aber die Rassen der Supergalaxis werden ohnedies viel Zeit brauchen, um einen neuen Weg zur friedlichen Koexistenz zu finden.«

»Was werden Sie unternehmen?«, erkundigte sich Rhodan bei dem ETP-Mann. »Sie hätten die Macht und zugleich die moralische Einstellung, ein Reich mit fünfzigtausend Galaxien gut zu regieren.«

Curu zy Shamedy seufzte. »Die Macht dazu habe ich«, sagte er dann, »aber ich weiß nicht, ob ich stark genug bin, sie immer richtig zu gebrauchen.«

»Das haben Sie doch bewiesen«, erklärte Rhodan überzeugt.

»Sie meinen, weil ich die Supergalaxis von den Zy befreit habe?« Curu zy Shamedy seufzte wieder. »Es war ein Einzelfall, und ich habe zufällig die richtige Entscheidung getroffen. Aber es wäre schon falsch, wenn ich mich nun zum Diktator ausrufen würde, und das müsste ich wohl, wollte ich die Geschicke der Supergalaxis lenken. Es wäre vollkommen falsch, das habe ich erkannt, deshalb ziehe ich mich zurück.«

Er erklärte Rhodan seine Zukunftspläne, sie waren klar und einfach. Er würde als Wasa zy Ashtar zu Lia nach Malaguna zurückkehren und sich nie wieder in galaktische Geschehnisse einmischen.

»Das tue ich, weil ich mich manchmal vor meiner eigenen Macht fürchte«, fuhr Curu zy Shamedy fort. »Es ist nie gut, wenn eine fleischliche Kreatur annähernd dieselben Fähigkeiten bekommt wie Gott, der sie erschaffen hat. Es hat schon seine Richtigkeit, wenn ich mich zu den normalen Sterblichen zurückziehe, ihr Leben führe und ihre Leiden und Freuden teile.«

»Wird Ihnen das auch gelingen?«, gab Rhodan zu bedenken. »Vergessen Sie nicht, dass es zumindest ebenso schwierig ist, von der Macht nicht Gebrauch zu machen, wie, sie richtig einzusetzen.«

»Das haben Sie richtig erkannt«, stimmte Curu zy Shamedy zu. »Deshalb wünsche ich mir manchmal als einzigen Ausweg den Tod.«

Diese Bemerkung hätte Rhodan eigentlich zu denken geben sollen. Aber seine Konzentrationsfähigkeit hatte durch die anstrengenden Ereignisse in diesem Universum zu sehr gelitten. Ihm kam überhaupt nicht der Gedanke, dass Curu zy Shamedy die Lösung seines Problems tatsächlich darin sehen könnte, den Freitod zu wählen. Aber selbst wenn er es geahnt hätte, gab es keine Möglichkeit für ihn, den Entschluss des Extratemporal-Perzeptiven zu verhindern.

»Hier sind wir«, sagte Curu zy Shamedy plötzlich.

Rhodan sah sich um. Die zertrümmerten Glasvitrinen lagen noch überall herum und legten ein Zeugnis vom Befreiungskampf der Angeassys ab. Das war also der Ort, an dem er zum ersten Mal seinen Fuß in die fremde Supergalaxis gesetzt hatte. Damals hatten Marshall und er noch geglaubt, dass sie sich immer noch auf Dornister befanden – nur eben in ferner Zukunft. Jetzt wusste er es besser: Curu zy Shamedy hatte die Welt der Angeassys nur »Dornister« getauft, damit sie langsam mit der Wahrheit vertraut wurden, andernfalls wäre der Schock für sie womöglich zu groß gewesen.

Curu zy Shamedy hatte in seinem Plan alles bedacht.

Rhodan begegnete dem Blick des Extratemporal-Perzeptiven und nickte, dann sah er zu Marshall hinüber. Der Telepath kam näher, auch er nickte zustimmend – die beiden Terraner waren bereit, den Rückweg in ihre Heimatgalaxis anzutreten; sie hatten hier Erfahrungen gesammelt, Abenteuer erlebt und wieder einmal die Bestätigung erhalten, dass die guten Elemente am Ende siegen würden. Aber jetzt war es Zeit, heimzukehren.

Lächelnd meinte Curu zy Shamedy: »Schreiten wir zum Vollzug.«

Mausbiber Gucky empfing Perry Rhodans gedanklichen Befehl: »Gucky, springe. *Schnell!*« Gucky erhielt von John Marshall denselben Befehl. Aber der Großadministrator und der Chef des Mutantenkorps schienen bereits verloren, denn als Gucky und Tschubai teleportierten, hatte Curu zy Shamedy ein undurchdringliches Abwehrfeld aufgebaut. Benommen und verwirrt materialisierten sie wieder in der Hauptzentrale der CREST IV.

Reginald Bull erfasste die Lage sofort.

»Zünden Sie den ETP-Mann, Goratschin!«, schrie er.

Die Teleporter brachten den Doppelkopfmutanten zum Einsatzort. Goratschin konzentrierte sich sofort auf das zu zündende Objekt. Er gab den paraphysikalischen Zündimpuls, als er sah, dass Ras Tschubai mit Rhodan und Marshall sprang. Diesmal behinderte kein Abwehrschirm den Teleporter, das Spannungsfeld überdimensionaler Energien existierte nicht mehr.

Niemand auf der CREST IV konnte auch nur ahnen, dass Curu zy Shamedy inzwischen mit Rhodan und Marshall in der Supergalaxis gewesen war. Er hatte den Augenblick ihrer Rückkehr genau abgestimmt. Nichts konnte seinen geplanten Selbstmord mehr aufhalten.

Tschubai materialisierte mit Rhodan und Marshall in der Hauptzentrale der CREST IV. Gucky sprang mit Goratschin, als er spürte, dass die Gedankenströme der beiden Köpfe des Zündermutanten auf ihr Ziel ausgerichtet waren.

Als Perry Rhodan sich in der Hauptzentrale wiederfand, stach ihm sofort der Hauptbildschirm ins Auge. Er zeigte Dornister City. Die Kolonistenstadt wurde von einer gewaltigen Explosion erschüttert; von den umliegenden Bretterbuden wurden die Dächer abgetragen und wirbelten durch die Luft, die Geodynamiker registrierten schwache Bodenschwingungen. Aber wie sich sogleich herausstellte, war von den Kolonisten niemand zu Schaden gekommen, denn sie hatten sich vor dem Samum in ihre Luftschutzkeller in Sicherheit gebracht.

Nachdem die Explosion vorüber war, löste sich die Anspannung von den Männern in der Hauptzentrale der CREST IV. Sie bestürmten Rhodan und Marshall, aber das Lächeln gefror auf ihren Gesichtern, als sie die ausdruckslosen Blicke der beiden Geretteten sahen.

»Das war aber knapp«, stellte Reginald Bull fest. Er war durch Rhodans Verhalten irritiert. Er versuchte ihn zu ermuntern. »Was habt ihr denn? Ihr seid noch einmal mit heiler Haut davongekommen.«

»Nur ein Opfer ist zu beklagen«, sagte Rhodan schwer.

»Trauerst du Curu zy Shamedy nach?«, erkundigte sich Bull verwundert. Er kannte Rhodans Abscheu, zu töten, deshalb fügte er hinzu: »Er wollte euch in eine Falle locken – das muss dir doch klar sein. Außerdem hast du selbst den Befehl zum Handeln gegeben. Goratschin musste ihn töten, es ließ sich nicht verhindern.«

»Stimmt«, meinte nun John Marshall. »Es ließ sich nicht verhindern. Curu zy Shamedy wollte es selbst so.«

Rhodan blickte wieder auf den Panoramabildschirm. Der Samum hatte Dornister City erreicht und schloss die Kolonistenstadt in eine dunkle, wirbelnde Sandwand ein.

Der Vorhang hatte sich über den Schlussakt einer kosmischen Tragödie gesenkt, dachte er.

»Können wir starten?«

»Wir warten nur noch auf den Shift, der euch zur Siedlung gebracht hat«, sagte Bull. »Dann hält uns hier nichts mehr.«

Atlan, der die Szene in der Hauptzentrale der CREST IV über Interkom mitangesehen hatte, schaltete sich von seinem Schlachtschiff aus in die Unterhaltung ein. Seine Bemerkung zeigte Rhodan, dass er den Tatsachen am nächsten kam.

Atlan sagte: »Perry, du und John, ihr macht den Eindruck, als hättet ihr innerhalb der wenigen Sekundenbruchteile eure letzten Kräfte verausgabt. Ich will nicht weiter in dich dringen, aber sage mir eines: War Curu zy Shamedy ein Extratemporal-Perzeptiver?«

Rhodan nickte bestätigend. »Er war mehr«, fügte Marshall hinzu.

»Dann kann ich mir einiges zusammenreimen«, meinte Atlan. »Wirst du mit uns darüber sprechen?«

Wieder nickte Rhodan und fügte hinzu: »Aber erst später. Ich muss mir erst klar darüber werden, ob wir auch tatsächlich alles erlebt haben. Vielleicht war Curu zy Shamedy auch nur ein Hypno, und wir sind seinen Suggestionen zum Opfer gefallen.«

»Rede dir das nur nicht ein«, meinte Atlan abschließend, dann unterbrach er die Verbindung.

Bald darauf startete die CREST IV von Dornister.

Nachwort

Ernst Vlcek, der spätere Exposéautor, gehörte zu den ersten Autoren, die in den Zaubermond-Bänden nachgedruckt wurden. In Band 37/38 befindet sich auch seine Biografie, im Nachwort zu »Albatros«.

Nun beschäftigen wir uns mit zwei seiner Frühwerke, erschienen 1968 und 1970. »Der Untergang des Solaren Imperiums« (seinerzeit Band 52) war nicht sein erster Roman für die Planetenromane. Sein Erstling war die Nummer 46, »Planet unter Quarantäne« von Anfang 1968, ein durchaus interessanter Explorer-Roman, in dem sich schon einige Elemente finden, mit denen sich die beiden Nachworte in diesem Buch beschäftigen – der Ezialismus zum Beispiel. »Untergang« hingegen brennt ein Ideenfeuerwerk ab, das man dem heutigen Leser noch einmal vorstellen und in einigen seiner Einzelteile beleuchten muss.

Mit einer gewissen Verwunderung lässt sich feststellen, dass zwischen Ernst Vlceks erstem PR-Taschenbuch und seinem ersten Roman für die Heftromanserie (509, »Die Banditen von Terrania«, Mai 1971) drei Jahre liegen. Wieso wurde ein so guter Autor nicht schneller in die Erstauflage integriert?

Vlcek, der zum Zeitpunkt des Erscheinens von »Planet unter Quarantäne« gerade einmal 27 Jahre alt war, zählte 1968 nicht zu den Unbekannten der SF-Szene. Nach einigen Veröffentlichungen in TERRA, die er zusammen mit Helmuth W. Mommers verfasst hatte, war neben dem PR-Taschenbuch auch der Roman »Die Wunder der Galaxis« als Auftaktband der neuen Serie TERRA NOVA erschienen.

Bei PERRY RHODAN allerdings sah man sich um diese Zeit (1968 war die Serie mitten im M87-Zyklus, was man den beiden vorliegenden Romanen auch anmerkt) mit dem bestehenden Autorenpotenzial durchaus gut aufgestellt, insbesondere nach der Hinzunahme von Hans Kneifel mit Heft 352 (»Der Planet des tödlichen Schweigens«, Mai 1968). Erst während des Cappin-Zyklus wurde deutlich, dass das Autorenteam unterbesetzt war – zieht man die Bände 400 sowie 450 von K. H. Scheer ab, wurde der gesamte Zyklus von nur vier Autoren verfasst!

In Band 1 von Michael Nagulas »PERRY RHODAN – Die Chronik« schildert Ernst Vlcek, wie er zum PR-Autor wurde (Seite 328):

»Wir haben damals gerade am Mondsee Urlaub gemacht und meine Frau war hochschwanger mit dem zweiten Kind. Ich habe dann, glaube ich, von Walter Ernsting einen Tipp gekriegt; er hat zu mir gesagt, komm doch nach Heidelberg, da ist ein Con, und da findet auch eine PERRY RHODAN-Besprechung statt. Das brauchte man mir natürlich nicht zweimal zu sagen. Ich habe meine hochschwangere Frau am Mondsee zurückgelassen, bin mit dem Auto nach Heidelberg gefahren und habe die Leute getroffen.«

Wen es interessiert: Das sind 512 Kilometer einfache Strecke.

Vlcek weiter (»Chronik 1«, Seite 328f.):

»Ich habe als ersten Roman den Fünfhundertneuner gekriegt und über das Exposé ziemlich gemäkelt. Es war nämlich eine Szene drin, in der die Banditen von Terrania – der Roman hat übrigens auch so geheißen – jemandem ein abgeschnittenes Ohr schicken, als Beweis dafür, dass sie eine Geisel haben. Ich habe damals den Scheer angerufen und zu ihm gesagt: ›Herr Scheer, das kann ich nicht schreiben, muss das wirklich drinstehen?‹ Scheer war entsetzt und antwortete: ›Nein, nein, Herr Vlcek, Sie haben vollkommen recht! Natürlich nicht! Das schreiben Sie nicht!‹ Erst später habe ich dann erfahren, dass der Voltz und der Kneifel gemeinsam die Exposés gemacht haben, weil der Scheer krank war. Und da ist mir heiß und kalt geworden. Ich habe mir gedacht: ›Na, das ist ein guter Einstand. Jetzt machst du die zur Minna, die dich gefördert haben.‹ Es ist aber nichts weiter passiert.«

Im Gegenteil: »Der Vlcek« (um seinen eigenen Sprachduktus zu übernehmen), der bei seinem Einstieg in die Heftromanserie von Vertreter für Büromaschinen und Vervielfältigungsgeräte auf freiberuflicher Autor umsattelte, blieb der Serie bis Band 2000 Ende Dezember 1999 erhalten und bereicherte sie in vielerlei Hinsicht.

Und als neun Bände nach ihm noch H. G. Francis ins Autorenteam aufgenommen wurde, war auch das Personalproblem bei PERRY RHODAN beseitigt.

Aber das ist eine andere Geschichte.

In »Das Ende des Solaren Imperiums« erwähnte Ernst Vlcek immer wieder Perry Rhodans Telepathiegabe, die er im gleichen Roman in unterschiedlicher Stärke schilderte, was in dem wunderschönen Satz kulminiert: »Es war nicht immer einfach, Perry Rhodan telepathische Mitteilungen zukommen zu lassen, denn seine schwache Fähigkeit, mit einem Telepathen in Verbindung zu treten, war sehr schwankend.«

Dies ist ein Insiderscherz bezüglich der Frage, ob Rhodan nun ein Telepath ist oder nicht. In der Frühzeit der Serie war dies durchaus häufig der Fall. Schon früh entschied K. H. Scheer, dass Rhodan neben Genie, Sofortumschalter und Mann mit nahezu hypnotischer Überzeugungskraft (verstärkt durch die arkonidische Hypnoschulung), der schon einmal in einer Stunde die arkonidische Hyperphysik revolutioniert, auch zumindest ein schwacher Telepath sein müsse, damit er auch vom Mutantengeschäft nicht ganz ausgeschlossen sei.

Und so werden in Band 8 (»Die Venusbasis« von Kurt Mahr, Oktober 1961), keineswegs Crest oder Thora als neue Kommandanten der Venusfestung anerkannt, sondern der Terraner, und zwar mit einer verblüffenden Begründung: »Der neue Kommandant unterscheidet sich in seiner mentalen Konstitution nicht von einem Arkoniden, obwohl er ein Erdenmensch ist.«

Das bezieht sich sicherlich auf die Hypnoschulung. Rhodan ist (dadurch?) ein schwacher Telepath, ebenso wie Crest. Das ist man halt so als Arkonide. Und damit, wie jeder Arkonide, auch gegen schwache hypnotische Beeinflussung gefeit. An einen Extrasinn dachte man damals übrigens noch nicht, der kam erst mit Atlan und Band 50.

In Band 40 (»Aktion gegen Unbekannt« von Clark Darlton, Juni 1962) arbeitet Rhodan selbst aktiv an der Entwicklung seiner telepathischen Fähigkeiten, ist aber noch nicht wirklich zufrieden: »Ich bin noch nicht so weit, um einwandfrei senden zu können.«

Band 41 (»Der Partner des Giganten« von Clark Darlton, Juni 1962) zeigt uns Rhodan weiterhin als schwachen Telepathen mit beschränkten Fähigkeiten. Beim Verhör durch die Zaliter ist er immerhin in der Lage, Marshall eine Nachricht »zuzudenken«. Eine nette, noch nie gehörte Formulierung.

Dafür war sich allerdings K. H. Scheer in seinem Roman »Der Mensch und das Monster« (Heft 44, Juli 1962) bezüglich Rhodans telepathischer Fähigkeiten sehr sicher: »Sein Telepathie-Training war weit fortgeschritten.«

Und so ging es noch einige Jahre hin und her, wie man es auch am vorliegenden Roman sieht, der zwischen den Bänden 299 und 300 spielt. Ab Heft 400 (»Menschheit im Zwielicht« von K. H. Scheer, Mai 1969) wurde versucht, das ein wenig einheitlicher zu regeln: Perry Rhodan ist nun offiziell ein schwacher Telepath, der aber durch einen Symbionten namens Whisper seine Fähigkeiten enorm steigern (und im Infrarotbereich sehen und seine Geistesleistung verdreifachen) kann. Whisper ist ein intelligentes Lebewesen vom Planeten Khusal. Als einzig bekannter Khusaler lebt er im 35. Jahrhundert in Symbiose mit Perry Rhodan.

Der Legende nach (hier nach der Perrypedia) wurde Whisper von K. H. Scheer als Anspielung auf William Voltz erfunden, der ihn ständig beriet und mit Informationen versorgte. Der Symbiont war aber wohl kein großer Erfolg: Nach einer fulminanten Einführung in Band 400 spielte er im ganzen Cappin-Zyklus letztlich nur in den Heften 402 und 457 eine Rolle. Schließlich nahm Kurt Mahr in Band 572 (»Die Stunde des Symbionten«, August 1972) Whisper komplett aus der Handlung, indem er den Symbionten unter die Kontrolle des PEW-Metalls der Asporcos geraten und gegen Perry Rhodan rebellieren lässt. Davor (und serienchronologisch ganz am Anfang) gab H. G. Ewers Whisper einen Kurzauftritt in seinem Planetenroman 76, »Konstrukteure der Zukunft« vom Juni 1970 (spielt 3398 n. Chr., also vor der Handlungszeit von Heft 400).

Und irgendwann war Perry Rhodan gar kein erwähnenswerter Telepath mehr. Dabei blieb es bis heute.

Ein weiterer interessanter Punkt des Romans ist die Erwähnung des Möbiusstreifens. Ernst Vlcek implizierte hier, dass bestimmte Regionen des Universums unendlich weit voneinander entfernt sind, aber sehr schnell erreicht werden können, wenn man den »Trick« kennt, direkt auf die andere Seite des Streifens vorzustoßen: »Nach Kair-Sairs Berechnungen lag diese Galaxis der eigenen Galaxis auf dem Möbiusstreifen genau gegenüber. Wollte man allerdings mit konventionellen Mitteln von der einen Galaxis zur anderen, hätte man unermessliche Räume überbrücken müssen. Das war ein sinnloses Unterfangen.« Auf diese Art und Weise halten die Zy, die den »Trick« kennen, den Kontakt zu ihren Matrizen.

Den erfahrenen PR-Leser erinnert diese Idee, so unausgegoren sie auch in »Der Untergang des Solaren Imperiums« herüberkommt (mal geht es um Raum- mal um Zeitreisen, mal auch einfach um eine Endlosschleife wie im Kampf der Psynetiker um das Solare Kurierschiff), an einen deutlich späteren Zyklus der Serie – der unter der Exposé-Ägide von Ernst Vlcek entstanden ist: »Die Ayindi«, Band 1700 bis 1749, März 1994 bis März 1995.

Ausgehend auf dem zu diesem Zeitpunkt schon lange im kosmologischen Konzept der Serie verankerten Modell des Möbiusstreifens als Organisationsform des Multiversums (siehe auch den »Hoschpian-Prolog« zum vorliegenden Roman – die dortige

Sicht der Dinge geht auf Heft 269 zurück, »Jagd auf den Zeitagenten« von Clark Darlton, Oktober 1966), postulierten die Exposéautoren hier, dass die Fläche des Möbiusbandes zwei gleichgroße Raum-Zeit-Gebilde umschließt, eines auf jeder Seite. Neu war indes, dass sie nun als Arresum und Parresum bezeichnet wurden, also als in der Tat getrennte Einheiten.

Dabei stellt das Arresum den bekannten Teil des Universums dar (den, in dem die Handlung der Serie bislang zum größten Teil stattgefunden hat) und das Parresum eine umgekehrte, spiegelbildliche Abbildung. Das Abbild ist so genau, dass materiereiche Zonen in der einen Hälfte entsprechenden materiearmen Zonen in der anderen Hälfte gegenüberliegen. Und der »Trick« zur Passage sind die Sampler-Welten.

Wieder einmal sieht man (wie schon bei der Grundidee zu Thoregon in Robert Feldhoffs Planetenroman »Im Zentrum der Nacht«, Nummer 303 vom April 1988, der im Mai 2010 als Band 6 unserer Reihe in leicht bearbeiteter Form nachgedruckt wurde), wie Ideen, die später in der PERRY RHODAN-Serie großen Raum einnehmen sollten, durch »Fingerübungen« in den Planetenromanen vorbereitet wurden.

Und das macht die Beschäftigung mit diesen Bänden auch Jahrzehnte nach ihrer Veröffentlichung noch so interessant.

Rainer Nagel

Ernst Vlcek
Drei Stufen zur Ewigkeit

Menschen werden zu Ungeheuern – der Planet, den sie betreten, ist Paradies und Hölle zugleich.

Das Wesen des Ezialismus

Ich bin kein Genie, nur ein Ezialist. Alles, was ich kann und was ich geleistet habe, verdanke ich der Extra Zerebralen Integration.

Der Ezialismus ist eine alte Wissenschaft. Schon vor mehr als tausend Jahren versuchte ein Mann namens Flensh Tringel, der Menschheit die Gefahren des Spezialistentums vor Augen zu halten. Er wollte mit dem Ezialismus bei den Menschen eine Zusammenfassung aller Gehirnfunktionen zu einem Ganzen erreichen. Er wollte, dass sich die Menschen nicht auf ein Gebiet spezialisieren, sondern sich ein umfassendes Allgemeinwissen aneignen.

Das ist Ezialismus.

Ein Ezialist sollte Psychologe, Biologe, Kybernetiker und Handwerker zugleich sein. Natürlich weiß ein Ezialist nicht soviel wie beispielsweise ein Galakto-Psychologe auf seinem Gebiet. Aber der Ezialist sollte genügend Begriffe aus der Galakto-Psychologie kennen, um wirkungsvoll improvisieren zu können. Ich glaube, der Ezialismus hat sich nur deshalb nicht durchgesetzt, weil er eine Kampfansage an das Spezialistentum ist.

Der Ezialismus zielt darauf ab, die verschiedenen sowohl angeborenen wie auch erlernten Grundfähigkeiten des menschlichen Gehirns durch Willensanstrengung zu einem Ganzen zusammenzuführen; die »Ruhepausen« des Gehirns sollen minimiert werden, um Leistung und Kapazität zu steigern. Wir wollen Generalisten sein, das heißt, wir wollen gemäß dem antikterranischen Leitsatz »Das Ganze ist mehr als die Summe seiner Teile« alle Wissensgebiete bei ihren Forschungen berücksichtigen und auf diese Weise weit mehr erreichen als der auf einzelne wenige Gebiete spezialisierte Wissenschaftler.

Und wir haben kein Problem mit der Introspektion und der Intuition, sondern gehen so vor, wie es uns gerade richtig erscheint. Damit eng verbunden ist die Hoffnung, dass anfangs scheinbar nutzlose Erkenntnisse sich später als nützlich erweisen können.

(Aus: »Prolegomena zu einer unifizierten Theorie des Ezialismus«, unbekannter Autor, dem Vernehmen nach in den Ruinen Terranias während der Schwarmkrise nach einem mündlichen Vortrag vermutlich posthum verschriftet, ca. 3441 n. Chr.)

Prolog

Wollte man den Schlagzeilen der terranischen Gazetten glauben, stand das Solare Imperium kurz vor dem Ausbruch einer neuen Krise.

In großen Lettern schrie es förmlich von den Titelseiten: BEDROHUNG DURCH PHANTOM-INVASOREN – KOLONIEN VON TÖDLICHEN VISIONEN HEIMGESUCHT – UNGEHEUER IM VORMARSCH AUF TERRA – ÜBERFALL AUS FREMDER DIMENSION ... und so weiter.

So unterschiedliche Anspielungen die Schlagzeilen machten und so vielfältige Spekulationen die nachfolgenden Artikel auch zum Inhalt hatten, alle Zeitungen berichteten übereinstimmend von »immateriellen Ungeheuern, die wie ein Spuk urplötzlich erscheinen und nach einiger Zeit ebenso gespenstisch schnell wieder verschwinden«; in den wenigen Minuten, die die Ungeheuer in Erscheinung traten, trieben sie »etliche Menschen in den Tod«.

Genauere und fundierte Angaben, die die Glaubhaftigkeit der Berichte verstärkt hätten, fehlten jedoch in allen Zeitungen. Dafür gab es um so mehr haarsträubende Ausschmückungen und den daraus gezogenen Schluss, dass die Menschheit in Kürze eine Invasion zu erwarten hätte. Nachforschungen besorgter Bürger ergaben jedoch, dass diese Informationen nicht von der Pressestelle der Solaren Regierung stammten, sondern allesamt von irgendwelchen obskuren Agenturen der betroffenen Pionierwelten verbreitet worden waren.

Damit war der Fall natürlich klar:

Es war Sommer, genauer Juli des Jahres 2435. Durch die in dieser Jahreszeit bedingten Trägheit der Leser hatten es die Zeitungen schwer, zufriedenstellende Auflagezifferm zu erreichen. Dazu kam noch, dass sich im Imperium »überhaupt nichts tat« – die letzten wirklich weltbewegenden Sensationen hatte es damals vor dreißig Jahren gegeben, als die Menschheit den Sieg über die *Meister der Insel* errungen hatte.

Andere große Ereignisse, an denen das gesamte Imperium teilnahm, lagen auch schon zu lange zurück, als dass man sie noch einmal hätte aufwärmen können. Die Wahlen, die Perry Rhodan neuerlich im Amt des Großadministrators bestätigten, gehörten nun bereits der Vergangenheit an ... die Wettbewerbe um die Besetzung der Schlüsselpositionen auf dem Flaggschiff des Imperiums, der CREST IV, waren ebenfalls schon seit einiger Zeit beendet ... und die Wettermacher hatten zu allem Überfluss eine lang anhaltende Hitzeperiode für die Terrania-Region angesetzt ... Also Sauregurkenzeit für die Zeitungen!

Es blieb den Reportern gar nichts anderes übrig, als die Meldungen der kleinen, obskuren Agenturen auf den Pionierwelten zu übernehmen und aufzubauschen. »Grauenhafte Bestien, deren bloßer Anblick die Menschen in den Tod treibt«, das war genau das Richtige. Das bewiesen die sprunghaft steigenden Auflageziffern.

Und die Zeitungen wussten, was sie ihren Lesern schuldig waren. Die Schlagzeilen wurden immer größer, die Spekulationen immer fantastischer und der Ruf nach einer Stellungnahme des Großadministrators immer dringlicher. Die kleine Zeitungsente wurde immer weiter aufgeblasen, bis sie zu einem riesigen Ballon angeschwollen war, der jeden Augenblick zerplatzen konnte.

Es hätte nur eines Dementis von Seiten der Solaren Regierung bedurft, um die Sensation von der bevorstehenden Invasion zum Platzen zu bringen. Und tatsächlich hatte Perry Rhodan auch schon einiges in die Wege leiten lassen, das diesem Spuk ein jähes Ende bereiten sollte.

Aber soweit kam es dann doch nicht.

Denn zu dem Zeitpunkt, als einige Zeitungsleute in berechtigter Sorge um ihre Arbeitsplätze waren, tauchten die immateriellen Ungeheuer über Terra auf. Die erschreckenden Visionen erschienen in London, Paris, New-Tripolis, Brasilia, in kleineren und größeren Ortschaften der ganzen Welt – und kamen schließlich auch nach Terrania ...

1.

Sigmund Freud zergliedert die Persönlichkeit des Menschen in drei Schichten, bzw. Instanzen: zuunterst liegt das triebhafte ES, zuoberst das moralische ÜBERICH, in der Mitte befindet sich das agierende und dem Einfluss der beiden anderen Instanzen ausgesetzte ICH.

Perry Rhodan schob den Stoß Zeitungen demonstrativ ans entferntere Ende seines Arbeitstisches. Ohne die drei Männer direkt anzusehen, die ihm gegenübersaßen, sagte er: »Ich finde es widerlich, mit welchen Methoden selbst heute noch an die Sensationsgier der Menschen appelliert wird.«

»Die Starken können diesen Appell überhören, aber das sind auch im fünfundzwanzigsten Jahrhundert noch nicht viele«, entgegnete Solarmarschall Julian Tifflor. Er war groß und schlank und wirkte trotz eines starken Fluidums von Abgeklärtheit jugendlich.

»Dreißig Jahre des Friedens und des Wohlstandes sind der Menschheit eben zu langweilig«, warf John Marshall ein, der neben Julian Tifflor saß. »Deshalb glaube ich, sollte man nicht zu streng urteilen. Die sogenannte Sensationsgier dürfte nichts anderes sein als der unbewusste Wunsch nach einer neuen Bewährungsprobe.«

Der Telepath und Chef des Mutantenkorps sprach ruhig und ohne besondere Betonung. Rein äußerlich sah man ihm so wenig wie Julian Tifflor an, dass er ein Methusalem an Jahren war. Denn als Zellaktivatorträger gingen die Jahre spurlos an seinem Körper vorbei – nicht jedoch an seinem Wesen. Auch an ihm war diese geistige Ausstrahlung zu bemerken, die von langer Lebenserfahrung zeugte.

»Es stimmt, der Friede hat schon sehr lange gedauert«, stimmte Rhodan zu. »Ich kann selbst nicht recht daran glauben, dass sich nicht irgendwo in den dunklen Abgründen von Zeit und Raum neue Gefahren für die Menschheit zusammenbrauen.«

»Sie vermuten also selbst, dass mehr hinter dem Auftauchen der Visionen stecken könnte?«, erkundigte sich Solarmarschall Tifflor.

Rhodan blieb unbewegt. »Anhand unseres bisherigen Wissens über diese immateriellen Erscheinungen lassen sich überhaupt noch keine Schlüsse ziehen. Jedenfalls ließ ich Sie nicht kommen, um eine Mobilmachung der Flotte zu erörtern, Tiff. Im Gegenteil, ich möchte Sie bitten, die Gerüchte über eine Mobilmachung innerhalb der Flotte zu zerstreuen. Solange wir im Trüben fischen, ist es illusorisch, *irgendwelche* Gegenmaßnahmen einzuleiten. Wir brauchen mehr Tatsachen und Einblicke über die Hintergründe.«

Er wandte sich dem dritten Mann zu. »Deshalb sind Sie hier, Oberst Akran.«

Oberst Merlin Akran richtete sich etwas in seinem Sitz auf, als er angesprochen wurde. Seine grotesk breiten Schultern spannten sich unter der Uniform, seine Finger zuckten nervös zum Mikrogravitator. Er, der Umweltangepasste von Epsal, der nur 1,60 Meter groß und ebenso breit war, war noch verhältnismäßig neu in dem Kreis von Rhodans Vertrauten. Durch den Sieg bei den Wettbewerben hatte er automatisch das Kommando über die CREST IV bekommen; und wie einige weitere Tests ergaben, wurde mit ihm dieser verantwortungsvolle Posten geradezu ideal besetzt. Aber er brauchte noch einige Praxis, um sich in seine neue Rolle vollends einzuleben.

»Ja, Sir?«, fragte Oberst Merlin Akran erwartungsvoll.

»Ich möchte Sie bitten, alles für einen neuerlichen Testflug der CREST vorzubereiten«, sagte Rhodan.

Auf Oberst Akrans Stirn bildeten sich zwei Falten.

»Soviel ich weiß, haben Besatzung und Schiff alle Prüfungen zu Ihrer vollsten Zufriedenheit bestanden«, meinte Oberst Akran. »Darf ich wissen, welche neuen Aspekte Sie sich von einem weiteren Test erhoffen?«

Rhodan zeigte dem Kommandant ein versöhnliches Lächeln.

»Verzeihen Sie, Oberst, wenn ich mich falsch ausgedrückt habe. Natürlich soll es sich nur im weiteren Sinn um einen Testflug handeln, es wird vielmehr der erste ernstzunehmende Einsatz sein. Ich möchte nämlich jene Pionierwelten der Reihe nach aufsuchen, die den Visionen ausgesetzt waren. Ich verspreche mir einiges davon, wenn wir die Situation an Ort und Stelle prüfen. Vielleicht haben wir Glück und begegnen sogar den Ungeheuern.«

Oberst Akrans Stirn war immer noch gerunzelt, als er einwarf: »Wir werden besondere Vorkehrungen treffen müssen, denn die bisherigen Untersuchungen mit technischen Hilfsmitteln haben keine Ergebnisse gebracht.«

»Das ist richtig«, stimmte Rhodan zu. »Die Erscheinungen waren weder fotografisch aufzuzeichnen, noch energetisch zu messen. Ich habe nun John Marshall gebeten, an dem Flug teilzunehmen. Er ist Telepath, vielleicht kann er etwas wahrnehmen, was uns weiterhilft.«

»Vermuten Sie ernsthaft eine geistige Attacke?«, mischte sich Julian Tifflor ein.

»Ich ziehe nur alle Möglichkeiten in Betracht«, wich Rhodan aus.

An Oberst Akran gewandt, fuhr er fort: »Ich möchte also bitten, dass Sie alles für einen schnellen Start vorbereiten. Es müsste Ihnen möglich sein, alle nötigen Vorbereitungen innerhalb der nächsten vierundzwanzig Stunden zu treffen.«

»Jawohl, Sir«, bestätigte Oberst Akran. »In dieser Zeitspanne wird es mir auch möglich sein, die beurlaubte Mannschaft zurückzubeordern.«

Rhodan nickte. »Weiter möchte ich, dass Sie sich eine Liste aller jener Pionierwelten geben lassen, die von den Visionen heimgesucht worden sind. Arbeiten Sie eine Flugroute aus, die uns einen maximalen Aktionsradius bei geringstem Zeitaufwand erlaubt. Genauere Details können wir dann während des Fluges ausarbeiten. Ich erwarte, dass sich die leitenden Offiziere und die

Bordwissenschaftler mit diesem Fall eingehend beschäftigen und – vor allem die Wissenschaftler – schriftliche Berichte aufsetzen. Diese sind an den Chefmathematiker Dr. Lieber weiterzureichen, von dem ich eine Auswertung durch die Bordpositronik wünsche.«

Rhodan holte tief Atem. »Das wäre dann alles, Oberst Akran.«
Der Epsaler erhob sich.

»In vierundzwanzig Stunden ist die CREST IV startbereit«, versicherte er und wollte das Arbeitszimmer des Großadministrators verlassen. Doch ein seltsamer Ausdruck in Perry Rhodans Gesicht ließ ihn zögern – es war eine Mischung aus Erstaunen und langsam aufkeimendem Entsetzen.

»Sir ...«, begann Oberst Akran. Aber er unterbrach sich selbst, denn die vertraute Umgebung wich von einem Moment zum anderen einer fantastischen Nebellandschaft.

»Alarm!«, gellte Julian Tifflors Stimme und wurde gleich darauf von Sirenengeheul übertönt.

»John! Tiff! Oberst! Nicht von der Stelle rühren!« Rhodans Befehl hallte gespenstisch durch den Nebel. »Obwohl wir einander nicht sehen können, sind wir räumlich nicht getrennt. Nur die Visionen stehen zwischen uns. Es besteht kein Grund zur Panik. John, was können Sie wahrnehmen?«

»Das Ungeheuer!«, schrie Marshall in höchster Erregung. »Mein Gott ...!«

Er verstummte. Gleich darauf war das Geräusch eines umstürzenden Sessels zu hören, dem der dumpfe Fall eines Körpers folgte.

Perry Rhodan blieb unbeweglich auf seinem Sessel sitzen.

»Tiff, ist bei Ihnen alles in Ordnung?«, fragte er in den dichten Nebel hinein.

»Wie man's nimmt«, erwiderte Julian Tifflor lakonisch. »Ich habe meinen Platz noch nicht verlassen, aber es behagt mir nicht, tatenlos zu bleiben.«

»Rühren Sie sich nicht von der Stelle«, verlangte Rhodan mit schneidender Stimme. »Sie ebenfalls nicht, Oberst Akran.«

»Jawohl, Sir«, kam Oberst Akrans Stimme aus dem wallenden Nebel. »Aber mir war so, als hätte ich John Marshall fallen gehört. Sollte sich nicht jemand um ihn kümmern?«

»Das werde ich tun«, erklärte Rhodan. »Es wäre sinnlos, wenn wir alle drei blind umhertappten und uns gegenseitig stießen. Ich finde mich hier am besten zurecht, deshalb überlassen Sie es mir zu handeln.«

Bevor sich Tifflor und Oberst Akran noch zustimmend geäußert hatte, erhob sich Rhodan von seinem Platz. Die Illusion, sich auf einer Welt mit dichter, wallender Atmosphäre zu befinden, war perfekt. Aber Rhodans tastende Hände ließen ihn den Schreibtisch und die darauf befindlichen Gegenstände fühlen. Er umrundete den Tisch und bückte sich an der Stelle, wo John Marshall gesessen hatte. Jetzt lag er wie leblos auf dem Boden.

Rhodan ließ seine Finger über den reglosen Körper wandern, bis er eine Hand zu fassen bekam. Er suchte und fand Marshalls Puls.

»Er ist nur bewusstlos«, stellte er dann erleichtert fest.

»Was nun?«, erkundigte sich Julian Tifflor.

»Beobachten Sie Ihre Umgebung, Tiff«, schlug Rhodan vor, während er sich erhob und mit vorsichtigen Schritten auf seinen Platz hinter dem Schreibtisch zurückging.

»Ich kann durch den Nebel überhaupt nichts erkennen«, sagte Julian Tifflor. »Nur gelegentlich kommt es mir vor, als zögen weiter entfernte Schwaden mit unglaublicher Geschwindigkeit an mir vorbei.«

»Vielleicht lichtet sich der Nebel noch.« Rhodan hatte seinen Sitz erreicht und ließ sich darauf nieder. »Es ist wichtig, alle Beobachtungen genauestens festzuhalten. Hier handelt es sich um die gleiche Erscheinung wie auf den Kolonialwelten. Wir könnten uns also eine Menge Vorarbeiten ersparen, wenn wir bei dieser Gelegenheit etwas über die Natur der Visionen herausfänden.«

»Sir«, meldete sich Oberst Akran, »John Marshall hat von einem Ungeheuer gesprochen, obwohl er kaum eine bessere Sicht als wir haben konnte. Wäre es nicht möglich, dass er die Gedanken des Ungeheuers empfunden hat?«

»Davon bin ich sogar überzeugt«, erklärte Rhodan. »Diese Gedankenverbindung muss John zum Verhängnis geworden sein. Was für ein Geschöpf es auch sein mag, seine geistige Ausstrahlung war fremdartig genug, um John beim ersten Kontakt das Bewusstsein zu rauben.«

Rhodan starrte in den Nebel hinein, aber sein Blick reichte nicht weiter als ein bis zwei Meter. Gelegentlich schienen tatsächlich dunkle Schemen vorbeizuhuschen, doch geschah das mit solch hoher Geschwindigkeit, dass sich keine Einzelheiten erkennen ließen.

»Haben Sie den Blitz bemerkt, Sir?«, rief Julian Tifflor.

»Nein«, antwortete Rhodan.

»Ich schon«, ließ sich Oberst Akran hören. »Es war wie ein kurzes, weit entferntes Wetterleuchten. Es dauerte nur Sekundenbruchteile an.«

Rhodan hob die Hand und wischte damit durch die Luft. Der Nebel wurde durch diese Bewegung aber nicht verdrängt.

»Wo bleibt das Ungeheuer …?«

Das Summen der Bildsprechanlage schnitt Julian Tifflor das Wort ab. Rhodan griff mit traumwandlerischer Sicherheit über den Tisch und stellte die Sprechverbindung her. Augenblicklich drang aus dem Lautsprecher ein Schwall von unentwirrbaren Geräuschen, die von wütenden Stimmen übertönt wurden.

»Hier spricht Leutnant Merchuson, Befehlshaber der Innenwache«, meldete sich schließlich der Anrufer.

»Von wo rufen Sie an, Leutnant, aus dem Irrenhaus?«, fragte Rhodan gereizt.

»Ich befinde mich in einer hoffnungslosen Lage, Sir«, beteuerte Leutnant Merchuson. »Ich kann mich zwar durch Rufe mit meinen Leuten verständigen, aber wir sind von einer Art Nebel umgeben, der uns blind macht. Meine Leute gebärden sich wie verrückt, sie ignorieren meine Befehle oder sie können ihnen ganz einfach nicht nachkommen ... Die gesamte Wachorganisation ist zusammengebrochen und ... Verdammt, jetzt beginnen diese Narren zu schießen. Aufhören! Ich bringe diese Bande vors Kriegsgericht. Verzeihen Sie, Sir, aber ... Nein! Das gibt es nicht ... ich ... Die namenlosen Ungeheuer kommen ...!«

Rhodans Stimme zitterte vor unterdrückter Wut, als er sagte: »Lassen Sie das Feuer augenblicklich einstellen. Ihre Leute bringen sich noch gegenseitig um!«

Aber aus dem Lautsprecher des Bildsprechgerätes drangen nur noch die entfernten Geräusche der gegen ein Phantom kämpfenden Soldaten.

»Was ich für ein Wetterleuchten hielt, ist in Wirklichkeit das Ungeheuer«, kam Oberst Akrans Stimme aus dem Nebel. »Es kommt geradewegs auf uns zu!«

»Ruhig Blut«, sagte Rhodan. »Es kann uns physisch nicht gefährden. Die einzige Gefahr droht von einer psychischen Attacke. Aber auch dagegen sind wir gefeit, wenn wir uns nicht in Panik versetzen lassen.«

Rhodan strengte seine Augen an, um den Nebel durchdringen zu können. Er sah es jetzt ebenfalls durch den Nebel hindurch aufblitzen. Einmal war ihm, als sehe er eine zum Schlage ausholenden Klaue, dann wieder hatte er den Eindruck einer Teufelsfratze, deren geiferndes Maul gierig aufgerissen war. Aber als er mit den Augen zwinkerte, war die Spukerscheinung verschwunden.

Noch einmal gewahrte er die sich schlängelnden Blitze, dann begann sich der Nebel aufzulösen ...

Ein gigantischer Berg vom Durchmesser und der Form eines kleinen Asteroiden löste sich Kristall um Kristall auf ...

Ein geflügeltes Wesen zog eine Schleife ...

Verblassende Gedanken hinterließen in Rhodans Geist chaotische Verwirrung ...

»Es hat sich um eine Botschaft gehandelt«, sagte Rhodan überzeugt, als die Vision gänzlich verschwunden war und er sich wieder Solarmarschall Julian Tifflor und Oberst Merlin Akran gegenübersah. Beide wirkten unnatürlich blass, ihre Gesichter glänzten vor Schweiß.

»Welche Botschaft?«, erkundigte sich Julian Tifflor verwirrt.

»Haben Sie den verzweifelten Ruf nicht gehört, bevor sich der Nebel auflöste?«, wunderte sich Rhodan.

»Nein«, sagte Tifflor. »Geräusche oder Laute, die mit der Vision zusammenhingen, habe ich überhaupt nicht gehört. Es war alles so lautlos und irreal wie ein Spuk.«

Rhodan starrte sinnierend ins Leere. »Und doch – dieses so schrecklich anzusehende Ungeheuer wollte sich uns mitteilen. John Marshall vernahm die Botschaft, er ist schließlich Telepath. Ich bin nur schwach telepathisch veranlagt, deshalb vernahm ich nur Bruchstücke.«

»Konnten Sie den Sinn dieser Botschaft erkennen?«, wollte Tifflor wissen.

Rhodan schüttelte den Kopf. Er war plötzlich nicht mehr so sehr davon überzeugt, dass er etwas »gehört« hatte. Je mehr er über das kurze Erlebnis nachdachte, den Kontakt zu dem immateriellen Ungeheuer analysierte, desto mehr kam er zu der Überzeugung, dass es sich um ein psychisches Erleben handelte. Vieles sprach dafür. Das Ungeheuer selbst und der Nebel waren keine optische Täuschung, sondern *psychische Realität*. Wenn das zutraf, dann hätte Rhodan nicht »gesehen« und nicht »gehört«, sondern »gefühlt«.

Seine Eindrücke waren nur verschwommen, aber das Gefühl hatte ihm vermittelt, dass dieses Wesen, das immaterielle Ungeheuer, aus einem »Käfig« ausgebrochen war, oder dass es die »Fesseln« abgestreift hatte. Außerdem hatte Rhodan den starken Eindruck gewonnen, dass es sich bei dem Ungeheuer um ein »ungebändigtes, triebhaftes« Etwas handelte. Ein zügelloses »Tier«.

Im Geiste setzte Rhodan alle diese Bezeichnungen in Anführungszeichen, da es sich lediglich um Symbole für etwas handelte, das sich nicht in herkömmliche Worte kleiden ließ. Dieses Etwas war gefährlich, aber Rhodan wollte nicht ausschließen, dass es gebändigt werden konnte, wenn man erst seine wahre Natur erkannte.

»Im Augenblick können wir nichts anderes tun, als unsere Beobachtungen auswerten und hoffen, dass wir Anhaltspunkte erhalten«, sagte Rhodan. Mit einem Seitenblick auf den bewusstlosen John Marshall fügte er hinzu: »Seine Angaben könnten uns sicher weiterhelfen, aber ich fürchte, er wird längere Zeit nicht vernehmungsfähig sein.«

Der Arzt des Notdienstes, der kurz darauf in Begleitung eines Medoroboters erschien, bestätigte Rhodans Befürchtung, nachdem er John Marshall oberflächlich untersucht hatte.

2.

Der Sikh sagt, dass am Anfang Ram (Gott) allein war; er ließ aus sich die Maja (Weltillusion) hervorgehen, wodurch die vielgestaltige Welt entstand, und ließ die individuellen Seelen sich entquellen, die nun dazu verdammt sind, in 8.400.000 irdischen Existenzformen von Körper zu Körper zu wandern. Die höchste Bestrebung soll es sein, diesen Zustand des Leidens durch GOTTESERKENNTNIS zu beenden, um ins Nirwana, das göttlich Absolute, zurückkehren zu können.

Wie oft umschreibt uns die Religion hier einen möglichen Weg: durch »Meditation« das triebhafte ES zu besiegen und das ICH mit dem ÜBER-ICH zu vereinen.

Die Nachricht erreichte Pandar Runete, als er in Amritsar weilte, um den Goldenen Tempel seiner Glaubensgemeinschaft zu besichtigen. Der Befehl, sich auf dem schnellsten Wege an Bord der CREST IV zu begeben, wurde von einem Leutnant des hiesigen Stützpunktes der Solaren Flotte überbracht. Er ließ Pandar Runete nicht einmal die Zeit, sich von seinen Verwandten zu verabschieden, sondern brachte ihn im Helikopter sofort zur nächsten Transmitterstation. Wenig später befand sich Runete auf dem Raumhafen von Terrania.

Es war wie ein Erwachen aus einem Traum von der Vergangenheit, als er so abrupt von den heiligen Stätten seiner Vorfahren fortgerissen wurde und sich inmitten der Monumente der Gegenwart wiederfand. Aber trotz der kalten metallenen Raumgiganten, die Kugel an Kugel auf der endlos scheinenden Betonpiste standen, und trotz der Tatsache, dass Pandar Runete sich jetzt wieder als Offizier der Solaren Flotte fühlte – auch hier konnte er den gläubigen, traditionsbewussten Sikh nicht verleugnen.

Als er mit sieben Jahren initiiert wurde, hatte er das Gelübde abgelegt und hielt sich auch jetzt, als Offizier der Solaren Flotte, daran. Als einziger an Bord der CREST IV trug er stets einen

Turban und fünf weitere Dinge an sich, deren indische Bezeichnung mit einem K beginnt: *Kes,* langes Haar, *Kanga,* einen Kamm, Feile oder Säge, *Kripan,* Schwert oder Messer, *Katschh,* besondere Beinkleider, und *Kara,* ein Armband.

Auf den ersten Blick schien sich diese Traditionsverbundenheit nicht recht mit dem Posten eines Flottillenchefs auf der CREST zu vereinbaren. Runete jedoch war trotz aller Gläubigkeit modern denkend und aufgeschlossen genug, um mit der Tradition dort zu brechen, wo es für ein Leben in der Neuzeit notwendig war. Er würde jedoch nie soweit gehen, die Philosophie des *Adi-Granth,* die Bibel der Sikhs, zu verletzen ...

Runetes eigenwillige Kopfbedeckung hatte ihn innerhalb der Mannschaft gleich von Anfang an zu einem außergewöhnlichen Mitglied gestempelt. Sein ernstes und würdiges Auftreten hatte ein übriges dazu beigetragen, um ihm Achtung bei seinen Untergebenen und Anerkennung von Seiten seiner Vorgesetzten zu verschaffen. Für die meisten war er die Verkörperung des Indiens, das sie von Rudyard Kipling her kannten. Als dann noch bekannt wurde, dass er früher Monstrenjäger gewesen war, begannen sich Legenden um seine Person zu bilden.

Runete selbst hatte dafür nur ein leichtes, geheimnisvolles Lächeln übrig, denn er wusste, wo der Ursprung dieser Geschichten zu suchen war: bei Mark Berliter, einem der »Leutnants zur besonderen Verwendung«.

Nachdem sich Major Pandar Runete an Bord der CREST IV zurückgemeldet hatte, begegnete er auf dem Weg zu den Korvettenhangars niemand anderem als Leutnant Mark Berliter. Runete hoffte, dass es der junge Leutnant mit dem fuchsroten Haar bei einer knappen Ehrenbezeigung belassen würde. Aber die Hoffnung wurde nicht erfüllt.

»Entschuldigen Sie, Sir«, sprach Leutnant Berliter ihn an.

Runete ergab sich in sein Schicksal.

»Ja, Leutnant?«, erkundigte er sich so frostig, dass jeder andere sich ans andere Ende des Schiffes gewünscht hätte.

Aber nicht so Leutnant Mark Berliter.

»Ich beschäftige mich mit einem Problem«, sagte er mit der Miene eines unschuldigen Kindes, »für das ich ohne fremde Hilfe nie eine Lösung finden werde. Und ich glaube sogar, dass Sie, Major Runete, der einzige Mann an Bord sind, der mir weiterhelfen könnte.«

Das war so dick aufgetragen, dass Runete beinahe lächeln musste. Aber er konnte soweit an sich halten, um mit der nötigen Strenge zu sagen: »Die CREST befindet sich im Alarmzustand, und Sie denken an eine Lösung Ihrer Probleme. Was soll ich da von Ihrer Dienstauffassung halten, Leutnant Berliter!«

»Sie missverstehen mich, Sir«, sagte Berliter schnell und wurde ein wenig rot. »Mein Problem hängt sehr eng mit dem bevorstehenden Einsatz der CREST zusammen. Genauer gesagt, es resultiert daraus.«

Runete seufzte in sich hinein. »Wie könnte ich Ihnen also helfen?«

Mark Berliter räusperte sich. »Ich möchte eine befriedigende Antwort auf das Leib-Seele-Problem finden. Ihre Religion verkündet doch, dass die Seele unsterblich ist und von Körper zu Körper wandert. Ich möchte wissen, ob die Seele einen lebenden Körper willkürlich verlassen kann, um nach beliebiger Zeit wieder zurückzukehren.«

Runete fühlte sich genarrt. Da aber Berliters Gesichtsausdruck ernst blieb, sagte er ausweichend: »Ich fürchte, Sie haben sich doch an den Falschen gewandt. Für Ihre Frage wäre eher ein Mann der Geisteswissenschaften kompetent.«

»Und ich habe geglaubt, Sie könnten mir weiterhelfen, Sir«, sagte Berliter bedauernd. »Diese Fehlspekulation wirft mich in meinen Überlegungen natürlich zurück. Aber was soll man machen? Ich kann mich bei Ihnen nur für die Belästigung entschuldigen.«

Berliter nahm Haltung an, um sich mit einem militärischen Gruß zu verabschieden.

»Einen Moment noch, Leutnant«, sagte Runete. »Wie kommen Sie überhaupt darauf, solche Fragen zu stellen, und in welchem Zusammenhang sollen sie mit dem Einsatz der CREST stehen?«

»Wir starten, um die Quelle der Visionen zu finden, die in letzter Zeit verschiedene Gebiete des Imperiums unsicher gemacht haben«, erklärte Berliter. »Da in diesem Zusammenhang auch der Name Guru Nanak gefallen ist, habe ich gedacht, Sie als Angehöriger des Sikhismus könnten mir helfen, eine Lösung zu finden.«

Runete runzelte die Stirn. »Guru Nanak?«, wiederholte er. »Er war es, der gegen Ende des fünfzehnten Jahrhunderts unsere Religion gründete.«

»Dann ... dann ist er schon lange tot«, stotterte Berliter.

Jetzt konnte sich Runete ein leichtes Lächeln nicht mehr verkneifen. »Sein Körper ist tot, aber seine Lehren leben weiter«, sagte er. »Haben Sie geglaubt, der Meister weile noch unter den Lebenden?«

Berliter nickte. »Sie haben den Namen einmal genannt, Sir. Und als er dann im Zusammenhang mit den Visionen fiel, habe ich gedacht ... Jetzt, nachdem ich die Wahrheit kenne, kommt mir meine Überlegung selbst lächerlich vor – aber ich dachte, Sie kennen diesen Mann persönlich. Doch allem Anschein nach muss es sich um jemand handeln, der diesen Namen nur angenommen hat.«

»Was Sie sagen, klingt alles sehr verwirrend«, sagte Runete.

»Tja, das glaube ich auch«, meinte Berliter mit gesenktem Blick. »Meine Fantasie ist wieder einmal mit mir durchgegangen. Der Name, die Visionen, das seltsame Gleichnis – das alles zusammen hat für mich eine mysteriöse Einheit ergeben.«

»Welches Gleichnis?«

»Der genaue Wortlaut ist mir entfallen«, antwortete Berliter. »Aber sinngemäß hört es sich etwa so an: *Bei dem holzgeschnitzten Elefanten vergisst das Kind, dass er aus Holz ist; der Erwachsene aber denkt nur an das Holz, aus dem man ihn zum Spiel gemacht; der Tor vergisst das Selbst im Weltenscheine, aber der Weise weiß um das All-Eine.* Was soll man davon halten?«

»Damit soll ausgedrückt werden, dass alles nur ein trügerischer Schein ist, eine Maja, eine von Gott erschaffene Illusion«, erklärte Runete. »Durch Meditation soll man sein wahres, zu Gott gehörendes Selbst erkennen.«

Berliter schlug sich mit der Hand auf die Stirn. »Natürlich, mit *Weltenschein* war keine Leuchterscheinung gemeint, sondern eine *Scheinwelt*. Ich hätte selbst darauf kommen sollen. Sagten Sie, dass sich die Scheinwelt Maja nennt, Sir?«

»Stimmt.«

Berliters Miene begann sich sichtlich aufzuhellen. »Dann habe ich Ihnen doch zu danken, Sir. Ich glaube, ich befinde mich auf dem richtigen Weg ...«

Damit drehte er sich um und verschwand im nächsten Antigravschacht.

Runete, der sich inzwischen an der Unterhaltung mit Berliter erwärmt hatte, war einigermaßen wütend auf den Leutnant, weil er sich so abrupt davonmachte. Berliter hatte sich die gewünschten Informationen geholt und ihn, den Informanten, unaufgeklärt und verwirrt stehengelassen.

Runete setzte sich in Bewegung, da ihm bewusst wurde, dass er sich seit Berliters Verschwinden immer noch nicht vom Fleck gerührt hatte. Als er die Korvettenhangars der Zweiten Flottille erreichte, dachte er immer noch voll Ingrimm, dass er bei nächster Gelegenheit eine »besondere Verwendung« für Leutnant Mark Berliter finden musste.

Da Pandar Runetes Mannschaft vollzählig an Bord der CREST eingetroffen war, konnte er die Zeit bis zum Start um 20 Uhr mit dem Studium der »Informationsschrift« ausfüllen, die ihm Kommandant Merlin Akran auf die Kabine geschickt hatte. Es handelte sich dabei um ein Papier, das Ziel und Zweck ihrer Reise und die Vorgeschichte zum Inhalt hatte.

Die Vorgeschichte nahm den weitesten Raum ein:
Zuerst waren die Visionen auf dem Kolonialplaneten Holostok erschienen. Augenzeugenberichten zufolge, habe es sich um einen dichten, wallenden Nebel gehandelt, in dem ein »Ungeheuer mit tausend Gesichtern« getobt hatte. Dieser Planet gehörte einem System an, das 20.000 Lichtjahre von Terra entfernt war. Holostok war autark, stellte aber Rekruten für die Solare Flotte zur Verfügung. *Fedor Ginstek gehörte der Besatzung der EX-777 an.*

Bei dieser Stelle angelangt, legte Runete die Informationsschrift beiseite und fragte sich: Hat es eine besondere Bedeutung, dass dieser Ginstek auf einem bestimmten Explorerschiff Dienst tat?

Runete vertiefte sich wieder in seine Pflichtlektüre und bekam bald die Antwort auf seine Frage. Ja, es war von besonderer Bedeutung. Denn die nächste Welt, die von den »Immateriellen Ungeheuern« heimgesucht wurde, hieß Rooderend und hatte zwei ihrer Söhne auf der EX-777. Einer stammte aus der Hauptstadt, der andere von einer Versuchsfarm inmitten der Wildnis. Hauptstadt und Versuchsfarm hatten die schrecklichen Visionen zu verzeichnen. Auf der Versuchsfarm war ein Menschenleben zu beklagen. Über die genaue Todesursache stand nichts in der Informationsschrift.

Als Runete weiterlas, wurde seine Vermutung zur Gewissheit: Auf allen Planeten, die Besatzungsmitglieder der EX-777 gestellt hatten, waren die »Visionen von den namenlosen Ungeheuern mit den tausend Gesichtern« erschienen. Aber auch andere Welten waren davon betroffen – nämlich jene, von denen Mitglieder der EX-2929 stammten. Und es gab sogar noch eine dritte Kategorie von Welten, die unter den Visionen leiden mussten, nämlich jene, die von den Besatzungsmitgliedern der EX-777 und der EX-2929 einmal aufgesucht worden waren. Allerdings wurde in der Informationsschrift festgestellt, dass »nur solche Planeten überhaupt Visionen zu verzeichnen hatten, die bei den Männern der EX-777 und der EX-2929 einen nachhaltigen Eindruck hinterließen«.

Denn: »Der Kommandant der EX-2929 ist Staatsmarschall Reginald Bull, und es gibt kaum eine besiedelte Welt im Herrschaftsbereich des Solaren Imperiums, die Reginald Bull noch nicht betreten hätte. Aber nicht alle diese Planeten waren von den Visionen heimgesucht worden ...«

Runete legte das Papier zum zweiten Mal weg. Er stellte im Geiste zuerst einige Überlegungen an, dann las er erst weiter. Wieder bestätigten sich seine Vermutungen im Großen und Ganzen.

Die EX-777 hatte als verschollen gegolten, daraufhin war die EX-2929 zur Bergung gestartet. Jetzt war die EX-2929 seit vierzehn Tagen ebenfalls abgängig. Andere Bergungsschiffe waren ausgeschickt worden, fanden aber keine Spuren der beiden Explorerschiffe.

»Kein Wunder«, murmelte Runete vor sich hin, »Rams Illusionswelt ist groß. Wirf eine Perle ins offene Meer und suche sie.«

Er las weiter. Aber die nächste Seite enthielt nur Details, die ihn im Augenblick für das Gesamtbild nicht interessierten.

Und dann stieß er auf den Namen Guru Nanak!

»Guru Nanak, mit richtigem Namen Olenk Brodech, Leiter der Ezialistischen Abteilung auf der EX-777. Der Ezialismus (Extra Zerebrale Integration) ist eine Wissenschaft, die alle anderen Wissenschaften zu einem Ganzen verschmelzen möchte ... wurde auf Terra gegründet und geriet wieder in Vergessenheit ... führt auf dem Planeten Umtar ein bescheidenes Dasein. Guru Nanak beschäftigt sich mit dem Seele-Körper-Problem und möchte versuchen, die Kolonisation von menschenfeindlichen Welten durch Schaffung von Pseudokörpern, in die die Seelen der Menschen abwandern sollen, zu ermöglichen ...«

Jetzt wusste Runete auch, was Mark Berliter mit seinen Fragen bezweckt hatte. Aber es stimmte ihn nicht versöhnlicher, dass er es auf diesem Umwege erfahren hatte.

In der Informationsschrift wurden noch die Namen aller Mannschaftsmitglieder der beiden Explorerschiffe aufgeführt, aber diese überflog Runete nur. Er las erst wieder konzentrierter, als die Visionen von terranischen Augenzeugen beschrieben wurden. Da zu diesen auch Perry Rhodan zählte, erwartete sich Runete einiges davon.

Er wurde nicht enttäuscht – vor allem was die Schlüsse betraf, die das Super-Rechengehirn auf Luna, NATHAN, zog, war dieser Teil der Information äußerst interessant.

Am ärgsten betroffen von den Visionen, die in verschiedenen Teilen Terras auftauchten, wurde Terrania. Der Raumhafen lag während dieser Zeit praktisch lahm; ein Chaos und schwerere Unfälle konnten nur dank der präzise funktionierenden Robot-Kontrollstellen verhindert werden.

Von den meisten Augenzeugen wurden die Visionen als die Spiegelung einer Nebelwelt geschildert. Wenn sich die dichte, wirbelnde Atmosphäre bei heftigeren Sturmböen auflöste, dann wollten manche riesige, »in der Luft schwimmende Eisberge« gesehen haben. Blitze, die durch diese gespenstische Szenerie geisterten, spiegelten sich in der Atmosphäre, den größeren Wolkenbildungen und in dem »zähflüssigen Boden«.

Einige der Beobachter wollten seltsame Wesen gesehen haben, die »wie riesenhafte Libellen im Sturm segelten«, andere wiederum gaben an, dass diese »drachenähnlichen Wesen von der aufgepeitschten Oberfläche verschlungen« worden waren. Die Grazie, mit der sich diese Wesen im allgemeinen bewegten, ließ NATHAN darauf schließen, dass sie entweder von überaus leichtem Körperbau waren, oder dass die Anziehungskraft dieser Welt äußerst gering sei. Aber eines schloss das andere natürlich nicht aus.

Außerdem wurde als sicher angenommen, dass diese Welt eine äußerst geringe Dichte haben musste, die unter der des Wassers lag. In diesem Fall wurde nicht von einer Wasserwelt gesprochen, denn zwischen der Atmosphäre und der Kruste des Planeten konnten von keinem einzigen Beobachter erkennbare Trennlinien festgestellt werden.

Interessant in diesem Zusammenhang war, dass NATHAN es als Tatsache hinstellte, die Visionen seien Reflexionen einer tatsächlich existierenden Welt.

»Aller Wahrscheinlichkeit nach handelt es sich um die Gedankenprojektionen der auf dieser Welt festgehaltenen Männer der EX-777 und der EX-2929. Wie diese Zustandekommen konnten, ist zu ergründen, wenn die bezeichnete Welt gefunden und einer eingehenden Prüfung unterzogen wurde.«

NATHAN zeigte auch mit unbeirrbarer Sicherheit anhand der ihm eingegebenen Daten auf, um welchen Typ von Planet es sich handeln musste:

»Methanriese, mit einem ungefähren Durchmesser von 200.000 Kilometer. Die beobachteten ›Eisberge‹ sind nichts anderes, als riesige durch, eine Stickstoff-Wasserstoff-Verbindung entstandene Kristallgebirge mit starkem Reflexionsvermögen. Die Dichte dürfte ein Sechstel der Erddichte betragen. Die Atmosphäre ist ein Gemisch aus Ammoniak und Methan, in einem Mischungsverhältnis zugunsten des Methans. Die Schwerkraft könnte in diesem Falle mit der der Erde gleich sein. Aber in Bezug auf die Beweglichkeit der Bewohner, kann sie ebenso gut viel weniger betragen. Doch würde dadurch die Theorie von der Größe und Dichte dieses Planeten einige Verschiebungen erfahren, so dass ...«

Runete übersprang die technischen Einzelheiten und durchforschte die folgende Liste der in Frage kommenden Methanwelten. Insgesamt handelte es sich um 48 Planeten in der Nähe des galaktischen Zentrums. Sie trugen durchwegs die Namen jener Forscher, die sich in früheren Zeiten oder in jüngster Vergangenheit mit ihnen beschäftigt hatten: Kybush, Tringel, Gorleon, Smith I und II, Doc Skeef, Landafier, Dorsen, Yppsilanty, Maja ...

Maja!

Ein einziger der in Frage kommenden Methanriesen hatte eine Bezeichnung aus der Religion der Hindus – und im weiteren Sinn auch aus der Religion der Sikhs!

Ein Zufall?

Runete glaubte nicht daran. Er musste plötzlich lächeln. Jetzt konnte er Mark Berliter auch verstehen, dass er ihn ganz einfach stehenließ, nachdem dieser Name gefallen war.

Er musste dasselbe gedacht haben, wie Runete in diesem Augenblick: Wenn der Ezialist von der EX-777, der sich Guru Nanak nannte, einigen Einfluss auf dem Explorerschiff gehabt hatte, dann hatte er bestimmt den Methanriesen Maja als Ziel genannt!

Runete bedauerte es nicht mehr, seine Lektüre über die »immateriellen Ungeheuer mit den tausend Gesichtern« nicht mehr fortsetzen zu können. Als der Interkom anschlug und die Offiziere und Wissenschaftler zur Lagebesprechung in die Messe gerufen wurden, machte er sich augenblicklich auf den Weg.

Obwohl er sich beeilt hatte, kam Runete als einer der letzten in die Messe und musste sich mit einem entlegenen Platz begnügen. Er stellte allerdings ein wenig missbilligend fest, dass einigen Nachzüglern aus den wissenschaftlichen Abteilungen vordere Plätze freigehalten worden waren.

Runete kümmerte sich bald darauf nicht mehr um das, was um ihn vorging, denn Perry Rhodan erschien in der Messe. Er kam ohne Begleitung und stellte sich ohne Umschweife vor den Mikrofonen und Kameras auf, die seine Rede auch auf die Rundrufanlage der CREST IV übertragen würden.

»Es mag Ihnen etwas außergewöhnlich scheinen«, begann er, »dass ich Sie alle zu dieser Diskussion gebeten habe. Und ich möchte auch gleich feststellen, dass diese Art, einen Einsatz zu erörtern nicht zur Gewohnheit wird – denn das ließe sich schon aus organisatorischen Gründen nicht immer durchführen. Es wäre auch in den meisten Fällen viel zu zeitraubend, vor jedem

Einsatz mit der vollzähligen Mannschaft alle Einzelheiten durchzukauen. Diese eine Ausnahme mache ich hauptsächlich deshalb, um mit Ihnen besser in Kontakt zu kommen. Ein anderer Zweck ist, die Grenzen zwischen neuer Mannschaft und Stammmannschaft zu verwischen, so dass Sie alle ein Team bilden.«

Der Großadministrator hatte kaum geendet, als die Stimme von Oberst Merlin Akran aus den Lautsprechern ertönte und den bevorstehenden Start verkündete. Erst jetzt fiel Pandar Runete auf, dass einige der wichtigsten Besatzungsmitglieder, die er vom Sehen bereits kannte, nicht anwesend waren. Dafür erblickte er einige Tische weiter Leutnant Mark Berliter. Als sich ihre Blicke kreuzten, grinste Berliter herüber.

Aus den Lautsprechern erklang jetzt der durch eine automatische Stimme vorgenommene Countdown. Das »Zero – Go!« war kaum verklungen, da wurde ausgeblendet, und Perry Rhodan übernahm wieder das Mikrofon.

»Sie alle haben die Unterlagen über die seltsamen Visionen erhalten, die überall im Imperium auftauchen«, sprach der Großadministrator weiter. »In diesem Zusammenhang wurden Sie aufgefordert, sich Gedanken über diese Phänomene zu machen und auch darüber, wie wir zu einer Lösung unseres Problems gelangen könnten. Keine Sorge, ich verlange von keinem von Ihnen, dass Sie NATHAN übertrumpfen.« Aus verschiedenen Richtungen wurde befreites Lachen laut. »Ich erwarte nur einige neue Aspekte zu dieser Angelegenheit, die der Großcomputer auf Luna mangels Daten nicht in Erwägung ziehen konnte.

Im Augenblick bleibt uns nichts anderes übrig, als alle achtundvierzig der genannten Methanriesen anzufliegen und zu hoffen, dass wir bei einem die beiden vermissten Explorerschiffe finden. Während wir die Situation erörtern, fliegen wir bereits das Coplin-System an, dessen zweiter Planet der Methanriese Landafier ist. Vielleicht haben wir nun Glück und finden einen anderen, fruchtbareren Weg, der uns die *Routineuntersuchung* der anderen siebenundvierzig Methanriesen erspart. Ich bitte diejenigen sich zu melden, die Fragen oder Vorschläge zu unserem Problem haben.«

Ungefähr drei Dutzend Hände schossen fast augenblicklich in die Höhe. Runete hatte die Hand gehoben und sah, dass Mark Berliter sich ebenfalls gemeldet hatte.

Der erste Sprecher war Tschu-Pialo-Teh, seines Zeichens Chefpsychologe der CREST IV, und das versprach einen interessanten Diskussionsbeginn. Dr. Tschu hatte ein unbeholfenes Auftreten, und es verursachte ihm sichtliches Unbehagen, den Anfang zu machen. Aber Runete hatte schon mit ihm zu tun gehabt und wusste, dass hinter seinem unscheinbaren Äußeren ein phantasievoller und hochentwickelter Geist steckte.

Er räusperte sich, bevor er zu sprechen begann.

»Erlauben Sie mir, dass ich mich nicht mit langen Vorreden aufhalte, sondern gleich die Materie in Angriff nehme. Die Materie ist in unserem Falle ein psychisches Problem. Nämlich die von einem entarteten Geist hervorgerufenen Visionen. Genauer noch, die Spiegelung eines tausendgesichtigen Ungeheuers. Gehen wir davon aus, dass dieses Ungeheuer von den Besatzungsmitgliedern der beiden Explorerschiffe in Erscheinung gerufen wurde, denn das dürfte seine Richtigkeit haben. Nun ist eine solche Projektion der Gedanken oder der Emotionen nur unter ganz bestimmten Voraussetzungen möglich. Der hypnotisch Begabte kann bei seinen Medien Halluzinationen hervorrufen, die ähnlichen Effektes sind, wie die bezeichneten Visionen. Aber Hypnose müssen wir ausklammern, da ein unermesslich großes Gebiet in den Bereich der Visionen fällt. Außerdem sind die Männer der Explorerschiffe durchwegs nicht hypnotisch begabt.

Bleibt uns also nur die Möglichkeit, dass die Männer durch ihre Umgebung, oder durch eine in ihrer Umgebung wirkenden Kraft, zu solch starker Projektion ihrer Gedanken oder Emotionen fähig wurden. Demnach kamen sie zu *unerhoffter* Fähigkeit, die womöglich gar nicht ihrer Kontrolle unterliegt. Warum sonst auch lassen sie uns nicht offene Botschaften zukommen, sondern schicken uns Bilder von abscheulichen Ungeheuern, bei deren Anblick sich Menschen zu Tode ängstigen!

Es kann für diese Vorfälle nur eine Antwort geben: Erstens sind diese Männer außerstande, sich gegen die ihnen aufgezwungene Fähigkeit zu wehren. Zweitens spiegelt sich diese Abwehr in den als Hilferufe geschickten Projektionen. Man kann ihre Bemühungen mit dem Versuch eines Babys vergleichen, die Aufmerksamkeit, mangels anderer Möglichkeit, durch Schreien und Weinen auf sich zu lenken.

Und ... ja, das ist eigentlich alles, was ich sagen wollte.«

Dr. Tschu setzte sich.

Verwirrtes Schweigen breitete sich in der Messe aus.

Perry Rhodan brach es schließlich.

»Verzeihen Sie es uns, Dr. Tschu, wenn wir Ihren Ausführungen nicht die gewünschte Anerkennung zollen«, sagte er zu dem Chefpsychologen. »Aber ich fürchte, wir alle konnten Ihnen nicht ganz folgen. Habe ich Sie richtig verstanden, wenn ich Sie so interpretiere, dass die Männer von den Explorerschiffen Gefangene einer übernatürlichen geistigen Macht sind?«

Dr. Tschu erhob sich nicht, als er entschieden den Kopf schüttelte. »Das meinte ich ganz und gar nicht. Ich neige vielmehr zu der Ansicht, dass diese Kraftquelle den Männern unbegrenzten Spielraum lässt – so wie einem Kleinkind über seinen Horizont hinaus Freiheit gewährt wird. Wenn Sie einem Kleinkind eine Rechenmaschine geben, und es gibt Zahlen ein und löst dann die Rechenfunktion aus, wird die Maschine ein Ergebnis auswerfen. Das Kleinkind aber wird das nicht wissen. Die Männer auf diesem unbekannten Methanriesen wissen ebenso wenig, welche Folgen ihre Beschäftigung mit der Kraftquelle mit sich bringt. Ich bin sogar überzeugt, dass sie nicht einmal von ihrer Beschäftigung eine Ahnung haben.«

»Damit geben Sie dem Problem ein viel größeres Volumen, als wir je geahnt haben«, meinte Rhodan stirnrunzelnd.

Runete, der sich den Hals fast verrenkte, um den Chefpsychologen sehen zu können, bemerkte, dass dieser auf Rhodans Worte nur nickte. Er ließ sich auch nicht zu weiteren Erklärungen herbei, als seine Theorie die Gemüter der Umsitzenden zu hitzigen Debatten erregte.

Perry Rhodan erbat Ruhe und sagte: »Dr. Tschus Ausführungen werden dem übrigen Material hinzugefügt. Jetzt hat Captain Swendar Rietzel das Wort.«

Der Captain war für Runete kein Unbekannter mehr, denn da Rietzel den Befehl über die Korvettenschleusen hatte, war Runete als Flottillenchef mit ihm in ständigem Kontakt. Rietzel war 26 Jahre alt, fast zwei Meter groß und galt als bester technischer Teamchef der CREST. Gemessen an der kurzen Zeit, die er an Bord Dienst versah, konnte man erkennen, dass sein Ruf nicht von ungefähr kam.

»Aus den Unterlagen geht hervor«, begann Rietzel, »dass die CREST sämtliche in Frage kommenden Methanriesen abklappern soll – Verzeihung, ich meinte natürlich ansteuern. Wäre es nicht rationeller und zeitsparender, die fünfzig Korvetten auszuschleusen und mit der Routineuntersuchung der verdächtigen Welten zu beauftragen? Der eigentliche Zweck unseres Einsatzes, nämlich die Bergung der Explorerleute, könnte dann viel eher in Angriff genommen werden.«

Runete ärgerte sich, weil er sich genau wegen dieses Vorschlages zu Wort gemeldet hatte.

Rietzel setzte sich, und Rhodan sagte: »Eine gute Idee. Wenn man daran festhalten möchte, dann könnte man gleich auch einige weitere Beiboote zu den betroffenen Pionierwelten schicken, um noch schneller noch mehr Unterlagen zu sammeln. Es wäre *ein* Weg, um die Vorarbeiten schneller abzuwickeln. Aber es besteht die Gefahr, dass wir bei vielen gleichzeitig vorgenommenen Operationen die Übersicht verlieren. Außerdem ist das Risiko sehr groß, jenes Schiff zu verlieren, das die gesuchte Welt findet. Aber immerhin, Captain Rietzel, Ihr Vorschlag ist einer genaueren Prüfung wert.«

Als nächster erhob sich ein Astronom, dessen Name Runete vergaß, kaum dass er genannt wurde. Er ging nur näher auf die von NATHAN gelieferten Daten über den Methanriesen ein und hatte als Höhepunkt zu sagen: »Die beobachteten Eingeborenen, als Riesenlibellen oder Drachen beschrieben, könnten immerhin eine so hohe Intelligenzstufe haben, dass sie die Explorerleute gefangen halten und *deren Gedanken verzerrt projizieren.*«

Der Astronom hatte kaum geendet, da erhob sich Dr. Tschu spontan und ergriff mit ungewohnter Initiative das Wort.

»Die Visionen, die Ursache unserer Untersuchung sind«, rief er, »sind einwandfrei *menschlichen* Ursprungs. Denn die vielen Gesichter der namenlosen Ungeheuer sind alle der Mystik des Homo sapiens entlehnt. Aber das allein macht mich nicht so sicher. Sondern wie diese Ungeheuer agieren, trägt eindeutig den Stempel des Menschen. Allerdings«, schränkte Dr. Tschu ein, »ist nicht gesagt, dass die Eingeborenen der Methanwelt nicht eine hohe Intelligenzstufe erreicht haben können. Es wäre sogar wahrscheinlich.«

Die nächsten vier Redner machten alle Vorschläge über das strategische Vorgehen zur Befreiung der gefangenen Explorerleute. Sie gingen alle von der Voraussetzung aus, dass die Verschollenen Geiseln einer militärischen Streitmacht seien. Aber selbst wenn ihre Hypothesen nicht so abwegig gewesen wären, hätten ihre Vorschläge erst dann realisiert werden können, wenn man den Aufenthaltsort der Verschollenen wusste.

An dem springenden Punkt, die Verschollenen auf direktem Wege vorerst einmal zu finden, gingen die meisten vorbei. Oder sie kamen mit haarsträubenden und unrealisierbaren Ideen. Es schien so, als wüssten nur Mark Berliter und er, Runete, dass mit ziemlicher Wahrscheinlichkeit der Planet Maja das Gefängnis der Explorerleute war.

»Major Pandar Runete hat das Wort!«, platzte Rhodans Stimme in Runetes Gedanken hinein.

Runete erhob sich automatisch, war aber so durcheinander, dass er für eine endlos scheinende Zeit nicht die richtigen Worte für einen Beginn fand.

»Haben Sie uns denn nichts zu sagen, Major?«, erkundigte sich Rhodan. Obwohl seine Stimme nur höflich und nicht bissig klang, erscholl von verschiedenen Seiten verhaltenes Gelächter.

Kein Wunder, dachte Runete, *die Diskussion zieht sich für alle schon zu lange hin.*

Er fasste sich schnell und sagte: »Entschuldigen Sie, Sir, aber ich habe tatsächlich nichts mehr zu sagen. Meine Stellungnahme zu dem Problem wurde von anderer Seite schon vorweggenommen. Doch möchte ich mit Ihrer Erlaubnis das Wort an Leutnant Mark Berliter übergeben. Er kann sagen, auf welcher Welt die beiden Explorerschiffe gestrandet sind.«

Erwartungsvolle Stille trat ein.

»Tatsächlich?«, sagte Rhodan erstaunt. Sein Blick glitt suchend über die Versammelten hinweg und blieb schließlich auf dem großen, schlanken Leutnant mit dem auffallend roten Haar hängen. »Sie sind Leutnant Mark Berliter? Und sie wollen die ganze Zeit über den Namen des von uns gesuchten Methanriesen gewusst haben? Ja, Leutnant, warum spannen Sie uns dann so auf die Folter?«

Leutnant Berliter, der sonst nicht auf den Mund gefallen war, begann nervös zu stottern.

»Nennen Sie uns vielleicht vorerst einmal den Namen besagter Methanwelt«, verlangte Rhodan.

»Maja!«, platzte Berliter heraus.

»Und wie kommen Sie gerade auf diesen Planeten?«

»Das ist so«, versuchte Berliter zu erklären. »Eigentlich war es Major Runete, der mich auf den Namen des Planeten gebracht hat. Er ist nämlich ein Angehöriger der Religionsgemeinschaft Sikh ... Ich dachte mir, dass ... Ich meine, er hat einmal den Namen Guru Nanak genannt und ... ich habe assoziiert ... und ...«

Pandar Runete lächelte still vor sich hin. Er hatte nicht vor, dem Leutnant mit einigen Erklärungen hilfreich beizustehen, obwohl es ein leichtes für ihn gewesen wäre. Er genoss es, zu hören, wie mühsam der Leutnant, der reden konnte wie ein Wasserfall, wenn es galt Raumfahrergarn zu spinnen, nach Worten suchte, um einfache Tatsachen wiederzugeben.

3.

Das ICH ist die Seele des Menschen, weder gut noch böse, sondern rein. Sein Charakter (Persönlichkeit) aber wird durch die Triebregungen aus dem ES zum Schlechten und durch die im ÜBERICH gespeicherten Normen von »Idealpersonen« (berühmte Persönlichkeiten aller Sparten und Zeiten) zum Besseren geformt. Die Vielschichtigkeit des Charakters wird schon durch die Betrachtung des eigenen Wesens gezeigt, denn kaum jemals werden wir genau das sein, was wir zu sein vermeinen oder zu sein versuchen. Der Tapfere wird nie die Einwirkung der Angst leugnen können, der Gläubige wird immer die Zweifel hören, der Sittliche immer die Versuchung spüren.
So ist der Mensch.

Die CREST IV befand sich erst wenige Minuten in einer Umlaufbahn um den Methanriesen Maja, als der Chef der Ortungszentrale rief: »Die Massetaster schlagen an, Sir!«

Perry Rhodan, der sich während der letzten Anflugphasen in der Kommandozentrale aufgehalten hatte, war sofort zur Stelle. Während er Major Owe Konitzki über die Schulter schaute und die über den Bildschirm huschenden Zahlenkolonnen beobachtete, sagte er: »Stellen Sie von mathematischer auf optische Erfassung um, Major.«

»Jawohl, Sir.«

Die Zahlen verblassten, und zwei dunkle Punkte wurden auf dem Bildschirm sichtbar, von denen sich kreisförmige Spirallinien in regelmäßigen Abständen lösten.

Major Konitzki erklärte: »Es handelt sich um zwei Objekte, die genau der Masse, Dichte und Größe der verschollenen Explorerschiffe entsprechen. Sie befinden sich in gleicher Höhe wie wir über dem Planeten und sind durch Traktorstrahlen aneinandergekoppelt. Energetische Messungen haben ergeben, dass das Kraftwerk von einem der beiden Schiffe tätig ist und dass ständig große Mengen von Energien verbraucht werden.«

»Der Energieverbrauch könnte bedeuten, dass sich noch jemand von der Besatzung an Bord befindet«, mutmaßte Rhodan.

»Vielleicht«, sagte Major Konitzki zweifelnd, »aber dafür ist der Energieverbrauch zu gleichmäßig ...«

Rhodan hörte ihn nicht mehr, denn er befand sich bereits beim Interkom und setzte sich mit der Funkzentrale in Verbindung.

»Major Wai«, befahl er, »versuchen Sie, Verbindung mit den beiden Objekten aufzunehmen. Verwenden Sie dabei den Explorerkode. Beim ersten Kontakt schalten Sie sofort auf mein Gerät um.«

»Verstanden, Sir«, bestätigte Major Wai mit der ihm eigenen asiatischen Ruhe.

Rhodan ging zu seinem Kontrollsitz, der neben dem Oberst Akrans stand. »Welche Geschwindigkeit, Oberst?«, fragte er.

»Vierzigtausend Kilometer in der Stunde«, antwortete der Epsaler. »Wir haben uns den beiden Objekten vor uns angepasst.«

»Entfernung?«

»Zehntausend Kilometer.«

»Halten Sie diese Distanz.«

Rhodans Interkom schlug an, und Major Wais Gesicht erschien auf dem Bildschirm.

»Auf den beiden Explorerschiffen meldet sich niemand, Sir«, berichtete der Chef der Funkzentrale.

»Versuchen Sie es weiterhin«, ordnete Rhodan an und wandte sich gleich darauf an Oberst Akran: »Bildschirmvergrößerung.«

Der riesige Panoramabildschirm hinter den Kontrollpulten hatte bisher den erfassbaren Teil des Methanriesen Maja gezeigt. Der gesamte Planet hatte eine stark violette Färbung, die in den vielen äquatorparallelen Streifen in den verschiedensten Nuancen auftrat. Aber dazwischen traten auch andersfarbige Details heraus, von denen die weißen Flecken am deutlichsten sichtbar waren. Dabei handelte es sich um die kristallinen Wasserstoff-Stickstoff-Gebirge, die sich schnell verflüchtigten und sich gegen die Rotation des Planeten bewegten.

Im großen und ganzen hatten die Astronomen die von NATHAN erarbeiteten Daten bestätigt und darüber hinaus vervollständigt. Erste Messungen hatten keine Anhaltspunkte über das Vorhandensein einer Zivilisation ergeben. Aber da es sich um Fernmessungen handelte, die durch die dicke Wolkenschicht behindert wurden, konnte die Existenz einer intelligenten Lebensform nicht ausgeschlossen werden.

Nachdem Rhodan befohlen hatte, die beiden georteten Objekte auf den Panoramaschirm zu bannen, wanderte der Methanriese zum Rand des Bildschirms hin. Als nur noch ein Viertel des Planeten die Bildfläche bedeckte, erschienen zwischen dem Sternenmeer des Alls plötzlich zwei neue Lichtpunkte. Sie wurden schnell größer und entpuppten sich schließlich als zwei aneinandergekoppelte Kugelraumer der TERRA-Klasse.

»Stopp«, hielt Rhodan die Bildschirmvergrößerung an, als die beiden Raumschiffe fast den ganzen Schirm einnahmen.

»Können Sie irgendwelche Unstimmigkeit an den beiden Schiffen feststellen, Oberst?«, fragte Rhodan.

Oberst Akrans scharfe Augen betrachteten prüfend die Bildschirmvergrößerung. Nach einer Weile schüttelte er den Kopf.

»Nein, Sir«, sagte er. »Die HÜ-Schirme sind zwar nicht eingeschaltet, aber da keine Narben an den Hüllen bemerkbar sind, besteht kein Grund zu der Annahme, dass die Schiffe angegriffen wurden. Die beiden Schiffe *scheinen* vollkommen in Ordnung, und die Lichter hinter den meisten Bullaugen vermitteln den Eindruck, als befände sich die Besatzung an Bord.«

»Denselben Eindruck habe ich auch«, stimmte Rhodan zu. »Aber wenn die Schiffe nicht verlassen sind, warum bekommen wir keine Antwort auf unsere Anrufe?«

»Die Antwort darauf dürfte nur an Bord der Schiffe selbst zu finden sein«, meinte Oberst Akran.

Rhodan nickte. »Stimmt. Deshalb werden wir den Explorerschiffen einen Besuch abstatten.«

»Soll ich beschleunigen, Sir?«, erkundigte sich der Kommandant.

»Ich denke nicht daran, die CREST einer Gefahr auszusetzen«, entgegnete Rhodan. »Oder haben Sie schon vergessen, dass dieser Planet aller Wahrscheinlichkeit nach der Ursprung der immateriellen Ungeheuer ist? Nein, Sie werden sich mit der CREST in den Raum außerhalb dieses Systems zurückziehen, während ich mit einer Korvette die beiden Explorerschiffe anfliege.«

Eine Sekunde lang standen die beiden ungleichen Schiffe nebeneinander – das 2500 Meter durchmessende Flaggschiff und der 60-Meter-Raumer –, dann schossen beide mit hohen Beschleunigungswerten davon; jedes in eine andere Richtung. Die CREST IV in den freien Raum hinaus, die KC-21 auf die beiden Explorerschiffe zu.

Major Pandar Runete war der Pilot der Korvette, die Besatzung bestand aus vierzig Soldaten und dem »Leutnant zur besonderen Verwendung« Mark Berliter. Wissenschaftler hatte Perry Rhodan aus Sicherheitsgründen nicht auf diese Erkundungsfahrt mitgenommen. Und er glaubte nicht, dass sich wissenschaftliche Probleme ergeben würden.

Er befürchtete vielmehr, dass sie mit unliebsamen Überraschungen zu rechnen hatten. Er sah immer noch das mitleiderregende Bild vor sich, das John Marshall nach der Attacke der immateriellen Ungeheuer geboten hatten. Auf Terra war die geistige Ausstrahlung der Ungeheuer für normale Menschen zu schwach gewesen, nur Mutanten litten unter ihr. Aber hier, am Ursprung der Visionen, konnte deren Intensität um vieles stärker sein.

Dr. Tschu hatte diese Befürchtung als äußerst real bezeichnet, und Rhodan hatte die Besatzung der KC-21 über die möglichen Gefahren nicht im Unklaren gelassen. Es handelte sich durchwegs um Freiwillige.

Fünf Minuten nach dem Ausschleusen legte Major Runete an den Explorerschiffen an und verankerte die Korvette durch einen Traktorstrahl an der EX-777.

Die vierzig Männer warteten bereits an der Hauptschleuse. Sie trugen leichte Raumanzüge und waren mit Paralysatoren bewaffnet.

»Wir werden zwei Gruppen bilden«, instruierte Rhodan die Männer. »Leutnant Berliters Gruppe wird die EX-777 untersuchen, während die andere Gruppe sich unter meiner Führung zur EX-2929 begibt. Wir werden die Raumanzüge anbehalten, damit wir ständig miteinander in Sprechverbindung stehen. Besondere Verhaltensregeln kann ich Ihnen nicht geben, da ich nicht weiß, was uns an Bord der Explorerschiffe erwartet. Ein großer Teil der Mannschaft wird sich wahrscheinlich auf dem Methanriesen befinden, die Zurückgebliebenen können tot oder verwundet sein oder geistig geschädigt. Sollte letzteres zutreffen, und es kommt zu einem Kampf, dann denken Sie immer daran, dass es sich um unsere Leute handelt. Aus diesem Grunde wurden Sie auch nur mit Lähmstrahlern bewaffnet. Und nun – Hals- und Beinbruch.«

Major Runete, der in der Kommandozentrale der Korvette alles mitgehört hatte, betätigte bei Rhodans letzten Worten den Mechanismus der Hauptschleuse durch Fernbedienung.

Leutnant Berliter stürzte sich seinen Männern voran in die Leere des Weltraums. Rhodan wartete, bis Berliters Gruppe die Schleuse vollzählig verlassen hatte, dann gab er seinen Leuten einen Wink und stieß sich mit den Beinen von der Schwelle ab. Für einen Augenblick geriet er ins Schwanken, als die Gravitation der Korvette an ihm zerrte, aber plötzlich fühlte er sich frei und leicht.

Er schaltete die Rückstoßdüsen ein und flog in weitem Bogen über die KC-21 hinweg. Seine zwanzig Leute folgten ihm in einer Reihe. Da sich Rhodan schon während des Anfluges über die Lage der Schleuse der EX-2929 informiert hatte, ersparte er sich langwieriges Suchen und konnte in gerader Linie darauf zusteuern. Bevor ihm die Wölbung des Explorerschiffes den Blick auf die EX-777 versperrte, sah er noch, wie drüben bei Berliters

Männern die Flammenzungen der Rückstoßdüsen erloschen. Dann konzentrierte er sich auf die vor ihm liegende Aufgabe.

Rhodan sank mit den Füßen voran auf die Hülle des Explorerschiffes nieder und schaltete das Flugaggregat aus, als die Haftsohlen seiner Stiefel noch fünf Meter entfernt waren. Er hatte kaum neben der Schleuse aufgesetzt, da landeten die zwanzig Männer seiner Gruppe einer nach dem anderen hinter ihm.

»Öffnen«, befahl Rhodan dem Nächststehenden und deutete auf den Außenmechanismus der Schleuse.

Während Rhodan wartete, dass sich das Schott öffnete, blickte er kurz zu dem Methanriesen, der über ihm dahinzurollen schien. Welche Geheimnisse mochte dieser Planet bergen? Und – war er Reginald Bull zum Schicksal geworden? Rhodan hoffte, eine Teilantwort an Bord des Explorerschiffes zu finden.

»Schleuse ist geöffnet«, meldete der Soldat.

Rhodan schreckte auf. Er blickte »hinunter« in die erhellte Schleusenkammer. Sie war leer. Hatte er etwas anderes erwartet? Rhodan orientierte sich anhand der Anordnung der Geräte und betrat den Boden der Schleuse. Die Männer folgten ihm schweigend. Im Helmempfänger war nur ihr Atem zu hören. Die Außenschleuse glitt langsam zu, dann setzte das Geräusch der Sauerstoffpumpen ein, und wenig später öffnete sich die Innenschleuse.

Der Sammelraum dahinter war leer.

»Hier spricht Leutnant Berliter«, ertönte es in Rhodans Kopfhörern.

»Was gibt es, Leutnant?«

»Keine besonderen Vorkommnisse«, meldete Berliter. »Bisher haben wir die beiden untersten Decks ohne Erfolg abgesucht. Es waren nirgends Lebenszeichen der Besatzung zu entdecken, aber andererseits fanden sich auch keine Spuren eines Kampfes. Ein Aufruf über die Bordsprechanlage blieb erfolglos. Jetzt habe ich die Hälfte meiner Leute zu den wissenschaftlichen Abteilungen hinaufgeschickt.«

»Das mit der Bordsprechanlage ist eine glänzende Idee«, lobte Rhodan. »Melden Sie sich wieder in einer halben Stunde, Leutnant – oder früher, wenn sich etwas Dringliches ergibt. Ende.«

»Jawohl, Sir. Ende.« Das folgende Knacken zeigte an, dass Leutnant Berliter wieder auf jene Frequenz umgeschaltet hatte, die seiner Gruppe zugeteilt worden war.

Rhodan verteilte seine Männer über die fünfzehn Decks. Für die Untersuchung der wissenschaftlichen Abteilungen und der Mannschaftsräume stellte er zusätzlich je zwei Männer zur Verfügung. Den verbleibenden Soldaten schickte er mit dem Auftrag in die Kommandozentrale, über die Bordsprechanlage die Explorerleute aufzurufen. Rhodan selbst machte sich auf den Weg zu Reginald Bulls Kabine.

Während er im Schacht des Antigravlifts hinaufglitt, überdachte er diese rätselhafte Situation.

Es hatte von Anfang an festgestanden, dass die Männer der beiden Explorerschiffe mit dem Erscheinen der Visionen überall im Imperium zu tun hatten. Was für eine Rolle sie wirklich dabei spielten, darüber wollte Rhodan noch keine Vermutungen anstellen. Im Augenblick gab es andere Probleme. Wieso hatte Bully sein Schiff ohne Bewachung in der Umlaufbahn des Methanriesen zurückgelassen? Nachdem er die EX-777 verlassen vorgefunden hatte, musste er die unbekannte drohende Gefahr zumindest erahnt haben. Hatte er sein Schiff unter Zwang im Stich gelassen? Vielleicht – aber dann war es ebenso rätselhaft, dass nirgends Spuren eines Kampfes zu finden waren.

Als Rhodan aus dem Schacht auf den Korridor hinaussprang, empfing ihn die Stimme des von ihm abgestellten Soldaten aus den Lautsprechern der Rundrufanlage.

»Achtung! Die Mannschaft der EX-2929 wird aufgefordert, sich in der Kommandozentrale einzufinden …«

Es wird sich kein einziger melden, dachte Rhodan.

Er erreichte Bullys Kabine. Kaum dass er eingetreten war, knackte es in seinem Helmempfänger.

Leutnant Berliters aufgeregte Stimme ertönte. »Wir haben sie, Sir! Wir haben sie alle gefunden. Sie sind hier, an Bord der EX-777. Alle, auch die Männer der EX-2929. Und – auch Staatsmarschall Reginald Bull ist hier.«

Rhodan hatte sich in Bullys Kabine umgesehen; es herrschte eine peinliche Ordnung, als hätte sein Freund aufgeräumt, bevor er seine Unterkunft verließ.

»Und?«, erkundigte sich Rhodan mit belegter Stimme.

»Sie liegen alle hier in der Ezialistischen Abteilung. Es scheint ein riesengroßer Schlafsaal zu sein, aber die Betten muten so seltsam an, wie ... Kälteschlafkammern ... und die Männer wirken wie aufgebahrt ...«

Tot, durchzuckte es Rhodan. Aber das hätte natürlich keinen Sinn ergeben.

»Atmen sie noch?«, fragte Rhodan.

»Ich weiß nicht ... Ich traue mir kein Urteil zu. Und dann ist da noch etwas. Eine Maschine mit einem Tor. Ich kann mir nichts darunter vorstellen, denn es handelt sich um eine recht eigenartige Konstruktion. Aber wir haben eine Menge Unterlagen in Guru Nanaks Arbeitsraum gefunden, die einigen Aufschluss über die Maschine geben dürften ... Am besten wäre es, wenn Sie selbst herüberkämen, Sir. Mir ist das alles unheimlich.«

»Ich komme«, sagte Rhodan gepresst.

Er wandte sich zur Tür, aber mitten in der Bewegung hielt er inne. In seinem Helmempfänger ertönte ein markerschütternder Schrei, der ihm eine Gänsehaut über den Rücken jagte. Sekunden vergingen, und der Schrei hielt immer noch an, wurde aber immer leiser, bis er schließlich in ein Gurgeln überging. Ein Mann hatte in Todesqualen geschrien.

Dann herrschte Stille.

Die Stille schien länger anzudauern, als der vorangegangene Schrei. Und als sie am unerträglichsten wurde ...

... da kamen die immateriellen Ungeheuer und stürzten sich auf die übrigen Männer, die über die beiden Schiffe verteilt waren.

Rhodan fand sich plötzlich inmitten einer Atmosphäre aus Ammoniak und Methan. Er atmete immer noch sauerstoffhaltige Luft, aber er vermeinte dennoch, ersticken zu müssen. Er war nicht mehr Herr seiner selbst, hatte weder seine Sinne noch seinen Körper unter Kontrolle. Er versuchte noch, sich zu sagen, dass alles nur Illusion war, dass er sich auf dem Raumschiff befand und nicht auf der Methanwelt. Er wollte mit den anderen über Sprechfunk in Verbindung treten und sie warnen ... Aber sein Vorhaben wurde mit der Kraft des wilden, wütenden Tieres verdrängt, das sich auf ihn stürzte.

Es war plötzlich überall, peitschte mit seinem stacheligen Schwanz den Nebel, wirbelte mit den Klauen den sumpfigen Boden und fraß sich mit seinem Rachen durch die wallende Atmosphäre immer näher. Blitze zuckten über den veränderlichen Körper des Ungeheuers, verbrannten es und stachelten es zu noch größerer Wildheit an.

Rhodan rannte – er glaubte zu rennen –, doch wusste er, dass es keine Fluchtmöglichkeit geben konnte. Denn das Ungeheuer war das Böse, das allgegenwärtige Schlechte, das hier Gestalt angenommen hatte und dennoch immateriell war. Wohin Rhodan auch rannte, es würde ihm überallhin folgen, denn er trug es in sich. ES war in seinem Schädel, in seinem Geist ... von einer gnadenlosen Macht hineingesetzt, damit ES alles zerstörte, was nicht so hässlich, so abgrundtief böse wie ES selbst war.

ES wollte töten.

ES wollte zerstören.

ES wütete in beiden Explorerschiffen und tötete und zerstörte.

Am Ende einer kurzen Zeitspanne hatte ES sechs Menschenleben ausgelöscht und sieben bislang gesunde und ausgeglichene ICHs zerstört.

Während in seinem Helmempfänger das Wimmern und Wehklagen seiner Männer zu hören war, musste sich Rhodan unwillkürlich fragen, welchem Umstand er es zu verdanken hatte, dass einige seiner Leute und er noch am Leben waren. Und er begann an der Theorie zu zweifeln, die Dr. Tschu aufgestellt hatte. Dieses gnadenlose Ungeheuer konnte nie und nimmer eine Gefühlsprojektion von Menschen sein!

4.

Die wissenschaftlichen und philosophischen Aufzeichnungen des Ezialisten Olenk Brodech, bekannter unter dem Namen Guru Nanak, die von Leutnant Berliters Suchtruppe sichergestellt wurden:

Wenn diese Unterlagen in fremde Hände geraten, dann ist es gewiss, dass ich bereits die dritte Stufe erklommen habe und von der Ewigkeit aufgenommen wurde. Meine Forschungsarbeit braucht nicht länger mehr geheim zu bleiben, es sollte sogar das Gegenteil eintreten: Alle Menschen sollen von meinem Weg in die Ewigkeit erfahren und die Möglichkeit erhalten, sich von ihrem erbärmlichen Dasein zu lösen und mir zu folgen.

Ich bin Wissenschaftler und Philosoph und deshalb zwangsläufig Ezialist. Ich hatte nie vor, meine wissenschaftliche Arbeit in den Dienst der menschlichen Zivilisation zu stellen, und es lag mir auch nichts daran, das geistige Wissen der Menschheit zu bereichern. Denn ich bin ein Gegner der herrschenden Gesellschaftsordnung, die von der Technik regiert wird, und in der alles darauf abgestimmt ist, das fleischliche Sein erträglicher zu gestalten. Ich hingegen wende mich strikt von den Versuchen ab, die Unzulänglichkeit des menschlichen Körpers mit äußerlichen Maßnahmen zu »verbessern«, und suche nach einem vollkommeneren Zustand des Seins. Wenn diese Unterlagen gefunden werden, dann muss ich einen Weg gefunden haben, denn andernfalls hätte ich es verhindert, dass Außenstehende einen Einblick in meine Arbeit erhalten.

Meine Arbeit zerfällt in drei Stufen:

Die erste Stufe ist die Selbsterkenntnis, ohne die es mir gar nicht möglich gewesen wäre, nach einer Aggregatform des Menschen zu suchen. Ich habe mich in diesem Stadium sehr viel mit den terranischen Religionen beschäftigt, dabei stellte ich fest, dass der Buddhismus und der Hinduismus und ihre verschiedenen pantheistischen Abarten meinen Vorstellungen einer neuen

Lebensart am ehesten entsprachen. Und ich bin nicht abgeneigt zu glauben, dass einige der Gurus und Jogis die Aggregatform des Lebens in einer psychischen Realität gefunden haben. Die Menschen in ihren sterblichen Hüllen werden dafür nie Beweise erhalten, denn wer ein Leben in der psychischen Realität erreicht hat, kehrt nie mehr in die Hölle der physischen Realität zurück.

Nachdem ich das alles wusste – es gab für mich keine *Geheimnisse* mehr, nur noch Wissenslücken –, konnte ich mich daran machen, die zweite Stufe zu besteigen. Um dieses Zwischenziel zu erreichen, konnte mir jede Art von Hilfsmitteln recht sein. Ich scheute auch nicht davor zurück, die Technik als »Krücke« zu gebrauchen.

Ich musste ein Gerät konstruieren, mit dem ich den psychischen Inhalt des menschlichen Körpers in eine andere Daseinsform transplantieren konnte. Das war nicht leicht, denn erstens sollte der neue Körper nicht durch seine Konstruktion und seine äußere Form den Geist in seiner Entfaltung hindern (so wie es beim menschlichen Körper ist), und zweitens musste der neue Körper einer Umgebung angepasst sein. Es galt also, eine Hülle zu finden, die nur Mittel zu dem Zweck sein sollte, den Geist zu tragen. Diese ideale Aggregatform fand ich auf einer Methanwelt, auf der ich Schiffbruch erlitt.

Ich nannte diese Welt in Anlehnung an den hinduistischen Glauben einer Weltillusion Maja. Denn auf diesem Methanriesen fand ich das fleischliche Sein tatsächlich in einer geradezu perfektionierten Form. (Ich muss hier nachträglich bekennen, dass die Erlebnisse auf dieser Welt den Anstoß für meine Suche nach einer Aggregatform des Lebens waren).

Mit dem menschlichen Auge konnte ich natürlich nicht die Wunder schauen, die diese Welt zu bieten hatte. Für mich als Mensch waren es vielmehr Schrecken. Selbst als die Bewohner der Methanwelt, ich nenne sie Kalkis, mich von der Einzigartigkeit ihres Lebens zu überzeugen versuchten, konnte ich mich den Gegebenheiten nicht anpassen. Ich wusste nun zwar, dass die Kalkis die einzig mögliche erstrebenswerte Existenzform erreicht hatten, aber ich war zu sehr Mensch, um hier glücklich werden zu können.

Während der Zeit, die ich in meinem menschlichen Körper bei den Kalkis verbrachte, träumte ich oft von Avatara, von dem »Herabstieg« auf diese Welt in einem neuen, unhinderlichen Körper. Und schon damals entwarf ich den Körper für mich, mit dem ich einst hier leben würde.

Jetzt habe ich den Transmitter konstruiert und eine Möglichkeit gefunden, auf Maja selbst den Idealkörper zu formen, den Avatara, in dem der menschliche Geist an der psychischen Realität teilhaben kann.

Theoretisch habe ich damit die zweite Stufe zur Ewigkeit erklommen – dies in der Praxis zu verwirklichen, ist weiter nichts als Routine. Die EX-777 fliegt Maja bereits an.

Wie schwer allerdings die dritte Stufe zu bezwingen sein wird, weiß ich noch nicht. Aber im Körper des Avatara kann es mir nicht schwerfallen, das ES in mir zu überwinden.

Ich kann nun nur noch hoffen, dass mir viele Menschen folgen werden, wenn sie diese Unterlagen gefunden haben. Die Bedienung des Transmitters habe ich im folgenden ausführlich erklärt, ebenso die Funktionsweise. In der EX-777 stehen viele Liegestätten bereit, die für den Anfang genügen werden; sollte weiterer Bedarf bestehen, so können sie leicht nachgebaut werden. Die Furcht, seinen menschlichen Körper zu verlieren, wenn man sich einmal als Avatara auf Maja befindet, ist unbegründet. Auf der Methanwelt befindet sich eine Einrichtung, die jederzeit eine Rückkehr ermöglicht. Aber ich weiß, dass kein Avatara mehr den Wunsch hat, in sein menschliches Dasein zurückzukehren. Und mögen recht viele Erleuchtete kommen und ihre sterblichen Hüllen in dem schwarzen, kalten Kosmos des Menschen zurücklassen.

Maja bietet die Ewigkeit.

5.

»Das Unbewusste ist das eigentlich reale Psychische, uns nach seiner inneren Natur so unbekannt wie das Reale der Außenwelt, und uns durch die Daten des Bewusstseins ebenso unvollständig gegeben wie die Außenwelt durch die Angaben unserer Sinnesorgane.« (Sigmund Freud)

Perry Rhodan hatte lange mit sich um einen Entschluss gerungen, aber dann entschied er sich doch, Ellion Kendall zu empfangen.

Jetzt stand der junge Mann von zwanzig Jahren in strammer Haltung vor ihm.

»Setzen Sie sich, Kendall«, sagte Rhodan von seinem Platz aus.

»Sir?«

»Ich habe gesagt, Sie sollen sich setzen. Oder muss ich Ihnen erst den Befehl dazu geben?«

»Nein, Sir ... Danke – Sir!«

Ellion Kendall war von gedrungener Gestalt, hatte einen blassen Teint und das Haar so kurz geschoren, dass man die Färbe nur vermuten konnte. Er war gar nicht jener Typ, dem man beim ersten Blick ein Dutzend Komplexe ansah, sondern wirkte eher wie einer von den draufgängerischen jungen Männern, die ihr Leben erst zu schätzen wussten, wenn es an einem dünnen Faden hing. Früher mochte Kendall auch so gewesen sein, aber der Vorfall auf der EX-777 hatte ihn zuinnerst erschüttert.

Kendall ließ sich steif auf den angebotenen Platz nieder.

»Was führt Sie zu mir, Kendall?«

Der Unteroffizier benetzte sich die Lippen. »Es ... es geht darum, Sir, dass Sie einen neuerlichen Stoßtrupp zur EX-777 schicken wollen. Ich – ich möchte dabei sein.«

Um sein Gegenüber nicht noch mehr einzuschüchtern, blickte Rhodan ihm nicht in die Augen, als er sagte: »Warum möchten Sie dabei sein?«

»Weil ... ich fühle die Befähigung für diese Aufgabe in mir«, sagte Kendall schnell.

»Wissen Sie überhaupt, welche Aufgabe dem Stoßtrupp zugedacht ist?«

Kendall blinzelte unsicher. »Nicht genau. Aber es liegt auf der Hand, dass etwas gegen die Ungeheuer unternommen wird. Ich möchte mithelfen, sie auszurotten.«

»So, so«, machte Rhodan. »Haben Sie einen Grund, die Ungeheuer zu hassen, Kendall?«

»Hassen?«

»Warum sonst wollen Sie sie ausrotten, wenn nicht aus Hass.«

In Kendalls Gesicht zuckte es.

»Ja«, sagte er gepresst, »ich habe einen Grund, sie zu hassen. Einer der Toten bei unserem letzten Einsatz war ein Freund von mir. Mehr noch – er war der einzige Mensch, der mir etwas bedeutete. Ich möchte ihn rächen.«

Rhodan schürzte, scheinbar überlegend, die Lippen. Aber er wusste bereits, wie er sich zu Kendalls Bitte stellen würde, er hatte es von Anfang an gewusst.

Er vermied es wieder, Kendalls Blick zu begegnen, als er sagte: »Kehren Sie zu Ihrer Abteilung zurück. Sie bekommen noch rechtzeitig Bescheid.«

Rhodan ärgerte sich über sich selbst, weil er nicht den Mut hatte, Kendall ins Gesicht zu sagen, dass er ihn bei dem Unternehmen nicht mitnehmen würde. Warum sagte er nicht einfach: Kendall, tut mir leid, aber ich kann Sie nicht mitnehmen, weil wir keinen Rachefeldzug starten, sondern den Versuch zu einer friedlichen und unblutigen Lösung machen! Warum sagte er ihm das nicht einfach?

Kendall erhob sich. »Danke, Sir.«

Rhodan rief ihn zurück, als er gerade auf den Korridor hinaustreten wollte.

»Kendall?«

»Ja, Sir?«

»Gehen Sie nicht zu Ihrer Abteilung zurück, sondern melden Sie sich beim Chefpsychologen.«

Kendall missverstand Rhodans Anordnung. Sein Gesicht erhellte sich. »Danke, Sir«, sagte er glücklich. »Haben Sie vielen Dank.«

Der Zwischenfall mit Kendall hatte Rhodan mehr zugesetzt als er selbst wahrhaben wollte. Er war unkonzentriert und gereizt, das ließ er die Leute spüren, die mit ihm zu tun hatten.

Der erste, der Rhodans Laune zu spüren bekam, war Major Pandar Runete. Der Chef der Zweiten Flottille, der auch bei diesem Unternehmen die KC-21 steuern sollte, wartete mit der vollzählig angetretenen Mannschaft vor dem Schott der Korvettenschleuse.

Rhodan ließ den Major nicht erst Meldung erstatten, sondern fauchte: »Nach welchen Gesichtspunkten haben Sie diese dreißig Männer ausgesucht, Runete? Etwa nach ihrer Führungskartei?«

»Jawohl, Sir«, bestätigte Runete ungerührt.

Rhodan funkelte ihn an. »Ich glaube Ihnen aufs Wort. Aber bestimmt haben Sie einige der Leute berücksichtigt, die auch beim letzten Einsatz dabei waren. Ich erblicke auf Anhieb zumindest sechs mir bekannte Gesichter.«

»Das stimmt, Sir«, gab Runete zu. »Ich habe mir gedacht, dass ihre Erfahrungen auch für diesen Einsatz nützlich wären.«

»Das ist falsch«, sagte Rhodan. »Aus dem Erlebten haben diese Männer nicht gelernt, wie Sie annehmen, sondern sie haben dadurch seelischen Schaden erlitten. Marschieren Sie mit dem ganzen Haufen ab zu Dr. Tschu, er soll alle, einschließlich Sie, auf psychische Stabilität untersuchen. Ich möchte nur die ausgeglichensten der Ausgeglichenen bei diesem Unternehmen dabeihaben.«

»Jawohl, Sir.« Runete salutierte und ging ab.

Als sich Rhodan umdrehte, stand einer von Captain Rietzels Technikern vor ihm. »Sie werden am Interkom verlangt, Sir«, sagte er.

Rhodan nickte zerstreut und folgte dem Techniker zum

Schleusenkommandostand. Der Anrufer war der leitende Ingenieur Oberstleutnant Bert Hefrich.

»Ich habe Sie im ganzen Schiff zu erreichen versucht«, empfing ihn der grauhaarige Ingenieur mit grollender Stimme.

»Jetzt haben Sie mich gefunden«, sagte Rhodan. »Was wollen Sie?«

Hefrich zeigte sich nicht beeindruckt von Rhodans Gereiztheit, denn er galt selbst als Choleriker und ließ seinem Temperament jedem Rang und Namen gegenüber freien Lauf.

»Die Pläne des Psycho-Transmitters, die uns dieser Olenk Brodech hinterlassen hat, sind nun zur Gänze überprüft. Allerdings wäre es mir recht, wenn ich den Transmitter selbst in Augenschein nehmen könnte.«

»Das lässt sich nicht durchführen«, entgegnete Rhodan. »Das Leben von mehreren hundert Männern steht auf dem Spiel. Wir müssen schnell handeln, wenn wir sie retten wollen.«

Hefrich zuckte die Achseln. »Wie Sie meinen, es ist Ihr Leben, das Sie aufs Spiel setzen«, sagte er respektlos. »Wollen Sie nun wissen, was wir herausgefunden haben, Sir?«

»Schießen Sie los.«

»Also, der Transmitter dürfte funktionieren, falls er getreu den Plänen gebaut wurde. Alle anderen Angaben, zum Beispiel über die Konservierung der zurückgebliebenen Körper, stimmen ebenfalls. Die Ortungszentrale hat gemeldet, dass sich im Äquatorgebiet des Methanriesen das entsprechende Empfangsgerät befindet. Aus den Plänen geht hervor, dass es nicht nur die Aufgabe hat, den vom Transmitter abgestrahlten Geist zu empfangen, sondern gleichzeitig damit einen Pseudokörper aus der planeteneigenen Materie zu erschaffen und den Geist aufzunehmen.«

»Ersparen Sie sich diese Einzelheiten«, unterbrach Rhodan, »sondern sagen Sie, ob der Empfänger funktioniert oder nicht.«

»Verdammt noch mal«, schimpfte Hefrich, »wie soll ich denn das wissen, wenn Sie mir nicht gestatten, mit einem Landekommando hinunterzugehen, um den Empfänger zu überprüfen? Er verbraucht natürlich ständig Energien von der EX-777, das lässt sich leicht nachprüfen. Es steht fest, dass Psycho-Sender und -Empfänger in Tätigkeit sind, aber ob sie beide *funktionieren,* das ist ein anderes Kapitel.«

»Mehr wollte ich nicht wissen«, sagte Rhodan und unterbrach die Verbindung.

Er fühlte sich plötzlich irgendwie leichter. Vielleicht hatte es ihm gutgetan, mit derselben Kaltschnäuzigkeit behandelt zu werden, die er andere hatte spüren lassen. Rhodan wollte sich diese Therapie für den Zeitpunkt merken, da er wieder missgelaunt war.

Rhodan stand immer noch vor dem Bildsprechgerät, und als es anschlug, stellte er gedankenlos die Verbindung her. Das Gespräch galt auch tatsächlich ihm.

»Welcher Zufall, Sir, dass Sie selbst abnehmen«, sagte Captain José Alcara, der Chef des Landungskommandos. »Ich habe schon alle Vorbereitungen getroffen und brauche nur noch Ihre Zustimmung.«

»Welche Vorbereitungen, Captain?«, erkundigte sich Rhodan.

Alcara tat erstaunt. »Ich habe Ihnen meinen Plan unterbreitet, einen Brückenkopf auf dem Methanriesen zu errichten, Sir. Ich hatte zu diesem Zeitpunkt noch keine konkrete Vorstellung über die Stärke der einzusetzenden Truppe und die Art der Bewaffnung. Deshalb wollten Sie noch nicht Ihre Zustimmung geben. Aber jetzt ist alles bis ins Detail ausgearbeitet. Darf ich Ihnen die Unterlagen bringen?«

»Ersparen Sie sich diesen Weg, Captain«, meinte Rhodan. »Ich habe Ihnen von Anfang an gesagt, dass kein einziger Soldat in seinem eigenen Körper zum Einsatz kommt, und an meinem Entschluss hat sich auch jetzt nichts geändert.«

»Es ist Selbstmord, wenn Sie versuchen wollen, diesen Gefahrenherd mit nur einer Handvoll Männer zu beseitigen«, gab Alcara zu bedenken. »Sie können keine Artillerie mitnehmen, nicht einmal Handstrahler, *überhaupt keine Waffen!* Sie werden den Ungeheuern hilflos ausgeliefert sein.«

»Captain, wir gehen in der Gestalt des Avatara auf diesen Planeten«, erklärte Rhodan geduldig. »Ich vermute sehr stark, dass wir dadurch viel weniger gefährdet sind. Dagegen könnte der bestausgerüstete Landungstrupp nichts gegen immaterielle Ungeheuer ausrichten.«

»Aber ich habe die Pläne bereits ...«

»Heben Sie sie für einen anderen Einsatz auf«, sagte Rhodan ernst und unterbrach die Verbindung.

Sein Bedarf an lästigen Interkomgesprächen wäre gedeckt gewesen, aber das berücksichtigte das Schicksal nicht. Rhodan hatte sich kaum einige Schritte vom Interkom entfernt, als ihn ein Techniker davon in Kenntnis setzte, dass Chefpsychologe Dr. Tschu ihn sprechen möchte. Rhodan machte seufzend kehrt.

»Ich weiß nicht recht, was ich mit den Männern anfangen soll, die Sie zu mir geschickt haben«, sagte Dr. Tschu. »Der Major erklärte zwar, ich solle sie auf die Tauglichkeit für den bevorstehenden Einsatz überprüfen, aber ...«

»Aber?«

»Nun, da ich weiß, wie heikel und verantwortungsvoll die Aufgabe dieser Männer ist, müsste ich bei einer Analyse strenge Maßstäbe anlegen«, führte Dr. Tschu aus. »Und wenn ich den zu erwartenden Anforderungen Rechnung tragen wollte, dann würden meine Untersuchungen Tage dauern, und ich weiß nicht, ob dann genügend Männer tauglich wären.«

»Davon sehen Sie besser ab«, riet Rhodan. »Ich wollte mit dieser Maßnahme nur eine grobe Auslese treffen. Natürlich dachte ich nicht daran, dass Sie Supermänner ausfindig machen werden. Aber diese Maßnahme wird ohnehin nach dem, was Sie mir mitgeteilt haben, hinfällig. Sie können die gesamte Mannschaft wieder in den Korvettenhangar schicken.«

Rhodan war dem Chefpsychologen für diesen Anruf dankbar, denn er zeigte ihm, dass es unverantwortlich gewesen wäre, willkürlich bestimmte Männer ohne große Vorbereitungen in dieses Abenteuer zu stürzen. Es fehlte natürlich die Zeit, diese nötigen Vorbereitungen zu treffen, deshalb würde er seine Pläne dahingehend abändern, dass er sie auch voll und ganz verantworten konnte.

Er würde ganz allein in den Körper des Avatara schlüpfen und dem Methanriesen einen Besuch abstatten.

Von der KC-21 löste sich eine einzelne Gestalt in einem leichten Raumanzug. Nachdem sie eine Sekunde vor der Schleuse in der Schwebe gehangen hatte, zündeten die Rückstoßdüsen und brachten sie in weitem Bogen an eine Mannschaftsschleuse der EX-777 heran. Die Schleuse glitt auf, und die Gestalt verschwand darin.

Hinter Rhodan schloss sich das Schott, Luft wurde in die Schleusenkammer gepumpt, das Innenschott glitt auf. Er betrat das verwaiste Schiff.

Warum nur hatten sie alle den Transmitterraum aufgesucht? Warum war keiner von ihnen auf dem Schiff zurückgeblieben? Warum hatten sie alle die Gestalt des Avatara angenommen?

Rhodan hoffte, die Antwort darauf zu finden – und mehr noch. Er wollte die vierhundert Menschen zurückbringen, falls sie noch lebten. Sie waren sicher noch am Leben, auch Reginald Bull!

Im nächsten Antigravschacht ließ sich Rhodan zu Deck 14 hinaufbringen. Vor der Tür zur Ezialistischen Abteilung entledigte er sich des Raumanzuges. Er legte die Hand auf den Türöffner, zögerte aber, ihn zu betätigen.

Sie hatten ihn alle gewarnt, die auf der CREST IV kompetent in dieser Angelegenheit waren. Und noch während er mit der KC-21 hergeflogen war, hatte Major Runete zu ihm gesagt: »Lassen Sie mich *mein* Leben opfern!«

Sollte er auf die Warnungen hören? Jetzt war es noch nicht zu spät zur Umkehr, aber wenn er erst durch diese Türe gegangen war, dann würde er seinen Entschluss nicht mehr ändern können.

Deshalb zögerte er. Aber er durfte auch nicht zu lange überlegen. Denn es bestand die Gefahr, dass die immateriellen Ungeheuer auftauchten.

Kurz entschlossen drückte Rhodan den Türöffner. Er kam in einen großen Raum, der aussah wie ein riesiger Schlafsaal. Links und rechts eines schmalen Ganges standen Reihen von Schlafstätten – es mochten an die fünfhundert sein. Wie Leutnant Berliter schon gesagt hatte, waren es keine herkömmlichen Betten, sondern sie erinnerten eher an Särge auf Rädern. Ein Deckel fehlte.

Rhodan ging zu der nächsten Liegestatt und blickte hinein. Es lag niemand darin. Er schritt die Reihe ab, bis er an eine Kälteschlafkoje kam, die belegt war. Ein Mann mit einer Exploreruniform lag darin. Über Nase und Mund war ihm eine Atemmaske gestülpt worden, aus den Innenwänden ragten feine Sonden, die ihm an all jenen Stellen in den Körper eingeführt worden waren, an denen wichtige Organe lagen. Auch die Schädeldecke wurde von den Sonden durchbohrt.

Rhodan versuchte, in dem Gesicht des Explorermannes zu lesen, aber die Atemmaske machte das unmöglich. Einer plötzlichen Eingebung folgend, wollte er die Reihe weiter abschreiten, um nach seinem Freund Bully zu suchen. Aber er überlegte es sich doch anders. Es hätte ihm nichts eingebracht, vor der leblosen Hülle seines Freundes zu stehen. Außerdem hätte er kostbare Zeit vergeudet. Helfen konnte er Bully und den anderen nur, wenn er sich im Körper des Avatara auf die Oberfläche von Maja begab.

Konnte er ihnen helfen?

Er wollte es versuchen. Mit einem Ruck wandte er sich von den belegten Liegestätten ab und ging zu den leerstehenden.

War es richtig, was er tat? Hätte er besser auf Captain Alcara hören und einen Brückenkopf auf dem Methanriesen schaffen sollen?

Dafür war es jetzt bereits zu spät. Er hätte sich alles besser überlegen sollen, bevor er die Ezialistische Abteilung betrat.

Er legte sich auf eine Liegestatt.

Und wartete.

Es mochten einige Minuten vergangen sein, als der Robotmechanismus des »Sarges« zu arbeiten begann. Eine Atemmaske stülpte sich über Rhodans Gesicht, auf seiner Kopfhaut vermeinte er die Berührung mit kaltem Metall zu verspüren. Die Sonden, die sich bereits einen Weg zu seinem Gehirn suchten.

Plötzlich setzte sich die Liegestatt lautlos in Bewegung und rollte im Mittelgang durch die Halle. Rhodan unterdrückte den Wunsch, sich zu erheben, um zu sehen, wohin er gebracht wurde. Er sah über sich die Decke dahingleiten und wartete auf den Augenblick, da er in den Psycho-Transmitter eingefahren wurde.

Als dieser Augenblick dann kam, geschah alles so schnell, dass Rhodan den Vorgängen nicht recht folgen konnte. Er war noch vollkommen bei Bewusstsein, als die Finsternis über ihn hereinbrach, als sich eine gallertartige Flüssigkeit über ihn ergoss und die Sonden von allen Seiten in seinen Körper drangen. Aber er litt nicht lange, der Schmerz währte nur eine Hundertstelsekunde, dann senkte sich die Finsternis auch über seinen Geist.

Rhodan-Avatara glitt mit einem eleganten Sprung aus der kalten, feindseligen Enge hinaus in DIE LANDSCHAFT. Er spürte DEN WIND und hatte DAS GEFÜHL von Erleichterung, Freiheit und unendlichem Glück. Er war nun IM KÖRPER und dankbar, dass alles so schnell und reibungslos abgelaufen war. Er wollte DEN DANK aussprechen – und tat es.

Seine Stimme war eine Melodie, DIE MELODIE, und er vernahm sie mit gesteigertem Glücksgefühl.

Das ist kein Traum, musste er sich sagen, das alles ist Realität, Wirklichkeit. Was ich sehe, ist wahr. Was ich höre, ist messbare Akustik. ICH BIN HIER!

Er sprang in die Höhe ... nein, er schwang sich empor! Der Wind erfasste ihn und trug ihn auf einem Nebelschleier davon und ließ ihn erst nach einer unendlichen Weite hinunter auf die Schichten der festeren Bodenatmosphäre, durch diese hindurchgleiten, bis er die weiche und dann die härtere Oberfläche unter DEM KÖRPER verspürte.

Ja, er SPÜRTE, er SAH, er HÖRTE.

Glücksgefühle.

Psychische Realität.

Sphärenmusik.

Ich, Rhodan, im Körper des Avatara!

Was ist mit mir geschehen? Was verführt mich dazu, die *crest* und die *kc-21* und die *mannschaft* zu vergessen. Es fällt so leicht, an alle (die Besatzung des Schiffes, an das Schiff selbst) nicht mehr zu denken. Es entstand ein regelrechter Widerwille, die Gedanken damit zu beschäftigen. Das, was Rhodan zurückgelassen hatte, war alles so nichtig und unwichtig, so banal und grotesk – so unwirklich.

Er zwang sich zu denken: crest. Wie unscheinbar dieser Gedanke trotz aller Willensanstrengung blieb.

Er dachte: pandar runete, kc-21, dreißig erbärmliche kreaturen. Wie flüchtig der Gedanke war.

Wie erhebend und eindrucksvoll dagegen war das hier:

Ein Meer der Farben und Lichter: DIE LANDSCHAFT. Musik und Berauschung: DIE ELEMENTE. Schönheit und Vollkommenheit, Größe und Anmut, Weisheit und Allmacht: DER AVATARA.

DAS BIN ICH!

Was dagegen *war* ich ... Ein un-Wesen in einer un-Welt, beisammen mit vielen un-Menschen. Der Gedanke an all diese Erscheinungsformen der un-Realität verursachte ein Schaudern. Es war besser, sich mit diesen un-Dingen nicht zu befassen. Es war leichter und beglückender, die gegenwärtigen Annehmlichkeiten den gewesenen Unannehmlichkeiten vorzuziehen.

Zu FÜHLEN, zu SEHEN, zu HÖREN.

Dort – der Blitz, der sich wie ein gleißender Wasserfall aus dem Weltendach ergießt und zum Weltengrund hinunterfließt, von Schicht zu Schicht, von Ebene zu Ebene, von Stufe zu Stufe und sich im Glut- und Gasball des Kerns verliert.

Dort – der schwebende Kristallberg, der sich aus dem Wasserstoff und dem Stickstoff bildet, Kristall um Kristall zu wahrhaft gigantischer Größe anwächst, all die Farben DER WELT aufnimmt und sie zurückwirft, und der dann nach kurzer Zeit wieder majestätisch diffundiert und verwittert – so leicht und schwebend wieder entstofflicht, wie er entstanden.

Das alles erlebe ICH, daran darf ICH teilhaben.

In meinem Körper AVATARA.

Und ihr ... ihr wartet. Wartet darauf, dass Rhodan für euch sucht und findet. Ja, Rhodan hat gefunden! Nicht was ihr wünscht, sondern auf eine andere, schönere Art hat Rhodan gefunden. Und ihr wartet.

Umsonst.

Und dennoch: ihr solltet hier sein, solltet all die Schönheiten sehen, hören, fühlen, ERLEBEN können. Jedes Wesen in seiner sterblichen Hülle innerhalb der un-Realität sollte das Recht haben, das Leben in der psychischen Realität zu leben. PANDAR RUNETE, MARK BERLITER, STEVE TONKIN, STAN STEREOLIT, GUN TRIFFTER und wie sie noch alle heißen – auch sie hätten das Recht auf ein Leben hier. Auch für sie wären Körper des AVATARA vorhanden ...

Rhodan hielt an sich.

Er zwang sich mit aller Kraft zur Nüchternheit.

Ich bin ein starker Charakter, selbstbeherrscht, willensstark, ich darf mich nicht verführen lassen. Die Schönheit sehen, die Musik hören, das Wunder fühlen – ja. *Aber ich darf mich davon überwältigen lassen!*

Er war hier, nicht um sich zu ergeben, sondern um sich zu behaupten.

Er wollte seinen Freund Bully und vierhundert Menschen suchen und retten. Wie lächerlich das »Retten« in seinem Geist nachklang.

»Wie leicht wäre es, die Aufgaben hier in Vergessenheit geraten zu lassen und sich durch die Verführung der psychischen Realität der Ergründung des eigenen ICHs zu widmen«, wollte Rhodan sagen, aber über seine Lippen des Avatara kamen die Worte als Gesang.

Welche Sprache er sprechen mochte?

Rhodan kehrte zurück zu seinem Ausgangspunkt. Der hässliche, metallene Kubus des Psycho-Empfängers war nicht schwer in der Landschaft Majas zu finden. Die Schichten der Atmosphäre und des Planetenbodens schienen sich vor dem metallenen Monstrum zu verflüchtigen, die Elemente wirbelten in einem Tanz des Protestes durcheinander.

Aber auch dieses Schauspiel entbehrte nicht der Faszination. Es war für Rhodan überwältigend mitanzusehen, wie die Moleküle in spiralförmigen Reigen durcheinanderrasten, sich veränderten und zu etwas anderem wurden. Wie sie sich formten!

Während er dies beobachtete, fühlte er plötzlich – und sah es auch –, wie der Psycho-Empfänger emporstieg. Das Herz des Avatara schien für einen Augenblick auszusetzen, als Rhodan seinen letzten Fluchtweg aus der Illusionswelt dahinschwinden sah. Aber er fand seine Beherrschung wieder – und gleichzeitig damit gewann er die Erkenntnis, dass sein Geist selbst in dieser Illusionswelt nicht vor Täuschungen gefeit war.

Ganz sicher hatte er sich nämlich getäuscht, als er vermeinte, das Herz des Avatara würde aussetzen. Das war nur Assoziierung seiner Psyche zu dem menschlichen Körper, ein Gewohnheitsaffekt. Denn der Körper des Avatara hatte kein Herz. Zum anderen irrte Rhodan, als er meinte, der Psycho-Empfänger steige empor. In Wirklichkeit sank er, Rhodan.

Er glitt von Ebene zu Ebene der Planetenoberfläche hinunter. Sein neuer Körper wurde mit einem Male zu schwer für die

Oberfläche, so dass sie ihn nicht mehr trug. Und Rhodan konnte nichts dagegen tun. Er kannte noch nicht das Geheimnis, um das Gewicht seines neuen Körpers zu bestimmen. Er war auf Gnade und Ungnade dem Schicksal ausgeliefert, ob es ihn nun wieder aufsteigen oder immer tiefer sinken ließ, bis zum feurigen Kern des Planeten ...

Hoch über ihm schwebte der Psycho-Transmitter auf seinen stabilisierenden Feldern. Rhodan starrte wie gebannt hinauf, denn er sah, wie plötzlich ein Avatara heraustrat.

Und dann kamen sie einer nach dem anderen. Zehn, zwanzig, dreißig ... einunddreißig!

Rhodans Körper wurde leichter, er glaubte zu spüren, wie das Gewicht von ihm wich, und er schwebte langsam, aber stetig in die Höhe.

»Welch ein Wunder!«, klang es.

»Wer hätte gedacht, dass uns hier das Paradies erwartet«, sang es.

Rhodan hatte die einunddreißig Avatara erreicht. Ihr Erscheinen ließ ihn vollends ernüchtern.

»Pandar Runete!«, rief er, und es war ein wütendes Donnern.

»Hier, Sir!«

Rhodans Stimme beruhigte sich nicht, als er Major Runete zur Rede stellte. »Ich habe Ihnen den ausdrücklichen Befehl gegeben, die KC-21 unter keinen Umständen zu verlassen. Und Sie sind mir mit der gesamten Mannschaft gefolgt! Wissen Sie, dass ich Sie vor ein Disziplinargericht bringen kann!«

»Sir ...«

»Kehren Sie um, Major. Kehren Sie mit Ihren Leuten augenblicklich um!«

Die einunddreißig Avatara zeigten Unwillen, der sich in einem protestierenden Gesang äußerte. Und Rhodan erkannte, er würde sie auch mit Gewalt nicht zur Umkehr zwingen können. Deshalb verlor er keine überflüssigen Worte mehr, schwang sich mit einem kräftigen Sprung über die Avatara hinweg und setzte vor dem hässlichen Metallkubus des Psycho-Empfängers auf.

Mit einer einzigen Bewegung schaltete er ihn aus. Dadurch hatte er wenigstens erreicht, dass die Männer der CREST nicht nachfolgen konnten. Mehr konnte er im Augenblick nicht tun.

»Wir kamen nicht aus eigenem Antrieb, Sir«, rechtfertigte sich Major Runete. »Aber jetzt bereue ich nicht, mich dem Zwang ergeben zu haben ...«

»Was geschah?«, wollte Rhodan wissen.

6.

Wenn Körper und Seele im gleichen Verhältnis zueinander stehen wie Ross und Reiter und wenn man den Körper wie das Pferd wechseln kann — verändert man dadurch aber auch seinen Charakter?

In der KC-21 herrschte eine spannungsgeladene Atmosphäre, als Rhodan die Korvette verließ und zur EX-777 hinüberflog. Alle stellten sie sich die Frage, ob Rhodans Unternehmen gelingen würde.

Für den Fall, dass die Ungeheuer wieder auftauchten und das Leben des Großadministrators bedrohten, stand eine Gruppe von fünf Mann in voller Kampfausrüstung bereit. Mark Berliter befehligte sie, und beim geringsten Anzeichen einer Gefahr würden sie sich sofort einschalten und Rhodan zu Hilfe kommen.

Nachdem bereits zwei Stunden vergangen waren und Rhodan kein Lebenszeichen von sich gegeben hatte, sagte Berliter zu Runete: »Es gefällt mir nicht, dass wir keine Ahnung von den Vorgängen auf dem Explorerschiff oder dem Methanriesen haben. Wir wissen nicht, ob Rhodan Kontakt zu den Verschollenen hat, wir wissen nicht, ob ihm der Körperwechsel gelungen ist, oder ob er überhaupt noch am Leben ist.«

»Sie fallen mir mit Ihrem Pessimismus auf die Nerven, Leutnant«, sagte Runete schroff.

Berliter warf ihm einen wissenden Blick zu. »Die Ruhe selbst sind Sie ja auch nicht gerade, Major.«

»Halten Sie den Mund!«

Berliter zog sich zurück.

Runete bereute es gleich darauf, den Leutnant so angeschnauzt zu haben, denn wenn das Gespräch mit ihm auch keinen praktischen Nutzen gehabt hatte, so war dadurch zumindest die angespannte Situation etwas aufgelockert worden. Jetzt, nachdem Berliter schwieg, lastete wieder die drückende Stille auf ihnen.

Die Männer standen oder saßen untätig herum, starrten gespannt auf die Kontrollgeräte oder zu Runete. Sie waren bereit, auf jede alarmierende Veränderung an den Armaturen oder im Gesicht des Majors zu reagieren. Aber nichts geschah, nichts unterbrach die nervenaufreibende Monotonie.

Als eine weitere Stunde verstrichen war, wurden die Männer sichtlich unruhig. Runete fiel auf, dass sich die nervliche Belastung immer mehr auf die Stimmung seiner Leute legte und dachte gerade nach, wie er sie beschäftigen konnte – da kam es zu einem Zwischenfall.

Zuerst vernahm Runete nur unverständliches Gemurre, das aus dem hinteren Teil der Kommandozentrale kam. Als er forschend in diese Richtung sah, entstand dort ein Tumult. Und gleich darauf wälzten sich zwei der Männer auf dem Boden und schlugen aufeinander ein.

»Aufhören!«, schrie Runete und setzte sich in Bewegung.

Er erreichte die beiden Raufenden, als sie von ihren Kameraden bereits wieder getrennt worden waren. In einem von ihnen erkannte Runete Stan Stereolit, der andere hieß Steve Tonkin und war Afroterraner.

»Was hat das zu bedeuten?«, fragte Runete scharf.

Stan Stereolit deutete auf den Afroterraner und sagte: »Er hat mich angerempelt, und ich stellte ihn deshalb zur Rede. Da wurde er plötzlich renitent und schlug auf mich ein.«

Einige der Umstehenden nickten zustimmend.

»Ich habe ihn nicht umsonst geschlagen«, verteidigte sich Steve Tonkin und sah seinen Kontrahenten feindselig an. »Und ich werde es wieder tun, wenn er mich noch einmal beschimpft.«

»Das ist wahr«, sagte ein Unteroffizier namens Alton Stromer. »Steve braucht sich eine so gemeine Beschimpfung nicht gefallen zu lassen.«

»Sie werden niemanden mehr schlagen, Tonkin«, wies Runete den Afroterraner zurecht. »Wenn Sie das nächste Mal beleidigt werden, dann kommen Sie zu mir. Haben Sie verstanden?«

»Ja …«

»Ob Sie mich verstanden haben, möchte ich wissen!«

»Jawohl, Sir.«

Runete wandte sich an Alton Stromer. »Sie haben recht, wenn Sie meinen, dass sich niemand beschimpfen zu lassen braucht, aber dass Sie deshalb einen Faustkampf befürworten, ist recht eigenartig. Finden Sie nicht auch?«

»Ich meinte es gar nicht so«, rechtfertigte sich Alton Stromer. »Aber als Steve und Stereolit vorhin aufeinander einschlugen, da dachte ich mir nur, dass es eben der Ausbruch der angestauten Spannung sei. Ich fand nichts dabei, denn ich dachte mir schon, dass irgendwann einmal einer die Nerven verlieren würde.«

»Ich finde schon etwas dabei«, schnauzte Runete, »wenn zwei Männer, die eine Spezialausbildung genossen haben und ein Muster an Disziplin sein könnten, wie zwei Halbwüchsige aufeinander losgehen. Warum haben Sie Steve Tonkin beschimpft, Stereolit?«

»Er hat mich angerempelt«, sagte Stan Stereolit mit gesenktem Blick. »Ich finde es jetzt selbst dumm von mir, dass ich gleich explodiert bin, aber vorhin ... Es war so, wie Stromer sagte, ich habe ein Ventil für die nervliche Belastung gesucht.«

»Welche Schimpfworte haben Sie gebraucht?«

»Ich ... ich habe Nigger zu ihm gesagt«, erklärte Stereolit unbehaglich. »Und dann habe ich seine Mutter mit einigen unschönen Ausdrücken bedacht. Ich weiß gar nicht, was in mich gefahren ist ... und es tut mir jetzt ehrlich leid. Wirklich, Sir.«

»Haben Sie das gehört, Tonkin«, sagte Runete. »Stereolit hat sich bei Ihnen entschuldigt. Ist die Angelegenheit damit vergessen?«

»Jawohl, Sir«, sagte Tonkin.

»Das hoffe ich«, meinte Runete streng. »Denn bei einer Wiederholung müsste ich Sie beide zur Verantwortung ziehen.«

Runete ging damit zu seinem Kommandostand zurück. Für ihn war diese Angelegenheit tatsächlich erledigt, denn er machte die allgemeine Spannung für die Auseinandersetzung verantwortlich.

Berliter kam zu ihm und sagte: »Haben Sie nicht etwas zuviel Wirbel wegen dieses harmlosen Zwischenfalls gemacht, Major?«

»Nicht, wenn ich eine Wiederholung damit verhindert habe«, sagte Runete wie zu seiner Entschuldigung.

Bei sich dachte er: *Ich werde die beiden, Stan Stereolit und Steve Tonkin, nicht zur Methanwelt mitnehmen.*

»Was für ein seltsamer Gedanke«, rief er überrascht aus.

Berliter schien ihn gar nicht gehört zu haben, denn er sagte scheinbar ganz unmotiviert: »Meine Gruppe steht auf Abruf bereit, Major.«

... ihr solltet hier sein ... kommt, kommt hierher. Hier ist Maja, die Methanwelt. Rhodan ruft euch ...

»Der Großadministrator braucht unsere Hilfe!«, rief einer der Männer und sprang von seinem Platz auf. Er stand etwas unschlüssig da, auf seiner Stirn erschienen Falten des Zweifels, dann sagte er wieder: »Wir müssen dem Großadministrator zu Hilfe kommen.«

»Meine Gruppe steht bereit«, sagte Berliter wieder, diesmal drängend.

Runete stützte sich mit der Hand an einer Konsole ab und griff sich mit der anderen an den Kopf. In seinem Gehirn war plötzlich eine Fülle wirrer Gedanken.

»Das muss überlegt sein«, sagte er.

»Hören Sie es denn nicht? Fühlen Sie es nicht?«, drang Berliters beschwörende Stimme in seinen Geist. »Rhodan ruft uns!«

... ihr solltet alle die Schönheit sehen, hören, fühlen, ERLEBEN können ...

»Meine Gruppe macht sich auf den Weg«, sagte Berliter und verließ mit den fünf Mann die Kommandozentrale.

... auch für Runete wäre ein Körper des Avatara vorhanden ... auch für Steve Tonkin ist ein Platz vorhanden ...

»Ich melde mich ab, Sir«, sagte Steve Tonkin.

... auch George Standard ...

»Ich hole meinen Raumanzug, Sir!«

... alle, alle haben ein Recht auf ein Leben hier ...
»Ich melde mich ab, Sir!«
Nacheinander verließen sie die Kommandozentrale der KC-21, schlüpften in die Raumanzüge und flogen zur EX-777 hinüber. Als letzter folgte Pandar Runete zu dem Explorerschiff, und er war auch der letzte, der von der Bahre in den Psycho-Transmitter gefahren wurde ...

»Wir kamen nicht aus eigenem Antrieb, Sir«, wiederholte Runete, als er im Körper des Avatara vor Rhodan stand. »Sie haben uns gerufen. Es geschah auf telepathischem Wege, oder auf eine ähnliche Art.«
»Schon gut«, hörte Runete den Großadministrator sagen.
Aber es war nicht die Stimme Perry Rhodans, die er vernahm. Diese hätte auch lächerlich von diesem Wesen, das ihm gegenüberstand, geklungen. Runete betrachtete es genau, denn er wusste, dass auch sein Gastkörper dieses Aussehen hatte. Er war nun ein Avatara.
Avatara ... das war ein Ausdruck aus dem Indischen und hieß soviel wie »Herabstieg«. Der Ezialist, der diese Pseudokörper geschaffen hatte, nannte sie demnach die »Herabsteigenden«.
»Haben Sie uns denn gerufen, Sir?«, wandte sich Runete an Rhodan-Avatara.
»Ich erinnerte mich jetzt«, sagte Rhodan in wohlklingendem Singsang, »dass ich daran gedacht habe, ihr müsstet hier sein, um die Schönheiten dieser Welt zu sehen. Daraus ersehen Sie, wie verhängnisvoll bloßes Denken auf dieser Welt sein kann!«
»Verhängnisvoll?«, machte Runete erstaunt. Er lauschte dem Klang seiner faszinierenden Stimme, dann fügte er hinzu: »Es ist ein Segen!«
»Aber verstehen Sie denn nicht?« Rhodans Stimme hatte bei diesen Worten einen Missklang, vor dem Runete zurückwich. »Ihre und meine Gedanken und die Gedanken unserer Männer sind hier nicht das, was sie in unserer Welt sind. Es sind nicht nur

psychische Vorgänge, die andere nicht betreffen, sondern hier werden sie zu einem Bestandteil der psychischen Realität, die uns alle betrifft.«

»Sie sprechen so fremd, Sir«, sagte Runete.

»Sie werden mich schon noch verstehen, Runete«, erwiderte Rhodan mit *spürbarer* Verzweiflung.

Runete wich noch einen Schritt zurück. Dieser »Schritt« war keine der herkömmlichen Bewegungen nach rückwärts, wie er sie von seinem Mensch-Sein noch gut in Erinnerung hatte, sondern ein majestätisches Gleiten.

Er betrachtete wieder den Körper Rhodan-Avataras und empfand Bewunderung. Es war ein schlechthin vollkommener Körper, mit leichtem Knochenbau und transparenter Haut, vielleicht nicht optisch schön, aber in seiner Gesamtkonzeption perfekt. Hier war der Körper nur Mittel zum Zweck; ein Vehikel zur Fortbewegung des Geistes, sein Ausdrucksmittel und Katalysator.

Runete hatte noch nie ein graziler geformtes Wesen gesehen. Beim Anblick des Avatara wurde er an eine Schlange ohne Kopf und ohne Schwanz erinnert. Wo der Kopf hingehört hätte, befand sich nur ein knollenartiger Abschluss, der alle Sinnesorgane beinhaltete; die Augen wurden von einem Kranz feinster Fühler ersetzt, mit denen man in fast alle Richtungen gleichzeitig blicken konnte; Atmungsorgane waren keine vorhanden, weil der Avatara nur durch die Hautporen atmete; zur Lautbildung diente ein Netz von unzähligen Membranen, die gleichzeitig auch Schallschwingungen empfingen und zwischen den »Augenfühlern« eingebettet waren. Der Körper selbst besaß weder Arme noch Beine, doch waren für die Fortbewegung eine Reihe von Flossen der verschiedensten Größenordnungen vorhanden, mittels denen man in der Atmosphäre »fliegen« und in den Schichten der Oberfläche »schwimmen« konnte.

»Alles was ich weiß ist, dass ich mich unterbewusst immer nach einem Leben wie diesem gesehnt habe«, sagte Runete in einem plötzlich aufsteigenden Glücksgefühl. »Hier möchte ich immer bleiben.«

Runete wurde unwillkürlich an die Lehren seiner Religion erinnert. Er gedachte der Sannyasins und Fakire, die durch Askese Aufnahme in das Absolute finden wollten, die durch Meditation dem irdischen Lebenszyklus zu entfliehen hofften. Und er glaubte in diesem Augenblick zu wissen, dass, wenn sie ihre Erfüllung gefunden hatten, dies ein Platz auf dem Planeten Maja sein müsse.

»Runete«, durchbrach Rhodans Stimme seine Überlegungen. »Sie dürfen sich nicht auch blenden lassen. Sie müssen mir helfen, einen Ausweg aus diesem Dilemma zu finden. Sehen Sie denn nicht die Gefahren, die für uns Menschen hier lauern?«

»Wir sind keine Menschen, sondern Avatara«, berichtete Runete.

»Körperlich, ja, aber geistig sind wir immer noch Menschen«, entgegnete Rhodan. »Als ich vorhin den Psycho-Empfänger verließ, da verfiel ich augenblicklich den Verlockungen. Obwohl ich glaube, meinen Geist zu beherrschen, erlag ich den Einflüssen der psychischen Realität. Ich dachte nur oberflächlich daran, dass Sie und die anderen hier sein sollten, um diese Welt zu erleben – und ihr habt mich gehört. Es war nur ein simpler Gedanke, aber für euch war es ein Befehl. Stellen Sie sich vor, was diese dreißig Männer mit ihren Gedanken anrichten könnten!«

»Ich stelle mir vor«, sinnierte Runete, »dass sie alle denken, die Mannschaft der CREST müsste hier sein ...«

»Darauf will ich hinaus«, fiel Rhodan ein.

»... und wenn ich es recht überlege«, fuhr Runete unbeirrt fort, »dann muss ich mich diesem Wunsch anschließen. Es gibt kein Dilemma, wenn Sie erst Ihr realitätsbewusstes Denken ablegen, Sir. Sie denken immer noch in Bahnen, die hier keine Gültigkeit mehr haben, deshalb ist es nicht immer leicht für mich, Ihnen zu folgen. Sie sollten sich nicht so gegen die Anpassung an die hier herrschenden Gesetze sträuben, Sir, dann gäbe es auch für Sie keine Probleme.«

»Ich kann vor den Tatsachen nicht die Augen verschließen«, sagte Rhodan eindringlich. »Im Augenblick mögen die Männer damit ausgelastet sein, die Wunder dieser Welt zu bestaunen, dementsprechend sind auch ihre Gedanken, dementsprechend verlockend sind auch die Eindrücke, die die Männer der CREST empfanden. Aber was wird sein, wenn diese Männer hier die Wunder genug bestaunt haben und ihr Denken wieder in normalen Bahnen verläuft. Welche Bilder werden sie senden, wenn sich ihr Unterbewusstsein zu regen beginnt?«

Runete versuchte ehrlich, sich mit Rhodans Argumenten und Befürchtungen auseinanderzusetzen, aber bei aller Bemühung konnte er sich damit nicht befreunden. Sie waren unbegründet.

»Wir haben nicht nur einen anderen Körper angenommen«, erklärte Runete, »sondern auch gleichzeitig eine Wandlung unseres Geistes erfahren. Und warum nehmen Sie an, dass der Dämon Unterbewusstsein hier mehr Gewalt über uns haben soll als während unseres Mensch-Seins?«

»Weil ich überzeugt bin, dass sich der menschliche Geist den Normen dieser Welt nicht anpassen kann.«

Runete erkannte, dass Rhodan all seine Überzeugungskraft und Überredungskunst einsetzte, aber er empfand für die Bemühungen des Großadministrators nur Mitleid. Denn was waren seine Worte schon gegen die Einwirkungen der psychischen Realität! Rhodan stand auf verlorenem Posten.

»Wir gehören nicht hierher, weil wir Menschen sind«, versuchte Rhodan einen letzten Einwand.

»Und wenn wir immer noch Menschen sind, so glaube ich an die Gleichheit vor Gott«, sang Runete salbungsvoll. »Ich denke an ein Wort Nanaks, der schon sagte, dass kein Unterschied zwischen einem Schwan und einem Raben ist, wenn Gott freundlich auf den letzteren blickt. Wenn das die Welt der Schwäne ist und wir Raben waren, dann werden wir hier zu Schwänen.«

»Ich hoffe es, Runete«, sagte Rhodan. »Ich hoffe es für uns und die vierhundert verschollenen Explorerleute. Ich hoffe es für die Menschheit, die hier den Garten Eden finden könnte, nach dem sie seit ihrer Vertreibung sucht.«

Bei Rhodans Worten entspannte sich Runete, und er wurde dabei so leicht, dass eine Sturmbö ihn erfasste und zu einer höheren Atmosphäreschicht hinauftrug. Von hoch oben blickte er hinab auf die einunddreißig Avatara, die sich in verschiedener Höhe durch die Schichten der Oberfläche und der Atmosphäre bewegten. Sie waren ein so selbstverständlicher Anblick und harmonisierten so glücklich mit der Landschaft, als hätten sie sich schon immer hier befunden. Wo sie hintraten, nein, *hinglitten,* da teilte sich der trübe Nebel, da zerstoben die Stickstoffkristalle, da wichen die Blitze aus. Nur ein einziger der Avatara bildete eine Ausnahme: Rhodan.

Er wirkte allein und verloren unter all den anderen, sein Körper wirkte trüber, denn er trug seinen sinnlosen Kummer wie ein Kainszeichen.

Plötzlich wurde Runete einer Veränderung gewahr, die ein Gefühl in ihm erweckte, dessen er sich auf dieser Welt nicht für mächtig gehalten hatte. Es war Angst.

Denn neben einem Körper eines Avatara schritt ein seltsames Wesen daher, das Anstalten machte, sich auf ihn zu stürzen ...

Runete schrie eine Warnung, aber da war es schon zu spät. Das fremde Wesen hatte sich bereits auf den Avatara gestürzt und zog ihn mit sich in die Tiefe des Planeten. Die anderen waren vor Schreck wie gelähmt. Sie mussten tatenlos zusehen, wie ihr Kamerad von dem schemenhaften Ungeheuer in die tieferen Regionen der Oberfläche entführt wurde.

Sie waren immer noch zu Bewegungslosigkeit erstarrt, als ihr Kamerad schon längst ihren Blicken entschwunden und sein qualvoller Schrei verstummt war. Erst nach einer langen Zeit kam wieder Leben in sie. Nur das ferne Knistern der Kristallberge und die endlose Melodie des Windes waren zu hören, während sich die Avatara um Perry Rhodan zusammenscharten. Vergessen war die Schönheit der Landschaft, und die Verlockungen wurden überhört. Angst herrschte vor; die Angst, das gleiche Schicksal wie ihr Kamerad erleiden zu müssen, trieb sie zusammen.

»Wer war es?«, erkundigte sich Rhodan.

Nachdem alle Männer sich mit Namen gemeldet hatten, stand fest, wer das Opfer gewesen war: Stan Stereolit.

»Seht da!«, rief einer von ihnen.

Sie sahen es alle. Der Avatara-Körper ihres toten Kameraden schwebte langsam durch die Schichten der Oberfläche herauf, an ihnen vorbei und strebte höher, immer höher, bis er in den Bereich der starken Oberwinde geriet und davongewirbelt wurde.

Pandar Runete sagte düster: »Es sieht aus, als ob er den einzigen Weg gefunden hat, um diese trügerische Welt zu verlassen.«

»Hören Sie mit diesem Geschwätz auf«, wies Rhodan den Sikh zurecht. »Wir haben schließlich den Psycho-Transmitter.«

Pandar Runete blickte in die Runde der Avatara. »Ich weiß nicht, wie die anderen denken, aber ich vermute, dass keiner von ihnen freiwillig zurück möchte – so wenig wie ich. Trotz allem!«

Rhodan-Avatara wandte sich an die Männer. »Einer von euch ist getötet worden, die Wahrscheinlichkeit ist groß, dass weitere das gleiche Schicksal erleiden werden. Diese Welt ist voll unbekannter Gefahren, deshalb wäre es am besten, sie zu verlassen. Ich möchte keinem von euch einen entsprechenden Befehl geben, weil ich weiß, in welchem Zwiespalt sich eure Gefühle befinden. Ich werde euch freie Wahl lassen. Wer kehrt freiwillig zur KC-21 zurück?«

Zu Pandar Runetes Überraschung sonderten sich elf der Männer von den anderen ab.

»Nicht mehr?«, wunderte sich Rhodan. »Nur elf wählen das Leben?«

Einer der Männer, die sich zum Bleiben entschlossen hatten, sagte mit hoffnungsvoller Stimme: »Wenn wir immer zusammenbleiben, dann kann uns nichts geschehen.«

»Das ist kein Ausweg«, sagte Rhodan schneidend. »Die beste Chance zum Überleben haben wir, wenn wir uns trennen.«

Dadurch hatte Rhodan zumindest erreicht, dass die Männer aufgerüttelt wurden. Als alle ihn erwartungsvoll ansahen, fuhr er fort:

»Hier wird alles, was ihr denkt, Realität. Aber nicht allein von den bewussten Gedanken droht Gefahr. Viel gefährlicher ist euer Unterbewusstsein, das ihr nicht unter Kontrolle habt. Wie ihr an Stan Stereolits Schicksal gesehen habt, genügt es, wenn jemand gegen einen anderen einen geheimen Groll hegt. Es ist nämlich falsch, wenn ihr annehmt, dass Stereolit durch ein Ungeheuer dieser Welt starb. Er starb durch die Gedanken eines von euch. Das Ungeheuer aus dem wilden, unbezähmbaren ES hat ihn getötet.«

Rhodan hielt inne und betrachtete die Männer nach der Reihe. Er konnte sie noch nicht voneinander unterscheiden, da sie als Avatara fast identisch aussahen.

»Wollt ihr immer noch nicht umkehren!«, appellierte er zum letzten Mal an ihre Vernunft.

Einen Augenblick lang dachte Rhodan, dass er gesiegt hatte und sie sich zur Umkehr entschließen würden. Aber dann geschah etwas, was seine Hoffnung zunichte machte.

Einer der Avatara glitt nach vorne und baute sich vor einem anderen auf.

»Wenn einer von uns Stan Stereolit auf dem Gewissen hat, dann kann es nur Steve Tonkin sein. Denn er hasste Stan insgeheim!«

Pandar Runete, der als einziger Rhodans Überlegungen hatte folgen können, erkannte sofort, dass die Situation nun nicht mehr zu retten war. Wenn Stan Stereolit tatsächlich von einem Ungeheuer aus dem ES getötet worden war, dann konnten sie ihr Heil nur noch entweder in der Flucht oder in einer schnellen Rückkehr in ihre menschlichen Körper suchen.

Runete entschloss sich für die erste Möglichkeit. Diese Welt war für ihn der Wirklichkeit gewordene Traum, dem er ein ganzes Leben lang nachgerannt war. Er wollte nicht in das Universum des Menschen zurückkehren. Deshalb sonderte er sich ab und ließ die Kameraden im beginnenden Chaos zurück.

7.

Freud sagt: »... jedenfalls hatte der römische Kaiser unrecht, der einen Untertanen hinrichten ließ, weil dieser geträumt hatte, dass er den Imperator ermordete. Es wäre am Platze, des Wortes Plato zu gedenken, dass der Tugendhafte sich begnügt, von dem zu träumen, was der Böse im Leben tut ... Ob den unbewussten Wünschen Realität anzuerkennen ist, kann ich nicht sagen.«

Das Todesurteil für sie alle war gefallen. Rhodan konnte die Situation nur noch verbessern, indem er die von dieser Welt fortschaffte, die sich freiwillig mit der Rückkehr einverstanden erklärt hatten. Die anderen mussten selbst sehen, wie sie sich retten konnten.

»*Wenn einer von uns Stan Stereolit auf dem Gewissen hat, dann kann es nur Steve Tonkin sein. Denn er hasste Stan insgeheim!*«

Kaum waren diese Worte gefallen, da wusste Rhodan, dass der Lauf der Geschehnisse durch nichts aufgehalten werden konnte. Es nützte nichts, dass Steve Tonkin seine Unschuld beteuerte, denn die Männer waren bewusst oder unterbewusst von seiner Schuld überzeugt.

»Ich habe es nicht getan, ich war nicht einmal in Stans Nähe«, hörte Rhodan den einen Avatara sagen. Es musste sich um Steve Tonkin handeln.

»Major Runete!«, rief Rhodan.

Jemand antwortete ihm: »Der Feigling hat sich davongemacht.«

Bei sich dachte Rhodan, dass Runete keineswegs ein Feigling war, sondern einer der wenigen, dessen logischer Verstand während aller Wirrnisse die Oberhand behalten hatte. Die einzige Rettung bestand in der Flucht – entweder flüchtete man in die unbekannten Weiten der Methanwelt, oder man kehrte in seinen menschlichen Körper zurück.

»Leutnant Berliter, sind Sie noch da?«, erkundigte sich Rhodan über den Tumult, der sich um Steve Tonkin entwickelte.

»Hier, Sir.«

»Versuchen Sie, die Männer zur Vernunft zu bringen«,.befahl Rhodan. »Veranlassen Sie, dass sie sich trennen«, Dann wandte er sich der Gruppe zu, die auf ihren Abtransport durch den Psycho-Transmitter wartete. Zufrieden stellte Rhodan fest, dass die Gruppe inzwischen auf sechzehn Mann angewachsen war.

»Wenn ihr zurückkommt, warnt die Mannschaft der CREST. Oberst Akran soll sich von dieser Welt fernhalten«, trug Rhodan den Männern auf, bevor er sie einen nach dem anderen in ihre eigenen Körper zurückschickte.

Nachdem der letzte der sechzehn Avatara zur Auflösung gekommen war, stießen weitere sieben hinzu, bei denen nach der ersten Faszination die Ernüchterung gefolgt war.

»Steve Tonkin ist tot«, erklärte einer von ihnen.

Rhodan blickte nicht zurück, wo er den Rest der Männer wusste. Er hatte deren Schicksal in Leutnant Berliters Hand gegeben und war überzeugt, dass er selbst es nicht besser verwalten konnte.

Der letzte der zweiten Gruppe zögerte, bevor er sich dem Psycho-Transmitter anvertraute.

»Machen Sie schnell, Mann«, drängte Rhodan. »Bevor es zu spät ist.«

»Wir haben Steve Tonkin auf dem Gewissen, nicht wahr?«, wollte der Mann wissen.

»Sie nicht«, versicherte Rhodan.

»Doch, auch ich.«

»Über Ihre Schuld können Sie auch nachdenken, wenn Sie wieder auf der KC-21 sind«, erklärte Rhodan.

In diesem Augenblick tauchte neben dem Mann ein Ungeheuer auf. Der Anblick der transparenten Bestie erschreckte Rhodan, aber er zögerte keinen Augenblick lang und stieß den bedrohten Mann in den Transmitter. Gleich darauf nahm er die Schaltung vor.

Das formlose Ungeheuer stürzte sich auf die Stelle, wo sich

eben noch sein Opfer befunden hatte, bekam aber mit seiner Pseudo-Klaue nur noch die in Auflösung befindliche Gestalt des Avatara zu fassen. Damit verschwand das Ungeheuer.

Rhodan spürte auf einmal eine gewaltige geistige Erschöpfung und lehnte sich gegen den hässlichen Metallwürfel, der für dreiundzwanzig Männer die letzte Rettung aus diesem tödlichen Paradies gewesen war. So unansehnlich der Transmitterblock durch die Augen des Avatara betrachtet auch wirkte, jetzt vermittelte er Rhodan ein Gefühl der Erleichterung.

Aber der Augenblick der Entspannung war nur kurz, denn ein neuer Zwischenfall erinnerte ihn daran, dass noch einige der Männer in der Gestalt des Avatara zurückgeblieben waren und einen gefährlichen Unsicherheitsfaktor bildeten.

»Ihr Schufte, ihr gemeinen Schufte. Zuerst habt ihr meinen Freund Steve Tonkin gelyncht, jetzt trachtet ihr mir nach dem Leben. Aber das könnt ihr mit Alton Stromer nicht tun. Vorher mache ich euch fertig!«

Rhodan blickte in die Richtung, aus der die in höchster Erregung gesprochenen Worte kamen. In einer Entfernung von dreihundert Metern befanden sich die letzten fünf Avatara beisammen. Einer von ihnen schwebte etwas höher auf einer wirbelnden Nebelschicht, die wie eine verzweigte Ader die Atmosphäre durchzog. Das musste Alton Stromer sein, dessen Nerven unter der ungeheuren Anspannung versagten.

Einer der vier anderen Avatara, in dem er Mark Berliter zu erkennen glaubte, unternahm Versuche, zu Alton Stromer hinaufzugelangen. Aber er hatte seinen Körper noch nicht genügend in der Gewalt und versagte kläglich.

»Ich schicke euch die Ungeheuer aus dem ES, bevor ihr es tut!«, schrie Alton Stromer.

»Seien Sie vernünftig, Stromer«, erklang Berliters beschwörende Stimme. »Niemand von uns will, dass Ihnen ein Leid geschieht. Wir möchten nur, dass Sie über den Psycho-Transmitter auf die Korvette zurückkehren.«

»Das sagt ihr, aber ihr wollt etwas ganz anderes. Wenn ihr mich im Transmitter habt, bringt ihr meinen Körper zur Auflösung, damit ich umkomme. Aber ich schicke euch das Ungeheuer ...«

Alton Stromer war wahnsinnig!

Rhodan löste sich vom Transmitter und näherte sich Stromer, indem er sich von den atmosphärischen Strömungen treiben ließ.

»Nehmen Sie Vernunft an, Stromer!«, rief er ihm zu.

Ein schauerliches Gelächter war die einzige Antwort. Stromer versuchte, sich innerhalb der Nebelschwaden weiterzubewegen.

»Ihr bekommt mich nie!«, schrie Stromer.

Seine Umrisse schienen sich zu verdoppeln, die Verdoppelung wurde größer und löste sich als formloser Schatten von ihm ...
das Ungeheuer aus seinem ES hatte sich befreit!

Einer von Mark Berliters Begleitern schrie auf. Er versuchte zu fliehen, indem er seinen Körper in wilde Schlängelbewegungen versetzte.

Er kam nicht weit. Als wäre das Ungeheuer von der Bewegung angezogen worden, bildete sich aus seiner psychischen Masse ein rachenartiges Gebilde und schnappte nach ihm. Der Mann verschwand darin ...

Niemand hatte während dieser Vorgänge auf Alton Stromer geachtet. Als er jetzt einen qualvollen Schrei von sich gab, fuhren die Männer zusammen – ihre Avatara-Körper krümmten sich wie unter Schmerzen, und sie sahen fassungslos, wie Stromer sich in einem Wirbel von Molekülen auflöste. Bald darauf verflüchtigte sich der rotierende Nebel in einem herabstürzenden Windstoß.

Alton Stromer war nicht mehr. Der Mann, dem er den Tod gewünscht hatte, musste in den letzten Augenblicken seines Lebens einen solchen Hass entwickelt haben, dass sein ES sich noch einmal aufbäumen konnte und Stromer mit ins Verderben riss.

Rhodan war erschüttert über den neuerlichen Tod zweier

Menschen, die die ihnen verliehenen Fähigkeiten nicht hatten meistern können.

Zwei neue Opfer – die anderen Avatara hatten aus diesem Erlebnis die Konsequenzen gezogen und ließen sich durch den Transmitter abstrahlen. Nur Mark Berliter weigerte sich.

»Und wenn ich Ihnen den Befehl zur Rückkehr gäbe, Berliter, würden Sie ihn verweigern?«, sagte Rhodan.

»Sie sind bestimmt einsichtig genug«, erwiderte Berliter, der sich, im Gegensatz zu den meisten anderen, im Körper des Avatara zu einem reiferen Wesen entwickelt hatte, »um mir angesichts der besonderen Lage eine Befehlsverweigerung später nicht nachzutragen.«

»Ich verlange Ihre Rückkehr nur zu Ihrem eigenen Schutz«, entgegnete Rhodan.

»Jetzt sind nur noch Sie und ich übrig, Sir. Wollen Sie ernstlich sagen, dass ich mich vor Ihrem ES fürchten muss?«

»Auch ich bin nicht vollkommen, Leutnant. Ich habe nicht die Herrschaft über mein ES.«

»Dann bleibt immer noch der Ausweg, uns zu trennen.«

»Sie wollen also nicht die Gelegenheit zur Rückkehr nützen.«

»Nein. Ich möchte auf Maja bleiben. Zumindest so lange, bis das Schicksal der vierhundert Explorerleute geklärt ist.«

»Wie Sie meinen, Leutnant. Aber wenn Sie die Explorerleute finden, dann denken Sie daran, dass auch sie nur Menschen sind.«

»Viel Glück auch Ihnen, Sir.«

Glück! Ja, das würden sie brauchen, denn durch ihre Unzulänglichkeit waren sie außerstande, ihr Schicksal auf dieser Welt selbst zu bestimmen.

Rhodan-Avatara sah zu, wie Berliter-Avatara sich unbeholfen durch die aufgepeitschte Oberfläche entfernte.

Die besten Aussichten, die Verschollenen zu finden, errechnete sich Rhodan durch einen Kontakt zu den Eingeborenen – Kalkis, wie Guru Nanak sie genannt hatte. Aber die Kalkis zu finden, erschien ihm als ebenso schwierig, wie die Explorerleute ausfindig zu machen. Er konnte nur darauf hoffen, dass die Kalkis zu ihm kamen. Deshalb war es im Prinzip auch egal, was er unternahm, oder ob er überhaupt etwas unternahm.

Berliter-Avatara war Rhodans Blicken schon lange entschwunden. Er hatte den »jungen Leutnant« zuletzt gesehen, als dieser einen kilometerhohen Kristallberg umrundete. Rhodan fragte sich unwillkürlich, was aus Major Pandar Runete geworden war – er berichtigte sich, es musste Runete-Avatara heißen. Denn ganz offensichtlich war mit all jenen, die ihren menschlichen Körper gegen den des Avatara ausgetauscht hatten, auch eine geistige Wandlung geschehen. Leider war diese Wandlung nicht bis zum ES vorgedrungen.

Was Runete-Avatara betraf, war Rhodan nicht in Sorge. Der Sikh wusste sich in jeder Lebenslage ausgezeichnet zu behaupten. Er hatte auch in der psychischen Realität gute Überlebenschancen.

Aber was war aus den vierhundert Explorerleuten geworden? Rhodan hatte erlebt, welches Verhängnis einige unausgeglichene Charaktere auf dieser Welt über eine Gemeinschaft bringen konnten. Wenn erst vierhundert Männer von der Panik erfasst wurden, mussten die Folgen unvorstellbar verheerend sein. Rhodan wollte nicht daran denken. Er setzte optimistisch voraus, dass es nicht zur Selbstvernichtung der Explorerleute gekommen war. Wie sie die Katastrophe jedoch verhindert haben sollten, konnte er sich nicht vorstellen.

»Bully hat bestimmt einen Ausweg gefunden!«, redete er sich ein. Außerdem war da noch Olenk Brodech, der es unter dem Namen Guru Nanak zu einem Kenner der psychischen Realität gebracht hatte ...

Rhodan-Avatara stieß gegen ein Hindernis. Er erblickte es und er konnte hindurchsehen, denn es war transparent, deshalb hatte er angenommen, dass er es passieren könnte. Aber er konnte diese steil ansteigende Ebene, die glatt und fugenlos war und selbst den heftigsten Stürmen trotzte, nicht überwinden.

Er zog sich zurück, um das langgestreckte Gebilde aus einiger Entfernung zu betrachten und dadurch einen besseren Überblick zu haben. Er ließ sich von einer aufsteigenden Atmosphäreschicht erfassen und in die Höhe tragen. Die Gasader trug ihn bis in eine Höhe von hundert Metern, dann sackte er wieder ab. Doch der kurze Überblick hatte ihm genügt. Er kannte die Form des Gebildes, das so beständig und starr in dieser Welt des ständigen Wechsels war.

Es handelte sich um ein entfernt eiförmiges Gebilde, das an manchen Stellen Unebenheiten, Auswüchse und Vertiefungen, aufwies, aber auf eine unorthodoxe Art und Weise von Geometrie zeugte. Rhodan-Avatara hatte den Eindruck, dass es sich hier um ein künstliches Gebilde handelte, denn es passte nicht zu dem natürlichen Aufbau dieser Welt. Es hätte eine Energieblase sein können, aber herkömmliche Energie sprach auf die Gefühlssphäre des Avatara nicht an.

Es blieb demnach nur der Schluss übrig, dass es sich bei dieser Blase um *psychische Energie* handelte. Und psychische Energie konnte nur von einem Geist erschaffen werden.

Er glitt auf die glatte Fläche hinunter und federte zurück. Er sank erneut darauf nieder und wurde wieder abgestoßen.

Eine Abwehrreaktion?

Vielleicht eine Affekthandlung eines Geistes, der nicht gestört zu werden wünschte? Das mochte so sein oder auch nicht, feststand jedoch, dass es sich um eine *friedfertige* und *beherrschte* Psyche handelte. Denn wenn Rhodan auch fortgestoßen wurde, so geschah es doch sanft.

Rhodan-Avatara nahm sich deshalb vor, erst dann zu ruhen, bis er den Urheber der psychischen Energieblase aus der Reserve gelockt hatte.

Er wollte neuerlich auf der widerspenstigen Oberfläche aufsetzen – da sank er hindurch.

Die Energieblase hatte sich aufgelöst, und Rhodan-Avatara schwebte tiefer. Genau auf das libellenähnliche Wesen zu. Rhodan-Avatara war etwas überrascht und beklommen, aber er war weit davon entfernt, Furcht vor diesem unbekannten Wesen zu empfinden.

Er hatte die Begegnung mit einem Kalki gesucht.

8.

Pandar Runete bereute seine Handlungsweise bald. Obwohl er überzeugt war, dass nur die Trennung von den anderen Sicherheit vor den Ungeheuern aus dem ES bot, fühlte er sich als Feigling. Er hatte die anderen im Stich gelassen, obwohl für ihn keine unmittelbare Lebensgefahr bestanden hatte.

Jetzt konnte er seine Entscheidung nicht mehr rückgängig machen. Er hatte sich von seinen Kameraden schon zu weit entfernt und fand nicht mehr zurück.

Er hatte sich verirrt.

Es wäre nun leicht für ihn gewesen, all diese Probleme zu vergessen; die Verlockungen dieser Welt waren stark genug, um alles andere in den Hintergrund zu drängen. Er hätte sich dem Zauber der traumhaft schönen Landschaft hingeben können, aber auch die Versuchung, sich vollends der Meditation zu widmen, war groß. Vielleicht wäre es der sicherste Weg gewesen, den Verschollenen zu helfen, indem er die Wechselbeziehung zwischen den Gesetzen dieser Welt und dem menschlichen Geist zu ergründen versuchte. Doch auch das wäre zu leicht gefallen; er wollte lieber den schwierigen Weg gehen und sich nicht der Maja unterwerfen.

Er wollte kämpfen.

Und Mensch bleiben.

Er wollte in seine Welt zurückkehren.

Und den Verschollenen auf menschliche Art und Weise helfen.

Runete wusste nicht, wie lange er unterwegs gewesen war, als er die schwebenden Kristallberge erreichte. Zuerst wollte er abwarten, bis sie vorbeigezogen waren, um dann in das dahinterliegende Gebiet vorzudringen. Doch hätte die Wartezeit zu lange gedauert, denn die vorbeiziehende Bergkette reichte von Horizont zu Horizont und schien kein Ende zu nehmen. Eine Weile beobachtete Runete fasziniert die Veränderungen der Kristallkolosse, dann entschloss er sich dazu, das Hindernis zu überwinden.

Der Entschluss war jedoch leichter gefasst als ausgeführt, denn er beherrschte seinen Körper noch nicht so gut, um ihn nach Belieben manövrieren zu können. Er konnte sich wohl bereits sehr rasch in horizontaler Richtung fortbewegen, doch bereitete es ihm Schwierigkeiten, die Schichten der Atmosphäre zu wechseln und so an Höhe zu gewinnen. Er beherrschte das »Fliegen« noch nicht gut genug und bezweifelte deshalb, dass er die kilometerhohen Kristallriesen je überbrücken könnte.

Deshalb unternahm er den Versuch, unter ihnen hindurchzutauchen. Anfangs war auch das mit einigen Schwierigkeiten verbunden, denn jedes Mal wenn er in die zähflüssige Oberfläche hinuntersank, trieb er nach einiger Zeit wieder in die Höhe. Aber er kam bald dahinter, dass er seinen Körper schwerer machen konnte. Es genügte, wenn er seinem Körper die Bodengase durch die Poren zuführte.

Nachdem er dieses Problem gelöst hatte, konnte er ohne weitere Schwierigkeiten durch die Schichten der Oberfläche hinuntertauchen. Und er wusste auch, dass er durch diese Methode, nur mit umgekehrten Vorzeichen, auch hätte über die Berge hinwegschweben können. Da er sich aber dafür entschlossen hatte, sie zu unterwandern, blieb er dabei.

Er ließ sich immer tiefer sinken und stellte einige überraschende Tatsachen fest. Die erste angenehme Überraschung war, dass seine Sehorgane es ihm ermöglichten, sich auch innerhalb der Oberfläche zu orientieren. Er konnte durch die Materiepartikel hindurchsehen, als wären sie nicht vorhanden.

Es gab auch noch andere Hindernisse als die Kristallberge, denen er ausweichen musste. Das waren hauptsächlich Ellipsoide verschiedener Größen, die fremdartig und unnatürlich in dieser Umgebung wirkten. Runete hatte eines der Ellipsoide untersuchen wollen, gab aber seine Bemühungen bald auf. Er musste einsehen, dass sie hart und undurchdringlich waren und eine psychische Ausstrahlung besaßen, die ihn abstieß.

Runete hatte den tiefsten Punkt der Bergkette erreicht, als er plötzlich die Anwesenheit anderer Lebewesen zu spüren glaubte. Aber dieses Gefühl, nicht allein zu sein und beobachtet zu werden, dauerte nur wenige Sekunden an und verschwand wieder.

Runete glaubte schon, einer Täuschung zum Opfer gefallen zu sein, als er nach einer Weile wieder die Gegenwart eines anderen Geistes fühlte. Diesmal empfing er sogar die Ausstrahlung mehrerer Psychen. Allerdings bekam er die Lebewesen nicht zu sehen, die die Quelle der Ausstrahlung waren.

Da Runete glaubte, es sei ihre Absicht, ihn erst einmal zu beobachten, bevor sie den Kontakt zu ihm herstellten, glitt er unbeirrt weiter. Seine Sehorgane waren dabei in alle möglichen Richtungen ausgestreckt, um nicht überrascht zu werden. Und doch war er verblüfft, als sich die Lebewesen zeigten.

Es waren zwei Avatara, die sich aus dem Schutze eines Kristallausläufers lösten und sich ihm mit schlängelnden Bewegungen näherten.

»He, du bist doch auch ein Homo sapiens, oder?«, erkundigte sich der eine von ihnen.

Runete antwortete nichts, sondern wartete, bis die beiden ihn erreicht hatten.

Dann erst fragte er: »Stammen Sie von der Besatzung eines der beiden Explorerschiffe?«

Die beiden Avatara starrten einander an und lachten plötzlich schallend. Für Runete war es eine neue Erfahrung, dass Avatara lachen konnten – es war eine der so menschlichen Angewohnheiten, die nicht auf diese Welt passten. Er hatte gedacht, mit dem Körper des Avatara nehme man auch Eigenschaften an, die diesem Wesen entsprächen.

Nachdem das Gelächter der beiden verstummt war, sagte der eine: »Ja, wir gehörten einmal der Besatzung der EX-777 an.

Aber das ist schon lange her. Mein Name ist Alan Colla, und das hier ist Leon Jones.«

»Ich verstehe nicht, warum Sie mich auslachen«, sagte Runete. Sein Triumph darüber, dass er zumindest zwei der Verschollenen gefunden hatte, war schnell verflogen. Stattdessen fühlte er jetzt Besorgnis in sich aufsteigen.

»Wir und auslachen!«, rief Alan Colla aus. »Aber, aber – wir sind froh, in diesem gottverlassenen Paradies eine Menschenseele getroffen zu haben. Ehrlich, Kamerad, wir haben nur aus reiner Freude über diese Begegnung gelacht. Sind Sie etwa einer von der EX-2929?«

»Nein«, erwiderte Runete. »Ich bin Major Pandar Runete von der CREST IV.«

»Das ist ein Ding!«, sagte Leon Jones überwältigt. »Perry Rhodan selbst ist hergekommen! Na, dann haben die Maulwürfe bald nichts mehr zu lachen.«

»Oder sie lachen sich ins Fäustchen«, meinte Alan Colla.

Leon Jones stieß ein Kichern aus. »Vielleicht kann er sie sogar zur Rückkehr bewegen.«

»Aber bestimmt«, pflichtete Alan Colla höhnisch bei. »Sie werden nichts lieber tun, als ihre Verstecke verlassen, sich bei ihren Idolen, den Kalkis, bedanken und sich schleunigst in Richtung Transmitter in Bewegung setzen. Vielleicht geben sie den Mistkäfern noch einen Denkzettel. Ha, ha, das stelle ich mir köstlich vor.«

Pandar Runete sah seine beiden Gegenüber gleichzeitig an, während er sagte: »Ich kann Ihren Ausführungen leider nicht folgen. Was meinen Sie mit ›Mistkäfer‹ und ›Maulwürfe‹? Für mich ergibt das alles keinen Sinn.«

»Das kann ich mir vorstellen«, meinte Alan Colla. »Sie sind noch neu auf Maja, dieser paradiesischen Hölle, Sie wissen noch nichts von dem Machtkampf der Eingeborenen und den Überlebensversuchen der Menschen. Aber wenn Sie uns ins Reich der Stille folgen wollen, dann werden wir Sie gerne aufklären.«

Bei den letzten Worten empfand Runete wieder ein Gefühl der Besorgnis. Irgendetwas in ihm warnte ihn vor diesen beiden Avatara.

Aber es sind Menschen, Wesen der gleichen Art wie ich, sagte er sich zur Beruhigung.

»Stehen Sie mit den anderen Besatzungsmitgliedern der Explorerschiffe in Verbindung?«, erkundigte sich Runete, nur um Zeit für weitere Überlegungen zu gewinnen.

»Kommen Sie mit ins Reich der Stille«, forderte Leon Jones, »dort können wir Ihnen alles in Ruhe erklären.«

»Überlegen Sie nicht so lange«, drängte Alan Colla.

»Warum haben Sie es so eilig?«, erkundigte sich Runete misstrauisch.

»Mann, sehen Sie denn nicht, wie hoch wir bereits sind«, sagte Leon Jones. »Wenn wir noch lange weiterpalavern, treiben wir noch bis nach oben, und das möchte ich lieber vermeiden.«

»Achtung, Leon!«, rief Alan Colla plötzlich aus. »Schau ihn dir an. Schnell weg von hier!«

Alan Colla machte einige schlängelnde Bewegungen, mit denen er sich von Pandar Runete entfernte.

Leon Jones flüchtete jedoch nicht.

»Sie Mistkerl«, schrie er Runete an. »Was haben Sie nur gegen uns? Was haben wir Ihnen denn getan, dass Sie uns töten wollen?«

Runete wollte etwas sagen, aber da stürzte sich Leon Jones auf ihn und drückte ihn mit seinem Körpergewicht in die Tiefe. Runete versuchte, sich durch Schlangenbewegungen zu befreien, aber sein Gegner stellte sich so geschickt auf ihn ein, dass er immer über ihm blieb. Schließlich sah Runete ein, dass seine Gegenwehr nichts nützte und ergab sich in sein Schicksal.

Das Gewicht Leon Jones' lastete schwer auf ihm und tauchte ihn immer tiefer hinab durch die Schichten der Oberfläche. Es schien, als würde ihr Fall nie ein Ende nehmen, und Runete befürchtete bereits, dass sie im glühenden Kern des Planeten enden würden.

Da sagte Leon Jones: »Atmen Sie kräftig ein, öffnen Sie Ihre Poren weit, damit Sie nicht wieder hochtreiben.«

Runete gehorchte fast automatisch. Er hatte die Poren kaum geöffnet, da fühlte er, wie sein Körper bleiern schwer wurde. Leon Jones ließ von ihm ab und glitt einige Meter hinein in eine »Höhle«.

Runete blickte um sich und stellte fest, dass er sich in einer Gasader befand, die sich wie eine Höhle durch die Planetenmasse zog. Das Gas leuchtete von sich aus und spendete ein schattenloses Licht.

»Was haben Sie mit mir vor?«, erkundigte sich Runete.

»Ich weiß noch nicht«, erwiderte Leon Jones gleichgültig. »Das kommt auf Ihren Charakter an. Wenn sich herausstellt, dass Sie das Ungeheuer wissentlich auf uns gehetzt haben, dann ...«

Jetzt erst erkannte Runete, warum Leon Jones ihn so beschimpft hatte, bevor er ihn hierher entführte. Wahrscheinlich hatte seine, Runetes, Abneigung gegen diese beiden Männer sein Unterbewusstsein mobilisiert.

Darum hatte Alan Colla gerufen: »Schau ihn dir an!« Denn er musste gesehen haben, wie sich das Ungeheuer aus dem ES von ihm löste ...

Runete war schockiert. Bisher war er immer der Ansicht gewesen, sich besser als die meisten Menschen in der Gewalt zu haben. Aber hier auf Maja war ihm gezeigt worden, dass er noch weit von der Selbsterkenntnis und der Selbstbeherrschung entfernt war. Furcht vor seinem eigenen ES beschlich ihn.

Leon Jones schien seine Gedanken erraten zu haben, denn er sagte beruhigend: »Hier sind wir vor den Ungeheuern sicher, hier können Sie ganz und gar Mensch sein. Wir befinden uns in einer sterilen Zone, die Alan und ich das Reich der Stille getauft haben.«

9.

Der Kalki sah tatsächlich einer Libelle ähnlich, doch statt Flügeln besaß er vier lange, geschmeidige Flossen; an der Vorderseite, gleich unter den vier hervorquellenden Augen, saßen vier verkümmerte Beine, weitere vier Beine befanden sich am anderen Ende des langen schlanken Körpers.

Als Rhodan diesem seltsamen Wesen gegenüberstand, fand er keine Worte, die dieser Begegnung gerecht geworden wären. Er schwieg nur und versuchte, den Blick aus den großen und leeren Augen zu ergründen. Dabei zwang er sich dazu, seine Gedanken abzulenken, damit sie sich nicht mit der für eine Methanwelt unpassenden Anatomie des Kalkis beschäftigten. Aber er konnte doch nicht umhin, einen Vergleich mit dem Körper des Avatara zu ziehen, und er fand, dass der schlangenförmige Avatara viel eher hierher passte.

Der Kalki bewegte grazil seine Flossen, um sich gegen den aufkommenden Sturm zu behaupten.

»Ich vermute, du bist einer der Herabsteigenden«, sagte der Kalki. »Ich habe von euch gehört, die ihr unsere Welt wie eine Plage befallen habt. Warum bleibt ihr nicht dort, wo ihr bisher gewesen seid?«

»Wir sind Menschen, unser Forscherdrang ist der größte unserer Triebe«, entgegnete Rhodan, ein wenig von der Problematik überrascht, die dieses Gespräch gleich zur Einleitung erhielt.

»Wir sind auch Forscher«, entgegnete der Kalki, »doch glaube ich, gehen wir methodischer vor als ihr. Wir stecken unsere Grenzen so ab, dass wir das erforschte Gebiet jederzeit unter Kontrolle haben. Ihr dagegen wollt immer mehr, als ihr verantworten könnt – das Erreichte gleitet euch wie Sand durch die Finger. Am Ende werdet ihr zwangsläufig mit leeren Händen dastehen.«

»Der Mensch ist jung, er muss aus seinen Fehlern lernen«, entgegnete Rhodan.

»Wenn das stimmt, warum habt ihr unsere Welt noch nicht verlassen?«

»Ich bin hier, um meine Kameraden dazu zu bewegen«, sagte Rhodan. »Aber ich weiß nicht, wie schnell mir das gelingt. Es wäre leichter, wenn die Verlockungen deiner Welt nicht so stark wären.«

»Die Verlockungen, von denen du sprichst, sind nicht für Menschen gedacht. Und ihr würdet ihnen auch nicht verfallen, wenn ihr in euren Körpern gekommen wäret. Ihr hättet euch selbst vernichtet. Vielleicht werdet ihr es ohnehin tun.«

Die Gleichgültigkeit, mit der der Kalki sich über das Schicksal der Menschen äußerte, schmerzte Rhodan. Er hatte immer gedacht, dass intelligente Lebewesen einander achten mussten. Der Kalki aber zeigte nur Verbitterung darüber, dass das Hoheitsgebiet seines Volkes verletzt worden war. Er wünschte die Befreiung, ob durch den Tod der Eindringlinge oder durch ihre Flucht, schien ihm egal zu sein.

Nicht ohne eine gewisse Enttäuschung sagte Rhodan: »Ich versichere dir, dass ich alle Menschen zur Rückkehr bewegen kann. Es wird also gar nicht nötig sein, dass ihr das Todesurteil über sie verhängt. Aber ich brauche Hilfe, um sie zu finden.«

»Wir haben über niemanden das Todesurteil verhängt«, erklärte der Kalki, »vielmehr haben wir Maßnahmen getroffen, um die Menschen vor sich selbst zu schützen. Aber ich fürchte, sie haben uns missverstanden. In der Meinung, unsere Gefangenen zu sein, werden sie auszubrechen versuchen. Das könnte dann ihren Untergang besiegeln.«

»Wenn du weißt, wo sich die Menschen aufhalten, dann bringe mich zu ihnen«, verlangte Rhodan, der Hoffnung zu schöpfen begann. »Ich werde mit ihnen sprechen, und bestimmt werden sie sich einem Appell an die Vernunft nicht verschließen.«

Der Kalki schien zu überlegen. Nach einer langen Zeit des Schweigens sagte er: »Du bist zuversichtlich, hoffentlich nährst du deine starke Überzeugung von deinen Fähigkeiten. Ich werde dir helfen, deine Artgenossen zu finden.«

»Ich dachte, ihr hättet sie in sicheren Gewahrsam gebracht und du wüsstest, wo sie sich aufhalten«, sagte Rhodan erstaunt.

»Wir haben sie wohl in Sicherheit gebracht«, entgegnete der Kalki. »Aber wohin sie der Wind mitsamt dem Energieschutz geweht hat, das kann niemand sagen. Wenn wir Glück haben, dann finden wir Spuren oder können ihren Weg durch Berechnungen in Erfahrung bringen.«

Und wenn wir kein Glück haben, dann finden wir sie nicht schnell genug – sie werden sich aus ihrem Gefängnis befreien und ihren Untergang besiegeln, dachte Rhodan.

Laut sagte er: »Wo beginnen wir mit der Suche?«

»Es gibt einige Anhaltspunkte«, antwortete der Kalki, »die uns den Anfang erleichtern. Zuletzt wurde die Energieblase im Nordpolgebiet beobachtet. Wenn man den Meteorologen glauben kann, setzten danach heftige Wirbelwinde ein, die nur wenig Einfluss auf den Standort der Energieblase haben konnten. Es wäre also absolut vernünftig, unsere Suche im Nordpolgebiet zu beginnen.«

»Wie lange wird es dauern, um dorthin zu gelangen?«, wollte Rhodan wissen.

»Nach deiner Zeitrechnung zwei Tage«, antwortete der Kalki.

Er hatte noch nicht ausgesprochen, da wurden die wirbelnden Nebelschwaden plötzlich wie von unsichtbarer Hand zurückgedrängt, die Welt versank um Rhodan und den Kalki, als sich der Schutzschirm aus psychischer Energie um sie zu wölben begann.

»Es handelt sich nur um eine Schutzmaßnahme«, erklärte der Kalki.

»Welche Gefahren hat ein Kalki auf seiner Welt zu fürchten?«, fragte Rhodan ein wenig spöttisch.

»Zum Beispiel das Unterbewusstsein eines Menschen«, antwortete der Kalki.

Durch die psychische Sphäre war Rhodan mit dem Kalki von der Umwelt abgeschnitten. Die gewölbte Wandung war schwach transparent, so dass nur die stärksten Lichtquellen, etwa die zuckenden Finger der Blitze, als Schemen zu sehen waren.

Rhodan erkundigte sich bei dem Kalki, ob sich die Sphäre aus eigener Kraft fortbewege, oder ob sie der Willkür der Stürme ausgesetzt sei.

»Wichtigere Fragen hast du nicht an mich zu richten?«, wunderte sich der Kalki.

»Doch«, sagte Rhodan gereizt, »ich dachte mir aber, dass in den zwei Tagen unserer Reise noch genügend Zeit sein würde, um meine Neugierde zu befriedigen.«

»Du hast recht«, stimmte der Kalki zu, schränkte aber ein: »Jedoch ist es klüger, die Dinge gemäß ihres Ranges zu klären. Dein Interesse für die Sphäre zeigt eindeutig die grundlegenden Schwächen des Menschen auf. Käme ich in deine Heimat, würden mich vor allen anderen Dingen zuerst die Kultur und die Zivilisation deines Volkes interessieren. Wenn ich meine dringende Wissbegierde befriedigt hätte, würde ich mich nach den sekundären Dingen erkundigen.«

»Ich stimme dir bei, dass ihr methodischer seid«, sagte Rhodan knapp.

Der Kalki starrte ihn an. »Es tut mir leid, wenn ich dich beleidigt habe. Das wollte ich nicht. Für mich war es nur selbstverständlich, dass du mich als den Weiseren anerkennst und gerne einen Rat annimmst.«

»Und welchen Maßstab wendest du an, wenn du dich mit mir vergleichst?«, hielt Rhodan dem Kalki vor. »Du misst natürlich nach deinen Maßstäben. Für deine Welt, für dein Volk und deine Zivilisation haben sie ihre Richtigkeit, aber es erscheint mir vermessen, uns Menschen nur von eurem Blickpunkt aus zu beurteilen.«

»Du sagst beurteilen und meinst, dass wir euch verdammen«, erwiderte der Kalki. »Doch das stimmt nicht. Ich bin eben der Meinung, dass die Menschheit den falschen Weg der Entwicklung eingeschlagen hat. Irgendwann befandet ihr euch auf dem

Scheideweg der Evolution, und statt euch selbst zu erforschen, seid ihr vor euch selbst in die Weiten des Alls geflüchtet. Wir hielten die technische Entwicklung im Zaume, so dass wir geistig immer damit Schritt halten konnten. Vielleicht gestehst du dir selbst ein, dass dieser Weg der weisere ist, auch wenn du es vor mir nicht zugibst.«

»Du sagst, dass eure technische Entwicklung mit eurer geistigen Schritt gehalten hat«, meinte Rhodan nachdenklich. »Ich dagegen habe angenommen, dass ihr euch vollkommen von der Technik gelöst habt.«

»Das ist ein Irrtum.«

»Aber warum konnten wir dann mit unseren Messgeräten keine Ergebnisse erzielen?«

»In der Atmosphäre unseres Planeten gibt es unzählige Störquellen, die Fernmessungen unmöglich machen.« Der Kalki fügte lächelnd hinzu: »Außerdem haben wir Mittel entwickelt, mit denen wir uns vor unliebsamen Beobachtungen schützen können.«

Natürlich, wir sind unliebsame Eindringlinge, dachte Rhodan. Aber er konnte darüber nicht verbittert sein. Man konnte es einem Volk nicht nachtragen, wenn es sich von anderen isolieren wollte. Und erst recht nicht, wenn die Kontaktsuchenden den Keim des Verderbens mit sich brachten.

»Erleidet dein Volk durch unsere Anwesenheit großen Schaden?«, fragte Rhodan.

»Ich will mich bei dir nicht beklagen«, antwortete der Kalki. »Aber unser Leben würde freier und unbeschwerter, wenn ihr unsere Welt verließet.«

»Ich werde dafür sorgen, dass es geschieht«, versicherte Rhodan.

»Du darfst nicht denken, dass wir den Menschen abgeneigt sind«, erklärte der Kalki. »Es ist eher das Gegenteil der Fall. Aber wir haben vor langer Zeit schon Kontakt zu den Menschen gehabt und haben damals erkannt, dass wir zu grundverschieden sind. Damals strandete eines eurer Schiffe auf unserer Welt. Wir erfuhren durch die Schiffbrüchigen zum ersten Mal davon, dass es ein Universum mit unzähligen Welten gibt, auf denen ebenfalls Intelligenzwesen leben. Wir waren vom ersten Augenblick an zur Zusammenarbeit bereit.

Niemand kann unsere Freude beschreiben, als wir von den Völkern erfuhren, mit denen wir uns zum fruchtbaren Gedankenaustausch zusammenfinden könnten. Wir hätten von euren technischen Entwicklungen profitieren können und ihr von unseren geistigen Errungenschaften. Doch wir erwachten bald aus unserem Traum. Leider erkannten wir zu spät, dass die Menschen noch zu sehr von Trieben und Instinkten geleitet wurden, dass sie ein unkontrollierbares Unterbewusstsein besaßen.

Wir haben uns eine Welt geschaffen, in der alle Vorgänge allein durch unsere geistige Einwirkung ablaufen. Mit anderen Worten heißt das, wir brauchen nur an etwas zu denken, dann wird es zur Realität. Auf der ganzen Welt, die ihr Maja nennt, hat dieses Gesetz Gültigkeit. Den Menschen wurde dies zum Verhängnis. Sie töteten sich gegenseitig, als ihre unterbewussten Wünsche zu schrecklicher Realität wurden. Es gelang uns nur, einen einzigen zu retten, der die Gefahr rechtzeitig erkannte und sich von den anderen absonderte.

Wir unterstützten ihn, als er das Schiffswrack reparierte, und bevor er startete, gab er uns das Versprechen, der Menschheit unsere Existenz erst dann zu verraten, wenn sie ihr triebhaftes ES besiegt hätte. Er hat nicht Wort gehalten.«

Der Mann, von dem der Kalki sprach, konnte kein anderer als Olenk Brodech sein, jener Ezialist, der durch einen verhängnisvollen Irrtum das Chaos heraufbeschworen hatte.

»Er wollte nicht wortbrüchig werden«, verteidigte Rhodan den Ezialisten. »Er hat nur geglaubt, dass die Menschen über ihren eigenen Schatten springen könnten. Indem er ihnen andere Körper gab, glaubte er, ihr Unterbewusstsein auszuschalten. Doch ist das nicht so einfach.«

»Erkennst du jetzt, welche Kluft zwischen uns ist?«

Rhodan nickte. »Ja, ich erkenne es – Maja ist kein Platz für die Menschen. Und das liegt nicht an euch.«

Draußen zuckten Blitze vorbei und erhellten das Innere der Sphäre gespenstisch, und wie als eine weitere Demonstration der schicksalhaften Naturgewalten dieser Welt, erklang von Ferne schweres Donnergrollen. Die Sphäre wurde durchgeschüttelt, und Rhodan verlor den Boden unter sich. Sich überschlagend segelte er hilflos quer durch den Raum innerhalb der gewölbten Wandung.

»Sind wir in einen Sturm geraten?«, erkundigte er sich, nachdem er seinem Avatara-Körper wieder festen Halt geben konnte.

»Das ist kein Sturm«, meinte der Kalki düster. »Blicke einmal hinter dich.«

Rhodan-Avatara hatte sich nur halb umgewendet, da zuckte er erschrocken zurück. Seine Fühler hatten ihm ein klares Bild von einem tausendgesichtigen Ungeheuer vermittelt, das gegen die psychische Sphäre anstürmte. Jetzt verschwammen die Umrisse des Ungeheuers wieder, als es sich zu einem neuen Anlauf zurückzog.

»Was hat das zu bedeuten?«, erkundigte sich Rhodan.

»Das ist einer deiner Mitmenschen, der uns hasst«, antwortete der Kalki. »Einige konnten sich der Unterbringung in dem geschützten Reservat entziehen. In dem Irrglauben, ihre Kameraden schützen zu müssen, führen sie einen erbarmungslosen Krieg gegen uns.«

»Wir sind in der Sphäre doch sicher?«

»Nein«, sagte der Kalki. »Wenn sich der Angreifer nicht freiwillig zurückzieht, sind wir ihm auf Gedeih und Verderben ausgeliefert.«

»Es müsste doch zumindest möglich sein, mit der Sphäre zu flüchten!«

Die Stimme des Kalki klang belustigt, als er sagte: »Jetzt kann ich dir die Antwort auf die eingangs gestellte Frage geben. Ich kann die Sphäre zwar ›lenken‹, aber als ›Antrieb‹ dienen die Naturelemente. Es sind die Stürme und die magnetischen Entladungen, die unsere Fortbewegung ermöglichen. Ihrer kann sich aber auch der Angreifer bedienen.«

Bevor Rhodan noch etwas darauf sagen konnte, wurde die Sphäre durch einen neuerlichen Angriff des Ungeheuers aus dem ES erschüttert.

10.

H. Sachs sagt: »Was der Traum uns an Beziehung zur Gegenwart (Realität) kundgetan hat, wollen wir dann auch im Bewusstsein aufsuchen und dürfen uns nicht wundern, wenn wir das Ungeheuer, das wir unter dem Vergrößerungsglas der Analyse gesehen haben, dann als Infusionstierchen wiederfinden.«

Hinzuzufügen wäre noch, dass das harmlose Infusionstierchen in der psychischen Realität wieder zum Ungeheuer wird.

Alan Colla erzählt: »Niemand dachte sich etwas dabei, als dieser verrückte Wissenschaftler sein Experiment auf dem Methanriesen startete. Aber kaum hatte er sich selbst in der Gestalt des Avatara nach Maja begeben, da spielten wir alle verrückt und folgten ihm. Als wir hier aus dem Transmitter traten, war auch noch alles in schönster Ordnung. Wir waren alle wie verhext von dieser Welt – und wir sind es auch jetzt noch bis zu einem gewissen Grad.

Der Zauber dauerte jedoch nur solange an, bis die Ungeheuer aus dem ES kamen. Wir haben die einzelnen Stadien der Anpassung beobachtet, Leon und ich. Zuerst empfindet man überschwängliches Glück, das von der psychischen Realität unheimlich stark reflektiert wird. Diese Reflexion ist so stark gewesen, dass sie bis zum Explorerschiff reichte und die gesamte Mannschaft hierherlockte.

Nun, die Ernüchterung kam mit dem zweiten Stadium. Nachdem die erste Begeisterung abflaute, regten sich die menschlichen Triebe ... Na, den Rest haben Sie ja selbst erlebt.«

»Wussten Sie, dass auch die Reflexion des Unterbewusstseins unglaublich stark ist?«, sagte Pandar Runete. »Sogar noch stärker als das Gefühl der Verzauberung. Die Ungeheuer aus dem ES machten das gesamte Solare Imperium unsicher. Diesem Umstand ist es auch zuzuschreiben, dass sich Perry Rhodan einschaltete.«

Leon Jones kicherte – eine so menschliche Eigenschaft, die bewies, dass er der Verzauberung dieser Welt nicht mehr stark unterlag.

Als Runete und Colla zu ihm blickten, erklärte Jones: »Ich stelle mir gerade vor, dass mein Ungeheuer aus dem Unterbewusstsein meinem ›besten Freund‹ erschienen ist. Es wäre zu köstlich, um wahr zu sein.«

»Vielleicht ist das Ungeheuer Ihrem sogenannten Freund doch erschienen«, sagte Runete düster. »Sie mögen ihn nicht besonders?«

»Ich habe keinen Grund, ihn zu mögen«, entgegnete Jones. »Dieser verdammte Schürzenjäger hat meine Schwester ins Unglück gestürzt.«

»Von welcher Welt stammen Sie?«

»Bevor ich zur Explorerflotte ging, lebte ich mit meinen Eltern und meiner Schwester auf einer Versuchsfarm des Planeten Roderoon. Wieso?«

»Das Erscheinen des Ungeheuers hat dort einem Menschen das Leben gekostet«, erklärte Runete. »Es könnte sich leicht um den Verführer Ihrer Schwester handeln.«

»Nein«, stöhnte Jones, »das habe ich ganz sicher nicht gewollt. Ich habe ihm zwar alles nur erdenklich Schlechte gewünscht, aber ich hätte nie Gleiches mit Gleichem vergelten können. Ich wollte seinen Tod nicht.«

Alan Colla mischte sich ein. »Ein Grund mehr, um diesem ganzen Zauber schnellstens ein Ende zu bereiten. Wir müssen rasch handeln, Leon!«

»Du hast recht«, stimmte Leon Jones zu. »Wenn es wahr ist, dass ich … Du hast verdammt recht, Alan, wir müssen schnellstens handeln. Wollen Sie uns helfen, Major?«

»Ich habe keine Ahnung, wobei ich Ihnen helfen soll«, sagte Runete.

»Wir wollen diesem Spuk ein Ende bereiten«, erklärte Colla. »Wir beide haben in Erfahrung gebracht, wo die Quelle dieser verhängnisvollen Strahlung liegt, die aus uns Menschen Ungeheuer macht. Wir wollen sie vernichten.«

Runete begriff im ersten Augenblick nicht, was Colla meinte. Erst nach und nach kam ihm der Sinn seiner Worte zu Bewusstsein.

Langsam und bedächtig sagte er: »Sie meinen, es gibt eine Strahlung künstlichen Ursprungs, die uns alle beeinflusst?«

»Genau das meine ich«, bestätigte Colla. »Für die Kalkis mag sie segensreich sein, sie steigern sich dadurch zu geistiger Vollkommenheit. Dafür haben sie diese Strahlung auch geschaffen. Aber für uns Menschen bedeutet sie das Verderben, weil wir ein unberechenbares Unterbewusstsein haben.«

»Wenn ich Sie recht verstanden habe«, sinnierte Runete, »dann müssen die Kalkis auch eine Technik besitzen. Wir konnten aber durch die Fernmessungen keine Anzeichen dafür entdecken.«

»So ging es uns auf der EX-777 auch«, warf Jones ein. »Dennoch gibt es gigantische technische Anlagen auf dieser Welt. Sie befinden sich im Gebiet der Mistkäfer.«

»Mistkäfer?«, wiederholte Runete erstaunt.

»Ich werde Ihnen alles der Reihe nach erklären, damit Sie nicht dauernd Fragen stellen müssen.« Colla seufzte.

Die Gasader, in der die drei Avatara Unterschlupf gesucht hatten, war ständigen Veränderungen unterworfen, so dass sie sich ebenfalls ständig in Bewegung halten mussten.

Während ihrer Wanderschaft erzählte Colla die Erlebnisse der Explorerleute vor dem Eintreffen der CREST:

Nachdem die ersten Ungeheuer aus dem ES aufgetaucht waren, musste Olenk Brodech, alias Guru Nanak, erkennen, dass sich das Unterbewusstsein des Menschen durch den Körperwechsel nicht ausschalten ließ. Er forderte die Avatara auf, ihm in die tieferen Regionen des Planeten zu folgen, wo die verhängnisvolle Ausstrahlung nicht vorhanden war. An die fünfzig Männer der EX-777 folgten ihm, darunter auch Colla und Jones, die anderen verstreuten sich über die oberen Schichten der Atmosphäre in alle Richtungen ...

»Ich sage absichtlich ›obere Schichten der *Atmosphäre*‹, denn was Sie für die Oberfläche halten, gehört alles noch zur Atmosphäre des Methanriesen«, erklärte Colla dem verblüfften Runete. »Auch das Gebiet, in dem wir uns befinden, gehört zu der Gashülle des Planeten. Die Oberfläche ist fest und liegt noch etliche Kilometer unter uns!«

Colla und Jones folgten mit den anderen Guru Nanak zur Oberfläche hinunter. Aber sie trennten sich von dem Ezialisten, als sie erkannten, dass Nanak die Lösung ihrer Probleme durch die Erlernung der kalkischen Philosophie anstrebte. Während ihrer Reise zur Oberfläche hinunter hatten sie entdeckt, dass es sterile Zonen gab, die ebenfalls nicht von der verhängnisvollen Strahlung betroffen wurden. Dorthin zogen sie sich zurück.

»Wir trennten uns von Nanak nicht nur wegen seiner verschrobenen Ideen«, fiel Jones seinem Freund ins Wort, »sondern hauptsächlich taten wir es wegen der ungünstigen Lebensbedingungen, die dort unten herrschen. Der Körper des Avatara scheint zwar schlechthin vollkommen zu sein, doch gilt das nur für hier oben. Auf der Oberfläche herrscht ein zu großer Atmosphärendruck, außerdem empfindet der Avatara-Körper die Dichte der Massepartikel auf die Dauer als störend. Nanak und seinen Leuten blieb schließlich auch nichts anderes übrig, als sich in unterirdische Stollen zurückzuziehen. Deshalb nennen wir sie Maulwürfe. Für uns hatte dieses Leben keine Reize. Nun versuchen wir unser Problem auf reale Art zu lösen. Wir zerstören die Maschine, die die Strahlung verursacht, dann sind wir frei. Maja gehört dann den Menschen.«

Aber die Zerstörung der Strahlungsquelle war mit einigen Schwierigkeiten verbunden. Die Kalkis ließen sie von den »Mistkäfern« bewachen. Das waren kleine, halbmeterlange Wesen, die sich auf einem Dutzend Beinen fortbewegten. Als natürlichen

Schutz vor den alles zerstörenden Partikeln in der Atmosphäre besaßen sie widerstandsfähige Körperpanzer.

Jones charakterisierte sie folgendermaßen: »Sie sehen wie die Käfer aus, die auf allen bekannten Planeten zu finden sind – eben Mistkäfer. Sie besitzen gerade genügend Intelligenz, um von den Kalkis für die Bedienung ihrer Maschinen verwendet zu werden. Und sie können auch kämpfen, das haben wir am eigenen Leib erfahren, als wir einen Überraschungsangriff versuchten.«

Den zweiten Versuch, die Strahlungsquelle zu vernichten, wollten Colla und Jones mit mehr Strategie in Angriff nehmen. Zu dritt erhofften sie sich einen durchschlagenden Erfolg gegen die »primitiven Mistkäfer«.

»Machen Sie mit?«, fragte Colla.

Runete brauchte nicht nachzudenken. Er war im Prinzip dafür, die Strahlungsquelle auszuschalten – wenn auch nicht gänzlich zu vernichten –, um den auf Maja befindlichen Menschen eine Chance zur Rückkehr zu geben. Aber er hatte noch einen Einwand.

»Vergessen wir nicht, dass sich zwei der führenden Persönlichkeiten des Imperiums auf dieser Welt befinden«, gab Runete zu bedenken. »Eine Entscheidung von solch weittragender Bedeutung sollte Perry Rhodan oder zumindest Reginald Bull überlassen werden.«

»Wir müssen die Verantwortung schon selbst übernehmen«, sagte Colla. »Die Kalkis halten den Staatsmarschall nämlich gefangen, und wahrscheinlich haben sie den Großadministrator ebenfalls in die Reservation abgeschoben. Wir schlagen zwei Fliegen mit einer Klappe. Indem wir die Strahlung aufheben, fällt auch die psychische Energieglocke des Gefängnisses zusammen.«

»Also? Entscheiden Sie sich, Major«, verlangte Jones.

»Ich mache mit«, sagte Runete. »Allerdings unter der Bedingung, dass Sie mir das Kommando bei diesem Unternehmen übertragen.«

»Wie Sie wünschen, Major. Sie sind schließlich der Ranghöchste.«

Runete überhörte den Spott in Jones' Stimme nicht.

Colla führte die Dreiergruppe an. Runete folgte, Jones bildete den Abschluss – um »Sie, Major, beschützen zu können«, wie er sagte. Aber Runete glaubte dieser Version nicht ganz. Die beiden Männer waren, trotz seines Versprechens zur Zusammenarbeit, immer noch misstrauisch.

Zuerst legten sie einige Kilometer in horizontaler Richtung zurück. Erst als sie zu einer dicken Gassäule mit starker Zirkulation kamen, begaben sie sich darin in die Tiefe.

»Hat mal wieder ein kräftiges Erdbeben stattgefunden«, meinte Colla.

Da Jones näher bei Runete war, wandte er sich an diesen mit der Frage: »Was meint er damit?«

»Gassäulen mit einem Durchmesser wie diesem kommen nur nach größeren Eruptionen zustande«, erklärte Jones. »Bei der Eruption werden riesige Mengen Wasserstoff frei, welche die Partikel in der Atmosphäre teilen. Der Wasserstoff weicht nach oben ab, wo er sich dann mit Stickstoff verbindet und die bekannten Kristallgebirge bildet.«

»Wenn man bedenkt, dass wir sozusagen gegen die Strömung schwimmen, ist unsere Geschwindigkeit recht beachtlich«, sagte Runete. »Unsere Art der Fortbewegung grenzt ans Wunderbare.«

»Der Körper des Avatara ist etwas Wunderbares«, rief Colla, der Runetes Worte gehört hatte. »Aber jetzt wird der Druck von unten zu stark, und wir müssen uns einen anderen Weg suchen.«

Colla ruderte mit seinen Flossen und glitt auf die Wand von Partikeln zu. Er wartete, bis die anderen ihm gefolgt waren, dann verschwand er darin. Runetes Sehorgane glichen sich augenblicklich den neuen Bedingungen an, doch waren die Partikel hier bereits so dicht, dass er nicht viel von seiner Umgebung erblicken konnte.

Gelegentlich tauchten Leuchterscheinungen aus der Dämmerung auf, die zu großen Bällen anschwollen und dann ebenso schnell wieder verpufften, wie sie entstanden. Collas Körper geisterte als schwach leuchtender Schatten durch diese Schattenwelt.

Kleinere Nebelschwaden glitten an ihnen vorbei, aber Colla dachte nicht daran, sie aufzusuchen, um eine Rast einzuschlagen. Er ignorierte auch einige größere Gasadern, die Runete sehr verlockend schienen.

Runete wäre es sympathischer gewesen, die partikeldurchsetzte Atmosphäre (die hier unten bereits eine größere Dichte als Wasser erreichte) mit einer der Gashöhlen zu vertauschen. Er verspürte bereits einen unangenehmen Juckreiz auf seinem Körper, der durch die starke Reibung verursacht worden war. Aber er wollte als »Kommandant« des Unternehmens den anderen an Ausdauer nicht nachstehen, deshalb veranlasste er Colla nicht dazu, eine Rast einzuschalten.

»Jetzt geht es gleich wieder flotter vorwärts«, verkündete Colla.

Doch Runete fand, dass eher das Gegenteil der Fall war. Denn plötzlich war er von einer dicken, schweren Substanz umgeben, die ihm völlig die Sicht raubte und seine Bewegungen hemmte. Für einen Moment stieg Panik in ihm auf, denn er fühlte auch nicht die Emotionen seiner beiden Verbündeten. Und er hatte die unsinnige Befürchtung, Colla und Jones könnten ihn in eine Falle gelockt haben ...

Er spürte einen Stoß, der von hinten kam, für Sekundenbruchteile, setzte ihm der Materiestau einen heftigen Widerstand entgegen, aber dann schwebte er aus der Dunkelheit hinein in eine leuchtende Gassäule.

Nicht weit vor ihm hielt sich Colla gegen den aufsteigenden Wasserstoffstrom in der Schwebe, dicht hinter ihm folgte Jones.

»Ich dachte schon, ihr hättet euch davongemacht, weil ich eure Anwesenheit nicht mehr gefühlt habe«, sprach Runete seine Befürchtungen aus.

»Haben Sie schon vergessen, dass die Strahlung hier unten nicht existiert, *Major?*«, sagte Colla. »Oder habe ich es zu erwähnen vergessen?«

»Ich kann mich nicht mehr erinnern«, gestand Runete. »Jedenfalls ...«

Er ließ den Satz unvollendet.

»Jedenfalls haben wir die Oberfläche gleich erreicht«, nahm Jones den Faden auf. »Jetzt müssen wir auf der Hut sein. Wir dürfen die Mistkäfer nicht unterschätzen. Ihre Waffen haben zwar keine große Reichweite, aber aus der Nähe eine tödliche Wirkung.«

»Gefährlicher als die Mistkäfer sind im Augenblick die Eruptionen«, rief Colla. »Vergiss nicht, dass wir uns direkt über einem Krater befinden. Wenn der Gasausbruch in diesem Augenblick enden würde – dann wäre es um uns geschehen.«

»Colla?«

»Ja, *Major?*«

»Es gefällt mir nicht, wie Sie Intelligenzwesen benennen. Nennen Sie sie in Hinkunft besser *Koleopteren,* das hört sich weniger abfällig an.«

»Was ist das für ein komplizierter Name für diese Biester!«

»Die lateinische Bezeichnung für Käfer. Ich finde sie für intelligente Wesen angebrachter, auch wenn es sich um Primitive handelt. Haben Sie verstanden, Colla?«

»Jawohl, *Major.*«

»Es gefällt mir auch nicht, wie Sie meinen Rang betonen, Colla. Nennen Sie meinen Rang besser nicht, bevor Sie ihn so aussprechen.«

»Ich werde mich daran halten«, versprach Colla mit dem ihm zur Gewohnheit gewordenen spöttischen Unterton.

Runete wollte die Situation nicht überspitzen, deshalb ließ er von diesem Thema ab. Stattdessen erinnerte er sich der Anspielung Collas, die er gemacht hatte, bevor Runete ihn zur Rede stellte.

»Warum ist es um uns geschehen, wenn der Gasausbruch plötzlich endet?«, erkundigte er sich.

Runete bekam die Antwort nicht von seinen Begleitern, sondern auf viel drastischere Art.

Die Eruptionen in diesem Gebiet hörten auf, die Gasströmung versiegte. Im selben Augenblick als kein Druck mehr von unten kam, brach der Materiestau rund um die sich auflösende Gassäule zusammen und stürzte auf die drei Avatara.

Runete wurde von den herabfallenden Massen erfasst und von ihnen mit in die Tiefe gerissen. Und während er von dem Stau auf die Oberfläche hinuntergedrückt wurde und sein Körper unter der Reibungshitze zu glühen begann, stellte er sich die bange Frage:

Was wird geschehen, wenn mein Avatara-Körper auf der Oberfläche zerschellt?

11.

Er hatte ausgeträumt.

Er war schon lange über den Anfang hinaus, die Illusionen, die Verlockungen hatten die magische Kraft für ihn verloren. Jetzt stand er mitten in der psychischen Realität und erkannte, dass sie ebenso verhängnisvoll, unerbittlich und grausam sein konnte wie jene Gegenwart, aus der er gekommen war. Auch hier hing es davon ab, was man aus seinem Leben machte. Er hatte sich im menschlichen Universum nicht behaupten können und konnte es hier erst recht nicht.

Er, Fedor Ginstek, war ein Versager.

Was ihm auf seiner Heimatwelt Holostok nicht gelungen war, nämlich sich eine »gesicherte Existenz« zu schaffen, wie man so schön sagte, hatte er in der Solaren Flotte zu erreichen versucht. Besser gesagt, in der Explorerflotte. Aber der Schritt nach vorne war ihm auch hier nicht gelungen. Er war und blieb immer und überall ein Anonymus zwischen Wesen mit Namen.

Und dann war die Chance für einen neuen Anfang gekommen. Guru Nanak hatte ihm die Möglichkeit gegeben, in einem neuen Körper auf einer neuen Welt ganz von vorne anzufangen.

Der neue Körper war geradezu vollkommen, die neue Welt ein Paradies. Fedor Ginstek, der Mann, der die harten Gesetze des menschlichen Universums aus unerklärlichen Gründen nicht hatte meistern können, wollte sich hier behaupten.

Aber dann kamen die Ungeheuer aus dem ES – und eines dieser Ungeheuer war die Inkarnation seines Unterbewusstseins.

Er gestand sich selbst ein, dass er in dem heraufsteigenden Chaos untergegangen wäre, wenn nicht Guru Nanak einen Ausweg gefunden hätte. Der Ezialist scharte die Vernünftigen um sich und führte sie in eine andere, ungefährlichere Welt innerhalb der psychischen Realität. Sie erreichten die Oberfläche des Methanriesen und verkrochen sich in unterirdischen Stollen.

Ihre Körper waren nicht für die extremen Bedingungen geschaffen, die hier unten herrschten, und sie wären hilflos umgekommen, wenn sie nicht von unerwarteter Seite Hilfe bekommen hätten. Jene käferartigen Wesen, die auf der Oberfläche lebten und Handlangerdienste für die Kalkis verrichteten, stellten ihnen die Errungenschaften einer hochentwickelten Technik zur Verfügung. Aber sie machten zur Bedingung, dass sie den Schutz der Stollen erst verlassen durften, wenn sie durch die kalkische Philosophie ihr Unterbewusstsein besiegt hätten.

Guru Nanak, dieser verblendete Träumer, gab dieses Versprechen im Namen aller ab – und damit begann das Martyrium für Fedor Ginstek. Anfangs hatte er sich bemüht, sich selbst zu läutern und hatte all seine Kraft und seinen Willen dafür verwandt, die Reinheit seines ICHs zu erreichen. Aber ... Fedor Ginstek war nicht stark. Wenn etwas stark an ihm war, dann waren es seine Triebe, sein Unterbewusstsein.

Es begann damit, Nanaks Anhänger gegen den Meister aufzuhetzen. Er versuchte, den Männern ihr erbärmliches Dasein in ihrem unterirdischen Gefängnis aufzuzeigen. Aber seine Bemühungen erwiesen sich als ein Schuss nach hinten – er erreichte durch seine Rebellion nur den Ausschluss aus der Gemeinschaft für sich und für seine fünf Verbündeten.

Sie wurden von der Oberfläche verbannt und in der psychischen Sphäre eines Kalki zum Psycho-Transmitter gebracht. Wie Fedor während dieser kurzen Reise die Kalkis zu hassen begann!

Er glaubte zu erkennen, dass die Kalkis gnadenlose Beherrscher der Oberfläche und des Luftraumes ihrer Welt waren. Wer sich ihnen nicht bedingungslos unterstellte, wurde mit Verbannung bestraft. Sie töteten nicht, o nein, dafür waren sie viel zu grausam. Sie wussten, dass für jene, die den Verlockungen der Maja je begegnet waren, die Verbannung aus der psychischen Realität viel schlimmer als der Tod war.

Als Fedor Ginstek dies erkannte, wurde sein Hass auf die Kalkis übermächtig; er ging mit ihm durch, wuchs über ihn hinaus und mobilisierte die Ungeheuer aus dem Unterbewusstsein ...

Der Kalki erreichte mit seinen sechs Gefangenen nie sein Ziel, den Psycho-Transmitter. Fedor Ginsteks Hass tötete ihn, die psychische Sphäre löste sich auf, Ginstek und seine fünf Verbündeten waren frei ...

»Wir sind nicht länger mehr den Kalkis auf Gnade oder Ungnade ausgeliefert!«, triumphierte Ginstek. »Wir haben eine tödliche Waffe gegen sie – unseren Hass. Und wir werden diese Waffe gegen die Kalkis verwenden, wo immer wir ihnen begegnen. Wir werden so lange gegen sie kämpfen, bis wir das Paradies für die Avatara gewonnen haben.«

Zu diesem Zeitpunkt stand Ginstek allerdings bereits auf einsamem Posten. Seine Verbündeten spürten seinen Wahnsinn und zogen sich von ihm zurück; sie hatten Angst, dass sich sein kranker Geist auch gegen sie wenden könnte ...

Ginstek kämpfte auch allein gegen die Kalkis. Er war jetzt jemand, eine mächtige Persönlichkeit: *Der Freiheitskämpfer der Avatara!* Endlich hatte er es geschafft, mehr als nur ein Anonymus in der großen Masse zu sein. Er hatte ein Ziel vor Augen – ein für seine Artgenossen wertvolles und erstrebenswertes Ziel, wie er in seinem Irrsinn glaubte.

Und er schleuderte seinen Hass gegen jede psychische Sphäre, der er begegnete.

Nachdem die Sphäre unter dem Ansturm des Ungeheuers zum zweiten Mal erschüttert wurde, fühlte Rhodan instinktiv, dass der Kalki einem dritten Angriff nicht gewachsen war. Einer neuerlichen psychischen Belastung würde er nicht standhalten können, die Sphäre würde sich auflösen, und sie wären dann schutzlos den ungehemmten Trieben eines irregeleiteten Menschen ausgesetzt.

Rhodan betrachtete den Kalki, der sich völlig passiv verhielt; er tat, als würden ihn die Ereignisse überhaupt nicht betreffen.

»Fürchtest du den Tod denn nicht?«, fragte er.

»Das ganze Leben ist eine einzige Furcht vor dem Tod«, sagte der Kalki.

»Weise Sprüche helfen uns jetzt nicht«, fuhr ihn Rhodan an.

Der Kalki war nicht aus der Ruhe zu bringen. »Wenn Weisheit nicht hilft, dann will es das Schicksal so, dass man sich ihm ergibt.«

»Diese Ansicht teile ich keineswegs«, sagte Rhodan abschließend und konzentrierte sich auf das Problem.

Nachdem der Kalki sich weigerte, einzuschreiten, schien es nur einen einzigen Ausweg zu geben. Nämlich den, dass Rhodan den gleichen starken Hass entwickelte wie ihr Gegner, um so das Ungeheuer aus seinem ES wachzurufen. Aber diese Möglichkeit behagte ihm nicht, ganz abgesehen davon, dass er gar nicht in der Lage war, so zu hassen wie der kranke Geist dort draußen.

Es musste ganz einfach eine andere Möglichkeit zur Klärung der Lage geben. Der Kalki würde ganz gewiss die geistige Macht haben, dem Treiben des Wahnsinnigen ein Ende zu bereiten. Aber er war nicht gewillt, sie freiwillig und aus eigener Initiative anzuwenden.

Vielleicht konnte man ihn aus der Reserve locken. Es musste doch möglich sein, ihn zu einer Gegenwehr zu *provozieren!*

»Gleich startet das Ungeheuer seinen dritten Angriff«, verkündete Rhodan.

»Ich weiß es.« Der Kalki blieb gleichgültig.

»Und damit wird meine Mission ein jähes Ende finden«, fuhr Rhodan fort. »Dein Volk wird um die Früchte seiner geistigen Arbeit betrogen werden. Wenn ihr euch nicht wehrt, dann wird eure psychische Realität zum Tummelplatz der Ungeheuer aus dem ES. Du hast es in der Hand, es nicht soweit kommen zu lassen.«

»Ich weiß nicht, was zu tun wäre«, erklärte der Kalki; diese Äußerung war das erste Anzeichen dafür, dass er nicht mehr gänzlich passiv war. »Ich hätte bestimmt die Möglichkeit, dieses Wesen dort draußen zu töten, aber ich kann es nicht.«

»Du sollst diesen Menschen nicht töten«, sagte Rhodan. »Aber du müsstest ihm Einhalt gebieten, bevor er noch mehr Schaden anrichten kann.«

»Wie soll ich das tun?«

Rhodan bemerkte, wie sich der drohende Schatten des Ungeheuers näherte, da hatte er einen Einfall.

»Könntest du nicht ...« Weiter kam er nicht, denn in diesem Augenblick prallte das Ungeheuer zum dritten Mal gegen die Sphäre. Die Erschütterung war diesmal viel stärker als die beiden anderen Male, und Rhodan wurde gegen die Wand geschleudert. Er machte sich auf einen heftigen Aufprall gefasst und krümmte seinen Körper instinktiv zusammen. Doch der Aufprall erfolgte nicht. Die Sphäre war geborsten, Rhodan flog durch den sich verflüchtigenden Nebel hinaus in die aufgepeitschte Atmosphäre Majas. Der Sturm erfasste ihn und wirbelte ihn vor sich her. Erst als er gegen eine Wand aus Partikeln stieß, wurde seine Geschwindigkeit abgebremst. Sein Körper glühte unter der starken Reibung auf und kam schließlich zum Stillstand.

Er streckte seine Fühler aus und versuchte, sich zu orientieren. Rund um ihn flimmerten die winzigen Masseteilchen und versperrten ihm die Sicht. Er war von dem Kalki abgeschnitten und wusste nicht mehr, aus welcher Richtung er gekommen war. Aber dann trieb der Sturm das schauerliche Gebrüll zu ihm, und er wusste, dass es von der entfesselten Bestie kam, die sich auf den kampfunfähigen Kalki stürzte.

Rhodan bemühte sich, die Wand aus Partikeln schleunigst zu verlassen, aber da auch der Körper des Avatara dem Gesetz der Trägheit unterworfen war, kam er nur langsam vorwärts. Es schien ihm endlos zu dauern, bis er die Materiewolke verlassen hatte und die freie Atmosphäre erreichte. Und dann wurde er Zeuge der dramatischen Geschehnisse, die sich unweit von ihm abspielten.

Der Kalki, selbst ein Wesen der psychischen Realität, halb metaphysischer und halb materieller Struktur, zuckte unter den Schlägen des tausendgesichtigen Ungeheuers. Aus der wirbelnden, formlosen Masse schossen Pseudo-Arme mit Krallen hervor, zerteilten die Nebelschwaden und stießen auf ihr Ziel zu.

Einige hundert Meter dahinter erblickte Rhodan einen Avatara, der in einem ekstatischen Tanz durch die Lüfte wirbelte. Es musste sich um den Schöpfer des Ungeheuers handeln, um den Meister, der selbst von seinem übermächtigen Unterbewusstsein dirigiert wurde.

Es war ein ungleicher Kampf, dem Rhodan hilflos zusehen musste, und es bestand kein Zweifel daran, welchen Ausgang er nehmen würde. Der Kalki musste unterliegen ...

Doch plötzlich trat eine unerwartete Wende ein.

Der Avatara, aus dessen Unterbewusstsein das Ungeheuer auferstanden war, erstarrte zur Bewegungslosigkeit. Ein Schutzschild aus psychischer Energie bildete sich um ihn und hüllte ihn schließlich gänzlich ein. Gleichzeitig damit verblasste das Ungeheuer und löste sich auf.

Rhodan glitt zu dem angeschlagenen Kalki hin, dessen langer, schlanker Körper sich immer noch wie unter Qualen aufbäumte.

»Du hast es geschafft!«, rief Rhodan. Er empfand unsägliche Erleichterung darüber, dass der Kalki sich selbst überwunden und, ohne seinen Widersacher zu töten, gesiegt hatte.

»Leider muss ich Sie enttäuschen«, hörte Rhodan eine Stimme sagen, die typisch für einen Avatara war. »Der Kalki wäre nie in der Lage gewesen, sich seiner Haut zu wehren. Ich bin ihm beigestanden. Sehen Sie denn nicht, dass es sich um ein recht junges Exemplar handelt?«

Rhodan wandte sich von dem Kalki nicht ab, während er den Neuankömmling betrachtete. Zweifellos handelte es sich bei ihm um einen Menschen im Körper des Avatara, der sich äußerlich nicht von den anderen unterschied. Aber allein die Tatsache, dass er den Wahnsinnigen an der Ausführung seiner schrecklichen Tat hindern und darüber hinaus noch isolieren konnte, zeichnete ihn als etwas Besonderes aus.

»Sie sind gerade im richtigen Moment aufgetaucht«, sagte Rhodan. »Ohne Ihr Eingreifen wäre der Kalki wohl verloren gewesen.«

»Das weiß ich selbst auch«, meinte der Avatara, und Rhodan bildete sich ein, einen spöttischen Unterton herauszuhören.

Die Überheblichkeit des anderen ärgerte ihn ein wenig, und beinahe hätte er sich dazu hinreißen lassen, sich Autorität zu verschaffen, indem er sich als Großadministrator zu erkennen gab. Aber er besann sich noch rechtzeitig eines Besseren.

Er sagte: »Es ist erstaunlich, dass ein Mensch die Macht der psychischen Realität besser auszunützen gelernt hat als die Kalkis selbst. Und das innerhalb einer relativ kurzen Zeitspanne. Oder gehe ich fehl in der Annahme, dass Sie zur Besatzung der EX-777 oder der EX-2929 gehören?«

»Ihre Annahme stimmt in etwa«, entgegnete der andere. »Ich kam mit der EX-2929 hierher. Aber so großartig, wie Sie sie hinstellen, war meine Leistung nicht. Ich sagte Ihnen schon, dass Ihr Begleiter ein recht junger Kalki ist. Er hat Ihnen nur voraus, dass er kein Unterbewusstsein besitzt. Die anderen Kalkis jedoch, die schon längere Zeit in der psychischen Realität leben, sind mir in jeder Beziehung über.«

»Ihre Selbstbeherrschung ist dennoch bewundernswert«, erklärte Rhodan. »Mit Ihrer Hilfe würde es mir nicht schwerfallen, die Explorerleute von hier fortzubringen.«

»Für die meisten wäre es tatsächlich besser, wenn sie in ihr früheres Leben zurückkehrten«, sagte der Avatara. »Aber ich werde Ihnen bestimmt nicht helfen, alle zur Rückkehr zu zwingen. Abgesehen davon, wäre es jetzt an der Zeit, dass Sie sich mir zu erkennen geben. Ich habe davon gehört, dass einige Männer von der CREST nach Maja gekommen sind. Sie scheinen mir einer von ihnen zu sein. Nennen Sie mir Ihren Namen und Rang.«

»Wie Sie wollen«, sagte Rhodan. »Ich bin der Befehlshaber der CREST IV und Großadministrator des Solaren Imperiums.«

»Das habe ich mir beinahe gedacht«, entgegnete der andere unbeeindruckt, und Rhodan hatte das Gefühl, als ob er belustigt lächle, obwohl ein Avatara dazu natürlich nicht in der Lage war.

Im gleichen amüsierten Tonfall fuhr er fort: »Und ich bin der Chef der Explorerflotte und Staatsmarschall des Solaren Imperiums.«

»Bully?«, rief Rhodan ungläubig aus. »Bist du es wirklich und wahrhaftig!«

»Manchmal zweifle ich selbst daran«, sagte Reginald Bull. »Und bestimmt würde ich mich nicht wiedererkennen, wenn ich mir einen Spiegel vorhielte. Aber wenn du fragst, ob ich das bin, was aus Reginald Bulls Alabasterkörper in den Avatara geschlüpft ist, dann muss ich mit ›Ja‹ antworten.«

»Was für ein Zufall, dass wir uns hier getroffen haben«, sagte Rhodan immer noch beeindruckt. »Ich befand mich gerade auf dem Weg in das Reservat, in das euch die Avatara abgeschoben hatten.«

»So zufällig ist unsere Begegnung gar nicht«, erwiderte Bull. »Die Kalkis haben einen Avatara ins Reservat gebracht, der sich Leutnant Berliter nennt und behauptet, zu einem Stoßtrupp zu gehören, den Perry Rhodan befehligte. Als ich das hörte, war ich nicht mehr zu halten.«

»Das hört sich so an, als ob du das Reservat ohne weiteres verlassen konntest«, stellte Rhodan fest.

»Es war einfach«, bestätigte Bull.

»Demnach stellte der psychische Energiewall kein Hindernis für dich dar? Willst du das damit sagen?«

»So ist es.«

Rhodan fühlte unsägliche Erleichterung in sich aufsteigen. Nach den anfänglichen Fehlschlägen, den schier unüberwindlichen Hindernissen, die das menschliche Unterbewusstsein auf dieser Welt bildete, hatte Rhodan mit einem zähen Ringen um die Rückkehr der Menschen gerechnet. Und jetzt schien auf einmal alles so leicht zu sein.

Bully hatte sein Unterbewusstsein zu beherrschen gelernt, er konnte dadurch die größte Gefahr der psychischen Realität, nämlich die Ungeheuer aus dem ES, bekämpfen. Das menschliche Unterbewusstsein war nicht länger mehr ein unberechenbarer Faktor, es konnte gebändigt und gezähmt werden.

»Wie hast du das geschafft, Bully?«, wollte Rhodan wissen.

Bevor Reginald Bull noch antwortete, lenkte der Kalki die Aufmerksamkeit auf sich, indem er sich hinter einer psychischen Barriere verschanzte und sich mit ihr von den Stürmen treiben ließ. Dabei beschrieb er einen großen Bogen um die Energieblase, in der der wahnsinnige Avatara gefangen war.

»Was habe ich wie geschafft?«, erkundigte sich Bull abwesend, während er dem entschwindenden Kalki nachstarrte. Er blickte dabei auch gleichzeitig zu Rhodan, und das brachte seine Gedanken in die Gegenwart zurück. »Ach, du meinst, was ich getan habe, um mich selbst beherrschen zu lernen? Ich habe nichts dazu getan, Perry, es ist alles von alleine gekommen. Ich habe weder meditiert, noch habe ich von Guru Nanaks Methode Gebrauch gemacht, die kalkische Philosophie zu erlernen. Die psychische Realität selbst hat mich gewandelt.«

»Ich kann es nicht glauben, dass es so einfach ist, die Vollkommenheit zu erlangen«, meinte Rhodan zweifelnd.

»Ist es auch nicht«, sagte Bull. »Ich glaube vielmehr, dass manche Menschen die Eignung für ein Leben in der psychischen Realität in sich haben. Andere wieder überhaupt nicht. Anfangs erging es mir wie allen anderen. Meine Triebhaftigkeit war stärker als mein ÜBERICH. Leutnant Berliter sagte mir, dass du die Visionen auf Terra erlebt hast. Das waren sicher die Spiegelungen meines Unterbewusstseins. Ich war den Kalkis dankbar, dass sie mich durch die psychische Sphäre schützen ließen. Aber dann irgendwann einmal ist es mich überkommen wie eine Erleuchtung, und ich wusste, dass ich nun die Befähigung für ein Leben hier erreicht hatte. Es war wie eine Befreiung von einer unsäglichen schweren seelischen Last.«

Rhodan schwieg eine Weile, dann fragte er: »Und was ist mit den anderen? Mit deiner Besatzung von der EX-2929 und den

Explorerleuten von der EX-777 – wie eignen sie sich für ein Leben in der psychischen Realität?«

»Der eine besser, der andere weniger gut«, sagte Bull ausweichend. Das Thema schien ihm nicht zu behagen, denn er wechselte es schnell. »Wenn du mehr über die Kalkis erfahren möchtest, Perry, dann komm mit mir. Ich habe ...«

»Was ist mit deinen Leuten, Bully?«, unterbrach Rhodan seinen Freund. »Bevor wir uns eingehender mit den Kalkis beschäftigen, wäre es angebracht, sich Gedanken über das Schicksal der vierhundert Männer zu machen.«

»Ich habe an nichts anderes gedacht als an das Schicksal meiner Leute«, versicherte Bull, doch klang es nicht überzeugend.

»Wenn das stimmt«, sagte Rhodan, »dann wirst *du* dir sicher schon einen Weg überlegt haben, um sie in ihre Körper zurückzubringen.«

»Habe ich, Perry, habe ich.«

»Und?«

»Was und?«

»Hast du eine Möglichkeit für ihre Rückkehr gefunden?«

»Sicher. Es wäre ganz einfach für mich, sie zur Umkehr zu zwingen. Zumindest jenen Teil von ihnen, der sich nicht für ein Leben in der psychischen Realität eignet. Aber ich möchte noch abwarten. Ich habe nämlich die begründete Vermutung, dass auch sie nach einiger Zeit von der psychischen Realität geformt werden und schließlich ihr Unterbewusstsein besiegen können.«

Rhodan wich erschrocken zurück.

»Worauf möchtest du denn warten, Bully? Was hätte es für einen Sinn abzuwarten, bis sie ihr ES überwinden? Wir sollten schleunigst zurückkehren, bevor wir uns gegenseitig ausgerottet haben, oder bevor wir der Ausstrahlung dieser Welt gänzlich verfallen sind. Außerdem müssen wir berücksichtigen, dass die Kalkis unter unserer Anwesenheit leiden. Wir müssen augenblicklich in unsere Welt zurückkehren, Bully!«

»Dieser Meinung bin ich nicht, Perry«, sagte Bull in einem Ton, als empfinde er Mitleid mit seinem Freund. »Ich werde diese Welt ganz bestimmt nicht verlassen.«

12.

Der Hindu sagt: »Wischnu ist mehrmals in tierischer oder menschlicher Gestalt erschienen, um die Menschheit zu erretten. Irgendwann in der Zukunft wird er als KALKI kommen, um die Welt von Bösewichtern zu befreien ...«

Runete hatte das Gefühl, als würde sein Avatara-Körper durch den auf ihm lastenden Druck zu einer dünnen Schicht zusammengepresst, in der seinem ICH nur ein winziger Raum zugesprochen wurde. Der Raum wurde immer kleiner ... schrumpfte noch weiter zusammen – und plötzlich kam es zur Explosion.

Der Materiestau, der Runete in die Tiefe gerissen hatte, zerbrach an den Wänden des Kraters und befreite Runete von dem Druck.

Runete hatte gerade noch Zeit, sich in eine Seitenhöhle zu retten, bevor die gesamte Partikelmasse in den Krater stürzte und ihn ausfüllte. Das Bersten und Krachen erfüllte den Höhlenstollen und ließ die Felsen erbeben.

Ich habe die Oberfläche erreicht, dachte Runete. Sein zweiter Gedanke war verzweifelter, denn er erkannte, dass er eingeschlossen war. Es gab keinen Ausweg aus der Höhle.

Er war verloren.

Zwar konnte er nicht verhungern oder ersticken, denn Atmung und Nahrungsaufnahme waren für den Avatara ein einziger Vorgang – und die vorhandenen Sickergase waren atembar. Aber die Aussicht, auf ewig hier eingeschlossen zu sein, war alles andere als verlockend.

Runete lauschte auf die Geräusche, die rund um ihn waren. Gleich nachdem der Materierutsch beendet gewesen war, hatte es geschienen, als wäre hier die Stille vollkommen. Aber jetzt konnte Runete das Zischen der Gase und das Rumoren der sich ständig verschiebenden Gesteinsmassen hören.

Und dann war da noch ein Geräusch. Es hörte sich wie ein Wimmern oder ein klagendes Rufen an. Er achtete eine Weile auf die Laute und war schließlich davon überzeugt, dass es sich um die Stimme eines Avatara handelte. Nach einiger Zeit konnte er sogar verstehen, was die Stimme sagte.

»Ich bin hier ... Kommt ihr?«

Eine andere Stimme antwortete. Sie war weiter entfernt und für Runete nicht zu verstehen.

»Wie lange braucht ihr denn noch?«

»Gleich ... wir da«, verstand Runete jetzt.

Die zweite Stimme wurde schnell lauter und gleichzeitig mit der Stimme näherte sich auch ein Stampfen wie von einer Maschine. Eine Maschine auf Maja? Für einen Moment befürchtete Runete, den Verstand verloren zu haben. Aber dann erinnerte er sich der Erzählung von Colla und Jones, wonach die Kalkis eine technische Zivilisation besaßen und von den käferartigen Wesen bewachen ließen.

Aber es ergab für Runete keinen Sinn, dass Avatara mit den Geräten der Kalkis eine Rettungsaktion für einen ihrer verschütteten Kameraden unternahmen. Wie passte das zusammen?

Das Stampfen verstummte.

»Endlich.«

»War es so schlimm? Du hättest die Wartezeit zum Meditieren verwenden können.«

»Fehlt noch jemand?«

»Pukas und Tamalk haben wir bereits herausgeholt ...«

In diesem Augenblick rief Runete laut um Hilfe.

Nicht viel später zeigte der Fels vor ihm die erste Erschütterung und bald darauf drang ein Lichtschein durch eine schnell größer werdende Öffnung.

Zuerst erblickte Runete eine fremdartige Maschine, die flach und gedrungen war, aber durch das vorspringende Rohr mit den Schraubenmessern keinen Zweifel darüber ließ, dass es sich um eine Bohrmaschine handelte.

Runetes Fühler ringelten sich automatisch zusammen, als der grelle Lichtstrahl voll darauffiel.

»Sieh an, ein Neuling«, sagte einer der beiden Avatara, die die Bohrmaschine bedient hatten. »Woher kommen Sie denn?«

»Ein Materiestau hat mich in den Krater gedrückt.«

»Na, Sie haben unbeschreibliches Glück gehabt, dass Sie gerade in den Krater fielen, der mitten durch unsere Festung geht.«

»Festung ist gut«, kommentierte der zweite Avatara abfällig. An Runete gewandt, fragte er: »Wie sieht es oben aus? Zerfleischt ihr euch immer noch gegenseitig?«

»Ich bin noch nicht lange auf Maja«, bekannte Runete. »Ich gehöre einem Rettungskommando an, das von Perry Rhodan geleitet wird.«

»Junge, Junge, das ist eine Neuigkeit!«, rief der eine Avatara aus.

»Dann besteht wenigstens noch Hoffnung, diese Maulwurfshöhlen zu verlassen«, jubelte der andere. Aber seine Begeisterung dämpfte sich gleich darauf. Er fragte: »Wenn Sie zu Perry Rhodans Rettungsmannschaft gehören, warum befinden Sie sich dann im Körper des Avatara?«

»Ich bilde keine Ausnahme«, antwortete Runete.

Die beiden Avatara schwiegen betroffen. Runete konnte ihre Gedanken ahnen, wenn er auch nicht ganz verstand, warum sie mit ihrem Schicksal unzufrieden waren. Sicher hatten sie ihre Hoffnung auf eine baldige Rückkehr begraben, nachdem sie hörten, dass Rhodan ebenfalls als Avatara gekommen war. Aber es war Runete unverständlich, dass sie gerettet werden wollten.

»Ihr gehört doch zu den Jüngern Guru Nanaks, oder nicht?«, erkundigte sich Runete.

»So kann man uns auch nennen«, sagte der eine Avatara düster. »Wir sind die Jünger Guru Nanaks. Aber in der Hauptsache sind wir Gefangene der Kalkis.«

»Ich habe geglaubt, die Kalkis hätten euch diese Stollen für die Meditation bereitgestellt«, wunderte sich Runete.

»Unter diesem Vorwand haben sie uns auch hierher gelockt«, erklärte einer seiner beiden Befreier. »Aber bisher hat es noch niemand von uns geschafft, aus diesem Gefängnis zu entkommen. Die Kalkis sagen, wir seien noch nicht reif für die psychische Realität und Guru Nanak, dieser Narr, stimmt ihnen bedenkenlos bei. Aber wir wissen inzwischen, dass sie uns nie die Freiheit geben werden. Für einige Minuten hatte ich die Hoffnung, dass Perry Rhodan uns heraushauen würde, doch als Avatara wird er versagen – wie Reginald Bull auch.«

»Sie möchten also lieber in das menschliche Universum zurückkehren, als hierbleiben?«, fragte Runete.

»Du lieber Himmel, alles wäre besser, als in diesen Löchern zu schmachten. Wenn Sie uns fragen, wir haben genug. Wir pfeifen auf die Vollkommenheit in der psychischen Realität.«

»Stimmt. Wissen Sie, wovon ich ständig träume? Von einem riesigen, saftigen Steak.«

Die Einstellung dieser beiden Avatara bestärkte Runete in seinem Entschluss, das Vorhaben, das er mit Jones und Colla geplant hatte, auszuführen.

»Vielleicht bekommen Sie Ihr Steak doch noch«, meinte Runete.

»Sagen Sie bloß, Sie wüssten eine Möglichkeit zur Rückkehr!«

»Ich glaube schon. Aber vorher möchte ich mit Guru Nanak sprechen.«

»Wir bringen Sie zu ihm. Aber nehmen Sie sich vor ihm in Acht und erwähnen Sie nicht unser Heimweh. Der Alte ist nämlich ein hoffnungsloser Spinner.«

Es war unleugbar, dass der Körper des Avatara in die psychische Realität passte, als sei er ein Teil von ihr. Dagegen wirkten die Kalkis wie Fremdkörper, die wohl die Akkomodation versucht, aber nicht ganz geschafft hatten. Doch befand sich die psychische Realität in den oberen Schichten der Atmosphäre, hier in dem unterirdischen Stollensystem wirkte der Avatara fehl am Platz. Offensichtlich wurde die Unzugehörigkeit für Runete erst, als er in die Räumlichkeiten Guru Nanaks geführt wurde.

Die Wände waren glatt, künstlich geglättet, von der Decke stachen drei Lichtquellen herab, die jeden Winkel ausleuchteten. Außer der Öffnung, durch die Runete eintrat, gab es noch eine zweite, die dieser gegenüberlag.

Zwei Dinge gaben dem Raum ihr Gepräge. Das erste war ein kalter, glatter Würfel, der in der Mitte stand und keine Funktion erkennen ließ. Das zweite »Ding« war ein Avatara, der Runete aus der gegenüberliegenden Öffnung entgegenkam, den Würfel erkletterte und auf der Oberseite Platz nahm. Das Licht brach sich in seinem transparenten Körper und enthüllte seine primitive Einfachheit, die innerhalb der psychischen Realität den Status der Vollkommenheit bewirkte.

Hier wirkte der Avatara wie ein synthetischer Wurm.

Guru Nanak hatte einen Körper geschaffen, der die geringste Beeinflussung des Geistes versprach. Der zweckmäßigste Körper für die Aggregatform des menschlichen Seins war ein synthetischer Wurm!

»Du bist ein Neuling«, stellte Guru Nanak fest. »Woher kommst du, was verschlägt dich zu mir? Der Zufall? Oder willst du zusammen mit uns die dritte Stufe zur Ewigkeit erklimmen?«

»Ich möchte zurück zur ersten Stufe, zur Ausgangsbasis«, sagte Pandar Runete.

»Dann suchst du mich umsonst auf«, entgegnete der Ezialist. »Ich habe den Menschen den Weg hierher gezeigt, weil ich wusste, dass nur hier ein wahrer Lebenszweck zu finden ist. Und daran glaube ich auch jetzt noch, obwohl viele Schatten in der psychischen Realität sind. Schatten des typisch Menschlichen. Warum sollte ich nun den Weg zurückweisen, wo wir so nahe an der Vollkommenheit sind?«

»Wir sind immer noch Menschen«, sagte Runete.

»Nein, wir sind das, woran wir glauben. Aber euer Glaube ist nicht stark genug, und darum seid ihr noch weit vom Ziel entfernt. Sieh dir die Kalkis an. Glaubst du, der Schöpfer ist ihnen mehr zugetan als uns? Sind sie besser als wir? Sie sind nur geduldiger. Sie haben in Jahrhunderttausenden gelernt, geduldig zu sein. Das haben sie uns voraus. Vielleicht hatten sie es leichter, weil sie nie das verlockende Blinken der Sterne gesehen haben. Es mag sein, dass sie deshalb zuerst das Naheliegende, nämlich sich selbst, erforschten, bevor sie in die Ferne schweiften. Aber es ist für uns noch nicht zu spät, unser Selbst zu erforschen, denn im Körper des Avatara ist der menschliche Geist unsterblich. Uns steht alle Zeit der Welt zur Verfügung, um die Sprossen zur Vollkommenheit zu erklimmen.«

»Ich glaube, dass dies ein Trugschluss ist«, erwiderte Runete. »Am Anfang dachte ich auch, der Mensch könne Maja für sich gewinnen. Aber diese Weltillusion ist nicht für uns geschaffen. Die Kalkis sind nicht besser als wir, aber anders. Und das gibt den Ausschlag. Die psychische Realität in der Atmosphäre dieser Welt ist die Reflexion *ihres* Geistes. In diesem Universum ist nichts gleich, kein Stein ist das Duplikat eines anderen, kein Planet das Ebenbild eines anderen, kein Mensch hat einen Doppelgänger – warum sollten dann in diesem Universum, wo jedes Atom einzigartig ist, zwei Völker gleicher Psyche sein!

Sicher hat der Mensch Kontakte zu Fremdrassen geschaffen, gegenseitige Anerkennung und Anpassung wurde erreicht. Doch genügte dabei eine Anpassung der Äußerlichkeiten. Die Psyche der verbündeten Völker wird uns jedoch immer so fremd und unnahbar bleiben, wie die unsere ihnen. Diese geistige Kluft wurde noch nie offenbar, weil es gar nicht nötig war, sie zu überbrücken. Doch hier auf Maja ist das anders. Die Kalkis haben sich in ihrer höchsten geistigen Blüte eine Realität erschaffen, die ihrer Mentalität entsprach. Nie kann ein Fremder in dieser Realität Angleichung finden. Und wir Menschen sind fremd hier.«

Runetes Ausführungen folgte eine lange Zeit der Stille. Er dachte schon, dass Guru Nanak ihm überhaupt nicht zugehört und sich zur Meditation zurückgezogen hätte.

Aber dann sprach der Ezialist zu ihm.

»Wenn der Schöpfer in seinem Universum keine Blume, keinen Stein, kein Geschöpf zweimal geschaffen hat, dann setzte er nicht Unterschiede um der Unterschiede willen, sondern weil er Schönheit schöpfen wollte. Vielfalt ist Schönheit. Und er schuf ein Universum, in dem die Gegensätze miteinander harmonieren. Er schuf kein Universum der unlösbaren Probleme. Wenn dennoch eine Disharmonie auftritt, dann liegt es nicht an der Materie selbst, sondern an deren Behandlung. Wir haben ein Problem vor uns, für das es eine Lösung gibt, wie für jedes andere Problem auch. Und mit Geduld werden wir die Lösung finden.«

»Das sind wahre Worte, doch sollten wir Menschen uns von diesem Problem zurückziehen und erst wiederkommen, wenn wir die Lösung des Problems gefunden haben. Inzwischen haben wir an dem Platz auszuharren, der uns in diesem Universum zugedacht wurde.«

Runetes Worte sollten einen Schlussstrich setzen. Er sah ein, dass er durch ein philosophisches Gespräch nicht weiterkam, er konnte Guru Nanak nicht davon überzeugen, dass auf diesem Planeten kein Platz für Menschen war. Deshalb ging er augenblicklich auf den Zweck seines Besuches über.

»Man hat mir gesagt, dass euch die Kalkis in den unterirdischen Anlagen festhalten«, wechselte Runete das Thema, bevor der Ezialist seine Ausführungen fortsetzen konnte. »Mir ist nur nicht klar, mit welchen Mitteln sie das bewerkstelligen. Durch psychische Kräfte ist dies auf der Oberfläche wohl nicht möglich.«

»Maja, die psychische Realität ist hoch oben, auf die Oberfläche hat sie keinen Einfluss«, erklärte Guru Nanak gedankenverloren. »Nein, hier unten müssen die Kalkis auf ihre Technik zurückgreifen, die einigen von ihnen noch als Krücke dient. Sie besitzen eine hochentwickelte Technik, die sich leicht mit der des Menschen messen kann. Und doch, sie wenden sich in zunehmendem Maße schaudernd von ihr ab ...«

»Womit halten sie euch fest?«

»Sie haben uns nur zu unserem eigenen Schutz hier festgesetzt«, verteidigte Guru Nanak die Kalkis. »Sie verwenden eine Abart der terranischen Antigravstrahlen, um uns vor dem schädlichen Druck zu schützen, und sie verwenden energetische Schirme, um uns vor der Flucht ins Verderben zu retten.«

»Ihr habt doch Bohrmaschinen«, erinnerte Runete. »Damit könntet ihr euch einen Weg ins Freie graben.«

»Der Energiewall umschirmt uns vollkommen. Es gibt keine Lücke darin. Oder doch ...«

»Eine Lücke?«, wiederholte Runete erregt.

»Ja, die Kalki berichteten mir davon, als sie die beiden Avatara brachten.« Es hatte den Anschein, als spreche Guru Nanak zu sich selbst, um sich in Vergessenheit geratene Ereignisse ins Gedächtnis zu rufen. »Die beiden Avatara sind aus der psychischen Realität heruntergekommen ... zwei unreife Geschöpfe, die noch eine lange Zeit der Meditation benötigen. Sie haben auch Namen. Colla heißt der eine, Jones der andere. Sie sind ganz versessen darauf, zurück in ihr Universum zu gehen. Sind die beiden blind und taub, dass sie die Schönheit der Maja nicht sehen können ...?

Die Kalkis haben die beiden gebracht, dann erwähnten sie, dass durch den Vulkanausbruch ein Teil des Schutzschirmes zusammenfiel. Sie werden die Lücke bald schließen, haben sie versprochen ... Ich werde auch etwas tun ... Was? ... Alle sollen sie kommen, alle Menschen und die Erfüllung hier zu finden trachten. Aber sie dürfen nicht zurück. Nein, sie sollen sich in Geduld üben und hier ausharren und die Vollkommenheit anstreben. Ich muss die Lücke schließen. Ich muss um ihretwillen verhindern, dass sie zurückkehren können. Ich muss den Sender des Psycho-Transmitters zerstören ... Um ihretwillen ...«

Runete hatte genug gehört. Er zog sich zurück.

Die beiden Avatara, die Pandar Runete aus der verschütteten Höhle gerettet hatten, erwarteten ihn bereits ungeduldig.

»Was hattest du denn so lange mit dem Spinner zu palavern?«, empfing ihn der eine misstrauisch.

»Immerhin erfuhr ich von ihm drei lebenswichtige Dinge«, erklärte Runete. »Nämlich dass wir einen Fluchtweg aus diesem Gefängnis offen haben und dass wir rasch handeln müssen. Und dass zwei Männer hier eingeliefert wurden, die den Schlüssel für die Rückkehr in unsere Welt besitzen. Ihr müsst mich mit ihnen zusammenbringen. Sie heißen Colla und Jones.«

»Das ist eine Kleinigkeit.«

Bevor die beiden verschwanden, um Colla und Jones zu suchen, trug Runete ihnen noch auf, alle Gefangenen von dem bevorstehenden Fluchtversuch zu unterrichten, damit sie dann keine unnötige Zeit verlieren würden.

Als Runete allein war, überdachte er die Lage noch einmal gründlich. Es stand für ihn fest, dass keiner der Jünger Guru Nanaks länger auf dieser Welt bleiben wollte, um die Vollkommenheit in der psychischen Realität anzustreben. Ihre Einstellung war ihnen auch leicht gemacht worden, denn die Kalkis unternahmen nichts, um ihnen das Leben auf Maja erstrebenswert erscheinen zu lassen. Im Gegenteil, sie hielten sie von der psychischen Realität fern und pferchten sie in diesem Höhlensystem zusammen, wo sie die Unzulänglichkeiten ihrer neuen Daseinsform zu spüren bekamen.

Aber Runete wusste auch, dass sich die Meinung der Männer in ihren Avatara-Körpern schnell ändern würde, wenn sie erst der Ausstrahlung der psychischen Realität unterlagen. Doch wollte er dafür sorgen, dass es dazu nicht kam. Mit Hilfe Collas und Jones' konnte er die Strahlungsquelle abschalten und den Männern die Rückkehr erleichtern.

Glücklich war Runete über diese Lösung allerdings nicht, denn insgeheim hatte er gehofft, eine Möglichkeit zu finden, um den Menschen ein Leben auf Maja zu ermöglichen. Doch sah er jetzt selbst ein, dass seine Begründung, die er bei Guru Nanak vorgebracht hatte, nur allzu wahr war. Die Kalkis hatten die psychische Realität für sich geschaffen, und der Mensch war darin ein Fremdkörper; sein Geist war zu fremdartig für dieses Weltbild.

Runete fand schnell in die Gegenwart zurück, als vier Avatara aus einem Seitengang in die Höhle kamen.

»Sieh an, der Major hat es also doch geschafft!« Das war unverkennbar Collas Stimme.

Für einen Moment dachte Runete traurig, dass er selbst auch bereits wieder in nur allzu menschlich-nüchternen Bahnen dachte und von der Verzauberung Majas nichts mehr spürte. Aber der wehmütige Gedanke war nur flüchtig, dann siegte der praktische Verstand, und er konzentrierte sich auf die bevorstehenden Dinge.

»Wo sind die anderen Avatara?«, erkundigte er sich.

»Sie sammeln sich inzwischen an einem Treffpunkt unweit von hier«, bekam er die Antwort von dem Avatara, der bei seiner Befreiung die Bohrmaschine gehandhabt hatte. »Sie haben alle die Nase von Olenk Brodechs Träumereien voll, keiner von ihnen wird zurückbleiben.«

»Das ist ausgezeichnet«, stellte Runete fest, der schon befürchtet hatte, dass sich einige Außenseiter finden würden, die man zur Rückkehr zwingen musste.

»Und wie stellen Sie sich unsere Flucht im einzelnen vor?«, wollte Jones wissen.

Runete unterbreitete seinen Plan.

»Von Guru Nanak weiß ich, dass der Energieschirm im Bereich des Eruptionsherdes zusammengebrochen ist. Mit Hilfe der Bohrmaschinen könnten wir an dieser Stelle ins Freie gelangen, bevor die Kalkis mit den Instandsetzungsarbeiten beginnen. Danach werden Colla, Jones und ich uns an die Ausschaltung der Strahlungsquelle machen. Der Rest soll sich inzwischen in die oberen Schichten der Atmosphäre in Sicherheit bringen. Ich hoffe, dass wir die Strahlung beseitigt haben, bevor ihr noch in den Bereich der psychischen Realität gelangt seid. Nach Beendigung unserer Aufgabe folgen wir auf dem schnellsten Weg zum Psycho-Transmitter.«

»Und was soll aus Rhodan und Bull und den anderen werden, die in einer psychischen Sphäre gefangen gehalten werden?«, fragte der zweite von Runetes Rettern.

»Wenn die psychische Realität zusammenfällt, dann haben auch die Kalkis nicht mehr die Macht, das psychische Energiefeld aufrecht zu erhalten. Der Großadministrator und die anderen werden frei sein, und ich kann mir nicht vorstellen, dass es dann auf dieser Welt noch etwas gibt, das sie hält.«

Mit dieser Erklärung gaben sich alle zufrieden. Runete hatte absichtlich nichts von Guru Nanaks Vorhaben erwähnt, den Sender des Psycho-Transmitters zu zerstören. Er wollte nicht, dass die Männer durch eine drohende Gefahr in Panikstimmung gerieten.

Sie machten sich auf zu dem Treffpunkt, wo sich inzwischen die anderen Avatara versammelt hatten. Es waren an die fünfzig Explorerleute, die Pandar Runete bereits voll Ungeduld erwarteten. Wie ein Lauffeuer hatte es sich herumgesprochen, dass er sie zurück in ihre eigene Welt führen würde, und sie empfingen ihn wie ihren Erlöser.

Runete versuchte ihren Überschwang zu dämpfen, indem er sagte: »Wir sind noch nicht zu Hause, freut euch also nicht zu früh. Es hängt alles noch von unserem nächsten Schritt ab.«

Aber die Avatara nahmen von seinem Einwand überhaupt keine Notiz. Für den Augenblick genügte es ihnen schon, dieses unterirdische Gefängnis verlassen zu können. Über die Gefahren, die sie in der psychischen Realität erwarteten, wenn es Runete nicht gelang, die Strahlungsquelle auszuschalten, machten sie sich überhaupt keine Gedanken. Sie taten Runetes Mahnung als Zweckpessimismus ab.

Über das erregte Stimmengewirr hinweg fragte Runete: »Ist die Bohrmaschine einsatzbereit?«

»Wir haben insgesamt zwei Stück vorbereitet«, kam die Antwort. »Wir warten nur noch auf dein Zeichen!«

»Dann los!«

Augenblicklich erklang das Hämmern beider Bohrmaschinen. Die Avatara drängten sich zusammen, um die Vorgänge in den beiden verschütteten Höhlengängen beobachten zu können. Runete musste sich zusammen mit Colla und Jones einen Weg durch die dichtgedrängte Menge bahnen. Als sie bis zu einer der beiden Bohrmaschinen vorgedrungen waren, hatte diese schon einen Stollen von drei Körperlängen gegraben.

Runete sah eine Weile fasziniert zu, wie die fremdartig konstruierte Maschine den Fels zersplitterte und zu einer harten, glatten Masse zusammenstampfte. Dann wandte er sich mit der Frage an Colla:

»Wie lange werden wir brauchen, um die Strahlungsquelle zu erreichen?«

»Wir sind ganz nahe daran«, antwortete Colla. »Aber bevor wir zum eigentlichen Schlag ausholen können, werden wir uns noch mit den Mistk… mit den Koleopteren herumschlagen müssen.«

»Die Koleopteren sind natürlich ein Unsicherheitsfaktor in unserem Unternehmen«, meinte Runete. »Aber die größere Schwierigkeit wird uns die Bedienung der Strahlungsanlage bereiten.«

»Bedienung?«, wiederholte Colla. »Wir brauchen die Bedienung erst nicht zu erlernen, denn wir werden die ganze Anlage mit den Waffen der Käfer zerstören.«

»Das ist ein Irrtum, Colla, dem Sie während des Einsatzes nicht verfallen dürfen«, erklärte Runete scharf. »Wir sind nur unwillkommene Gäste auf diesem Planeten, vergessen Sie das nicht, und wir wollen nicht noch größere Schuld auf uns laden, indem wir das Lebenswerk der Kalkis zerstören.«

Colla antwortete nichts, aber Runete wusste auch so, dass er mit dieser Anordnung nicht einverstanden war. Runete bereitete sich auf Schwierigkeiten im entscheidenden Moment vor.

Das Hämmern der einen Bohrmaschine setzte aus.

»Kommt ihr nicht weiter?«, rief Runete in die Höhle hinein.

»Doch«, wurde ihm geantwortet. »Sogar recht flott. Wir haben bereits die Kraterwand durchbrochen und arbeiten uns jetzt in die Höhe.«

Die Worte waren kaum verklungen, da setzte das Geräusch der Bohrmaschine wieder ein. Die Avatara drängten nach und schoben Runete, Colla und Jones weiter in die Höhle hinein.

Runete spürte nach der letzten Vorwärtsbewegung plötzlich einen starken Druck auf sich. Er dachte, dass die Wände der Höhle nachgegeben hätten und ihn unter sich begraben würden. Aber als er feststellen musste, dass sich nichts an den Höhlenwänden verändert hatte, erkannte er, dass der starke Druck ganz anderer Natur war.

Einer der nachdrängenden Avatara, der ihm besorgt zu Hilfe kam, erklärte ihm, dass sie nun die Gravitationsfelder des Gefängnisses hinter sich gelassen hatten und dem normalen Oberflächendruck des Planeten ausgesetzt waren.

»Man gewöhnt sich daran«, fügte der Avatara hinzu, »wenn der Druck auch nicht angenehm zu ertragen ist. Aber Lebensgefahr besteht keine.«

»Das ist beruhigend«, bemerkte Jones.

Der unbekannte Avatara ließ sich nicht beirren. »Begreift ihr denn nicht! Der Druck ist der Beweis dafür, dass wir uns in Freiheit befinden. Wir sind frei!«

Die Neuigkeit pflanzte sich fort und riss die Avatara in einen Freudentaumel. Die Aussicht, bald zum Psycho-Transmitter zurückkehren zu können und damit in ihre Welt, erregte sie in demselben Maße, wie sie einst die Aussicht trunken gemacht hatte, im Körper des Avatara auf Maja das ewige Leben und Vollkommenheit zu erlangen.

Nur Pandar Runete dachte während der allgemeinen Begeisterung daran, dass ihre Freiheit viel schrecklicher werden konnte als die Gefangenschaft, wenn es ihnen nicht gelang, die Strahlungsquelle abzuschalten.

Er vergaß die Ungeheuer aus dem menschlichen ES nicht, die durch die psychische Realität zu furchtbarem Leben erweckt wurden. Und dann war da noch der unberechenbare Fanatismus des Ezialisten Olenk Brodech, der das Heil des Menschen nur in einem Leben in der psychischen Realität sah.

13.

Rhodan hatte Angst. Und er hatte Angst vor der Angst. Denn er befand sich immer noch inmitten der psychischen Realität, er konnte nicht sagen, wie sein Unterbewusstsein auf die Furcht seines ICHs reagieren würde.

Reginald Bull war bei ihm. Aber es war nicht jener vertraute Freund, mit dem er zusammen das Solare Imperium aufgebaut hatte. Bully war ein Anderer geworden. Er war ein Fremder nicht nur von Gestalt, sondern auch in seinem Wesen. Er musste sich sehr gewandelt haben, denn wäre er noch er selbst, könnte er die Menschheit nicht so schmählich im Stich lassen.

Hier, in der Atmosphäre einer menschenfeindlichen Methanwelt, umgeben von violetten Nebelballungen, explodierenden Leuchterscheinungen, verwirrenden Lautentladungen – hier, in dem zur Wirklichkeit gewordenen Traum eines fremden Volkes, gelangte er zu der bittersten Erkenntnis seines Lebens. An der Wandlung seines Freundes sah er die Schwächen des Menschen. Wenn Bully nur allzu leicht den Verlockungen dieser Welt unterlag, wenn er so schnell bereit war, sein Mensch-Sein aufzugeben, wie leicht würde es erst anderen fallen, die sich nicht in jahrhundertelangem Training optimale Willensstärke aneignen konnten?

Wie leicht würde es der gesamten Menschheit fallen, sich in eine andere Existenzform zu flüchten?

Konnte man ihnen aber überhaupt einen Vorwurf machen, wenn ihnen einer der Großen ihres Volkes zeigte, wie wenig ihr Dasein einen Vergleich mit der Aggregatform des Lebens standhielt?

»Ich will dich gar nicht auf die Pflichten aufmerksam machen, die du der Menschheit gegenüber hast...«, begann Rhodan, aber Bull unterbrach ihn.

»Erspare es dir, solche Dinge zu sagen, Perry. Ich kenne meine Pflichten, lassen wir das also. Es ist nämlich nicht nur sehr wichtig für mich, dass ich mich hier befinde. Ich möchte, dass die gesamte Menschheit nach Maja kommt. Oder noch besser – wir bringen diese Existenzform von hier zu den Menschen.«

»Wie kannst du dich nur in den Irrglauben versteigen, dass die psychische Realität für die Menschheit ein Segen wäre?«, fragte Rhodan. »Du weißt, wie gefährlich das menschliche Unterbewusstsein hier werden kann.«

»Nur im Übergangsstadium, Perry«, tat Bull diesen Einwand ab. »Ich weiß, dass sich die Psyche der Kalkis grundlegend von der unseren unterscheidet. Aber ich glaube fest daran, dass sich der Mensch angleichen kann. Ich habe es geschafft, Perry. Warum soll ich eine Ausnahme sein?«

»Was macht dich so sicher, dass du annimmst, die Angleichung geschafft zu haben?«, hielt Rhodan seinem Freund entgegen. »Wer sagt dir, dass du trotz deiner hier gewonnenen Fähigkeiten nicht von deinem Unterbewusstsein in eine Krise gestürzt werden kannst?«

»Du unterschätzt den Menschen, Perry«, sagte Bull bedauernd. »Und du überschätzt die Kalkis.«

»Keineswegs, Bully, ich überschätze die Kalkis nicht. Aber ihre Geisteswissenschaft ist der unseren um vieles voraus, das zeigt sich schon darin, dass sie sich eine psychische Realität schaffen konnten. Ohne den Menschen zu unterschätzen, bin ich davon überzeugt, dass sie in psychischen Belangen reifer sind als wir.«

»Das ist der größte Irrtum, dem du je unterlegen bist, Perry«, erklärte Bull. »Folge mir, und ich werde dir zeigen, auf welch niedriger geistiger Stufe die Kalkis stehen, *ehe* sie in die psychische Realität eingehen.«

Reginald Bull hatte Rhodan aus den oberen Atmosphäreschichten hinunter zur Oberfläche des Methanriesen geführt. Aus einer Höhe von einhundert Metern beobachteten sie eine Stadt der käferartigen Wesen.

»Das hier ist nur eine kleine Ansiedlung eines primitiveren Stammes«, erklärte Reginald Bull. »Es gibt aber auch einige größere Städte. Doch ist es nicht ungefährlich, sich diesen zu nähern.«

Rhodan hatte den Ausführungen seines Freundes nicht ganz folgen können. Denn während ihrer Wanderschaft zur Oberfläche hinunter hatte er nicht nur festgestellt, dass die psychische Verzauberung immer schwächer wurde, sondern auch, dass sich ein steigerndes psychisches Unbehagen auf seinen Geist übertrug. Jetzt war die Belastung des Avatara-Körpers so stark, dass er sich geistig nur schwer konzentrieren konnte. Er war im Augenblick nicht fähig, kompliziertere Gedankenketten zu bilden.

»Bully, bringe mich wieder von hier fort«, verlangte Rhodan. »Ich halte diesen Druck nicht mehr lange aus.«

»Dein Körper ist widerstandsfähiger, als du denkst«, beruhigte ihn Bull. »Wenn du dich erst an die neuen Gegebenheiten gewöhnt hast, ist alles nur noch halb so schlimm. Wir befinden uns nicht mehr in der psychischen Realität und sind den Naturgesetzen dieser Welt unterworfen, das ist alles. Doch von der Natur droht uns weniger Gefahr als von den Wesen dort unten.«

Langsam begann sich Rhodan an den Druck und die Reibung der Partikel zu gewöhnen. Aber wohl fühlte er sich immer noch nicht; er hatte ständig den Eindruck, als würde sein Körper von den auf ihm lastenden Massen zerdrückt werden. Die Gravitation zerrte in zunehmendem Maße an ihm, doch lernte er schnell, auch hier unten die atmosphärischen Strömungen für die Erhaltung seines Gleichgewichts auszunützen.

Als Rhodan seinen Körper besser unter Kontrolle hatte, konzentrierte er sich auf das Bild, dass sich ihm auf der Oberfläche bot.

Genau unter ihnen befand sich eine langgezogene Felsformation, die sich nur wenige hundert Meter über die zerklüftete Ebene erhob. Im Gegensatz zur unruhigen Ebene, die ständig von Beben und Eruptionen heimgesucht wurde, war die Felskette stabil und ruhig. Das dürfte zumindest einer der Gründe gewesen sein, weshalb die käferartigen Wesen ihre Siedlung dort errichtet hatten. Dabei handelte es sich um zirka fünf Dutzend bunkerartiger Gebäude, die langgestreckt und flach waren und außer den Eingängen keine Öffnungen besaßen. Von den Dächern ragten kurze, stämmige Antennen, die aller Wahrscheinlichkeit nach einer drahtlosen Energieversorgung dienten.

»Was sind das für Wesen?«, erkundigte sich Rhodan, der sich immer mehr für die Vorgänge auf der Oberfläche zu interessieren begann.

»Es sind die Beherrscher der Oberfläche«, antwortete Bull und führte anschließend aus: »Ihre Zivilisation ist nur schwer mit der unseren vergleichbar, da ihre Entwicklung gemäß der Umweltbedingungen ganz andere Bahnen eingeschlagen hat. Aber was die Technik betrifft, möchte ich sagen, dass sie uns nur wenig nachstehen. Dieser Stamm steht mit den anderen, geistig höherstehenden, in Verbindung, doch konnte er mit deren Evolution nicht Schritt halten. Du kannst diese Wesen im Vergleich zu ihren höher entwickelten Artgenossen auf dieselbe Stufe stellen wie die Amazonasindianer im Vergleich zu den Europäern des 20. Jahrhunderts. Jetzt werde ich dir die zivilisierten Völker dieses Planeten zeigen.«

Rhodan begann wieder unter der Reibungshitze zu leiden, als er Bull durch die partikelgeschwängerte Atmosphäre nachfolgte. Manchmal erhielt er Erleichterung, wenn sie in Zonen mit starkem Gasdruck kamen. Dort erholte er sich für den weiteren Flug durch Gebiete mit Materiestau.

Es war unmöglich für Rhodan, die Zeit auch nur annähernd abzuschätzen, die sie benötigten, um die Strecke von der einen Käfersiedlung zu einer anderen zu überbrücken. Er hatte nicht einmal eine Ahnung, wie viele Kilometer – oder *Körperlängen* sie zurücklegten, bevor sie ihr zweites Ziel erreichten. Aber jedenfalls war Rhodan am Ende seiner Kräfte, als sein Freund plötzlich den Flug stoppte.

Sie befanden sich gerade in einer wirbelnden Wasserstofffontäne, und Bull ließ Rhodan ganz an sich herankommen, bevor er sagte: »Wir sind nun ganz wenige Körperlängen von einer der größten Städte entfernt. Wir werden besonders auf der Hut sein müssen, wenn wir einer Gefangennahme entgehen wollen. Deshalb ist es besser, im Materiestau ganz zur Oberfläche hinunterzugleiten und dort unsere Beobachtungen weiterzuführen. Wenn wir hinuntergehen, halte dich am besten ganz dicht hinter mir, damit wir uns nicht verlieren.«

Bull glitt langsam zum Rand der Wasserstofffontäne hin. Plötzlich wurde er von einem Wirbel erfasst und gegen die undurchdringlich wirkende Wand aus Partikeln geschleudert. Bevor Rhodan sich noch auf das bevorstehende Ereignis einstellen konnte, erging es ihm wie seinem Freund. Er hatte befürchtet, dass der Aufprall mit Schmerz verbunden war, erkannte aber erleichtert, dass außer dem abrupt einsetzenden Druck keine Nebenwirkung eintrat.

Vor ihm geisterte Bulls Avatara-Körper wie ein Schemen durch die dichte, körnige Wand aus Partikeln. Rhodan erhöhte etwas seine Geschwindigkeit, um den Abstand zu seinem Freund zu verringern, wurde aber gleich wieder langsamer, als sein Körper unter der stärker werdenden Reibung zu glühen begann.

Rhodan fragte sich gerade, wie lange er diese Strapazen noch ertragen musste, als eine mächtige Sturmbö die Wand teilte. Er sah noch, wie Bully von der Strömung ergriffen wurde, dann fühlte er sich selbst emporgehoben und davongetragen. Vor sich sah er den davonwirbelnden Avatara-Körper seines Freundes, während unter ihm die zerklüftete Landschaft wie ein endloses Band dahinglitt.

Und dann sah er den künstlichen Schutzwall, der sich wie ein Fels in der Brandung dem Sturm entgegenstellte. Wieder blieb Rhodan nicht die Zeit, sich auf den Augenblick einzustellen, da er inmitten der Partikel- und Gasmassen gegen das Hindernis prallen würde. Es ging alles so schnell, dass er kaum die schräge, rissige Wand wahrnahm, während er, sich überschlagend, in die Höhe geschleudert wurde. Für eine endlos scheinende Zeit drehte sich alles um ihn, dann setzte er unsanft, aber schmerzlos auf der rauen Oberfläche auf.

»Alles in Ordnung?«, erkundigte sich Bull, der mit schnellen Schlängelbewegungen sich Rhodan näherte. Nachdem Rhodan es bestätigt hatte, fuhr Bull fort: »Hinter dem Sturmbrecher befindet sich die Stadt. Wir werden uns eine ruhige Stelle aussuchen, wo wir ungefährdet das Hindernis nehmen können.«

Er hatte kaum ausgesprochen, da streckte er seinen Körper und glitt dicht am Boden entlang des Sturmbrecherwalles dahin. Rhodan folgte dichtauf und duckte sich ebenfalls tief gegen den Boden, während über ihm der Sturm dahinpfiff.

Sie kamen bald an eine Stelle, wo die Atmosphäre verhältnismäßig ruhig war. Dort erklommen sie hintereinander den hundertfünfzig Körperlängen hohen Schutzwall. Nachdem sie die höchste Stelle überbrückt hatten, genossen sie einen vorzüglichen Ausblick auf die Stadt.

Bull suchte eine windgeschützte Stelle auf, dann sagte er: »Von dieser Stadt aus wurde die psychische Realität geschaffen, von hier aus wird sie auch aufrechterhalten.«

»Du meinst, die käferartigen Wesen kontrollieren die Existenzebene in den oberen Schichten der Atmosphäre?«, wunderte sich Rhodan.

Bull antwortete nichts darauf. Stattdessen sagte er: »Nennen wir die Bewohner der Oberfläche weiterhin Käfer. Das dürfte für dich weniger verwirrend sein, wenn ich dir die Situation der Kalkis zu erklären versuche.

Du siehst, dass die Gebäude dieser Stadt großzügiger angelegt sind. Die Bewohner haben die Voraussetzung dafür geschaffen, indem sie die Stadt auf einem äußerst massiven Untergrund gebaut haben, so dass sie keine Erdbeben befürchten müssen. Gegen die Winde schützen sie sich durch die Sturmbrecher, und da sie auch ausgezeichnete Meteorologen sind, können sie Materie- und Säureregen voraussagen. Zu solchen Zeiten schalten sie dann ganz einfach den energetischen Schutzschirm über der Stadt ein. Die Stadt hat eine gigantische Ausdehnung und fasst bestimmt hundert Millionen Einwohner. Wenn du die geradlinigen Straßen beobachtest, siehst du, dass sich ein reger Verkehr darin abspielt. Und wenn du genau hinsiehst, bemerkst du auch Bodenfahrzeuge. Aber der Luftraum ist gänzlich ohne Verkehr.

Letzterer Punkt scheint ohne besondere Bedeutung, doch gerade diese Verachtung des Luftraumes ist bezeichnend für die Käferwesen.

Und wenn du das Zentrum der Stadt mit den Blicken aufsuchst, entdeckst du ein Gebäude, das alle anderen an Form und Größe überragt. Darin befinden sich die Anlagen, welche die Strahlung für die psychische Realität aussenden.«

Rhodan richtete seine Sehorgane auf einen Punkt in der Richtung, die ihm Bull wies. Da die Atmosphäre über der Stadt klar war, fiel es ihm nicht schwer, das bezeichnete Gebäude zu finden.

Alle Gebäude, die er bisher gesehen hatte, waren durchwegs nach einfachen geometrischen Gesichtspunkten gebaut und quader-, würfel- oder säulenförmig.

Doch dieses Bauwerk hatte keine Ähnlichkeit mit allen anderen. Auf den ersten Blick wurde es offensichtlich, dass seine Form nicht von architektonischen Maßstäben bestimmt worden war, sondern dass einzig und allein der Zweck formgebend gewesen war. Rhodan fand, dass es sowenig in das Bild der Stadt passte, wie die körperliche Beschaffenheit der Kalkis in die psychische Realität.

Das Gebäude war nicht einfach zu beschreiben, es mutete ein wenig wie ein überdimensionaler Generator an, besaß unzählige Auswüchse verschiedener Größen, auf deren Enden zumeist Antennen aller möglichen Formen saßen. Es war eine einzige, übergroße Maschine, von einem Volk gebaut, das die Mikrotechnik nicht kannte. Bei ihrer Erbauung war nicht im geringsten die äußere Form berücksichtigt worden, sondern einzig und allein die Zweckmäßigkeit.

»Die Stadt und die Maschine scheinen aus verschiedenen Zeiten zu stammen«, sagte Rhodan.

»Damit hast du den Nagel auf den Kopf getroffen«, lobte Bull. »Die Maschine ist tatsächlich das Monument einer neuen Ära. Ich hatte während Gesprächen mit Kalkis Gelegenheit, mich über diese Zivilisation zu informieren. Technik wird klein geschrieben, denn sie wurde erst entwickelt, nachdem die Geisteswissenschaften die höchste Blüte erreicht hatten. Aber wie überall sind nicht alle aus dem Volk der Käfer Genies. Ich habe dir einen der unterentwickelten Stämme gezeigt, doch gibt es auch genügend in dieser Stadt, die in der Lage sind, die höchsten philosophischen Erkenntnisse anzunehmen und nutzbringend anzuwenden.

Wenn du diese Stadt als Avatara betrittst, kann es dir passieren, dass du von einem aufgebrachten Mob in Stücke gerissen wirst. Es gibt hier Gewalttäter, wie unter den Menschen, es gibt Umstürzler, Analphabeten, wenn ich so sagen darf – Außenseiter, Durchschnittswesen und herausragende Persönlichkeiten finden sich hier in der annähernd gleichen Zusammensetzung wie bei allen anderen Völkern auch.«

»Und diese verhältnismäßig primitiven Wesen kontrollieren die Kalkis?«, wiederholte Rhodan seine Frage, die er schon zu Anfang gestellt hatte.

Wieder stellte Bull die Beantwortung dieser Frage zurück.

»Wenn du zu den Anlagen dort in der Mitte der Stadt kommst«, sagte Bull, »wirst du eine Einrichtung finden, die dir sofort bekannt und vertraut erscheinen wird. Du wirst einen riesenhaften unterirdischen Schlafsaal finden, in dem Tausende von Käferwesen aufgebahrt sind. Und du wirst einen Transmitter entdecken, der dem zum Verwechseln ähnlich sieht, den Guru Nanak auf dem Explorerschiff gebaut hat. Wenn du vermutetest, dass es sich um einen Psycho-Transmitter handelt, dann hast du verdammt recht.«

Rhodan schwieg beeindruckt. Die Frage, die er zweimal gestellt hatte, war mit dieser Eröffnung indirekt beantwortet worden. Es stimmte, dass die käferartigen Wesen die Kalkis kontrollierten, aber mehr noch, die Kalkis gingen aus den Oberflächenbewohnern hervor. So wie die Menschen in der Gestalt des Avatara auf diese Welt gekommen waren, suchten die Käferwesen die psychische Realität in der Gestalt von Kalkis auf.

»Erkennst du jetzt, warum ich mir für den Menschen gute Chancen in der psychischen Realität ausrechne?«, hörte Rhodan die Stimme seines entfremdeten Freundes. »Die Kalkis sind nicht besser als wir, du findest bei ihnen die gleichen Fehler und Schwächen wie beim Menschen. Sie sind in ihrer Gesamtheit ein begnadeteres Volk als wir. Eine glücklichere Fügung hat es nur gewollt, dass ihre Geisteswissenschaftler eher einen Weg zu einer besseren Existenzform gefunden haben.«

»Ich habe nie gesagt, die Kalkis seien besser als wir Menschen, sondern dass sie anders sind«, verteidigte Rhodan seinen Standpunkt. »Und dann ist da noch etwas, Bully. Glaubst du, dass sie jeden aus ihrem Volk in die psychische Realität schicken? Glaubst du, dass sie den Außenseitern ihrer Gesellschaft, den asozialen Elementen, die neue Existenzform gewähren?«

»Natürlich nicht«, erwiderte Bull, »aber du kannst die Explorerleute, die immerhin eine gewisse Elite der Menschheit darstellen, nicht mit den asozialen Elementen unter den Kalkis vergleichen.«

»Du dagegen setzt sie aber mit der geistigen Elite der Kalkis gleich«, hielt Rhodan dem Explorerchef vor.

Bull antwortete nichts. Rhodan hoffte einen Augenblick lang, dass sein Freund schwieg, weil er über seine Worte nachdachte. Doch dann erkannte er, dass Bullys Schweigsamkeit einen anderen Grund hatte. Sein Avatara-Körper war steil aufgerichtet, seine Sehorgane richteten sich auf eine Stelle des Schutzwalles, wo drei durchscheinende, raupenförmige Gestalten den Abstieg zur Stadt wagten.

Das waren Avatara!

»Drei von unseren Leuten«, murmelte Rhodan. »Was haben Sie hier zu suchen?«

»Weit werden sie jedenfalls nicht kommen, wenn sie nicht eine bessere Deckung aufsuchen«, schimpfte Bull. »Die laufen den Käfern geradewegs in die Hände.«

»Welche Folgen kann das für sie haben?«, wollte Rhodan wissen.

»Alle möglichen, aber eine Voraussage lässt sich nicht machen«, antwortete Bull. »Jedenfalls sind die Käferwesen nicht so friedlich wie die Kalkis, die wir aus der psychischen Realität kennen. Du hast gesagt, der Mensch könne wegen seines unberechenbaren Unterbewusstseins nicht in der psychischen Realität leben. Doch finde ich die Kalkis in ihrer ursprünglichen Existenzform nicht minder triebhaft. Und wenn sie es geschafft haben ...«

»Wir müssen sie warnen«, unterbrach Rhodan den Freund.

»Zu spät.«

In diesem Augenblick hatten die drei Avatara den Fuß des Schutzwalls erreicht. Sie befanden sich noch keine zwei Körperlängen weit im Stadtgebiet, als plötzlich vier Bodenfahrzeuge hinter den vordersten Gebäuden hervorschossen. Sie schwärmten aus und kreisten die drei Eindringlinge ein.

Rhodan bemerkte, dass auf die Fahrzeuge schwere Waffen montiert waren, deren Mündungen auf die drei Avatara wiesen.

»Können wir denn nichts zu ihrer Hilfe unternehmen?«, rief Rhodan verzweifelt aus.

»Nichts, Perry. Wir können von unserem Versteck aus nur zusehen. Alles andere wäre Selbstmord.«

14.

Einer nach dem anderen waren die Avatara aus dem Krater aufgestiegen und bald den Blicken der drei Zurückgebliebenen entschwunden.

Für Pandar Runete, Alan Colla und Leon Jones galt es jetzt, keine Zeit zu verlieren. Sie mussten die Strahlungsquelle abschalten, noch bevor die anderen in der psychischen Realität angelangt waren.

Colla versicherte Runete, dass sie es schaffen konnten, und unter seiner Führung machten sich die drei auf den Weg in die nahe Stadt. Da sich der Sturm zu legen begann, wurde die Atmosphäre dicht über der Oberfläche klarer, so dass die Sicht bis zu der Felsformation am Horizont reichte.

»Auf diesem Felsplateau befindet sich die Stadt«, erklärte Colla. »Was Sie obenauf als steile Felswand sehen, ist ein künstlicher Wall, der die Stadt vor den Stürmen schützen soll.«

Bald darauf erreichten sie den Sturmbrecher und überwanden ihn. Während sie sich an den Abstieg zur Stadt machten, wies Colla auf ein herausragendes Gebäude.

»Dort sind die Anlagen untergebracht«, erklärte er.

Auf halbem Wege zögerte Runete.

»Ich glaube, es wäre doch klüger, die Distanz zu den Anlagen auf dem Luftwege zurückzulegen. Die Atmosphäre ist unser Element, während wir auf der Oberfläche für die Koleopteren leichte Beute sind.«

»Das stimmt«, erwiderte Jones. »Aber wir können uns erst im Schutze der Gebäude in die oberen Regionen begeben. Im freien Luftraum sind wir ihnen genauso ausgeliefert, wie auf dem Boden.«

Runete stimmte Jones' Überlegungen zu. Es war der einzig realisierbare Plan, das kurze Stück zur Stadt auf der Oberfläche zurückzulegen und sich im Schutze der Gebäude bis zu den Anlagen durchzuschlagen.

Sie hatten den Schutzwall hinter sich gelassen – da erblickte Runete die vier Bodenfahrzeuge. Für Sekunden war er zu keiner Bewegung fähig, und seinen Begleitern schien es ebenso zu ergehen. Erst als die vier Fahrzeuge sich auf hundert Körperlängen genähert hatten, kam Leben in sie.

Colla fluchte und schlängelte sich rückwärts auf den Steinwall zu.

Jones wandte sich an Runete und sagte: »Einer von uns könnte durchkommen.«

»Dann werde ich es versuchen«, erklärte Runete. »Lassen Sie Ihren Plan hören.«

»Bei meinem Plan kann es sich niemand aussuchen, der Held zu sein«, erklärte Jones. »Das Schicksal bestimmt ihn dazu.«

»Sprich schon, Mensch!«, forderte Colla ungeduldig.

»Wenn die vier Wagen bei uns eingetroffen sind, fliehen wir alle drei auf Kommando in verschiedene Richtungen. Die Käfer werden so überrascht sein, dass wir einen Vorsprung gewinnen. Und bevor sie sich entschieden haben, wer wen jagt, müsste einer von uns die ersten Gebäude erreicht haben.«

»In Ordnung«, stimmte Runete dem Plan zu. »Jones, Sie werden auf mein Kommando links ausschwärmen, Colla rechts, und ich visiere die Stadt an. Mit etwas Glück könnte diese Rechnung aufgehen.«

Die vier Bodenfahrzeuge glitten schnell heran und hielten kreischend vor den drei Avatara. Als Runete die Mündungen der schweren Waffen auf sich gerichtet sah, zögerte er einen Moment. Aber dann dachte er an die Männer, die sich auf dem Weg zur psychischen Realität befanden ... er erinnerte sich der Ungeheuer aus dem ES! Im selben Augenblick bemerkte er, wie die Käfer auf den Fahrzeugen durch den Bremsvorgang nach vorne gedrückt wurden und die Waffen nicht bedienen konnten. Da entschloss er sich.

»Lauft!«, rief er und stürmte selbst davon.

Die Entfernung zu den ersten Gebäuden der Stadt betrug an

die zweihundert Körperlängen, und Runete wusste, dass er sie nur dann unbeschadet zurücklegen konnte, wenn die Koleopteren lange genug zögerten.

Dreißig Körperlängen hatte Runete bereits zwischen sich und die vier Wagen gebracht, da krachte hinter ihm der erste Schuss. Von nun an bewegte er sich im Zickzack vorwärts, glitt in die Höhe und schlug Haken nach unten.

Das erste Gebäude war nur noch vierzig Körperlängen von ihm entfernt. Er war bereits davon überzeugt, dass er es schaffen würde. Ein Blick aus einigen nach hinten gerichteten Fühlern zeigte ihm, dass der verfolgende Wagen noch weit von ihm entfernt war.

»Ich komme durch!«, sagte er sich.

Plötzlich gewahrte er neben sich einen Schatten.

»Steigen Sie in die Höhe, Mann!«, rief ihm jemand zu.

Die aufkommende Panik ging augenblicklich in einem Gefühl der Erleichterung unter – in dem ihn begleitenden Schatten erkannte er einen Avatara.

Demnach war einem der anderen beiden ebenfalls die Flucht gelungen. Colla oder Jones?

»Einen Ihrer Kameraden haben sie erwischt«, sagte Runetes Begleiter, während sie in den Schutz des ersten Gebäudes eintauchten und dem Dach des zweiten zustrebten. »Der andere wurde von Reginald Bull in Sicherheit gebracht.«

Trotz der immer noch gefährlichen Situation war Runetes Neugierde stärker als alles andere.

»Und wer sind Sie?«, fragte er.

»Perry Rhodan.«

»So trifft man sich wieder. Ich bin Major Runete.«

»Beinahe hätten wir uns in der Hölle wieder getroffen«, knurrte der Großadministrator. »Was ist Ihnen denn eingefallen, als Sie mit den beiden anderen die Stadt der Kalkis so arglos wie ein Tourist betraten.«

Runete nahm den Rüffel des Großadministrators leicht hin.

Die Aussichten auf eine erfolgreiche Durchführung ihres Planes hatten sich durch Perry Rhodans Eingreifen sprunghaft vergrößert. Runete war nun überzeugt, dass nichts mehr schiefgehen konnte.

»Sehen Sie dort das herausragende Gebäude, Sir«, erklärte Runete gutgelaunt. »Das ist unser Ziel.«

Rhodans folgendes Schweigen dämpfte seine Siegesgewissheit. Er begann zu ahnen, dass doch nicht alles so einfach sein würde, wie er es sich vorgestellt hatte.

»Wir sind hier Eindringlinge, Major Runete«, sagte Rhodan schließlich. »Wenn sich die Kalkis mit allen Mitteln gegen uns zu erwehren versuchen, sind sie unbedingt im Recht. Wir haben ihnen allein durch unsere Anwesenheit schon genug Unannehmlichkeiten bereitet. Wir können nicht noch mehr Schuld auf uns laden, indem wir das Zerstörungswerk bewusst fortsetzen.«

»Ich bin ganz Ihrer Meinung, Sir«, gab Runete zurück. »Aber wir wollen die Anlagen nicht zerstören, sondern nur ausschalten, damit wir die psychische Realität ungefährdet betreten können, um über den Psycho-Transmitter in unsere Welt zurückzukehren.«

»Dieser Vorschlag wäre überlegenswert«, meinte Rhodan nachdenklich.

Runete glitt zum Rand des Daches und suchte die Umgebung unter ihm nach den Verfolgern ab. Als er sah, dass die Käfer Straßensperren gebildet und Geschütze aufgestellt hatten, zuckte er zurück. Nicht zu früh, denn gleich darauf entlud sich eine Reihe von schweren Waffen, deren Geschosse knapp am Dachrand vorbeipfiffen.

»Unsere Situation wird brenzlig«, kommentierte Runete. »Aber auch aus einem anderen Grund können wir uns lange Überlegungen nicht leisten. Denn eine Gruppe von fünfzig Avatara befindet sich auf dem Weg zur psychischen Realität. Wenn wir nicht schnell handeln ...«

»Nun denn, Major Runete, nachdem uns keine andere Wahl

bleibt, müssen wir eben versuchen, uns bis zur Strahlungsquelle durchzuschlagen«, entschied Rhodan. »Wir können nur hoffen, dass unser Sabotageakt keine schwerwiegenden Folgen für die Kalkis hat.«

»Und hoffen wir auch, dass wir das nächste Gebäude heil erreichen«, fügte Runete lakonisch hinzu.

»Das wird sich gleich herausstellen. Am besten wird es sein, wir versuchen von zwei verschiedenen Stellen aus gleichzeitig die andere Seite zu erreichen. Warten Sie mein Zeichen ab.«

Runete entfernte sich zehn Körperlängen von Rhodan und machte sich sprungbereit. Er blickte angespannt zu Rhodan, der seinen Körper ebenfalls zusammengekrümmt hatte.

»Jetzt!«

Runete stieß sich kräftig ab und schwang sich in die Höhe. Er befand sich bereits mitten über dem Abgrund zwischen den beiden Gebäuden, als die Kalkis zu feuern begannen. Und er setzte bereits auf der anderen Seite auf, als sich die Schützen einigermaßen auf das Ziel eingestellt hatten.

Rhodan befand sich ebenfalls in Sicherheit. Er kam zu Runete und sagte: »Wir werden uns nicht in gerader Linie fortbewegen, denn vielleicht erwarten das die Kalkis von uns. Da sie nicht alle Straßenzüge abgeriegelt haben können, werden wir uns in einem Bogen an unser Ziel heranarbeiten.«

Rhodan schlug sich nach links. Als er neben Runete die nächste Kluft übersetzte, wurde das Feuer tatsächlich schwächer, und bei dem Sprung auf das dritte Dach wurde kein einziger Schuss auf sie abgegeben.

»Wenn wir weiterhin solches Glück haben, erreichen wir unser Ziel bestimmt noch rechtzeitig«, meinte Runete, während er neben Rhodan über die vierte Straßenschlucht schwebte.

»Wenn die Kalkis unsere Absicht merken – und das dürfte nicht besonders schwer sein –, werden sie alle ihre Kräfte um die Strahlungsanlagen konzentrieren. Das Schwerste steht uns also noch bevor.«

Obwohl Rhodan ihre Situation so pessimistisch darstellte, blieb Runete immer noch zuversichtlich. Er wusste, dass Rhodan schon unzählige gefährliche Situationen gemeistert hatte, die ausweglos schienen als diese. Warum sollte er also diesmal scheitern?

Sie kamen rasch vorwärts und waren bald nur noch vier Straßen von dem alles überragenden Gebäude im Stadtzentrum entfernt. Bisher hatten ihnen die Kalkis keinen Widerstand entgegengesetzt. In jeder Straße bot sich ihnen das gleiche friedliche Bild, der ahnungslos ihren Beschäftigungen nachgehenden Kalkis. Das änderte sich auch nicht, als sie die letzten Hürden nahmen.

Auf dem letzten Dach gebot Rhodan Halt und beobachtete den Platz vor dem monströsen Gebäude, in dem der Psycho-Transmitter und die Strahlungsanlagen untergebracht waren.

Obwohl der Großadministrator Runete aufgetragen hatte, in Deckung zu bleiben, riskierte er einen schnellen Blick über den Rand des Daches. Bei dieser Gelegenheit sah Runete zum ersten Mal einige Exemplare der Pflanzenwelt des Methanriesen. Sie hatten zwar überhaupt keine Ähnlichkeit mit der Flora der ihm bekannten Planeten, doch nahm er automatisch an, dass es sich bei den kristallinen Gebilden, die den weiten Platz überwucherten, um »Pflanzen« handelte.

Aber das war auch alles, was Runete erblicken konnte. Weder in dem »Park«, noch in der Nähe des Zentrumgebäudes oder auf den angrenzenden Straßen war ein Kalki zu sehen. Es schien fast so, als sei dieser Stadtteil evakuiert worden.

Rhodan musste ähnlich denken, denn er sagte: »Diese Ruhe gefällt mir überhaupt nicht. Mir wäre es lieber, wenn die Kalkis all ihre Truppen hier konzentriert hätten.«

»Natürlich«, stimmte Runete zu, »das ist eine zu offensichtliche Falle.«

»Und doch sind wir gezwungen, in die Falle zu gehen«, meinte Rhodan unbehaglich. »Oder haben Sie eine andere Idee, Major?«

Runete hatte die ganze Zeit über angestrengt nachgedacht, dabei hatte er verschiedene Möglichkeiten erwogen und wieder verworfen. Doch eine seiner Überlegungen erschien ihm als so vielversprechend, dass er sie Rhodan auseinandersetzte.

»Während einer kosmo-soziologischen Vorlesung habe ich gehört, dass selbst die fremdartigsten Wesen ihre Städte nach bestimmten allgemein gültigen Gesichtspunkten bauen müssen«, erklärte er etwas ausschweifend. »Unter anderem denke ich dabei an die hygienischen Maßnahmen, die alle Baumeister zu berücksichtigen haben.«

»Sie denken natürlich, dass eine Kanalisation vorhanden sein muss«, fiel Rhodan ihm ins Wort. »Die Möglichkeit, sich in dem unterirdischen Rohrsystem an unser Ziel heranzuarbeiten, habe ich selbst schon ins Auge gefasst. Es fragt sich nur, ob dieses System mit den Strahlungsanlagen in Verbindung steht. Und selbst wenn es so ist, müssten wir zuviel Zeit aufwenden, um es überhaupt zu finden. Nein, Major, wir werden auch weiterhin bei der direkten Methode bleiben.«

Betrübt, aber nicht ohne Galgenhumor, sagte Runete: »Und ich habe mir immer gewünscht, nicht ohne Kes, Kanga, Kripan, Katschh und Kara in das göttliche Absolute einzugehen. Aber wenn es Ramas Wille ist ...«

»Dann wollen wir nicht länger zögern«, sagte Rhodan abschließend.

Sein Körper richtete sich auf, seine Flossen begannen weich zu schlagen. Runete dachte an die fünfzig Männer, die bereits in diesem Augenblick die Gefahrenzone erreicht haben könnten und den Gefahren ihres eigenen Unterbewusstseins ausgesetzt waren. Er gab sich einen Ruck und folgte Rhodan. Seite an Seite schwebten sie über den Rand des Daches, überflogen die wie ausgestorben daliegende Straße und drangen in den Luftraum des Parks ein.

Nichts geschah.

Runete suchte die Häuserfronten und die Seitenstraßen ab, konnte aber nirgends Lebenszeichen der Kalkis entdecken.

»Bleiben Sie ruhig, Major«, drang Rhodan in ihn. »Wenn wir uns langsam fortbewegen und die Nerven nicht verlieren, zögern die Kalkis vielleicht damit, ohne Warnung das Feuer auf uns zu eröffnen.«

»Möglicherweise brauchen sie gar nicht auf uns zu schießen«, sprach Runete seine Gedanken aus. »Die haben sicher noch ganz andere Waffen in petto. Die sind so siegessicher, dass sie uns ganz nahe an unser Ziel herankommen lassen, bevor sie uns vernichten.«

»Noch leben wir, Major.«

»Das kann sich schnell ändern, Sir.«

»Einige solcher Schwarzseher wie Sie mehr in der Solaren Flotte, Major, und die Menschheit würde schnell von der galaktischen Bühne verschwinden.«

»Verzeihung, Sir, aber ich hatte für einen Moment unheimlich starke Todesahnungen ... Jetzt fühle ich mich wieder besser.«

Rhodan schwebte etwas tiefer, Runete blieb an seiner Seite.

»Seltsam«, sagte Runete, »jetzt ist das Alpdrücken vollkommen verschwunden.«

»Das liegt daran, dass wir uns in die tieferen Regionen begeben haben«, erklärte Rhodan.

»Wie soll ich das verstehen, Sir?«

»Immerhin sind wir der Quelle, der die Strahlung für die psychische Realität entspringt, schon sehr nahe«, führte Rhodan aus. »Es liegt auf der Hand, dass die Strahlung bereits dicht über der Anlage wirksam wird, sich aber nach unten hin, also in Bodennähe, allmählich verliert. Trotzdem wird der Einfluss der psychischen Realität immer stärker werden, je näher wir der Strahlungsquelle kommen. Das könnte die Erklärung dafür sein, warum die Käfer-Kalkis die Nähe der Anlagen meiden.«

»Und auch dafür, warum sie das Feuer nicht auf uns eröffnen«, fügte Runete hinzu. »Vielleicht nehmen sie an, dass wir innerhalb der psychischen Realität nicht fähig sein werden, unser Vorhaben in die Tat umzusetzen.«

»Hoffen wir, dass die Kalkis so denken, Major«, meinte Rhodan ohne große Überzeugung. »Denn in diesem Falle würde sich uns kein Hindernis mehr in den Weg stellen.«

Runete blickte den Großadministrator von der Seite her an. »Und welche Zweifel plagen Sie trotzdem, Sir?«, fragte er.

Rhodan gab keine Antwort.

Runete drängte den Großadministrator nicht weiter. Denn in diesem Augenblick setzten wieder die Todesahnungen ein, die er vorher schon gespürt hatte. Er war nur noch zehn Körperlängen von der nächsten Wand des Zentrumsgebäudes entfernt und näherte sich ihr in zehn Meter Höhe. Als der geistige Druck so plötzlich einsetzte, ging er automatisch tiefer, aber er konnte sich den Todesahnungen nur für Sekundenbruchteile entziehen. Denn indem er sich dem Gebäude näherte, wurden sie wieder stärker.

»Sir ...!«, rief Runete aus. Zu mehr reichte es nicht mehr, denn sein Sprachzentrum war plötzlich wie gelähmt. Dafür wurde das Alpdrücken stärker.

Es ist dein Tod ... du wirst sterben ... kehre um ...

Runete sah, dass Perry Rhodan unbeirrbar auf sein Ziel zustrebte. Er fragte sich, ob der Großadministrator gegen den fremden Zwang immun war. Hörte er denn die fremde »innere« Stimme nicht? Sie sagte: *Kehre um, du tust unrecht, wenn du das Lebenswerk der Kalkis zerstörst!*

Aber ich will nicht zerstören, versuchte Runete zu erklären.

Er schien nicht gehört zu werden, denn die fremde Stimme überflutete ihn weiterhin, diese zwingende, autoritäre Stimme, die befahl: *Kehre um!*

Runete war nur noch wenige Meter von dem Eingang ins Zentrumsgebäude entfernt.

Wer war dieser Unbekannte, der ihm den Zutritt verwehren wollte? Ein Kalki?

Du hast kein Recht, das Lebenswerk der Kalkis zu zerstören!

Dieses Recht habe ich wirklich nicht, dachte Runete, dann beteuerte er: Aber ich will nicht zerstören, ich möchte nur ...

Kehre um!

Ich werde umkehren, dachte Runete eingeschüchtert.

»Wir haben kein Recht, weiter in diese Anlagen vorzudringen, Sir«, rief Runete dem Großadministrator zu.

Rhodan hielt seinen Avatara-Körper vor dem Eingang an. Er drehte sich um und richtete seine Sehorgane auf Runete.

»Wer sagt das, Major?«, erkundigte er sich.

Runete hatte eine Antwort bereit, aber die unhörbare Stimme veranlasste ihn, sie abzuändern.

»Fühlen Sie es denn nicht, dass wir im Unrecht sind, Sir!«, sagte er beschwörend.

»Dieses angebliche Gefühl kommt nicht von Ihnen, Major«, entgegnete Rhodan. »Merken Sie denn nicht, dass jemand Sie gegen Ihren Willen zur Umkehr zwingt?«

Doch, Runete merkte es. Aber indem er den Zwang analysierte, besaß er noch kein Mittel, sich gegen ihn zu wehren.

»Alles was ich weiß, ist, dass wir nicht zerstören dürfen«, sagte Runete.

»Dann kehren Sie um, Major«, sagte Rhodan. »Wenn Sie nicht stark genug sind, sich gegen den fremden Einfluss zu wehren, dann verlassen Sie besser die psychische Realität.«

Die Hartnäckigkeit, mit der Rhodan an ihrem *ursprünglichen* Plan festhielt, missfiel Runete. *Warum erkennt er nicht die Niederträchtigkeit unseres Tuns?*, fragte er sich.

»Wir dürfen nicht weiter, Sir«, sagte Runete. »Ich nicht – *und Sie auch nicht!*«

»Nehmen Sie Vernunft an, Runete.« Rhodans Stimme wurde beschwörend. »Wehren Sie sich gegen den fremden Einfluss, der Sie gegen mich aufhetzt. Sie sind stark genug, den Zwang abzuschütteln. Was wir vorhaben, ist nicht gegen die Kalkis gerichtet. Wir wollen nur den Menschen in der psychischen Realität eine Chance geben.«

»Ich werde es verhindern, dass den Kalkis Schaden zugefügt wird!«, erklärte Runete.

Rhodan glitt langsam näher.

»Major Runete«, flüsterte er. »Wissen Sie, wer Sie zwingt, gegen Ihren Willen und gegen Ihre Überzeugung zu handeln? Das ist kein Kalki, denn die Kalkis haben erkannt, dass wir nichts Böses gegen sie unternehmen wollen. Warum wohl haben sie nicht mehr versucht, uns aufzuhalten? Glauben Sie etwa, sie hätten nicht die Macht gehabt, uns am Betreten der Anlagen zu hindern? Sie lassen uns hier eindringen und unser Vorhaben ausführen, weil sie unsere guten Absichten erkannt haben. Es ist für uns Menschen und für die Kalkis das beste, wenn wir wieder in unsere Welt zurückkehren. Deshalb werden wir die psychische Realität für einige Zeit ausschalten ...«

»Nein!«, widersetzte sich Runete. »Ich fühle es so stark wie nie zuvor, dass unsere Handlungsweise verwerflich ist.«

»Wissen Sie auch, wer Ihnen dieses schuldbewusste Gefühl vermittelt. Es ist ein Mensch wie Sie und ich – ein Mensch, der sich vor der Wahrheit verschließt. Kommen Sie, Runete, wir müssen diesem Wahnsinn ein Ende bereiten!«

Runete folgte dem eindringlichen Befehl des Großadministrators, denn er war in diesem Augenblick stärker als der Appell des Unbekannten. Aber Runete hatte kaum den Eingang des Gebäudes erreicht, da schlug der Unbekannte wieder zu. Runete versuchte, sich gegen den Zwang zur Umkehr aufzulehnen, aber er war nicht stark genug. Seine Abwehr brach zusammen. Er unterlag endgültig dem fremden Willen. Er hielt seinen Avatara-Körper mitten in der Bewegung an und rührte sich nicht mehr von der Stelle.

Sein ICH wurde zurückgedrängt – der fremde Wille trieb es hinunter in die tieferen Regionen seines Geistes. Runete hatte keine Gewalt mehr über sich.

Die Veränderung, die nun mit ihm vorging, war ein automatischer, unkontrollierbarer Vorgang. Während sein ICH zurückwich, kam das Unterbewusstsein an die Oberfläche ... durch den Einfluss des fremden Geistes und durch die Ausstrahlung der psychischen Realität wurden die natürlichen Schranken beseitigt, und das triebhafte ES konnte sich entfalten.

Pandar Runete war nicht mehr er selbst. Während sein ICH immer weiter aus dem Machtbereich sank, hörte er wie aus weiter, unendlich weiter Ferne Rhodans Stimme sagen: »Jetzt hast du das Ungeheuer aus dem ES geweckt. Wolltest du das, Bully? Wolltest du wirklich um jeden Preis die psychische Realität verteidigen?«

15.

Olenk Brodech, der Ezialist, der sich Guru Nanak nannte, erfuhr von der Flucht seiner Jünger erst durch die Käferwesen. Sie kamen zu sechst und waren bewaffnet.

Guru Nanak war von ihrem Erscheinen nicht beeindruckt, die Waffen belustigten ihn. Vielleicht wollten sie ihn wieder einmal einschüchtern – diese primitiven, barbarischen Käfer.

Er bezeichnete die Oberflächenbewohner als »Käfer«, zum Unterschied von jenen, die in Pseudokörpern in die psychische Realität abgewandert waren, die er »Kalki« getauft hatte.

Es kam nicht von ungefähr, dass er die Bewohner Majas in zwei Gruppen teilte, obwohl sie alle die gleiche Abstammung hatten.

Er hatte schon während seines ersten Aufenthaltes auf dem Methanriesen Gelegenheit gehabt, die Zivilisation dieses Volkes zu studieren. Seine anfängliche Annahme, alle Bewohner dieser Welt hätten es zu höchster geistiger Blüte gebracht, musste er bald korrigieren. Die Käfer, die die Oberfläche beherrschen, waren nicht intelligenter als die Menschen, sondern waren ihnen im günstigsten Fall ebenbürtig. Die geistige Elite war eine verschwindend kleine Minderheit. Sie hatten die Voraussetzungen für die psychische Realität geschaffen – und nur sie hatten ihr oberflächengebundenes Dasein gegen die neue Existenzform eingetauscht.

Die breite Masse der Käfer wäre dessen gar nicht fähig gewesen. Denn sie brachte nicht die geistigen Voraussetzungen für ein Leben in der psychischen Realität mit. Nach und nach würde auch sie den Weg ihrer Artgenossen gehen, aber das konnte Jahrhunderte und Jahrtausende dauern.

Guru Nanak stellte die Käfer auf dieselbe Stufe wie die Menschen, und damit schmeichelte er den Käfern noch. Wenn die Menschen den Käfern aber ebenbürtig (oder leicht überlegen) waren, warum sollten sie nicht den Weg zur neuen Existenzform finden?

Guru Nanak war überzeugt, dass es den Menschen gelingen würde. Er wollte den Beweis erbringen.

Deshalb war sein ganzes Streben dahin ausgerichtet, sich durch geistiges Training so weit zu vervollkommnen, um die Reife für die psychische Realität zu erreichen. Alle abschweifenden Gedanken waren nur dazu angetan gewesen, ihm zu zeigen, dass der Mensch bei gleichen Voraussetzungen ebenfalls die Erfüllung in der Aggregatform des Lebens finden konnte.

Er wollte es erreichen, dass alle berufenen Menschen hierher kamen. Er setzte voraus, dass jene Bewohner, die im Körper des Kalki die psychische Realität aufgesucht hatten, diese gerne mit dem Menschen teilen würden. Die Kalki mussten zwangsläufig über so niedrige Empfindungen wie Neid, Missgunst und Selbstsucht erhaben sein.

Dass die Oberflächenbewohner keineswegs so tolerant sein würden – schließlich wären es die Menschen auch nicht –, damit rechnete Guru Nanak. Aber über Wünsche setzte sich Guru Nanak einfach hinweg. Jene, die zu Höherem berufen waren, hatten das Recht, sich zur Erreichung ihres Zieles über alle herkömmlichen Bräuche und Gesetze hinwegzusetzen.

Dieser Meinung war Guru Nanak.

Die Bemühungen der Käfer, ihn an der Erreichung seines Zieles zu hindern, amüsierten ihn. Er war ihr Gefangener, und sie wachten eifersüchtig darüber, dass er sein Gefängnis nicht verlassen konnte, um die psychische Realität aufzusuchen. Auch das amüsierte ihn. Denn wenn er gewollt hätte, wäre er ihnen schon unzählige Male entwischt. Er hatte es nur deshalb nicht getan, weil er es für verfrüht hielt. Aber die Zeit würde kommen, wo er reif für die psychische Realität war, das wusste er.

Als die Delegation der Käfer zu ihm kam und ihm vom Verschwinden seiner Jünger berichtete, wusste er im ersten Augenblick nicht, was er davon halten sollte. Der Gedanke, dass sie vielleicht durch intensives Training ihr Unterbewusstsein besiegt hatten und für das Leben als Avatara reif waren, beglückte ihn für kurze Zeit, erschien ihm aber dann selbst als absurd.

Demnach konnte es für ihre Flucht nur eine einzige Erklärung geben. Sie wollten über den Psycho-Transmitter zurück in ihre Welt!

In diesem Augenblick reifte in Guru Nanak endgültig der Entschluss, den Psycho-Transmitter zu zerstören. Kein Avatara sollte mehr von hier fortgehen und das erbärmliche Leben eines Menschen fristen müssen. Er, Guru Nanak, würde sie zwingen, auf Maja auszuharren, bis sie reif für die psychische Realität waren.

Der in der Atmosphäre Majas stationierte Sender des Psycho-Transmitters musste zerstört werden.

Guru Nanak nahm nur unterbewusst wahr, was die Käfer zu ihm sagten. Er überlegte bereits fieberhaft, wie er sie überlisten und aus seinem Gefängnis ausbrechen könnte. Das sollte ihm nicht besonders schwerfallen, denn er fühlte sich diesen körpergebundenen Kreaturen überlegen.

Aus ihren Worten hörte er heraus, dass ihre Regierung beschlossen hatte, alle auf dieser Welt befindlichen Menschen zu töten.

»Wir haben lange überlegt, ehe wir uns zu diesem Entschluss durchrangen«, sagte der Sprecher der Käfer. »Aber es hat sich gezeigt, dass uns kein anderer Ausweg bleibt. Es ist uns nicht möglich, euch zur Rückkehr zu zwingen. Ebenso gelang es uns nicht, euch in Reservaten abzusondern, und eine Angleichung an unsere Mentalität lässt sich auch nicht durchführen. Die Verantwortlichen unseres Volkes sehen sich außerstande, ihre Untertanen mit herkömmlichen Mitteln vor euch zu schützen. Ihr seid eine ständig drohende Gefahr für uns, deshalb bleibt uns nichts anderes übrig ...«

Guru Nanak sah, wie sich sechs Waffen auf ihn richteten. Er empfand keine Angst. Er würde am Leben bleiben, wenn er die Käfer noch eine Weile hinhalten konnte.

»Ihr seid grausamer als die Menschen«, stellte Guru Nanak fest.

»Ist das alles, was du noch zu sagen hast?«

»Nein.« *Ich muss noch mehr sagen, damit ich Zeit gewinne,* dachte er. *Die Geräusche werden lauter, immer lauter. Es kann nicht mehr lange dauern, bis es hier ist ...'*

Guru Nanak sprach. Es war ihm egal, ob die Käfer ihm überhaupt zuhörten und sich Gedanken über seine Worte machten. Hauptsache, sie hörten zu.

Das unterirdische Rumoren wurde lauter – ein untrügliches Zeichen dafür, dass ein Erdbeben bevorstand. Irgendwo dort unten herrschte ein Gasüberdruck ... das Gas suchte nach einem Ventil ... Nicht mehr lange, dann würde die Planetenkruste an dieser Stelle nachgeben und die Gase in einer gewaltigen Eruption freigeben.

Guru Nanak philosophierte weiter.

»Genug«, wurde er schließlich von dem ungeduldigen Sprecher der Käfer unterbrochen.

Guru Nanak verstummte und betrachtete die auf ihn gerichteten Waffen. Er sah sie nur ganz kurz, denn in diesem Augenblick erbebte der Boden. Ein Spalt öffnete sich, aus dem mit gewaltigem Druck Wasserstoff entwich.

Für die sechs Käfer bedeutete dies den Tod. Guru Nanaks Avatara-Körper dagegen konnte der Wasserstoff nichts anhaben. Während die gewaltige Fontäne die massive Felsschicht durchbrach, schwebte Guru Nanak in ihr empor. Seine Poren atmeten das erfrischende Gas, seine Flossen fächelten gegen die Strömung, seine Sehorgane waren emporgerichtet – dort irgendwo hoch oben lag sein Ziel, der Psycho-Transmitter.

Sie hatten einen beschwerlichen, langen Weg hinter sich. Aber nun schien das Ziel der fünfzig Avatara nicht mehr fern. Sie kamen in die oberen Schichten der Atmosphäre.

»Gleich haben wir es geschafft«, sagte einer von ihnen.

Der Avatara an der Spitze der Kolonne verließ die dünne Partikelwand und bog in einen querlaufenden Gasstollen ein.

»Hier befinden wir uns immer noch in der sterilen Zone, von der uns Colla erzählt hat«, erklärte der Anführer. »Wir werden uns darin bis ins Äquatorgebiet vorarbeiten. Erst dann steigen wir in die psychische Realität auf.«

»Und wenn es diesem Runete nicht gelingt, die Strahlungsquelle abzuschalten?«, gab jemand zu bedenken.

Darauf antwortete ihm niemand. Sie alle wussten, was dann geschehen würde.

Der Gasstollen endete vor einem Materiestau, der aber in dieser Höhe nicht besonders dicht war. Die fünfzig Avatara konnten ihn mühelos durchdringen. Ungleich schwieriger war es, den dahinterliegenden Wasserstoffstrom zu durchqueren. Denn von überall her drang Stickstoff ein, der sich mit dem Wasserstoff verband; aus dieser Verbindung gingen die NH_3-Kristalle hervor, die sich in weiterer Folge zu jenen bekannten Kristallgebirgen aneinanderreihten.

Die Avatara mussten darauf achten, dass sie nicht in die Nähe der Stickstoffwolken kamen, um nicht von dem Kristallisierungsprozess betroffen zu werden.

Aber sie überwanden auch diese Hürde ohne Verluste und tauchten auf der anderen Seite wieder durch den Materiestau in die Gasstollen der sterilen Zone.

»Werden wir den Psycho-Transmitter überhaupt finden?«, fragte einer.

»Das soll jedenfalls unsere geringste Sorge sein«, antwortete ein anderer.

»Was wird aus Reginald Bull und den anderen, die in der psychischen Sphäre gefangen sind?«

»Wenn die psychische Realität zusammenbricht, dann löst sich auch die Sphäre auf.«

»Dann werden wir alle wieder frei sein und können in unsere Körper zurückkehren? Ich kann es noch gar nicht fassen.«

»Du wirst es erleben.«

»Wo ist das Äquatorgebiet?«

»Wir sind gleich da. Jetzt können wir uns bereits an den Aufstieg machen.«

Der Führer der Avatara wechselte die Schicht und setzte den Weg in einem einige hundert Meter darüberliegenden Gasstollen fort. Sie befanden sich immer noch in der sogenannten »sterilen Zone«, die nicht dem Einfluss der psychischen Realität unterlag.

»Ich hasse die Käfer. Sie sind nichts weiter als Barbaren. Wilde!«

Der Anführer hielt an und wandte sich an die Nachfolgenden.

»Seid von nun an vorsichtiger mit euren Gefühlsäußerungen. Ihr wisst, wie gefährlich das in der psychischen Realität ist.«

Er wartete nicht erst das zustimmende Gemurmel ab, sondern wechselte wieder die Schicht.

Jemand sagte: »Ich denke, Major Runete wollte die psychische Realität ausschalten?«

»Er wird es schon schaffen«, antwortete der Anführer. »Aber es wäre möglich, dass wir die psychische Realität erreichen, bevor er seinen Plan ausführen kann.«

»Dann gnade uns Gott.«

»Ihr braucht euch nur einige Selbstbeherrschung auferlegen, dann wird schon nichts schiefgehen.«

»Trotzdem – niemand kann von mir verlangen, dass ich die Käfer und die Kalkis plötzlich liebe.«

Der Anführer benutzte nun die verschiedenen Atmosphäreschichten wie Stufen und schwebte immer höher. Die restlichen Avatara folgten ihm.

»Wenn wir zurückkommen, werden wir einiges zu erzählen haben.«

»Ich werde jedem, der es hören will, meine unverblümte Meinung über die Kalkis sagen.«

»Meinetwegen – aber denke *jetzt* an etwas anderes.«

»Wo leben wir denn, in einer Diktatur, dass man nicht seine freie Meinung äußern darf?«

»In der psychischen Realität!«

Die Partikelschwaden waren zurückgewichen und gaben die oberen Atmosphäreschichten in all ihrer Pracht für die Avatara frei. Sie hörten das Donnergrollen als berauschende Musik, sahen in den hernniederzuckenden Blitzen gleißende Ströme aus Licht und Farbe und ließen sich von den stürmischen Winden umfächeln.

»Major Runete hat es also nicht geschafft. Die psychische Realität existiert immer noch.«

»Na und – mir ist das recht angenehm.«

»Diese verfluchten Käfer haben Runete bestimmt auf dem Gewissen!«

»Reiß dich zusammen, Mann!«

»Ich hasse sie, ich hasse sie! Warum lassen sie uns nicht in Frieden in unsere Welt zurückkehren!«

Der Anführer der Avatara war verzweifelt. »Wenn du noch mehr solcher Gefühlsäußerungen von dir gibst, dann ...«

Er unterbrach sich selbst, denn es bedurfte nicht mehr seiner Warnung. Es war schon zu spät dafür. Während er einerseits von den Verlockungen der psychischen Realität umgarnt wurde, sah er, wie sich von einem der Avatara ein Schatten löste ... das Ungeheuer aus dem ES.

Und der Anführer wusste, dass dies nur der Anfang einer Katastrophe war. Denn durch dieses Ereignis würden die anderen ebenfalls schwankend werden, sie würden ihre Selbstbeherrschung verlieren und ihr Unterbewusstsein entfesseln ...

Es würde eine Kettenreaktion einsetzen, die niemand aufhalten konnte – und ein Ungeheuer nach dem anderen würde entstehen und sich durch die Atmosphäreschichten hinunterstürzen. Der Oberfläche entgegen.

Und die Opfer waren die unterbewusst gehassten Kalkis.

Niemand konnte etwas dagegen tun.

16.

Freud sagt: »*Hat man die unbewussten Wünsche, auf ihren letzten und wahrsten Ausdruck gebracht, vor sich, so muss man wohl sagen, dass die PSYCHISCHE REALITÄT eine besondere Existenzform ist, die mit der MATERIELLEN REALITÄT nicht verwechselt werden soll.*«

Noch nie in seinem Leben war Perry Rhodan so erschüttert gewesen wie jetzt, als er sah, dass aus einem Menschen mit den denkbar besten Charaktereigenschaften ein Ungeheuer wurde. Und er war nun umso überzeugter, dass sie alle diese Welt auf dem schnellsten Wege verlassen mussten.

»Hast du das wirklich gewollt, Bully, dass diesem wertvollen Menschen eine Bestie entsteigt?«, rief Rhodan seinem verblendeten Freund zu.

Er konnte Bull nicht sehen, aber er wusste auch so, dass er gegenwärtig war. Während sich hinter ihm Pandar Runete verdoppelte, während das Ungeheuer aus dem ES Gestalt annahm und zu bedrohlicher Größe anschwoll, drang Rhodan tiefer in das Zentrumsgebäude ein.

Er nahm die fremde, düstere Umgebung nur schwach wahr, denn er beachtete sie nicht. Er konzentrierte sich voll und ganz auf Reginald Bull, dessen Anwesenheit er fühlte.

»Hast du denn immer noch nicht erkannt, dass dies kein Platz für Menschen ist, Bully?«

Zum ersten Mal gab sich Bull zu erkennen. Er hielt sich immer noch hinter den fremdartigen Aufbauten verborgen, doch wenigstens antwortete er Rhodan.

»Ich erkenne nur, dass wieder einmal ein Außenseiter versagt!«, erscholl seine Stimme.

»Runete ist kein Außenseiter«, verteidigte Rhodan den Major. »Du und ich, wir sind nicht besser als er – und kaum reifer. Wie lange wird es dauern, bis auch dein Unterbewusstsein Gestalt annimmt. Willst du es wirklich darauf ankommen lassen?«

Rhodan schwebte langsam durch die hohe Halle und versuchte, die Düsternis mit seinen Sehorganen zu durchdringen. Aber nirgends bemerkte er ein Lebenszeichen von Bull.

Nur seine Stimme erscholl wieder. »Ich habe mich in der Gewalt. Und du wirst sehen, Perry, wenn du lange genug in der psychischen Realität lebst, wirst auch du sie beherrschen. Wir beide gehören zu den wenigen Auserwählten.«

Hatte Bully den Verstand verloren?, fragte sich Rhodan unwillkürlich. Oder lag es nur an dem Einfluss der psychischen Realität, dass sich seine Gedanken in so wirklichkeitsfremden Bahnen bewegten?

»Wir sind so wenig auserwählt wie alle anderen Menschen«, sagte Rhodan, »auf dieser Welt zu leben. Aber du und ich, wir haben eine andere Aufgabe. Die Menschheit hat uns ihr Schicksal anvertraut, man hat uns dazu bestimmt, sie zu leiten und zu führen. Willst du dieses Vertrauen nun missbrauchen?«

»Damit fängst du mich nicht, Perry«, erwiderte Bull. Er tauchte unvermittelt nahe vor Rhodan auf und schwebte ihm auf gleicher Höhe entgegen. »Die banalen Probleme der Menschheit kümmern mich nicht mehr, jetzt da ich weiß, was das Leben wirklich sein kann. Ich fühle mich nicht als Verräter, ich fühle keine Schuld, denn ich habe niemandem gegenüber eine Verpflichtung. Ich bin frei, Perry. Und ich bleibe hier auf Maja. Meine einzige, selbstgestellte Aufgabe ist es im Moment, diese Anlagen vor dem Zugriff Unbefugter zu beschützen.«

»Für wen beschützt du diese Anlagen?«, wollte Rhodan wissen.

»Etwa für die Kalkis? Glaubst du nicht auch, dass sie uns von hier fortwünschen? Und mit Recht, denn wir gehören nicht hierher.«

»Ich gehöre bereits hierher.«

»Aber nur solange, bis dein Unterbewusstsein Gestalt annimmt und zu tödlichem Leben erwacht.«

»Höre auf damit!«, fuhr Bull den Großadministrator an.

»Fürchtest du meine Worte?«

»Sei still«, verlangte Bull nochmals.

Rhodan, der immer stärker den Einfluss der psychischen Realität zu spüren begann, wollte die fruchtlose Diskussion mit Bull schnell zu Ende bringen. Wenn er seinen Plan, die Strahlungsanlage auszuschalten, durchführen wollte, dann musste er es tun, noch bevor er dem Bann der Ausstrahlung verfiel. Da er aber Bull durch Worte allein nicht umstimmen konnte, würde er Taten sprechen lassen müssen.

»Hörst du es, Perry?«, drang Bulls Stimme in seine Gedanken. »Es hört sich wie ein Erdbeben an, aber es kommt von ganz nahe, direkt aus der Stadt.«

»Und warum zweifelst du daran, dass die Geräusche von einem Erdbeben stammen?«

»Weil die Stadt auf einer kilometerdicken Felsscholle gebaut ist«, antwortete Bull. »Alle Veränderungen in der Oberfläche sind bisher spurlos daran vorbeigegangen. Es wäre unwahrscheinlich, dass ausgerechnet diesmal ... Und doch, es ist die einzige Erklärung!«

Rhodan merkte die Unsicherheit des Freundes, und er fragte sich, was Bull wirklich befürchtete.

»Es muss sich um ein Beben handeln«, sagte Bull, aber es klang nicht besonders überzeugt.

Von draußen drang nun lautes Getöse ins Innere des Zentrumsgebäudes. Rhodan blickte unwillkürlich zum Ausgang und sah, wie gerade in diesem Augenblick ein dunkles, formloses Schemen vorbeischwebte.

»Es ist kein Beben, Bully«, sagte Rhodan, der in diesem Augenblick die Wahrheit erkannte. »Es ist etwas viel Schlimmeres. Du musst augenblicklich die Anlagen ausschalten, wenn du die Kalkis vor dem Untergange bewahren willst.«

Bull lachte. »Das ist ein kindischer Versuch ...«

»Ich bluffe nicht«, unterbrach ihn Rhodan. »Was sich wie ein Beben anhört, ist in Wirklichkeit auf das Toben der Ungeheuer aus dem ES zurückzuführen. Ich weiß, dass fünfzig Menschen zur psychischen Realität unterwegs waren. Wahrscheinlich haben sie sie nun erreicht und ihre ganze unterbewusst angestaute Wut gegen ihre vermeintlichen Häscher, die Kalkis, entlädt sich.«

»Das ist unsinnig, Perry!«

»Wenn du mir nicht glauben willst, dann überzeuge dich selbst von der Wahrheit«, verlangte Rhodan. »Aber du musst schnell handeln, sonst kommt für die Kalkis jede Hilfe zu spät.«

Rhodan begleitete Bull zum Ausgang. Von dort blickten sie auf die Stadt der Kalkis. Bull verharrte nur Sekundenbruchteile regungslos vor der schrecklichen Szenerie, dann kehrte er um und schaltete die Strahlungsanlagen aus.

Guru Nanak schwebte in der Wasserstofffontäne höher, immer höher. Kilometer um Kilometer legte er in rasender Geschwindigkeit zurück. Er wusste, dass sein Ziel nicht mehr fern war. Er konzentrierte sich auf seine Aufgabe. Er musste zum Wohle der Menschen den auf Maja stationierten Sender des Psycho-Transmitters vernichten.

Er dachte nur daran.

Die Visionen verblassten, die Ungeheuer lösten sich auf, aber das Bild der Zerstörung blieb. Die größte Stadt der Kalkis glich einem Trümmerhaufen – und doch, es hätte schlimmer kommen können.

»Das haben wir angerichtet«, sagte Rhodan vor sich hin. »Wie können wir das wiedergutmachen? Wohl nur, indem wir diesen Planeten auf dem schnellsten Wege verlassen.«

»Hoffentlich haben wir dazu noch Gelegenheit, Sir.«

Ohne sich von der Stadt abzuwenden, blickte Rhodan in die Richtung, aus der die Stimme kam. Wenige Körperlängen von ihm entfernt schwebte ein Avatara zu Boden.

»Major Runete?«, fragte Rhodan.

»Jawohl, Sir, ich ...«

»Welche Bedenken haben Sie?«, unterbrach Rhodan den Flottillenchef.

»Ich vergaß ganz zu erwähnen, dass Guru Nanak mir gegenüber den Plan äußerte, den Psycho-Transmitter zu vernichten«, erklärte Runete. »Er will damit erreichen, dass wir auf Maja bleiben müssen.«

»Schon wieder ein Verrückter«, murmelte Rhodan, ohne den Flottillenchef weiter zu beachten. Er starrte geradeaus in die Ferne. Da die vorangegangenen Stürme die Atmosphäre gelichtet hatten, hatte er einen weiten Ausblick. Weit hinter der Stadt sah er eine kilometerdicke Säule in den verschleierten Himmel ragen.

»Sir, wir dürfen keine Sekunde verlieren«, drängte Runete.

»Ich weiß«, erwiderte Rhodan. »Wir warten nur noch auf Reginald Bull.«

Im Eingang des Zentrumsgebäudes war eine Bewegung, dann erschien ein Avatara. Er zögerte, als er das volle Ausmaß der Zerstörung sah.

»Mir wurde eben gesagt, dass Guru Nanak unsere Rückkehr verhindern möchte«, wandte sich Rhodan an Bull. »Kannst du uns auf dem schnellsten Wege zum Psycho-Transmitter bringen?«

»Sicher«, sagte Bull. »Aber wir können nicht fort. Wir haben das Elend über die Kalkis gebracht ...«

»Wir helfen ihnen am besten, indem wir ihre Welt verlassen.«

»Wenn das überhaupt noch möglich ist«, warf Runete ein.

»Heben Sie sich Ihren Pessimismus für später auf«, fuhr Rhodan ihn an. »Bist du bereit, Bully?«

Bull schien mit seinen Gedanken ganz woanders zu sein. Sein Avatara-Körper zuckte zusammen, als er angesprochen wurde.

»Ja, ich denke schon. Aber ...«

»Schock? Wegen des Vorgefallenen?«

»Vielleicht«, gab Bull zögernd zu. »Aus deiner Sicht gesehen, habe ich mich wahrscheinlich recht seltsam benommen, Perry. Ich verstehe selbst nicht ganz, dass ich mich so wandeln konnte. Jetzt dürfte ich wieder der alte sein – hoffentlich. Aber trotzdem glaube ich immer noch nicht, dass ich mich falsch verhalten habe.«

»Davon später«, meinte Rhodan abschließend. »Für den Augenblick ist nur wichtig, dass du genügend Abstand zu den vorangegangenen Geschehnissen gewinnst.«

»Machen wir uns auf den Weg zum Psycho-Transmitter«, sagte Bull nur.

Sie schwebten empor. Als sie über einen Kilometer zurückgelegt hatten, entdeckte Rhodan, dass der Schaden an der Stadt der Oberflächenbewohner doch nicht so groß war, wie es zuerst ausgesehen hatte. Es waren nur die Gebäude rund um den Park zerstört. Da die Bewohner dieser Gebäude ohnehin evakuiert worden waren, nahm Rhodan an, dass der Vorfall nur wenige Todesopfer gefordert hatte. Doch selbst wenn kein einziger Kalki durch die Ungeheuer aus dem ES ums Leben gekommen war – es wurde Zeit, dass die Menschen diese Welt verließen.

Bald verschwamm die Stadt unter ihnen in den Gasschwaden, die Atmosphäre wurde trüber und dichter. Aber die mächtige, kilometerdicke Säule blieb immer noch sichtbar.

»Warum benützen wir nicht den Wasserstoffstrom?«, erkundigte sich Pandar Runete. »Dann könnten wir viel schneller die oberen Atmosphäreschichten erreichen.«

»Er hat einen zu starken Auftrieb«, erklärte Bull kurz. »Sehr gefährlich.«

Guru Nanak ließ die Oberfläche immer weiter hinter sich zurück. Nicht mehr lange, dann würde er die Ausstrahlung der psychischen Realität spüren.

Bevor es soweit war, musste er jedoch den Wasserstoffstrom aus Sicherheitsgründen verlassen. Dann wollte er den Sender des Psycho-Transmitters zerstören.

Und danach?

War er reif für ein Leben in der psychischen Realität?

Konnte er die dritte Stufe zur Ewigkeit überwinden?
Der aufsteigende Wasserstoff trug ihn immer höher ...

Ihr vordringlichstes Problem war, den Psycho-Transmitter vor Guru Nanak zu erreichen. Rhodan zog wohl in Betracht, dass es der Ezialist mit seiner Drohung, den Sender zu zerstören, nicht ernst gemeint haben könnte. Aber er wollte sich nicht darauf verlassen.

Sie mussten den Psycho-Transmitter noch rechtzeitig erreichen.

Der Aufstieg war langwierig und zeitraubend. Bull musste immer wieder die Richtung wechseln, um den Partikelwolken, die oft eine unglaubliche Dichte erreichten, auszuweichen. Abgesehen von diesen Umwegen, kamen sie aber ohne Zwischenfälle vorwärts.

Rhodan war es schon lange überdrüssig, sich in Betrachtungen seiner phantastischen Umwelt zu verlieren. Er wollte nur noch fort von dieser Welt, zurück in sein eigenes Universum, zurück zu den Problemen der Menschheit. Den beiden anderen, Bull und Runete, schien es ähnlich zu ergehen. Allerdings war sich Rhodan bei seinem Freund nicht ganz sicher.

Kam Bullys Entschluss zur Rückkehr aus tiefster Überzeugung, hatte Bully seine ursprüngliche Meinung tatsächlich revidiert? Sah er nun ein, dass der Mensch, egal welche Gestalt er auch annahm, auf dieser Welt nichts zu suchen hatte? Oder ging er nur zurück, um den in ihn gesetzten Erwartungen zu entsprechen?

Die Antworten auf diese Fragen waren nicht von entscheidender Bedeutung, deshalb grübelte Rhodan nicht mehr darüber nach. Im Augenblick war es wichtig, dass Bully den Weg zum Psycho-Transmitter fand.

Als sie die letzten Materieschleier durchstießen, trafen sie auf eine kleine Gruppe von Avatara. Es stellte sich heraus, dass sie zu den ehemaligen Jüngern Guru Nanaks gehörten. Nachdem

Rhodan sich ihnen zu erkennen gegeben hatte, erkundigte er sich nach dem Verbleib der anderen.

»Sie können nicht weit sein«, meinte einer der Avatara. »Wir können uns gar nicht verlieren. Die Kalkis haben uns eingekreist und treiben uns immer wieder zurück, wenn wir auszubrechen versuchen. Vor gar nicht langer Zeit brachten sie erst jene Männer zu uns, die bis zum Zusammenbruch der psychischen Realität in der Sphäre gefangen gehalten wurden.«

Rhodan war den Kalkis dafür dankbar, dass sie die Avatara zusammentrieben und darüber wachten, dass sie sich nicht in den Weiten dieser Welt verloren.

Der Avatara fuhr fort: »Wahrscheinlich hätten sie uns schon lange zum Psycho-Transmitter gebracht, wenn eine dieser kristallenen Gebirgsketten nicht den Weg versperrten. Jetzt müssen wir noch so lange ausharren, bis die Kristallgebirge vorbeigezogen sind.«

Rhodan sagte nichts darauf. Es war Runete, der für ihn sprach.

»Wir können nicht warten«, stellte Runete fest. »Wenn wir unsere Chancen für eine Rückkehr wahren wollen, müssen wir einen Weg suchen, um die Kristallformation zu umgehen.«

»Vielleicht hat Guru Nanak den Psycho-Transmitter schon lange erreicht«, meinte Reginald Bull. Es war das erste Mal seit vielen Stunden, dass er sich äußerte.

»Du sprichst es so aus, als wärest du froh darüber«, erwiderte Perry Rhodan bekümmert.

Aber er fühlte sich nicht berechtigt, seinem Freund ernsthafte Vorwürfe zu machen. Denn er stellte an sich selbst ein unerklärliches Phlegma fest. Er war nicht fähig, rasche Entschlüsse zu treffen, die ihre Rückkehr betrafen. Es schien fast so, als ob er unterbewusst hier bleiben wollte, als ob er sich vor der Rückkehr in seine Welt scheute. Saßen die Verlockungen der psychischen Realität bereits so tief? War deren Verzauberung um so vieles nachhaltiger als die erlebten Schrecken?

Rhodan musste seinen ganzen Willen zusammennehmen, um den entscheidenden Schritt zu tun.

»Bringt uns zu den Kristallbergen«, befahl er den Avatara.

Sie gehorchten nur zögernd – Rhodan glaubte, auch an ihnen Anzeichen dafür zu erkennen, dass sie noch nicht felsenfest entschlossen waren, in ihre Körper und damit in ihr Universum zurückzukehren. Sie befanden sich in einem Dilemma, das es für sie unmöglich machte, aus eigener Initiative eine Entscheidung herbeizuführen. Die Ungeheuer aus dem ES gehörten der Vergangenheit an, in ihrer Erinnerung blieb nur noch der Eindruck von der Schönheit der psychischen Realität zurück.

Sie brauchten eine starke Hand, die sie von dem Widerstreit ihrer Gefühle befreite.

»Beeilt euch«, forderte Rhodan. »Wir müssen Guru Nanak unbedingt zuvorkommen.«

Nicht viel später erblickten sie durch die violett leuchtende Atmosphäre einen schemenhaften weißen Streifen, der sich von einer Seite zur anderen zog. Als sie näherkamen, schälten sich die Umrisse des gigantischen Kristallgebirges daraus hervor. Es mochte Tausende von Kilometern lang sein und hundert oder mehr Kilometer hoch. Es war ein majestätischer Anblick, wie die glitzernden und das Licht der Atmosphäre reflektierenden Gebilde vorbeischwebten. Die Kristalle waren ständigen Veränderungen unterworfen, diffundierten, verwitterten, um neuen Kristallen Platz zu machen.

Und überall waren Avatara zu sehen, die einzeln oder in Gruppen die verschiedenen Atmosphäreschichten bevölkerten. Etwas weiter im Hintergrund erblickte Rhodan die Kalkis, deren libellenförmige Körper einen dichten Kordon um die Avatara bildeten.

Sie werden darauf achten, dass wir geschlossen in unsere Welt zurückkehren, dachte Rhodan. Aber es war keine Spur von Bitternis in seinen Gedanken.

»Wir müssen versuchen, die Gebirgskette zu überfliegen«, sagte Rhodan.

»Das lässt sich nicht durchführen«, kam ein Einwand von Bull.

»Wir können mit unseren Körpern nicht viel höher steigen. Sie sind zu schwer für die obersten Atmosphäreschichten.«

»Dann werden wir das Gebirge unterwandern.«

»Das wäre zeitraubender als abzuwarten, bis das Kristallgebirge vorbeigezogen ist.«

»Aber irgendetwas müssen wir unternehmen!«

Bull schwebte an Rhodans Seite. »Du meinst wegen Guru Nanak? Von ihm droht keine Gefahr mehr. Betrachte einmal den Berg dort genauer – er unterscheidet sich von den anderen durch seine drei fast gleichgroßen Vorsprünge. Siehst du den Guru?«

Rhodan sah ihn. Sie alle sahen ihn.

Er dachte zu spät daran, den Wasserstoffstrom zu verlassen. Als er sich absetzen wollte, fiel bereits Stickstoff in großen Mengen ein. Die beiden Elemente vermischten sich in einem rasenden Wirbel – und NH_3-Kristalle bildeten sich.

Und Guru Nanak befand sich inmitten der erstarrenden Gase. Er versuchte bis zum letzten Augenblick, sich aus dem Bereich des Kristallisierungsprozesses zu retten. Aber als er dann sah, wie nutzlos jeder Widerstand für ihn war, ergab er sich der Umarmung der Kristalle.

So erblickten ihn Rhodan und die anderen Avatara, als das Kristallgebirge vorbeizog. Er war nur ein winziges Teilchen in einem kilometerhohen Massiv, aber er wurde darin selbst zu einem Giganten, der auch aus weiter Ferne nicht zu ignorieren war. Denn sein Bildnis spiegelte sich in Tausenden von Reflexionsflächen, wurde verzerrt und entstellt, verkleinert und vergrößert in unzähligen Variationen wiedergegeben ...

»Es scheint, als lebe er noch«, murmelte Pandar Runete überwältigt. »Aber ob er am Leben ist oder nicht, ist für ihn sicherlich unmaßgeblich. Er wäre ganz sicher zufrieden damit, auf diese Art und Weise die Zeiten zu überdauern.«

»Zumindest wurde er eins mit dieser Welt«, sagte Rhodan dazu.

Sie sahen Guru Nanak noch lange nach, und auch als der Kristallberg vorbeigezogen war, sahen noch viele sein tausendfaches Abbild vor sich. Sie würden ihn nie vergessen. Wenn es in Guru Nanaks Ewigkeit ein Glücksgefühl gab, war er bestimmt glücklich.

Konnten die annähernd vierhundert Menschen in den Avatara-Körpern von sich dasselbe behaupten?

»Uns hält hier nichts mehr«, sagte Rhodan, als die letzten kleinen Ausläufer des Kristallgebirges vorbeiwanderten.

Sie setzten sich in Bewegung. Getragen von den Atmosphäreschichten, schwebten sie ihrem Ziel entgegen. Die Kalkis bildeten eine schweigende Eskorte.

Der hässliche Metallblock des Psycho-Transmitters kam in ihr Blickfeld.

»So sieht also die Endstation aus«, bemerkte Bull.

»Dort beginnt auch ein neuer Anfang«, sagte Rhodan.

Die Avatara betraten einer nach dem anderen den Psycho-Transmitter. Die Kalkis beobachteten die Vorgänge bei dem hässlich-nüchternen Metallblock.

»Wenn ich schon gehen muss«, sagte Bull, »so gefällt es mir nicht, ohne ein Wort des Abschieds zu gehen.«

»Was wolltest du den Kalkis schon sagen?«, fragte Rhodan.

»Dass es kein Abschied für immer ist«, antwortete Bull.

»Es wäre alles andere als ein Trost für sie«, sagte Rhodan.

Die Zeit schritt rasch vor, und die Schlange der Avatara vor dem Psycho-Transmitter wurde immer kürzer. Schließlich waren nur noch Bull und Rhodan übrig.

»Du bist an der Reihe, Bully«, mahnte Rhodan seinen Freund, der sich unschlüssig umblickte.

»Wir müssen wiederkommen, Perry!«

»Warum? Wenn wir erst zurück sind, wirst du sehen, dass das menschliche Dasein auch nicht ohne Reize ist.«

»Du hast keine Veranlassung, mich zu verspotten. Ich meine es ernst.«

»Wenn ich sage, dass wir hier Fremdkörper sind, ist das auch mein Ernst.«

»Vielleicht finden wir einen anderen Weg in die psychische Realität. Perry, auf dieser Welt hätten wir all das, wonach wir Menschen im Universum suchen.«

»Wir müssen jetzt gehen, Bully.«

»Ich weiß – aber ich komme wieder.«

»Nein, Bully, das glaube ich nicht. Denn du wirst bald von selbst erkennen, dass diese Welt für Menschen verboten ist.«

Epilog

Die Rückkehr der CREST IV und der beiden Explorerschiffe ins irdische Sonnensystem wurde von den Zeitungen zu einer Sensation aufgebauscht. Nicht nur für die findigen Reporter war es klar, dass das Flaggschiff des Solaren Imperiums eine geheime Mission erfolgreich beendet hatte. Denn gleichzeitig mit der Meldung, dass die Besatzungen der beiden Explorerschiffe geborgen worden waren, verschwanden die Visionen von den immateriellen Ungeheuern schlagartig.

Der Zusammenhang war offensichtlich. Aber mehr als Mutmaßungen konnten die Zeitungsleute ihren Lesern nicht bieten, denn die Solare Nachrichtenstelle hüllte sich in geheimnisvolles Schweigen. Zwar drangen hie und da Gerüchte an die Öffentlichkeit, die von den Männern der geborgenen Explorerschiffe ausgestreut wurden, doch wurde diesen nur wenig Glauben geschenkt. Die von ihnen geschilderten Erlebnisse auf dem Methanriesen (dessen Koordinaten nicht bekannt wurden), klangen so fantastisch, dass keine Zeitung es wagte, sie ohne Bestätigung der offiziellen Stellen abzudrucken. Und da Perry Rhodans Pressestelle sehr zurückhaltend mit Äußerungen über die abgeschlossene Mission war, blieben die diversen »Erlebnisberichte« in den Schubladen der Redaktionen liegen. Im günstigsten Fall fand sich ein Herausgeber, der den Erlebnisbericht mit dem vorsichtigen Zusatz *Münchhausiade* im Titel versah. Dass daraufhin die Fabulierfreudigkeit der beteiligten Explorerleute schlagartig gedämpft wurde, ist verständlich.

So geschah es, dass Mitte August das allgemeine Interesse an den »Ungeheuern aus dem ES« fast erlahmt war. Die wenigen Zeitungen, die auf den Zeitpunkt warteten, wo sie das Thema erneut ausschlachten konnten, kapitulierten bald darauf. Denn Ende August warfen große Ereignisse ihre Schatten voraus. Die kosmischen Freifahrer machten erneut von sich reden – und OLD MAN, der Robotgigant mit seinen fünfzehntausendundachtzig Kampfeinheiten, tauchte im Hoheitsgebiet des Solaren Imperiums auf.

Niemand dachte mehr an die »Ungeheuer aus dem ES«, und die Akte wurde im Archiv der Solaren Abwehr abgelegt. Damit ähnliche Ereignisse sich nicht wiederholten, vernichtete man den Psycho-Transmitter und die von Olenk Brodech verfertigte Bauanleitung und strich die Koordinaten des Methanriesen Maja aus den offiziellen Sternenkatalogen.

Nachwort

Durch die frühen Taschenbücher von Ernst Vlcek, angefangen mit dem hier nicht veröffentlichten Band 46 der Planetenromane, »Planet unter Quarantäne« von Anfang 1968, zieht sich die Betonung einer bestimmten Wissenschaftsphilosophie oder Wissenschaftsrichtung: des Ezialismus.

Der Ezialismus zielt darauf ab, die verschiedenen Grundfähigkeiten des menschlichen Gehirns durch Willensanstrengung zu einem Ganzen zusammenzuführen, wie im Prolog des Romans beschrieben. Ähnlich wie die Nexialisten wollen auch die Anhänger der Extra Zerebralen Integration Generalisten sein. Das heißt, sie wollen gemäß dem antiken Leitsatz »Das Ganze ist mehr als die Summe seiner Teile« alle Wissensgebiete bei ihren Forschungen berücksichtigen und auf diese Weise mehr erreichen als der auf einzelne wenige Gebiete spezialisierte Wissenschaftler. Im Gegensatz zu den Nexialisten gehen die Ezialisten hierbei aber oft unkonventionell vor und versuchen, durch Improvisation Lösungen für Probleme zu finden, die sich einer streng wissenschaftlichen Herangehensweise verschließen.

So zumindest könnte eine Zusammenfassung dessen lauten, was Ernst Vlcek in »Planet unter Quarantäne« präsentiert. Im gleichen Roman lässt der Autor den »Wirklichen Professor für angewandten Ezialismus«, Professor Flensh Tringel, erklären, dass die innere Einstellung zum Ezialismus entscheidend sei. In anderen Worten: Für einen Erfolg ist es unabdingbar, an den Ezialismus zu glauben. Der Rest kommt dann schon.

Im Perryversum des Ernst Vlcek ist Flensh Tringel gleichsam der Gründervater der Extra Zerebralen Integration. Sie hat ihren (eher unscheinbaren) Ursprung Anfang des 24. Jahrhunderts in einer Versuchsstation Iratio Hondros, des mit Terra verfeindeten Obmanns von Plophos, auf einem unbekannten Planeten, die in den Kriegswirren jener Zeit in Vergessenheit gerät und erst vierundsechzig Jahre später, 2390 n. Chr., durch ein Explorerschiff entdeckt wird. Professor Tringel, laut Planetenroman 46 der einzige Überlebende, stellt der Explorerflotte aus Dankbarkeit seine Dienste zur Verfügung. Bis zu seinem vorzeitigen Ableben betreibt er die Ezialistische Abteilung auf der Ex-EZI 1, einem auf Empfehlung von Perry Rhodan eigens für das Projekt Ezialismus umgebauten Schweren Kreuzer der TERRA-Klasse.

Professor Tringel ist es auch, der Perry Rhodan ein Jahr nach seiner Rettung ein Exemplar einer Veröffentlichung über den Ezialismus mit dem Titel »Psychologie im Gebrauch für ezialistische Methoden« zuschickt. Dies steht im ersten Roman dieses Doppelbandes ziemlich am Anfang.

Ernst Vlcek widmete sich dem Thema weiter in seinem Planetenroman 70, »Die Verlorenen des Alls« vom Dezember 1969. Die Explorerflotte bricht Ende des 24. Jahrhunderts das Experiment mit dem Ezialismus ab, und dessen Anerkennung als seriöse Wissenschaft rückt in weite Ferne. Die Ex-EZI-1 findet ihren Ruheplatz auf Terra und wird in der Victoria-Wüste abgestellt, am Rand des Victoria-Naturschutzparks. Sie wird zu einem Museum der Weltraumfahrt, das Gelder für den Ezialismus erwirtschaften soll, aber nie so richtig in die Gänge kommt.

Im Jahre 2416 verlegen die Ezialisten ihren Sitz auf den Planeten Umtar und geraten anderenorts mehr oder minder in Vergessenheit. Und so kann Perry Rhodan sich in »Der Untergang des Solaren Imperiums« gewiss sein: »Inzwischen war der Ezialismus schon wieder fast in Vergessenheit geraten, nur auf Terra glaubten einige Amateurwissenschaftler an ihn.« Seine Erlebnisse auf Maja, geschildert im vorliegenden Roman, mögen ihn in der Ansicht bestärkt haben, dass mit dem Ezialismus etwas nicht stimmt ...

Trotzdem überlebt der Ezialismus als eigener Wissenschaftszweig noch recht lange. Im Jahre 3442 gehört der Ezialist Galzhasta Rouk zur Besatzung von Rhodans Flaggschiff MARCO POLO, wie uns – selbstverständlich – Ernst Vlcek in PR 543

(»Das letzte Aufgebot der MARCO POLO«, Januar 1972) berichtete. Gegen Ende dieses Romans wird klar, dass das Standard-Lehrbuch für den Ezialismus das Werk »Die Grundelemente der Extra Zerebralen Integration« (leider ohne Autorenangabe) ist.

Das in Maragod auf dem Planeten Umtar gegründete Erste Ezialistische Institut ist noch im 35. Jahrhundert in Betrieb. Im terranischen Lima befindet sich ein Ezialistisches Institut, an dem im Jahr 3443 Professor Demidegeve als Gastdozent wirkt. Dies berichtet uns Chronist Ernst Vlcek in Heft 558, »Die Erde im Hypersturm« (Mai 1972).

Und damit endete der Einfluss des Ezialismus auf die PERRY RHODAN-Serie.

Was hat es nun aber mit dem Nexialismus auf sich?

Zuerst einmal: Der ist nicht von Ernst Vlcek, sondern von Clark Darlton. Wichtiger Unterschied. Die erste Person, die sich als Nexialist bezeichnet, ist ein Barkonide mit dem bezeichnenden Namen Nex. Und da sind wird in Band 32 der Heftromanserie, »Ausflug in die Unendlichkeit« (April 1962).

Als Nexialisten (abgeleitet von lateinisch Nexus = Verbindung) werden Wissenschaftler bezeichnet, die sich nicht auf ein Fachgebiet spezialisieren, sondern die Erkenntnisse aus vielen verschiedenen Wissensgebieten interdisziplinär bei ihrer Arbeit berücksichtigen. Man könnte Nexialisten als »ganzheitliche Multiwissenschaftler« bezeichnen.

In der Zielsetzung, nicht in der Methodik, ähnelt der Nexialismus dem Ezialismus. Und das so sehr, dass nicht jeder Autor einen Unterschied zwischen den beiden macht, gleichwohl es deutlich mehr Nexialisten in der Serie gibt als Ezialisten – die aktuellste ist die Ertruserin Sanguira in Heft 2808, »Tiuphorenwacht« von Marc A. Herren, veröffentlicht im Juni 2015.

Mit illustren Gestalten wie Les »Backenhörnchen« Zeron (erstes Auftreten in PR 1033, »Die Hamiller-Tube« von Peter Griese, Juni 1981), Sato Ambush (PR 1169, »Pforte des Loolandre« von

Kurt Mahr, Januar 1984), Boris Siankow (PR 1600, »Wenn die Sterne erlöschen« von Ernst Vlcek, April 1992) und Dr. Indica (PR 2408, »Krieg der Prozessoren« von Christian Montillon, Oktober 2007) kann dieser Wissenschaftszweig auch klar die bekannteren Namen aufweisen.

Und dass mir keiner den »angehenden Nexialisten« Roman Schleifer vergisst (PR 2545, »Vatrox-Tod« von Michael Marcus Thurner, Mai 2010)! Er ist in Heft 2627, »Die letzten Tage der GEMMA FRISIUS« vom gleichen Autor (Dezember 2011) noch einmal dabei und macht dort gar Sichu Dorksteiger schöne Augen – wenn das unser Perry wüsste!

(Roman Schleifer ist eine real existierende Person, die auf dem in Wien stattfindenden Fan-Treffen Austria-Con IV (2001) die Zusage ersteigerte, von einem Autor in einem Roman der Erstauflage verewigt zu werden. Mittlerweile hat Schleifer selbst PR-Romane verfasst, nämlich zwei für die Miniserie PERRY RHODAN Stardust.)

Kommen wir kurz zurück zu Clark Darlton und dem Barkoniden Nex. Die Barkoniden werden von Wissenschaftlern regiert. Im Zeitalter des technologischen Positivismus, das in den Sechzigern bestand, klang das nachvollziehbar und auch wünschenswert. Und einer davon ist eben Nex. Den Nexialismus, die Vernetzung der bekannten Wissenschaften, übernahm Darlton von dem amerikanischen SF-Autor Alfred Elton van Vogt, der ihn in den späten vierziger Jahren auf Grundlage der »Allgemeinen Semantik« von Alfred Korzybski entwickelt hatte

Ich zitiere aus dem »Lexikon der Psychologie« des Spektrum-Verlages (Online-Quelle): »die mehr auf therapeutische Anwendung ausgerichtete Semantik, die davon ausgeht, dass der Mensch kein objektives Bild von der Welt hat, sondern ein subjektives Bild durch die Struktur seiner Sprache erhält: Ziel der allgemeinen Semantik ist, den Zusammenhang zwischen Denken und Sprache und die Verzerrungen des Denkens durch die Sprache bewusst zu machen.«

Ein letzter Punkt zu den vorliegenden Romanen sei hier erwähnt: die Vlceksche Erwähnung der »Lokalen Gruppe«.

Der Leser von PERRY RHODAN kennt diese als Bezeichnung für die Mächtigkeitsballung der Superintelligenz ES (zumindest einen Teil davon, aber über die Fernen Stätten wollen wir nicht reden).

Spätestens Ernst Vlcek erinnert daran, dass die Lokale Gruppe ein real existierender Fachbegriff ist. Zu ihr werden Objekte im Umkreis von fünf bis sieben Millionen Lichtjahren gezählt. Mit etwa 99 Prozent befindet sich der größte Teil der sichtbaren Masse in den beiden großen Galaxien Milchstraße und Andromeda. Die anderen Mitglieder sind wesentlich kleiner oder sogar Zwerggalaxien. Die Lokale Gruppe ist Bestandteil des Virgo-Superhaufens, der nach dem Virgo-Haufen in seinem Zentrum benannt ist. Auf diesen bewegt sich die Lokale Gruppe zu.

So weit die astronomische Realität.

Hinzu kommt in der Welt des Perryversums die Galaxis Hangay, die aber erst in den Jahren 447 NGZ und 448 NGZ durch die Manipulation des Kosmonukleotids DORIFER aus dem Universum Tarkan in die Lokale Gruppe transferiert wird – davon konnte Ernst Vlcek 1968 noch nichts wissen, denn das bringt uns in den »Tarkan«-Zyklus ab Band 1350 (Juli 1987). Obwohl ... Exposéautor war Vlcek da schon ...

Wenn wir einen kurzen Rückgriff auf die Vorgeschichte der Milchstraße (und einen ganz kleinen Vorgriff auf unseren nächsten Band) machen und uns mit dem Suprahet beschäftigen, stellen wir fest: Das Suprahet, das vor 1,8 Millionen Jahren aus dem Anti-Universum gekommen ist, hat auf seinem Weg zur Milchstraße mehrere Galaxien verschluckt. Da die Kontaktzone zwischen dem Anti-Universum und dem Standarduniversum zwischen Andromeda und der Milchstraße liegt, handelt es sich bei den verschluckten Galaxien vermutlich um Galaxien der Lokalen Gruppe.

Das konnte Ernst Vlcek zumindest erahnen – das Suprahet

taucht zum ersten Mal in Kurt Brands PR 164 (»Im Banne des Riesenplaneten«, Oktober 1964) auf. Für seine Herkunft aus dem Antimaterie-Universum müssen wir uns schon in den September 1969 begeben, zu Clark Darltons Heft 420, »Die Rätsel der Vergangenheit«.

Von Mächtigkeitsballungen erfahren die Galaktiker allerdings erst in Band 772 (»Das Gespenst von Vrinos« von Clark Darlton, Juni 1976), als der Kelosker Dobrak diese Informationen preisgibt. Und es dauert noch bis Willi Voltz' Band 1000, »Der Terraner« (Oktober 1980), bis die Terraner etwas über die Mächtigkeitsballung von ES erfahren …

Aber das sind Aussagen, die Ernst Vlcek hier gar nicht treffen möchte.

Rainer Nagel

VORSCHAU

Die Geschichte des Solaren Imperiums der Menschheit ist eine, die von mutigen Erkundungen des Unbekannten geprägt worden ist – und sie wird nicht nur von tapferen Raumfahrern vorgenommen, sondern auch von genialen Wissenschaftlern. Mit einem davon befasst sich unser nächster Band: Tyll Leyden.

Beim Ausschlachten eines außer Dienst gestellten Raumschiffes werden Sternkarten entdeckt, die Leyden im Planetarium der mysteriösen Oldtimer erstellte. Als er diese Karten wieder in die Hände bekommt, macht er eine bestürzende Entdeckung: Eine Sonne entartet, ihr System entwickelt sich zur Todesfalle ...

Am 14. Juni 2332 öffnet sich das Tor in eine andere Welt. Raumschiffe und Menschen verschwinden spurlos. Tyll Leyden hat eine Idee – doch bevor er sie beweisen kann, verschlägt es auch ihn in ein anderes Universum ...

Die Titel dieser beiden wissenschaftlich orientierten Science-Fiction-Romane von W. K. Giesa sind:

EINE SONNE ENTARTET
und
WELTRAUMFALLE STERNENLAND